KB167734

귀향

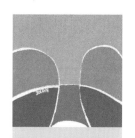

귀향

김규동의 문학과 삶

김규동기념사업회 엮음

한길사

모더니스트, 시인 김규동

김규동(金奎東, 1925~2011)은 함경북도 출신 시인으로 1948년에 스승 김기림 시인을 찾아 단신 월남하여 교사, 언론인, 출판인으로 활동했으며 모더니즘 경향의 시를 썼다. 1950년대에는 박인환, 김차영, 조향, 이봉래, 김경린과 함께 '후반기' 동인을 결성해 서정 기조의 기존 문단에 커다란 충격을 던졌고 이후 전후 문학의 흐름을 이끌었다. 쉬르레알리슴에 경도하여 시론을 저술하고 영화평론에도 적극 참여했다.

1970~80년대에는 군사독재에 저항하는 민주화운동에 가세하여, 민중의식에 근거한 리얼리즘과 민족통일 지향의 시를 통한 시적 변모의 모습을 보였다. 80세에 마지막 시집 『느릅나무에게』를 내고, 통일의 날을 기다리던 시인은 북에 홀로 남기고 온 모친을 그리며 2011년 9월 타계했다.

김규동은 1948년 『예술조선』에 시 「강」을 발표하여 문학 활동을 시작했다. 동인 '후반기'는 '後半期' 또는 '后半期'로 새로운 문학의 시대를 의미하는 대표 시어였다. '후반기' 동인 활동을 통해 "우리는 좌익도 아니고 우익도 아니다. 우린 모더니즘이다"라고 외쳤다. 그는 정치에서는 여운형 선생 같은 격조를 보유하고, 문학에서는 김기림·정지용 같은 진보적 시인이 보여준 예술성의 고수를 중시하여 문학의 사상성과 예술성을 동시에 구현하는 것이 세계문학과 같이 가는 유일한 길임을 적시한 모더니스트였다.

김규동의 시작 활동은 크게 세 시기로 구분해볼 수 있다. 첫 번째 시기는 시집 『나비와 광장』(1955), 『현대의 신화』(1958) 등을 출간한 '후반기' 동인 활동부터 1960년대 초까지의 기간이다. 『나비와 광장』과 『현대의 신화』는 현대 문명에 대한 비판적 인식에 더하여 한반도의 전쟁이 가져온 불안과 절망을 묘사하고, 그 상황 안에서 희망의 징표로 삼아야 할 지적 신화를 제시한다. 모더니즘의 스승인 김기림의 인식과 비판이 세계사적인 전망 아래서 이뤄진 추상적이고 본질적인 것이었다면, 김규동의 시적 모색은 좀더 구체적이고 역사적인 관찰이었다. 이 시기에 그는 「포대가 있는 풍경」「뉴스는 눈발처럼 휘날리고」「보일러 사건의 진상」 등에서 볼 수 있는 것처럼 전쟁과 도시, 서구 문명, 역사와 현실의 본질을 분석적으로 다루면서도 예리하고 독특한 감성이 수반된 시들을 발표했다.

1970년대에 진입한 두 번째 시기의 문학적 추구는 시집 『죽음 속의 영웅』(1977), 『오늘밤 기러기떼는』(1989), 『생명의 노래』(1991), 평론집 『어두운 시대의 마지막 언어』(1979) 등을 통해 확인할 수 있다. 모더니스트로서의 특질을 지닌 채 리얼리즘의 세계에 접근한 『죽음 속의 영웅』은 자유인의 운명적 고뇌를 초극의 의지와 함께 표현했다. 김규동은 1974년 민주회복국민회의 국민 선언에 참여하고 1975년 자유실천문인협의회 결성에 임하는 등 독재를 강화해가는 유신체제에 항거한 문학인이었다. 이즈음 그의 시는 통일, 어머니, 민주·민중, 노동, 종교 등의 주제로 민족과 민중의 현실적인 고통을 형상화했다. 시 문학의 사상성을 통해 내외의 변혁을 기도하는 사회개조적 모더니스트로서의 면모를 보였다고 할 수 있다.

2000년대 들어서 나온 김규동의 시집 『느릅나무에게』(2005)는 그의 세 번째 시작 여정을 보여준다. 김규동은 디아스포라의 시인으로서 민족분단의 고통, 극복의 의지, 정신의 힘, 고향에 대한 그리움을 노년의 깨달음과 융합하여 잔잔히 기록했다. 그는 『느릅나무에게』를 통해 젊은 시절 주목했던 사상성과 예술성을 시의 나무 안에서 재결합하는 원숙미를 보여준다. 『느릅나무에게』에 수록된 「어머니는 다 용서하신다」「느릅나무에게」「육체로 들어간 진달래」「역사」「그날에」와 같은 작품들은 고향과 모성, 민족, 사랑, 희망, 시대정신을 노래하면서 기억과 영탄에 그치지 않고 모더니스트다운 '점검과 도전의 펜'으로 자신의 '문학 문명'에 관한 인식을 전한다.

2022. 6
김규동기념사업회

문곡(文谷) 김규동 선생에 대한 추억과 회포

　한 인물이 지상(地上)에 머물다 떠난 자리를 생각해본다. 그가 세상에 두루 미친 자취와 발자국의 흔적도 함께 생각해본다. 세월이 갈수록 아쉬움과 공백이 느껴지는 경우가 있을 터이고 그 반대인 경우도 있으리라. 그 인물의 이세(離世)가 줄곧 미진하게 느껴지는 까닭은 무엇일까? 그것은 먼 길 떠난 이가 이승의 삶을 살아갈 때 뿌렸던 씨앗이 싹트고 자라서 풍성한 열매를 맺게 되니 그에 대한 추억과 회포의 마음이 더욱 간절해지는 것이다. 더불어 그와 맺었던 정분과 인간관계, 온갖 일화들이 떠올라 그리운 심정은 강렬히 끓어오른다.

　문곡(文谷) 김규동(金奎東, 1925~2011) 시인이야말로 전자의 경우가 아닌가 한다. 날이 갈수록 한층 당신의 자취와 영자(影子)가 그리워지고, 그 성품의 부드러움과 온유함이 새록새록 다시 생각나는 것은 어쩌면 자연스러운 이치이리라. 오늘 우리는 시인의 서거 11주기를 맞이하며 다시금 문곡 선생의 생애와 업적을 되새기고 그의 시 작품 세계에 깃들어 있는 오묘함과 비의(秘義)를 경험해보고자 한 권의 책 속에서 조촐한 모꼬지의 장(場)을 마

10

련했다.

김규동 시인께서 살아오신 생애를 곰곰이 더듬어보며 상념에 잠기는 이 시간, 우리는 선생이 걸어오신 삶이 얼마나 값지고 고결한 가치를 지녔는지 새삼스럽게 깨닫는다. 가만히 돌이켜보면 선생의 생애는 오로지 낡은 것을 구축하고 새로운 것을 추구하며 문화와 감각의 참신성을 껴안기 위해 참으로 많은 노력을 하셨다는 사실을 알게 된다.

김규동 시인의 생애를 한마디로 압축해서 정의하면 개척과 탐구, 창조의 세월이었다고 하겠다. 연보(年譜)를 주의 깊게 통찰해보면 유소년 시절부터 그 무언가를 짓고 만드는 활동을 즐겼다고 한다. 톱질, 망치질, 대패질, 장작패기, 자전거 수리, 나뭇가지 치기 등을 일컫는데 이는 오로지 손재주 혹은 솜씨의 천부적 바탕이 자리 잡고 있었음을 알 수 있다. 의사였던 선친께서는 어린 아들 규동이 장차 목수가 될 것으로 짐작했다고 한다.

나이 열여섯이 되던 함북 경성고보 재학 시절 영어·수학을 담당하던 시인 김기림(金起林, 1907~미상) 선생을 만나게 된 것은 김규동 시인에게 크나큰 삶의 변곡점이 되었다. 언어로써 집을 짓고, 언어로 삶의 모든 것을 통찰하며 비유와 리듬을 창조해내는 그 신통함에 완전히 매료되어 편석촌(片石村) 김기림처럼 살아갈 것을 속으로 다짐했을 터이다. 당시 김기림 시인의 영향권 안에서 자극을 받고 성장했던 고보 동기들로는 영화감독 신상옥(申相玉, 1926~2006), 정치인 김철(金哲, 1926~94), 시인이 된 이활(李活)과 이용해(李庸海) 등이 있다. 이용해는 그 유명한 이용악(李庸岳, 1914~71) 시인의 아우다.

문곡 선생은 그 후 부친의 유지를 받들어 의사의 길을 걷고자 했으나 이미 마련된 삶의 운명적 경로는 시인이 될 수밖에 없는 가시밭길이었다. 해방이 되던 해 김규동 선생의 나이는 20세, 한창 혈기방장한 시절이었다. 농민연극 운동에 가담해서 새로운 경험을 갖게 되었고, 두만강 연안마을을 돌아다니며 강연도 하던 청년이었다. 하지만 당시 북조선의 현황은 워낙 가파르고 험난했으므로 항시 불안과 긴장의 나날이었다. 어떤 방심도 허용되지 않았다. 그리하여 선택한 경로가 남쪽으로 내려오는 월남(越南)이었는데 1948년 23세의 나이로 김규동 청년은 삼팔선을 넘었다. 먼저 남쪽으로 떠난 김기림 선생을 만나려는 목적도 있었지만 보다 새로운 세상, 즉 넓은 터전에 대한 호기심이 시인을 변화의 시간으로 이끌었다.

이것은 고향집, 어머니와 형제들과의 영원한 작별이기도 했고, 일평생 고립과 고독 속에서 가슴에 그리움을 가득 채우고 살아가야만 하는 실향민으로의 선택이기도 했다. 아슬아슬한 월남 도중 철원과 포천 사이 어느 골짜기에 앉아서, 잘 다녀오라고 손을 흔들어주시던 어머니의 모습을 떠올렸다. 그것이 영별(永別)이라는 예감이 들기라도 했었던 것일까.

서울에 와서는 일단 교사로서의 삶을 살아가게 되었고, 그토록 그리워하던 스승 김기림과 김광균(金光均, 1914~93)·장만영(張萬榮, 1914~75) 시인 등을 자주 만나며 깊은 감화를 받았다. 특히 김기림 시인과는 한강둑길을 함께 걸으며 시 창작의 기본적 자세와 시인의 길, 삶의 방향성 따위에 대해 많은 가르침을 얻었다. 한번 스승은 영원한 스승인 것이다. 그 시간이 제자 김규동으로서는 얼마나 든든하고 행복했을 터인가.

1950년 6월에 일어난 처절한 동족상쟁은 문곡 선생으로 하여금 또 다른 삶의 막다른 고비를 경험하도록 만들었다. 그때 나이가 스물다섯. 인천을 거쳐 부산으로 내려가 피란살이를 시작했는데 여기서 『연합신문』의 문화부장으로 일자리를 얻었다. 이것은 이후 언론계에서 오래도록 몸담게 된 최초의 발단이었다. 뿐만 아니라 신문사 문화부에서 일하며 다양한 인사들과 교유하게 된다. 그들 중에 유난히 문학 쪽 인물들과 친교를 맺게 되었다. 부산으로 내려와서 함께 피란살이하던 박인환(朴寅煥, 1926~56), 조향(趙鄕, 1917~84), 김경린(金璟麟, 1918~2006), 김차영(金次榮, 1922~97), 이봉래(李奉來, 1922~98) 등의 시인들이었다. 기질과 취향이 잘 맞는 그들이 날마다 만나서 시간을 즐기며 토론하고 어울리더니 마침내 1930년대 모더니즘의 정신을 발전적으로 계승하려는 모임을 결성하게 되었다. 그것이 바로 '후반기' 동인들의 모더니즘 조직인 '새로운 도시와 시민들의 합창'이다. 전쟁 중에 동인지도 발간했다.

1953년 환도(還都) 직후 서울로 돌아온 김규동 시인은 명동을 터전으로 여러 문화인들과 교유했다. 그러다가 1954년 『한국일보』가 창간될 때 장기영(張基榮, 1916~77) 사장의 요청을 받아 문화부장으로 일했다. 이듬해에는 김규동 시인이 첫 시집 『나비와 광장』을 발간했다. 그로부터 뜨거운 시 창작의 시간이 펼쳐지게 되는데 시집 『현대의 신화』『죽음 속의 영웅』『깨끗한 희망』『그대는 북에서 나는 남에서』『오늘밤 기러기떼는』『통일은 진정 그 어느 때에』『그리고 씻은 듯이 새벽은 오리니』『생명의 노래』『느릅나무에게』 등을 잇달아 줄기차게 출간한다. 물론 그 틈틈이 각종 시선집, 평론집, 산문집, 번역서 등을 왕성하게 발간하기도 한다. 시인으로서의 김규동의 위상은 이미 확고하게 자리를 잡게 된 것이다.

이 시기에 생업으로 맡고 있었던 일은 편집주간, 출판사 대표 등이다. 삼중당, 한일출판사, 영화잡지 등과 깊은 관련이 있었던 듯하다. 당시의 발자취를 살펴보면 이채로운 것이 선생께서 『아리랑』 『화제』 『소설계』 『사랑』 따위의 대중잡지와 영화잡지 제작에도 몰두했다는 점이다. 이러한 활동 속에서 김규동 시인은 대중문화에 대한 남다른 감각과 안목을 갖게 되었고, 특히 영화장르에 대한 애착이 남달랐다. 나는 이 시기 선생께서 헤르만 헤세가 쓴 『호반의 집』(교양사, 1959)을 번역 출판한 책을 기억하고 있다. 형님의 책꽂이에 있던 독특한 분위기의 표지 디자인이 떠오르는데 커다란 호수가 있고, 호숫가에는 여러 그루의 나무가 서있다. 그 곁으로는 멋진 유럽풍 건물이 한 채 보인다. 그 나뭇등걸에 기댄 한 사나이가 호수를 망연히 바라보는 실루엣 그림이다. 전체적 바탕 색조는 초록빛이다. 보면 볼수록 묘하게 빨려드는 듯한 환각효과가 느껴졌다. 아직 어린 소년 시절이라 내용에는 접근하지 못했는데 표지에 마음이 쏠려서 늘 책상 위에 세워놓고 우두커니 바라보곤 했었다. 바로 그 책을 김규동 시인이 번역 출판했다는 사실을 알고 새삼 놀라웠다.

김규동 시인께서는 불혹(不惑)의 고개를 넘으면서 어떤 커다란 각성을 하신 듯하다. 그것은 해도 해도 부족한 지식과 교양의 습득에 대한 추가적 갈망이다. 언론, 출판 활동을 모두 일시에 접었다. 그것은 생각하고 글을 쓰는 일에 전혀 도움이 되지 않는다는 냉철한 판단 때문이다. 독서는 주로 서양철학과 동양고전에 대한 탐구였는데 일별해보면 야스퍼스, 헤겔, 하이데거, 릴케, 카뮈, 사르트르 등의 전집을 읽고 되새기며 그 독후감을 쓰는 활동

14

이었다. 여기에다 공자(孔子)와 노자(老子)에도 돈독한 관심을 가지며 원전읽기에 노력을 쏟았고 상당한 부분은 번역까지 직접 하셨다. 중국 성당시대(盛唐時代)의 걸출한 시 작품에도 관심을 가져서 짧고 간결하며 강렬한 이미지가 느껴지는 당시(唐詩)의 미학에 깊이 천착하는 경험을 가졌다. 이러한 시간들은 이후 김규동 시세계의 깔끔하고 단정한 형태적 효과를 정착시키는 데 큰 기여를 했을 것임에 틀림없다. 문곡 선생이 시국에 비상한 관심을 갖게 된 것은 마흔여덟되던 1973년부터다.

점점 독재체제로 치달아가던 박정희 군사정권의 모순과 부조리에 대해 시인의 인내심은 한계치에 다다랐다. 한 사람의 시인으로서 자기 시대가 드러내는 정치적 불합리와 반민주적 작태를 민족 민중에 대한 도발로 규정하고 응전(應戰)의 삶으로 치열한 변환을 모색했다. 이는 해방 시기 스승 김기림이 선택한 삶의 경로와 방식에 영향받은 바가 큰 것으로 짐작된다. 모더니스트였던 편석촌 선생은 이 시기에 자신의 모더니즘에 현실주의를 결합시켜 과거 영국 뉴컨트리파 운동의 경과처럼 운동성을 강화시켜나가는 새로운 가치관의 추구로 나아갔던 것이다. 시집 『새노래』(1948)가 이에 해당하는 소산이다.

김규동 시인은 1974년부터 확고한 신념을 갖고 민주회복국민회의 민주회복국민선언대회에 참여했다. 자유실천문인협의회의 165인 문인선언에도 서명했으며, 그 조직의 고문까지 맡았다. 그 때가 선생의 나이 50세였다. 1980년 그 어둡고 우울했던 광주항쟁의 와중에서 지식인 134인 시국선언에도 서명했다. 우리 문학사의 지울 수 없는 얼룩이라 할 친일문학에도 눈길을 돌려 『친일문학 작품 선집』을 발간했고, 북한 문학사에도 각별한 관심을 갖고 박태원의 장편소설 『갑오농민전쟁』을 완독하기도 했다.

김규동 시인의 독보적 활동이라 할 수 있는 시 전각(篆刻) 작업은 1988년 예순셋되던 무렵에 시작했다. 이로부터 시각(詩刻)은 단순한 소일거리를 넘어서서 집중적 작업으로 발전되었고, 너무 지나치게 몰두한 나머지 팔 근육의 인대가 늘어나는 고통을 얻기까지 하셨다. 몸이 조금 회복되면 다시 시작해서 자주 무리를 하셨다.

그러한 활동의 결산으로 2001년 조선일보미술관에서 '통일 염원 시각전(詩刻展)'을 개최했는데, 이 전시에는 작품을 무려 119점 출품했다. 날카로운 칼을 들고 계속 이어지는 각(刻)의 작업으로 과로가 덧쌓여서 김규동 선생의 병은 점점 깊어졌다. 급기야 폐기종, 호흡곤란, 폐렴까지 겹쳐져 문곡 선생께서는 마침내 2011년 9월 28일 향년 86세로 장엄한 일생을 마치셨다.

시인께서 병석에 누워계실 때 『김규동 시전집』 작업이 서둘러 진행되었다. 선생께서는 시전집의 해설자로 필자를 지명해주시어 그 과분한 감동과 영광을 지금도 잊을 길 없다. 돌이켜보면 선생은 평생을 시와 각종 글쓰기, 독서, 출판활동으로 일관하셨다. 오로지 시인이라는 본연의 한길로 정진해오신 김규동 시인의 생애는 이렇게도 강한 집념과 실천으로 단단하게 뭉쳐진 삶이었다.

우리 후학들은 바로 이 소중한 노력과 정신을 이어받아 시인께서 못다 이루신 미완의 작업을 계속 이어가야 할 것이다. 이번에 시인의 11주기를 맞이하며 가슴속에서 뜨겁게 끓는 그리움의 정(情)은 한결 불타오르는데 선생을 사랑하는 재능이 뛰어난 후학들이 김규동론(金奎東論)을 각각 훌륭한 필치로 분석하고 다듬었다. 김규동 시인의 빛나는 절창 25편, 연모의 마음으로 쓴 후학들의 평론 8편을 싣는다. 오형엽, 나민애, 임동확, 김종훈, 유성호, 김응교, 김유중 등이 그 집필의 주역들이다. 이 글을 수합하기까지 안양대 맹문재 교수의 노고가 특히 컸다. 이와 더불어 지난 5주기 기념문집『죽여주옵소서』의 내용도 '책 속의 책'이란 개념으로 일부 분량을 3부에 수록했다. 말미에는 아버님을 추모하는 아드님들의 곡진한 글을 올렸다.

문곡 선생을 그리워하고 추모하는 책으로 이보다 더한 아름다운 구성이 또 어디 있을 터인가. 부디 김규동 시인께서는 살아계실 때와 마찬가지로 우리 문단과 문학사, 작금(昨今)의 사회현실이 당면한 각종 위기를 계속 염려하시며 그 잘못된 방향을 바로잡아주시리라 믿는다. 모든 것이 이 나라 민주주의 발전을 위한 갈망이라는 점도 잘 통촉(洞燭)하실 것이다.

2022년 6월
이 동 순

귀
향
—

1
김규동의
대표 시 25편

2
평론가들의
김규동 새롭게 읽기

3
5주기 추모문집
『죽여주옵소서』

1

김규동의
대표 시 25편

일러두기

• 이 책에서 인용한 김규동의 시는 창비에서 2011년에 출간한 『김규동
  시전집』을 저본으로 한다.

나비와 광장

현기증 나는 활주로의
최후의 절정에서 흰나비는
돌진의 방향을 잊어버리고
피묻은 육체의 파편들을 굽어본다

기계처럼 작열한 심장을 축일
한 모금 샘물도 없는 허망한 광장에서
어린 나비의 안막을 차단하는 건
투명한 광선의 바다뿐이었기에—

진공의 해안에서처럼 과묵한 묘지 사이사이
숨가쁜 Z기의 백선과 이동하는 계절 속—
불길처럼 일어나는 인광(燐光)의 조수에 밀려
흰나비는 말없이 이즈러진 날개를 파닥거린다

하얀 미래의 어느 지점에
아름다운 영토는 기다리고 있는 것인가
푸르른 활주로의 어느 지표에
화려한 희망은 피고 있는 것일까

신도 기적도 이미

승천하여 버린 지 오랜 유역—
그 어느 마지막 종점을 향하여 흰나비는
또 한 번 스스로의 신화와 더불어 대결하여 본다.

『나비와 광장』, 1955.

고향

고향엔
무슨 뜨거운 연정이 있는 것이 아니었다

산을 두르고 돌아앉아서
산과 더불어 나이를 먹어가는 마을

마을에선 먼바다가 그리운 포플러나무들이
목메어 푸른 하늘에 나부끼고

이웃 낮닭들은 홰를 치며
한가히 고전(古典)을 울었다

고향엔 고향엔
무슨 뜨거운 연정이 기다리고 있는 것이 아니었다.

───────────

『나비와 광장』, 1955.

보일러 사건의 진상

어둠과 보일러—
물체의 형상을 헤아릴 길 없었음은 암흑했다는 까닭 이외엔
아무것도 없었다

인간과 인간들 속에서 침전으로 굳어간 육체를 보일러의 어
느 경사면에 누이고 성좌와의 대화를 최후로 사랑하였다

높아가는 고압전선의 울음소리는 밤의 인광처럼 척주에 스
며들고

굶주려 넘어지는 생명들과 수없는 임종의 눈 내리는 새벽
향락의 극치와 극치의 마찰에서 일어나는 뿌연 암모니아의
빛깔
폐문이 부은 바다와 하늘, 그리고 다가오는 25시

광선! "모든 운명의 전말을 똑똑히 보라"
기관장의 비명과 그에 따르는 기관사들의 아우성

폭발!

아크등의 밝음 속에 시인은 하나의 예감을 육안으로 체험한다

보일러엔 모세혈관 같은 무수한 절망의 선이 서려 있었던
것을—

죽음과 시체들 속에 시인은 끄스른 머리와 떨어진 팔다리의
상처 그대로를 지니고 쓰러졌을 뿐

태양의 음악과 바다의 빛깔
오! 새로운 바다의 광선과 태양의 음악만이
또다시 흐르기 시작한다.

"아무런 일도 없었다."

──────

『나비와 광장』, 1955.

전쟁은 출렁이는 해협처럼

옥상과 옥상 사이로
쳐다보이는 푸른 물결
운하에는 하얀 깃발이 있고
스크린엔 환상의 협주가 있다

하늘의 경기장을 질주하는
리듬의 영상은
기상대의 아침을 거느리고 있다

포도(鋪道)의 소음에 사라져가는
빌딩의 원경—

회색건물의 층계를 기어오르는
까만 그림자는
사막의 신화와 같은 그리움에 잠겨 있고
안나의 유방에 감기는
새하얀 구름은 유선형이다

나비는
상장(喪章)처럼 휘날리며 오고
새하얀 태양이

로터리의 분수 위에 부서질 때
나의 가슴엔
장미처럼 타는 전쟁이
출렁이는 해협을 이루어오고 있었다.

『나비와 광장』, 1955.

기적소리는 추억을 그리는 화가

벗이여
어쩌면 이렇게도 신통하게 신비로울까
밤중 홀로 깨어나 가슴에 베개를 고이고
담배를 피울 때
너무나 지척에서 들려오는 기적소리는
어쩌면 이렇게도 걷잡을 수 없는 추억의 안개 속으로
이끌어가는 것일까―

밤이 새어나가는
가냘픈 소리가 잠자리 날개처럼 가벼운 이런 시간은
공연히 마음이 약해져서
옛날에 걷던 길이며 산이 한없이 그리워지는 것도
사실이지만
싸늘한 벽
말 없는 책장
붉은 줄이 낯익은 때 묻은 사전
그런 것과 나란히 깨어 있을 때
부르는 듯 반기는 듯
멀리서 무심히 들려오는 기적소리는
아득한
해저 속에 이끌어들인다

웃으며 반기는
여인의 그림자도 눈물에 어리고
하루 종일 안되는 일만 많다고
한숨짓다 잠들어버린 사람들의 모습도
울고 싶도록 다정해져서
기적소리는
누구의 울음소린가보다
분명
고단한 이들의 앓음소린가보다

사랑하는 이의 뒤를 따르는
여자의 소리 없는 눈물

내가 화가였다면
달밤에 혼자 우는 저 기적소리를
가느다란 연필로 그려볼 것이다.

『현대의 신화』, 1958.

텔리타이프의 가을

가을은 투명한 유리컵에
한줌의 서정을 따라놓고
거리의 바람 속에
종잇조각처럼 사라져간다

갑자기 현기증이 남는 내일을
다시 한번
헤아려볼 때
성냥개비 같은
붓대에 매어달린 나의 가족들은
오늘의 천기(天氣)에 대하여
텔리타이프처럼 서러운 사념을 날려보낸다

먼지 속에
퇴색해가는 사색과
떨어진 구두
하늘이 너무 높아 소스라쳐 놀란다

파도 모양 설레는
계절의 소식은
아득한 날의 비행운처럼

쓸쓸히 사라져가고
언제 또다시 돌아올 건가
아득히 사라져버린 것들이
손짓하여 부른다
창백한 근심을.

『현대의 신화』, 1958.

남한(南韓)과의 대화

이북(以北)사람 이북사람 하지 말게
이북사람 서울 와서 폐를 끼치지만
이북사람 기가 막히네

8·15 해방 됐다 기뻐들 하던 그 무렵
있는 것 없는 것 모조리 잃었네
희망도 빼앗겼네 이북친구는

추운 고장에서 온 우리들이
추위를 더 못 참네, 가진 것 없는 탓인가?
기다림에 지친 탓인가 목이 길어졌네

여보게 텁텁한 남도(南道)친구여
이북사람 이북사람 그러지 말게
허물이 있더라도 용서하게나

고향을 두고 온 지 스무 해
오늘밤 어둠 너머 고향서
어머님이 돌아가셨다 전보가 와도 우린 못 가네

이북친구는 기차가 없어 못 가네

함경도는 멀어서
누님이 그리고 사랑하는 동생이 죽었대도 가보지 못하네

여보게
사람 좋은 남도친구
이북사람 이북사람 그러질 말게

가슴이 꺼지네, 바닷속 같으네
캄캄한 갱(坑) 속 같으네
오늘 밤은 아무 말도 건네질 말아주게.

미간 시편, 1968.

죽음 속의 영웅

식어가는
마음을
떠받치기에 지친 육체는
가랑잎 구르는 소리를 내며
서천에 비낀
뭉게구름의
이별을 쓸쓸히 여겼다
죽음이 딛고 가는 소리도 들리지 않는
검은 암석 밑에
미래의 언어는
순수하게 죽고
모멸과 비관
교활한 자기학대와 무위
스스로의 처참한 세계를
새롭게 목도하는
밤은
지옥의 불빛을 피하며
미친 듯이 달렸다
탈출
도주
단념

그런 것들이 뒤범벅이 된
평야에 나서면
말 없는 사물들이
죽은 듯이 누워 있는
한낮의 고요를
가르쳐준다

자연이 그리고 우주가
혹은 물이 사멸했다고
할 수 있을까
악의 신비스런 습성대로
심령의
나무는 조금씩 기운다
무엇을 보았다고 할 수 있을까
눈으로 보는 세계는
눈과 귀가 만들어낸 것이다

거대한 못을 박는다
땅속 깊숙이
그리고
그 위에
가장 보람 있는 요람을 펼쳐놓는다
그리하여
주야로 달리는 철기둥이
사라져가는

애절한 영상을 매장하고 있다
토막(土幕) 속에 사는
날의 번뇌는
벌레였다
기어다니는
작은 생물의
직감적인 영위였다
패하여 그늘 속에 들어서면
죽음의 정체는
심장 가까이 접근한다
광인은 광인끼리
원시적인
손짓으로
빛나는 하루를 넘긴다
흙을 베고 누워서
뜨거운 공포의 속삭임을 기다리는 것이다

처음으로 지구가
넓다는 것을 상상한 것은
싸리나무 냄새에 의해서인가보다
햇빛이
사기그릇이 부딪는
소리를 내는
이랑 깊은 밭머리에
버려진

철사고리 달린
청동빛 숫돌
고고학 속에서
캐어낸 영웅의 이름은
당나귀의
잔등같이
따스한 촉감이었다
엘리어트의
회중시계는
기억의 물이 흐르는
신선한 강이다
윈덤 루이스의
중절모 속에서
흰 비둘기가 날아가는 날에도
대포는
마그리트의 구름과 더불어
파랑 물감을 짜내며
들판을 유유히 밟고 갔다
점심때도 되기 전에
배가 고프다
연인은 대개
걷고 있는 모습으로만
혈관 속에 비쳐진다
이런 일을
모두

신비스럽다고 생각한다

흰 꽃은
목련이나 국화 말고 무엇무엇일까
연둣빛 종이는
어떤
추억을 불러일으키는가
흰 등대
자전차 바퀴 모양으로
선회하는 어느 날의 잠자리
어디 가십니까 하고
인사를 걸어오면
무엇이라 대답해야 할까
영원히 모를 일이 많아진다
권총을
모젤이라 불렀다
그것은 기관차 소리와
흡사한 리듬을 가진다

죽음은
소낙비 속을
비스듬히
뇌성처럼 스치며
진짜로 자빠졌다
흙냄새가

기어들어오는 방 안에서
전면적으로 와닿는
찬란한 감각
그것은
블레이크가 열어 보인
지혜의 일곱 개의 기둥보다
분명한
실재의 두께다
여름은 넘쳐흐르고
식물은
저마다의 원환(圓環)에 기대어
위대한 정적의
세계를 긍지로 삼는다
하늘과 땅
그리고 바람이
작은 유리병에 담긴
하나의 사상을 정복하고 나면
사물은 비뚤어져서
죽음의 공동으로부터
해체된 의식을 밀어낸다
누구를 위해 사느냐
어리석은 질문을
때로 하고 싶어지는
이름 모를 나무 그늘에서
갈대를 신고 가는 바람을

조망하며
가슴을 울리고 지나는
말을 찾아 헤맨다

하루가 천년이 되고
천년이 하루가 된 뒤에
다시
소생한다면
말 없는 비석 뒤에 숨어서
검은 신을 신은
여신이 오기를 기다릴까
침묵과 약동 속에서
진달래처럼 다시 피어난다면
달빛처럼 고요히
육체의 부드러운
옷깃을 스쳐볼 것인가
민족만이 남는다
사치를 모르는
말과 살아가는 지혜로 하여
움막 속의 지저분한
도구들과 더불어
민족의 향기는 남는다
개인의 명리영달과
재정학과 국가가 남는 게 아니라
민족이 남는다

진달래가 남는다
바람과 불과 물이 남을 것이다
신은 하나의 추측이다 자라투스트라같이
내부를 향하여 붕괴되지 않으면 안 된다
전적으로—
작은 파괴는
기술에 지나지 않았다
그만 죽여라 공기를
그만 빼앗아라
혼을
미노톨은 죽었다
떨리는 신경을 누르고
벽 속의 울음소리를 들어볼 시각이다
해체를 기다려
바다의 침묵이 필요할 때다
시간은 어느새 공간을 넘어선다
사라져가면서 보고 있는 눈들이
거짓말을 하지 않는다면
하늘 아득히 퍼져가는
저 무궁한 빛깔은
영원한 정신의 아침이다

손을 씻고 기다리자
사고의 흔들림과 이동을
다시 태어나기 위해선

소멸되지 않으면 안 된다
오직 하나의 죽음 속의 불씨를 위해
지하의 기계소리로부터 빠져나와
죽음의 고요를 지켜볼 필요가 있다
스스로의 생에 뒤엉킨
모순의 눈물을 귀중히 간직하고
오
차디찬 현실의 허무를 부감(俯瞰)하자
탈출의 용기는
죽음 속의 영웅들 가슴에
남아 있는 유일한 혈흔
고독의 깊은 가슴에
검은 날개는
스스로 기쁨에 넘쳐 퍼덕인다.

『죽음 속의 영웅』, 1977.

의식의 나무

우리가 보지 않는 동안에도
부러지지 않고 서서
우리가 잠자는 동안에도
죽지 않고 서서
우리가 죽은 뒤에도
말없이 서서
하늘로 뻗어오르며
구름이 되고 빛이 되어
활활 타오르는
생각하는 나무여
아, 부드러운 그대의 꿈.

『깨끗한 희망』, 1985.

내면의 기하학

한 백 년 동안 잠재울 작정으로
바위는 육박해왔다
눈을 감으면
하늘은 더욱 푸르고 구름은 희다
뜻하지 않은 이별이 곤충의 일생을 어둡게 하였다
때로 너의 가슴속을 별빛처럼 지나는 말은
아무 의미도 나타내지 못했으나
그 낡은 벽면에
순서도 없이 떠오르는 어린 날의 석양빛은
책상머리를 조용히 지났다
아름다운 몸짓, 흐르는 말
안개 속을 헤치고 나타나던 그 침묵
죽음은 서두를 것도 없이
잔잔한 파도소리를 반복한다
내부는 외부의 껍질일 것이다
황금의 햇살 속으로
주저도 없이 다가서는 공허한 그림자
인간에 의한 인간의 착취—
헤겔의 미학은
만질 수 있는 식물의 체계에 속한다
볼 수만 있다면 적도를 바라보며

출렁이는 들을 헤매이자
이제 남은 것은
구름 속에 종이꽃을 안고 달리는
아이들뿐이고
해와 그늘이 뜻 없이 낮과 밤을 이어간다
한 백 년 잠재울 작정으로
바위는 닫혀 있다
결론은 곤란하다
미친 자와 더불어 놀 것이다.

『죽음 속의 영웅』, 1977.

이카로스 비가(悲歌)

낙하하지 않고는 심연을 알 수 없다
그때 비로소 의식은 돌아올 것이다
지금은 단애의 마지막 단계에 와 있다
죽은 말소리와
끈질긴 세월의 틈바구니에서
한 자루 연필이나 짐짝처럼 구르며
임리한 물질인 스스로를 키워간다
어찌 코와 눈과 팔다리의 움직임만으로
뜨겁다든가 차다든가 하는
저 흐름의 흔적만으로
멸하여가는 것을 증명한다 할 수 있을까
있다는 것만으로 물질은 거기 보이고
우리의 오늘과 내일은 사라진다
우선 끊어야 할 것이 있는데
고통스런 반복과 뭉개진 인정 사이에서
끊어야 할 것이 있는데
단애에 울리는 파도소리는 어둡고 차다
모순의 안과 밖에 흩어지는 언어
머리를 풀어헤친 수목의 그늘이
쓰러진 생활의 잔해에
옛날처럼 따스한 속삭임의 몸짓을 보내나

지평선을 달리는 경직된 이성이
슬픔의 중심을 알 까닭이 없다
하여
산다는 것은 더욱 갇힌다는 것이고
어디를 바라봐도
약속처럼 매여 있다는 것이다
무의미한 말의 집적에 눌려
타인같이 어두운 거울 앞에
자신의 얼굴을 가꿔본다는 것이다
고독은 때로 관능적인 것이기도 하기에
물질과 물질이 부딪는 사소한 소음에도
이처럼 살벌한 꿈을 꾸게 되나보다
이카로스여 날개여
그대와 우리 사이에 교감하는
이 흔들림의 선율은 무엇인가
가슴에 파고드는 이 침묵의 뜻은 무엇인가.

『깨끗한 희망』, 1985.

두만강

얼음이 하도 단단하여
아이들은
스케이트를 못 타고
썰매를 탔다
얼음장 위에 모닥불을 피워도
녹지 않는 겨울 강
밤이면 어둔 하늘에
몇 발의 총성이 울리고
강 건너 마을에서 개 짖는 소리 멀리 들려왔다
우리 독립군은
이런 밤에
국경을 넘는다 했다
때로 가슴을 가르는
섬뜩한 파괴음은
긴장을 못 이긴 강심 갈라지는 소리
이런 밤에
나운규는 「아리랑」을 썼고
털모자 눌러쓴 독립군은
수많은 일본군과 싸웠다
지금 두만강엔
옛 아이들 노는 소리 남아 있을까

통일이 오면
할 일도 많지만
두만강을 찾아 한번 목놓아 울고 나서
흰머리 날리며
씽씽 썰매를 타련다
어린 시절에 타던
신나는 썰매를 한번 타보련다.

『하나의 세상』, 1987.

가족

둘은 가버리고
막내가 남았다
너도 이윽고 어디론가
가야 하겠지
빈 책상 서랍을
열었다 닫는다
하늘이 푸르구나
뭘 한다고 셋씩이나 낳아
이 고생 하느냐고
싸우기도 많이 싸웠지만—
이제 내 펜대의 사념도 침묵에 싸인다
얘들아
다 크고 나면 그저 이렇게 멋없으나
아직도 내 잔등에 가물거리는 것
너희들이 목마를 타던
고사리손의 감촉이고나.

『깨끗한 희망』, 1985.

두보(杜甫)로부터 온 편지

싸리나무 타는 냄새가 나는
저녁 어스름
이제는
기억도 가물거리는데
다들 어딜 가고
초라한 마을마다
늙은이와 어린것들만 남았나
낮 동안
빈 들판 위를
흐느적거리고 날던 갈가마귀
이 황혼에
길 가던
귀신 되어
구천(九天)을 간다
처참하게 말라가는
수수밭 가장자리에
웅크리고 앉은 그림자여
먹고사는 것이 늘 문제구나
갑자기 몰려드는 암흑이
등을 때리면
천지를 가득 채우는 해골 부서지는 소리.

『하나의 세상』 1987.

기다림

나의 어머니는 무학이라
시계를 볼 줄 몰랐지만
시간을 잘 맞혔다
그래서 장난으로
어머니한테 시간을 묻곤 했다
분단으로 40년간 어머니를 못 보지만
그분께 얼마나 많이 시간을 물었던가
공해 속에서도
나뭇잎이 무성해가는 6월에
포성과 유혈이 낭자한 민족비극의
그날을 보며
나날이 늘어가는 고층빌딩의 음산한 그늘 아래를
또 그분께 시간이나 물으며 간다
어머니
지금 몇 신가요.

『오늘밤 기러기떼는』, 1989.

걸어다니는 이순신

오래도록
한곳에 서 있은 장군은
걷고 싶다

세종로
이순신 동상이
바퀴 달린 거대한 철판을 타고
서울역 쪽으로 나아가는 모습은
장엄하고 아름답다
마치 온 서울이 함께 걸어나가는 것만 같다

수군은 아직
거북선을
바다에 띄우지 않고 있다.

미간 시편, 2005 이후.

아침의 시

새해에는
숨이 차되
40년 묵은
묘향산 여우 울음소리
듣게 하시고
금강산 일만이천봉
깎아지른 절벽 위를
바람이 되고 구름이 되어
기게 하소서
숨길 것 하나 없이
드러내놓은 허허로운 삶이
사람이 사람다워야 할
권리를 위해
소스라쳐 떨게 하소서
겨울 햇살 부서지는 두만강가
백두산 곰이 슬슬 기어나오는 한낮
쩡쩡 울리는
고려 조선의 푸른 하늘이
바로 지척에 굽이치게 하시고
평양 청진 원산 가는
차표를 살 수 있게 하소서

새해에는
우리 가슴속 끓어넘치는 확신이
다만 꿈길 같은
만남의 길이 되게 하소서
새해에는.

『오늘밤 기러기떼는』, 1989.

전설
─돌아오지 않는 것들

사촌형님이
시베리아인가 어디로
달아날 적에
전날 밤을 우리 집에서 묵었는데
새벽에 집을 나설 때
우리 아버지 구두를 신고 갔다
아버지가 아껴서 신지 않던 구두였다
들려오는 소문에
형님은 독소전쟁에
대좌 계급장 달고
독일군과 싸우다 죽었다고도 하고
소련 땅에서 백계여인과 결혼하여
아이들을 낳고 잘 지낸다고도 하고
혹은 그곳에서도
떠돌이로 고생하고 있다 했다
8·15가 되어
일본 것들이 도망치고
소련군이 매일 우리 마을에
당도할 때마다
백부님은 그래도

그 녀석이 무슨 소식이라도
전해올까 하여
일을 하시던 손을 멈추고
따발총 공중에 대고 쏘며
히히대는 소련군을
가냘픈 미소를 담은 모습으로
바라보곤 했다
일본 놈 치하에선
죽어도 살 수 없다고
어디론가 달아난 사촌형님
아들을 셋씩이나 낳은
착한 아내마저 버려두고
간다 온다 말 한마디 없이
망명길 떠난 몹쓸 형님
방학에 집에 오면
아름드리 소나무가 들어찬 산에 올라
무슨 연설인지 주먹으로 가슴을 치며
우렁찬 목소리로 웅변만 했다는 그분
사촌형님의 기억은 전혀 없으나
일본 순사가 칼을 차고
백부님네 집에 들르면
백부님 안색이 갑자기 변하던 것을
잊지 못한다
지은 죄는 없으나
아들이 행방 모를 곳을 찾아

국경을 넘었으니
시달림받는 건 백부님이었다
세월이 흘러
해방이 되었다 해도
백부님은
애비 없이 키운 손자들 바라보며
언제나 쓸쓸해하셨다
술을 따라 올리면
조용히 잔을 기울이며
크 독하다 소리 잘하시던 노인
그분은 지금 이북에 살아 계실까
내가 집을 떠날 때
작별인사로 큰절을 하니
죽지 않아야 또 만나보겠는데
나도 모르겠구나 하시던 그분
그로부터 40년이 지났다
소주잔 쭉 들이키며
크 소리 하시던 백부님 생각에
멍청하니 넋을 잃고 앉았을 때가 있다
아들을 생이별한 노인을
나 또한 버렸구나
나는 얼마나 무정한 놈인가
잔인한 놈인가
이런 생각 저런 생각 위로
따뜻한 백부님의 웃음이 지나간다

환한 그분의 모습이 스쳐간다.

『오늘밤 기러기떼는』, 1989.

빛살 속에서

부처님 부처님
하나님 우리 하나님
칠성님 우리 칠성님
모든 땅귀신 하늘귀신
우리를 지켜보는 신령님들이여
우리의 희망을 헤아려주소서
아무것도 원치 않나이다
그것을 빼고는 아무것도
이제
이 땅에 통일이 오는 것을 허락하소서
좌우익이 피 흘려 싸우지 않고
한 몸이 되는 위대한 사업을 허락하소서
허락하소서 기어이
만일 그렇지 못하다면
우리는 다시 죽어 살밖에 없나이다
희미하게 비쳐오는
이 빛살도 놓치고 말아요
눈물에 얼룩진 희망의 얼굴도
놓치고 말아요
모진 시련과 가난 속에서도
비우고 살아온 이 뜨거운 마음을

이제는 헤아려주세요
드넓은 하늘이여
삼천리에 부는 바람소리여.

─────────────

『오늘밤 기러기떼는』, 1989.

바다

너는
귀가 넓어서
무슨 말이고 다 듣는다

너는 너의 중심을
누구에게나 내맡기지만
이제까지
네 마음을
잡아보았다는 사람은 없다
잡았다가도 놓치기 일쑤다

만남과 이별에 대하여
너처럼 격하고 섬세한 감정을 지닌
자는 없다
그러면서도 운명을
믿지 않으며
성공이라든가 절망을
도무지 모른다

깃발을 치켜들고
밤과 낮으로

꿈과 세상 사이를 오락가락하며
푸두둑 푸두둑
수많은 새를 날려보낸다

그러면 충만이
넘실거리며
이곳저곳의 벽을 헐고
모든 메마른 것들을
한꺼번에 적셔준다

항구에서는
언제나 걱정근심이
떠날 새 없건만
너는
언제 한번 네 설움을 전해주는 일도 없이
염려 놓으라고
그저 쾅쾅 땅만 구른다.

『생명의 노래』, 1991.

느릅나무에게

나무
너 느릅나무
50년 전 나와 작별한 나무
지금도 우물가 그 자리에 서서
늘어진 머리채 흔들고 있느냐
아름드리로 자라
희멀건 하늘 떠받들고 있느냐
8·15 때 소련병정 녀석이 따발총 안은 채
네 그늘 밑에 누워
낮잠 달게 자던 나무
우리 집 가족사와 고향 소식을
너만큼 잘 알고 있는 존재는
이제 아무 데도 없다
그래 맞아
너의 기억력은 백과사전이지
어린 시절 동무들은 어찌 되었나
산 목숨보다 죽은 목숨 더 많을
세찬 세월 이야기
하나도 빼지 말고 들려다오
죽기 전에 못 가면
죽어서 날아가마

나무야
옛날처럼
조용조용 지나간 날들의
가슴 울렁이는 이야기를
들려다오
나무, 나의 느릅나무.

『느릅나무에게』, 2005.

육체로 들어간 진달래

먹었단 말입니다
연한 이파리
무지개 같은 진달래를
순이와 난 따먹었어요
함경도의 3월은
아직 쌀쌀하나
허전한 육체에
꽃은 피로 녹아
하늘하늘 떨었지요

나 보기가 역겨워 가실 때에는
사뿐히 즈려밟고 가시옵소서
평안도 약산 시인은
노래했으나
밟고 가다니 사치하잖아요
먹었단 말입니다
심장으로 들어가게 했지요

모란이 피기까지는
기다리겠노라
전라도 강진 시인은 노래했으나

도대체 뭘 기다린단 말인가요
모란이 뭔지도 모르는 바람 센 땅에서
기다릴 것도 없이
우린 불붙듯 하는
진달래를 따먹었어요

여름내 땀 흘려 농사짓고
겨울엔 이태준의 『문장』 잡지를 읽는
이름 없는 농부의 딸 순이와 나는
입술같이 연한
진달래 이파리를 따먹었어요

순인 북에 있고
난 남쪽에 있으나
둘의 심장으로 들어간 진달래꽃만은
세월이 가도
고동치며 돌고 있답니다
사시사철 꽃은 피고 있답니다.

『느릅나무에게』, 2005.

밤의 불덩어리

사람을 잘 치는 차가 있기는 있기 때문에 인도를 걸으면서
도 불안한 것이니 언제 어디서 이놈이 비집고 나와 들이받을
지 예측이 될 턱이 없은즉 두리번거리며 곁눈질로 바퀴란 바
퀴를 조심하면서 되도록 걸음을 재촉하는 지가 오래되었거니
와 귀신이 다락 구석과 선반 널빤지 위에 숨어 있는 것을 본 이
후로는 자동차의 불빛과 경적, 부르릉거리는 숨결소리를 무서
워하게 된 것 역시 우연 아니거니와 대도에 넉 줄로 꼬리를 물
고 행진하는 숱한 달구지의 물굽이를 벌거벗은 거대한 유령이
타고 앉는 순간 때마침 신호기가 침입자를 얼른 알아보고 즉
시 빨간불 파란불을 능란하게 켜들 때 금시 사방에 자갈돌이
뿌려지고 멍석만 한 바람덩이가 뺨을 갈겨댔으나 운명에 잘
견디는 팔자를 타고났는지라 눈을 지그시 감고 캄캄한 굴속을
아무렇지도 않게 빠져나오는 것이 신기하기는 하나 내 체내에
는 어느새 새까맣게 탄 기형의 생물이 수천 마리나 쌓여 그중
어떤 것들은 개구리와 올챙이 비슷하게 생겼는데 좌우로 몸을
틀며 그것이 뱀같이 머리를 내젓는 것을 보게 되고 허공에서
몸을 파르르 떠는 괴물이 또한 숱하니 무슨 수로 이것을 내쫓
을지 몰라 속으로 뱀은 연이다 하늘을 나는 연이다라는 헛소
리를 두어 번 해보고 나서 앞을 보니 새까만 것이 불덩어리를
달고 시야를 가리는데 에즈라 파운드같이 생긴 꾸부정한 사람
이 지팡이를 짚고 서서 서툰 한국말로 길을 묻기를 잠실운동

장 가는 차 어디 있습니까?였으나 지리에 어두운 나는 몸부림 쳐보나 그에게 아무것도 가르쳐주지 못하고 말았는데 다만 깜박 곯아떨어진 잠 속에서 이렇게 외친 게 고작, 스톱 스톱 온갖 힘을 다해 차를 세웠으니 그렇다는 것은 급기야 자동차가 부엌을 지나 안방까지 들이닥쳤으니 딴에는 위급을 면해보느라고 스톱 소리밖에 냅다 지를 게 없었던 것이다.

『느릅나무에게』, 2005.

해는 기울고

운명
기쁨도
슬픔도
가거라

폭풍이 몰아친다
오, 폭풍은 몰아친다
이 넋의 고요.

인연
사랑이 식기 전에
가야 하는 것을

낙엽 지면
찬 서리 내리는 것을.

당부
가는 데까지 가거라
가다 막히면

앉아서 쉬거라

쉬다보면
보이리
길이.

『느릅나무에게』, 2005.

오장환이네 집

이북으로 간 오장환이네 고향집 기운 기둥뿌리에
전파가 와닿는다
부엌을 가로지른 거미줄
여보세요 여보세요
오장환 씨 계시면 바꾸시오

여기는 허물어진 낡은 성벽의 돌더미
그가 눈물짓던 이끼 냄새
개미, 구름 썩은 항구
그밖에는 아무것도 없소

늙으신 시인의 어머니는
병들어 누운 아들을 위해
돈 1원을 꿔다가 닭 한 마리를 고았다

이 닭다리 하나 먹고
어서 서울 올라가 이번엔 취직 꼭 해라
사내자식이 평생을
벌이 안 되는 글이나 쓰면 뭘 하겠냐
하지만 네 소원이 꼭 그거라면
이 어미인들 어쩌하겠냐

장환아, 안 그러냐, 안 그러냐?

『느릅나무에게』, 2005.

2

평론가들의
김규동
새롭게 읽기

시선과 응시의 충돌

김규동 초기 시의 구조화 원리

오형엽 고려대학교 국어국문학과 교수

1. 김규동 초기 시의 미학적 특이성

김규동은 1948년 『예술조선』지에 시 「강」을 발표하면서 문단 활동을 시작한 이후 시와 시론 양 분야에서 한국 현대시사에 의미 있는 자취를 남겼다. 그동안 김규동의 시와 시론은 다양한 관점에서 연구가 진행되어 많은 성과가 축적되었다. 김규동의 시에 대한 선행 연구는 크게 김규동의 전체 시세계를 다룬 문학사적 관점의 연구,[1] 1950년대 발표된 초기 시의 모더니즘적 경향

1) 최동호, 「현실적인 시와 진실한 시」, 『불확정시대의 문학』, 문학과지성사, 1987, 178-184쪽; 장사선, 「모더니즘에서 리얼리즘으로: 김규동론」, 김용직 외, 『한국현대시연구』, 민음사, 1989, 258-271쪽; 김재홍, 「김규동, 통일 지향 시의 한 표정」, 『한국현대시인비판』, 시와시학사, 1994, 125-135쪽; 이동순, 「김규동 시세계의 변모과정과 회복의 시정신」, 맹문재 엮음, 『김규동 깊이 읽기』, 푸른사상, 2012, 17-39쪽; 김홍진, 「모더니티에서 민중적 인식으로의 시적 갱신」, 맹문재 엮음, 같은 책, 40-64쪽; 한강희, 「분열과 부정에서 통일 염원에 이르는 도정」, 맹문재 엮음, 같은 책, 65-85쪽; 박몽구, 「모더니티와 비평정신의 지평: 김규동론」, 맹문재 엮음, 같은 책, 86-123쪽; 맹문재, 「나비와 광장의 시학: 김규동의 시」, 『시학의 변주』, 서정시학, 2007, 140-156쪽; 황원준,

에 대한 연구[2]로 대별된다. 전자의 선행 연구들은 대체로 김규동의 시세계를 시기 구분하면서 첫 시집 『나비와 광장』과 제2시집 『현대의 신화』를 초기 시로 간주하고, 제3시집 『죽음 속의 영웅』 이후의 시를 중기 시 및 후기 시로 간주하는 데 공감대를 형성한다. 그런데 이 유형의 연구들은 전체적인 평가에서 다시 둘로 구분된다. 김규동이 초기 시에서 새로움의 가치에 경도된 모더니즘적 경향의 시를 창작했으나 중기 시 이후에는 한국 사회의 현실적 모순을 직시하고 비판하는 리얼리즘적 경향의 시로 변모한다는 평가[3]와, 초기 시에서부터 모더니즘적 경향과 리얼리즘적 경향이 공존해 있었고 중기 시 이후에 리얼리즘적 경향을 심화하면서 민중과 민족의 발견, 조국 통일에의 희구 등으로 발전시켰다는 평가[4]가 그것이다.

한편 후자의 선행 연구들은 대체로 1950년대 김규동의 초기

「김규동 시의 모더니티 연구」, 고려대 석사학위논문, 2017.

2) 이경수, 「불안과 충돌의 시학: 김규동 시 연구」, 송하춘·이남호 엮음, 『1950년대의 시인들』, 나남, 1994, 157-177쪽; 윤여탁, 「1950년대 모더니스트의 자기 모색: 김규동의 경우」, 맹문재 엮음, 같은 책, 211-234쪽; 김지연, 「1950년대 김규동 시의 시정신」, 맹문재 엮음, 같은 책, 253-279쪽; 김은영, 「김규동의 시세계 연구: 초기 시와 영화의 친연성을 중심으로」, 맹문재 엮음, 같은 책, 280-316쪽; 강정구·김종회, 「1950년대 김규동의 문학에 나타난 모더니티 고찰」, 맹문재 엮음, 같은 책, 159-185쪽; 조영미, 「1950년대 모더니즘 시의 이중언어 사용과 내면화 과정」, 『한민족문화연구』 42권, 한민족문화학회, 2013, 471-514쪽; 여태천, 「김규동 초기 시의 특성과 그 의미」, 『비평문학』 68호, 한국비평문학회, 2018, 134-161쪽.

3) 선행 연구들 중 장사선, 앞의 글; 이동순, 앞의 글; 김홍진, 앞의 글; 한강희, 앞의 글 등이 여기에 해당한다.

4) 선행 연구들 중 최동호, 앞의 글; 김재홍, 앞의 글; 박몽구, 앞의 글 등이 여기에 해당한다.

시세계를 모더니티의 관점에서 고찰하면서 현실 감각을 외면한 추상적·피상적 특성, 도시 문명 비판적 특성, 과학적 표상, 계몽에 대한 성찰 등의 진단 및 평가를 통해 기본적인 공감대를 형성한다. 이 유형의 연구들은 초기 시세계의 모더니티를 구체적이고 세밀하게 탐구하는 방향으로 전개되는데, 그 결과 사선의 이미지를 통한 자기 파괴적인 현대 문명의 속성,[5] 이성주의와 반이성주의의 공존, 다중시점과 비가시적인 것의 가시화 등의 탈원근법적 시각,[6] 시적 자아의 체험적 세계 인식, 전후 상황과 자아분열의 냉소적 아이러니,[7] 시의 과학적 방법론으로서 이미지즘 및 다다이즘과 초현실주의 등 아방가르드 영화와의 친연성, 내면적 리얼리스트의 선택으로서 네오리얼리즘 영화와의 친연성,[8] 이중언어의 사용과 내면화 과정,[9] 이중언어 환경과 현실 인식 및 자기 성찰[10] 등의 평가가 이러한 탐구의 결과로 도출된다.

이 글은 후자의 연구 유형인 1950년대 김규동 초기 시[11]의 모더니즘적 경향에 대한 연구로서 첫 시집 『나비와 광장』에 수록된 아방가르드적 시들[12]을 집중적인 탐구의 대상으로 삼고, 핵심적

---

5) 이경수, 앞의 글.

6) 강정구·김종회, 앞의 글.

7) 김지연, 앞의 글.

8) 김은영, 앞의 글.

9) 조영미, 앞의 글.

10) 여태천, 앞의 글.

11) 이 글은 김규동의 시세계를 1950년대 창작한 시들을 수록한 첫 시집 『나비와 광장』과 제2시집 『현대의 신화』를 초기 시, 1970년대 이후 1980년대까지 창작한 시들을 수록한 제3시집 『죽음 속의 영웅』과 제4시집 『오늘밤 기러기 떼는』을 중기 시, 1990년대 이후 창작한 시들을 수록한 제5시집 『생명의 노래』와 제6시집 『느릅나무에게』를 후기 시로 시기 구분하고자 한다.

12) 첫 시집 『나비와 광장』에 수록된 「하늘과 태양만이 남아 있는 도시」 「검은

인 이미지-상징들을 미시적이고 심층적으로 분석하여 초기 시의 형상화 방식을 지배하는 구조화 원리를 추출하고자 한다. 이를 통해 선행 연구들의 성과를 토대로 좀더 정밀한 분석 및 해석을 시도하는 심화된 논의를 진행하여 김규동 초기 시의 미학적 특이성을 규명하려 한다. 이 논의는 김규동 초기 시의 구조화 원리의 원천이 되는 '빛'의 상징, 이를 통해 형성되는 구조화 원리로서 '주체의 시선'과 '세계의 응시'의 충돌, '시선'과 '응시'가 충돌하면서 생성되는 형상화 방식으로서 몽타주의 화면 구성 등의 순서로 진행된다. 초기 시의 형상화 방식을 지배하는 구조화 원리를 중심으로 내적 발생의 순서에 따라 구조화 원리의 '원천'-'구조화 원리'-구조화 원리가 구현한 '형상화 방식'을 규명하는 과정을 밟는 것이다.

2. 빛의 상징: 검은 현실과의 대결, 구조화 원리의 원천

김규동 초기 시에 나타나는 핵심적인 이미지-상징들을 미시적이고 심층적으로 분석하여 초기 시의 형상화 방식을 지배하는 구조화 원리의 원천에 대해 살펴보기로 하자. 다음의 시는 김규동 초기 시의 구조화 원리의 원천이 되는 '빛'의 상징을 규명하는 데 중요한 실마리를 제공한다.

슈―샤인

날개: 전쟁, 「화하(花河)의 밤」 「기도」 「전쟁과 나비」 「뉴스는 눈발처럼 휘날리고」 「나비와 광장」 등의 시가 여기에 해당한다.

애수에 젖어
소리에 젖어
오늘도 나는 이 거리에서
도대체 어디로 가는 것인가

계절을 잃은 남루를 걸치고
숱한 사람들 속 사람에 부대끼며
수없는 시선에 사살되면서
하늘이 그리운 것이 아니라
인제 저 푸른 하늘을 마시고 싶어
이렇게 가슴 태우며
오늘도 이 거리에서
나는 어디로 가는 것이냐

간판이 커서 슬픈 거리여
빛깔이 짙어서 서글픈 도시여

추잉검을 씹어
철사처럼
가늘어진 허리들이
색깔 검은 아이를 배었다는 이야기는
차라리 아무것도 아닌 것이고

(…)

몰아치는
검은 바람을 안고
섬의
공장 굴뚝들은
폐마처럼 숨이 가쁘냐

한 폭
정물처럼
고요한 전함(戰艦)들이 뒹굴어 있는
오후의 해상에 그림자를 흘리며
비행기는 허망한 공간에서
내일이 권태롭구나

패스포트처럼 쉽게 통과하는
로터리의 물결에 섞여―

슈―샤인

애수에 젖어
음향에 젖어
저물어가는 태양 아래
아, 나는 어디로 가는 것인가
간판이 커서 기울어진 거리여
빛깔이 짙어 서글픈 도시여.
　　　―「하늘과 태양만이 남아 있는 도시」 부분[13]

이 시는 첫 시집『나비와 광장』의 첫머리에 게재된 작품으로 김규동 초기 시의 원형질을 함축하고 있다. 이 원형질 중에서 현대 도시 문명 비판, 전후 사회의 폐허와 불안, 절망의 내면화, 불투명하고 폐쇄된 공간성 등 이미 선행 연구들이 언급한 기본적인 주제 및 형식적 특성들 이외에 새롭게 발견할 수 있는 중요한 요소는 무엇일까?

인용한 시는 전체적으로 '도시의 우울과 방황과 절망'이라는 아우라가 지배하는 가운데 '빛'의 상징체계가 은연중에 스며들어 있다. 우선 '도시의 우울과 방황과 절망'이라는 아우라는 현대 도시 문명과 전후 사회라는 시대적 현실을 배경으로 "슬픈" "서글픈" 등의 정서와 "검은"색의 시각적 이미지를 중심으로 시를 전체적으로 지배하는 현상을 이룬다. 2연과 14연의 "애수에 젖어", 4연의 "슬픈 거리여" "서글픈 도시" 등에 나타나는 '우울'의 정서는 2연의 "나는 이 거리에서/도대체 어디로 가는 것인가", 3연과 14연의 "나는 어디로 가는 것이냐" 등에 나타나는 '방황'과 조응하면서 긴밀히 연결된다. 이러한 조응의 결과물로 생성되는 것이 5연의 "색깔 검은 아이", 10연의 "검은 바람", 11연의 "그림자"에 나타나는 '검은색'의 시각적 이미지이고 그 시적 의미는 '절망'이라고 볼 수 있다. 따라서 이 시의 지배적 현상을 이루는 '도시의 우울과 방황과 절망'이라는 아우라는 김규동 초기 시의 화자가 보여주는 기본적인 정서와 상황과 처지를 대변한다고 볼 수 있다.

한편 이러한 아우라를 강화하는 이미지로 1연의 "소리에 젖

---

13) 김규동, 18-22쪽.

어", 14연의 "음향에 젖어"에 나타나는 청각적 이미지와, 4연과 14연의 "빛깔이 짙어 서글픈 도시여"에 나타나는 시각적 이미지에 주목할 필요가 있다. 이 청각적 이미지와 시각적 이미지는 시상 전개나 문맥상 그 실상을 정확히 파악하기가 쉽지 않다. 다만 "소리에 젖어" "음향에 젖어"라는 구절은 구문상 "애수에 젖어"와 등위 구를 이루므로 청각적 이미지가 '우울'의 정서와 접속하고, "빛깔이 짙어서 서글픈 도시여"라는 구절은 구문상 "간판이 커서 슬픈(기울어진) 거리여"와 등위 구를 이루므로 시각적 이미지도 도시적 스펙터클이 야기하는 '우울'의 정서와 접속한다는 가설을 세울 수 있다. 그런데 여기서 "빛깔이 짙어"라는 시각적 이미지는 3연의 "(푸른) 하늘" 및 그 원인이 되는 "태양"과도 모종의 연관성이 있다는 점에서 좀더 섬세한 분석 및 해석이 요청된다. 이 부분은 이후에 논의할 '빛'의 상징체계에 대한 분석 및 해석과도 긴밀히 연결된다.

다음으로 '빛'의 상징체계에 대해 분석해보자. 이 시에서 '빛'의 상징은 제목인 「하늘과 태양만이 남아 있는 도시」의 "하늘"과 "태양"으로 제시되어 시 전체에서 은연중에 개입하지만, 결정적으로 3연에서 시적 화자가 지향하는 목표인 "푸른 하늘"로 형상화된다. "(푸른) 하늘"과 "태양"으로 표상되는 '빛'의 상징은 시적 화자가 초기 시의 기본 토대를 이루는 '도시의 우울과 방황과 절망'이라는 아우라와 대결하면서 희망하고 염원하는 지향성을 대표한다고 볼 수 있다. 그런데 인용한 시는 전체적인 시상 전개를 대낮에서 저녁으로 진행되는 시간대의 흐름으로 설정함으로써 "(푸른) 하늘"과 "태양"으로 표상되는 '빛'의 상징에 미세한 변화를 부여하면서 주제의식을 적절히 형상화한다.

1연과 13연의 "슈—샤인"은 단순히 '구두닦이'라는 의미만을 전달하지 않고 시각적 감각성에 의해 '햇빛이 발현하는 광학적 효과'를 전달한다. 이 광학적 효과는 2연과 14연의 "애수에 젖어/소리(음향)에 젖어"에 나타나는 우울의 정서, 2연과 3연과 14연의 "나는 어디로 가는 것인가"에 나타나는 방황의 상황, 5연과 10연과 11연의 "그림자"에 나타나는 '검은색'의 절망의 입장과 대결하면서 그것을 극복하고자 하는 화자의 희망과 염원에 기초적인 실마리를 제공한다. "슈—샤인"의 광학적 효과가 결정적으로 발현되는 부분이 바로 3연의 "푸른 하늘"인데, "인제 저 푸른 하늘을 마시고 싶어"라는 소망적 표현은 그 실현이 현실에서 요원하다는 역설적인 방증으로 나타난다. 따라서 이 시는 화자의 희망과 염원을 '빛'의 상징을 통해 형상화하지만 '도시의 우울과 방황과 절망'이라는 지배적인 아우라에서 좀처럼 벗어나지 못하는 권태와 무기력을 기조로 제시하고 있다.

이와 연관해서 4연의 "빛깔이 짙어서 서글픈 도시여"에 나타나는 시각적 이미지에 대해 좀더 심층적으로 분석해볼 수 있다. 왜 "빛깔이 짙어"서 "서글픈" 것일까? 앞에서 분석한 '빛'의 상징체계에 따라 1~4연의 시상 전개를 재해석한다면, "슈—샤인"-"푸른 하늘"의 광학적 효과는 '도시의 우울과 방황과 절망'이라는 지배적인 아우라의 무게에 눌려 그 희망과 염원의 희미한 가능성 혹은 잠재성만을 배태하고 있을 뿐이다. 따라서 4연에서 "간판이 커서 슬픈 거리여"에 이어 제시되는 "빛깔이 짙어서 서글픈 도시여"라는 표현은 대낮의 시간대에 "하늘"과 "태양"이 배경으로 등장함에도 불구하고 선명한 도시적 스펙터클이 우울의 정서로 물들 수밖에 없는 상황에서 기인한다고 볼 수 있다. 이 시의 시상 전개는 인용하지 않은 6~9연 이후에 시간대가 저녁으로 전개된다. 6연에서 "회색의 지평"이 등장하고 10연 이후에 '검은색'이 등장하며 14연에 "저물어가는 태양 아래"라는 구절이 등장하는 것도 이와 연관된다. 시상이 전체적으로 대낮에서 저녁으로 진행되면서 '빛'의 상징이 동반하는 광학적 효과가 '도시의 우울과 방황과 절망'이라는 아우라의 무게에 더 압도되어 가는 비극적 정황을 보여주는 것이다. 따라서 제목인 「하늘과 태양만이 남아 있는 도시」는 시인의 역설적 희망이자 소망적 사유의 표현이라고 간주할 수 있다.

인용한 시의 미학적 특이성을 규명하기 위해 한 가지 더 중요하게 언급할 부분이 있다. 그것은 "슈—샤인"-"푸른 하늘"의 광학적 효과로 형상화되는 '빛'의 상징이 시의 화면 전체 프레임을 형성하는 시적 시선과 관계를 맺고 있다는 점이다. 김규동의 초기 시에서 제시되는 시의 전체적 화면은 표면적으로 화자의 시선에 의해 포착되는 듯하지만, 그 배후에서 화자까지도 포함해서 전체를 주시하는 보이지 않는 더 큰 시선에 의해 구조화되는데, 그것이 바로 '빛'의 상징체계와 밀접한 연관성을 가진다는 것이다. 이 시가 현대 도시 문명과 전후 한국 사회라는 시대적 현실에 대한 축소판으로서 하나의 풍경을 보여준다면, 이 풍경을 바라보면서 묘사하는 시적 화자의 시선이 존재하지만, 그 배후에서 그것을 가능케 하는 더 큰 시선의 위상을 '빛'의 상징체계에서 찾을 수 있다.

이 부분은 시적 시선과 응시의 관계를 해명하는 차원과 연관되는데, 다음 장에서 자세히 논의하기로 한다. 김규동 초기 시의 기본 구도를 형성하는 '도시의 우울과 방황과 절망'이라는 아우라

와 '빛'의 상징체계 간의 대비는 전쟁의 상흔이 개입될 때 전자가
강화되고 후자가 위축되는 양상으로 형상화된다.

기독(基督)에 혹사(酷似)한
가슴의 상흔

로켓의 사면(斜面)에 굽이치는
탄환의 비래(飛來)

새하얀 골격을 하고 내가 서 있다
화성의 평면에

1초
2초
3초
4초

무거운 하늘의
회색 뚜껑을 열어제치고
모든 신들은
세기의 종말 위에
검은 화환을 뿌리며
지상의 희극 앞에
눈을 감는다

쇠잔한 북극의 태양처럼, 또는
침묵한 해협과도 같이

이윽고
먼 하늘에 상장(喪章)처럼
날리는
오! 화려한 그림자여
검은 날개여.
　　　　　　—「검은 날개: 전쟁」[14]

　이 시의 제목인 「검은 날개: 전쟁」을 염두에 둘 때 작품 전체에
서 중심을 이루는 장면은 2연에서 전쟁 무기인 "로켓"과 "탄환"
이 날아가는 모습이다. 시상 전개는 이 장면을 중심으로 5연의
"검은 화환", 7연의 "먼 하늘에 상장(喪章)"과 "검은 날개" 등의
'검은색' 이미지로 이어지면서 비극적인 현실 인식과 전망을 표
출한다. 중요한 부분은 시를 지배하는 '검은색'의 비극적 이미지
들이 6연의 "쇠잔한 북극의 태양"과 긴밀히 조응하면서 형상화되
는 점이다. 앞에서 분석한 대로 김규동의 초기 시는 '도시의 우울
과 방황과 절망'이라는 아우라와 '빛'의 상징체계의 대비적 구도
를 근간으로 형성되는데, "로켓"과 "탄환"으로 대표되는 전쟁의
현실이 개입될 때 전자가 강화되고 후자가 위축되면서 "태양"이
힘을 잃는 모습을 보이는 것이다.
　이처럼 김규동의 초기 시에는 '도시의 우울과 방황과 절망'이

---

14) 김규동, 32-33쪽.

라는 아우라에 '전쟁의 상처와 고통'이 결부되면서 지배적인 풍경으로 등장한다. 하지만 '빛'의 상징체계가 이 지배적인 풍경과 대결하여 균열을 가하면서 미학적 특이성을 형성하는 데 중요한 역할을 담당한다.

이 시에서 주목할 또 다른 부분은 1연에 등장하는 "기독"과 3연에 등장하는 '나'의 위상이다. 작품의 중심을 이루는 2연을 두고 1연과 3연에서 몽타주로 제시되는 "기독"과 '나'의 모습은 전쟁의 비참한 현실을 바라보는 화자의 세계 인식 및 시적 사유의 두 가지 관점을 대변한다. 1연의 "기독에 혹사한/가슴의 상흔"은 부자연스러운 구문이지만, '예수 그리스도'로 대변되는 종교의 차원이 전쟁의 상처와 고통을 치유하지 못하고 오히려 가중시킨다는 회의적 인식을 냉소적이고 풍자적으로 표현한다. 종교에 대한 회의는 5연의 "모든 신들은/세기의 종말 위에/검은 화환을 뿌리며/지상의 희극 앞에/눈을 감는다"라는 문장에서 좀더 직접적으로 진술된다. "모든 신들"이 "검은 화환을 뿌"린다는 표현은 색채 감각의 측면에서 "로켓"과 "탄환"을 비유하는 "검은 날개"와 결부되면서 종교가 오히려 전쟁의 상처와 고통을 강화한다는 비판적 인식을 동반하고 있다. 지금까지의 분석을 요약하면, 김규동의 초기 시에서 지배적인 풍경을 이루는 것은 '도시의 우울과 방황과 절망' '전쟁의 상처와 고통' '종교에 대한 회의'라는 트라이앵글의 조합이라고 볼 수 있다.

3연에 등장하는 '나'의 위상은 이러한 지배적인 풍경을 바라보는 시적 화자의 시선을 엿볼 수 있다는 점에서 중요한 분석 대상이 된다. '전쟁의 상처와 고통'에 '종교에 대한 회의'가 가중되는 이 시의 지배적인 풍경을 주시하는 시적 화자는 "새하얀 골격을 하고"화성의 평면에"서 있다". 비극적인 시대 현실을 바라보는 화자는 현실의 내부에 있지 않고 그것을 초월한 외계에 존재하면서 상황을 내려다보는 시선을 작동시킨다. 이 외부의 시선은 조감의 방식으로 시대적 현실과 상황을 주시하는데, 이 관점은 '주체의 시선'이라기보다는 '세계의 응시'에 가까운 차원이라고 볼 수 있다. "새하얀 골격을 하고" 있는 '나'의 위상은 '검은색'으로 점철된 현실의 지배적인 풍경과 대결하면서 그것을 극복할 수 있는 일말의 가능성 혹은 잠재성을 내포한다. 이러한 분석은 「하늘과 태양만이 남아 있는 도시」에서 분석했던, 김규동 초기 시에서 '빛'의 상징이 동반하는 광학적 효과 및 구조화 원리의 원천과도 연관되는데, 이에 대해서는 다음 장에서 좀더 자세히 논의하기로 한다.

3. 주체의 시선과 세계의 응시: 교차와 충돌, 구조화 원리

김규동 초기 시에서 원천이 되는 '빛'의 상징을 통해 형성되는 구조화 원리로서 '주체의 시선'과 '세계의 응시'의 충돌에 대해 고찰해보자.

꽃이 지는 밤
탱크가 스쳐지난
바람 속에 서면
미래의 시선(視線) 위엔
오늘도
황토빛 태풍의 원경(遠景)이 얹혀지고

파리, 런던, 몬테칼로
도시의 상공마다
연기처럼 어리는
1953년의 비행운(飛行雲)은
불안한 세대의 기류(氣流) 위에 떨어지는
불행한 저음(低音)

"나는 당신이 권하는 대로 층계를 올라갈 수가 있을까요?"

유리창에 밀려오는 무수한 밤의 손
폐혈관에 스며드는
여자의 입김

까마귀와 같은
환상의 행렬을 따라
검은 층계를 올라가면
거기 마그네슘처럼 빛나는
샹들리에의 밀림이 있고
피 묻은 테이블을 둘러싸고 앉은 사람들은
저마다 식인종처럼
가벼운 웃음을 웃는다

"전쟁은 지금이 한창이라지요?"

아무도 귀 기울이는 이 없는 공간 속에

싸움터의 소식은 가라앉아가고

먼 해변의 달빛 아래
비처럼 내리는 장송곡의 여운을 듣는다

"이 밤 우리들은 무엇을 이야기할까요?"

사랑하는 벗이여
너와 나는
또다시 무엇을 약속하며
이 밤의 층계 위에 서야 할 것인가?
　　—「화하(花河)의 밤」15)

　이 시에서도 김규동 초기 시의 주조를 이루는 '도시의 우울과
방황과 절망'의 아우라에 '전쟁의 상처와 고통'이 결부되어 나타
난다. 1연의 "탱크가 스쳐지난"에서 표현되는 '전쟁의 상흔'은
"바람" 이미지를 따라 "황토빛 태풍"을 거쳐 2연의 "도시의 상공
마다/연기처럼 어리는/1953년의 비행운"으로 이어지면서 '도시
의 절망'을 형상화한다. 여기서 "1953년"이라는 특정한 시대가
구체성과 현장성을 통해 전후 시의 속성을 부여하는데, 주목할
부분은 "파리, 런던, 몬테칼로"로 제시된 "도시"가 한국뿐만 아니
라 국제적인 범위로 확장되면서 세계사적 풍경을 묘사한다는 점
이다. 이 점은 김규동 초기 시의 모더니티가 시간적으로 전후의

---

15) 김규동, 23-25쪽.

1950년대에 초점을 맞추고 공간적으로는 전세계적 범위를 포함한다는 점을 확인시킨다. "1953년의 비행운"이 "불안한 세대의 기류 위에 떨어지는/불행한 저음"을 동반하는 것은 김규동이 진단한 당대 모더니티의 모습이라고 볼 수 있다.

이 시는 '전쟁의 상흔'과 '도시의 절망'이라는 두 요소에 "꽃이 지는 밤"이라는 '검은색'의 이미지가 부과되어 암울한 분위기를 강화시킨다. 이 "밤"의 이미지는 5연의 "까마귀"와 "검은 층계"로 연결되면서 작품 전체를 '검은색'의 색채 감각으로 물들인다. 그런데 이러한 일련의 '검은색' 이미지는 단지 상처와 고통과 절망이라는 비극적 상황을 표상하는 데 그치지 않고 "환상"의 동인이 된다는 점에서 복합적 속성을 가진다. 5연의 "까마귀와 같은/환상의 행렬을 따라/검은 층계를 올라가면"이라는 구절은 '검은색'이 일차적으로 상처와 고통과 절망의 상황을 표상하지만 그 토대 위에서 "환상"의 근거로 작용한다는 점을 선명히 보여준다. 이 부분은 선행 연구에서 간과한 김규동 초기 시의 중요한 미학적 특이성 중 하나인데, 이후 등장하는 "마그네슘처럼 빛나는/샹들리에의 밀림" "피 묻은 테이블을 둘러싸고 앉은 사람들" "식인종처럼/가벼운 웃음을 웃는다" 등은 바로 "검은 층계"를 이동하는 시적 화자의 환상이 그 경로를 따라가며 투영하는 장면들이다.

이 시에서 또 하나 주목할 부분은 '전쟁의 상흔'과 '도시의 절망'을 바라보는 시적 화자의 위상과 시선의 특성이다. "도시의 상공마다/연기처럼 어리는/1953년의 비행운"을 주시하는 화자의 시선은 1연의 "미래의 시선 위엔/오늘도/황토빛 태풍의 원경"에서 유추할 수 있듯, 주체의 외부에서 상황을 조감하는 시선이고 미래적 시간에서 현재를 바라보는 시선이다. 이 망원경적 조감의 시선은 라캉적 개념의 응시16)에 해당한다고 볼 수 있을 것이다. 라캉에 의하면, 응시는 주체 혹은 시선에 앞서 존재하는데 이로 인해 주체는 모든 방향에서 보이는 주체로서 세계의 스펙트럼 속에서 하나의 얼룩으로 존재할 따름이다. 따라서 주체는 응시를 어떤 위협이나 심문으로 느끼는 경향이 있다.

김규동의 초기 시는 이러한 라캉적 개념의 응시를 통해 1953년의 세계사적 상황 속에서 한국이 겪는 '전쟁의 상흔'과 '도시의 절망'을 실재의 얼룩으로서 묘사했다는 것이 이 글의 관점이다. 더 나아가 김규동 초기 시의 중요한 미학적 특이성 중 하나인 "환상"의 "검은 층계"는 '주체의 시선'과 '세계의 응시'가 교차하고 충돌하는 상호 작용을 통해 생성된다고 볼 수 있다.

신문기자에게
당신은 의자를 줄 것입니다
그 모든 신문기자와 같은 사람들에게
지리한 운문으로 차 있는 화술(話術) 대신에

---

16) 라캉은 메를로퐁티와 사르트르의 개념을 전유하면서 주체가 세계를 보는 눈인 '시선'과 구별하여 주체를 바라보는 세계 혹은 타자의 눈을 '응시'라고 개념화한다. 응시는 시야에서 우리가 발견한 것을 상징하며 신비로운 우연의 형태로 갑작스럽게 접하게 되는 결여의 경험으로 우리에게 주어진다. 사물과의 관계가 시각을 통해 이루어지고 재현의 여러 형태들로 배열될 때, 무엇인가 빠져나가고 사라지고 단계별로 전달되며 숨겨져 드러나지 않는 것이 바로 응시다. 따라서 시선과 응시는 분열된다. 라캉은 응시 개념을 통해 재현에서 오랫동안 유지해온 주체의 지배권을 박탈하고 시선 및 자기의식에서 주체가 누려온 특권에 도전한다. Jacques Lacan, *The Seminar of Jacques Lacan Book XI: The Four Fundamental Concepts of Psychoanalysis*, New York and London: W.W. Norton, 1978; 슬라보예 지젝, 김소연 옮김, 『삐딱하게 보기』, 시각과언어, 1995 참고.

흰 커버를 씌운 의자를 내어줄 것입니다

음악은
거친 그들의 손을 씻어주는
독한 약품입니까?

바람 속에
고정된 뇌실(腦室) 안에서
수은주가 새기는 붉은 신호!

시멘트로 포장된
해변의 산보로(散步路)에 떨어지는
여자의 노크 소리

창백한 태양의 계곡을 뚫고
폭군처럼 질주하는 국제열차의 창가에 기대어
나는 기중기에 걸린
여자의 허리를 조망할 것입니다

검은 도시의 건물로부터
기어나오는 사람들은
무장경비원의 총구 앞에
사살되고

교회당에서

밀려나온 어린 딸들은
붉은 장미꽃을 뿌리며
피 묻은 바다의 층계를 내려갑니다

야자수 그늘처럼 잔잔한
검은 운하,
성좌 위에서
내가 조감하는 화려한 불기둥!

아, 당신은
이 모든 사람들에게 의자를 내어줄 것입니다
그 모든 신문기자와 같이 날랜 사람들에게
흰 커버를 씌운 의자를 내어줄 것입니다.
　　　　　　　　　　　　　—「기도」[17]

　이 시는 "신문기자에게/당신은 의자를 줄 것입니다"라는 문장
에서 시작하여 수미상관적 방식으로 마지막 연에서 "그 모든 신
문기자와 같이 날랜 사람들에게/흰 커버를 씌운 의자를 내어줄
것입니다"라는 문장으로 끝맺는다. "흰 커버를 씌운 의자"는 권
한을 승계하면서 기대감을 가지는 "의자" 이미지에 미래적 희망
을 염원하는 "흰"색 이미지를 결합시킨 것이다. 「기도」라는 제목
은 이러한 승계가 미래의 희망을 염원하는 성격이 있음을 확인시
키는데, 중요한 부분은 '기도'의 형식으로 제시되는 2연 이후의

---

17) 김규동, 26-27쪽.

장면들이 파편화된 화면을 병치시키는 몽타주 방식으로 전개된다는 점이다. 2연의 "음악", 3연의 "붉은 신호", 4연의 "여자의 노크 소리" 등은 전후 맥락과 인과관계를 찾기 어려울 정도로 파편화된 단편적 이미지들인데, 5~8연의 장면들은 그 연장선에서 각각 독립적인 이야기를 내포하는 사건을 진술한다.

이처럼 파편화된 단편적 장면 제시와 독립적인 이야기를 내포하는 사건 진술은 「화하(花河)의 밤」에서 논의한 "환상"의 "검은 충계"에 의해 '주체의 시선'과 '세계의 응시'가 교차하고 충돌하면서 상호작용한 결과로 생성되는 것이라고 볼 수 있다. '주체의 시선'과 '세계의 응시'의 상호 작용은 5연의 "나는 기중기에 걸린/여자의 허리를 조망할 것입니다"에서 나타나는 "조망"과, 8연의 "검은 운하,/성좌 위에서/내가 조감하는 화려한 불기둥!"에서 나타나는 "조감"에서 유추할 수 있다. "조망"과 "조감"의 시선은 앞서 언급한 대로 화자까지도 포함해서 전체를 주시하는 더 큰 시선이 망원경적 조감을 통해 시대적 현실을 내려다보는 방식을 의미한다. 이 망원경적 조감을 통해 내려다보는 시대적 현실은 2~4연에서 파편화된 단편적인 이미지들로 제시되고, 5~8연에서는 그 연장선에서 각각 독립적인 이야기를 내포하는 사건들로 제시된다. 이러한 이미지들과 사건들을 압축적으로 수렴하는 요소는 '검은색' 계열과 '붉은색' 계열의 대비라고 볼 수 있다.

"창백한 태양의 계곡"-"검은 도시"-"검은 운하"로 이어지는 '검은색' 계열이 앞에서 분석한 대로 일차적으로 상처와 고통과 절망의 시대적 현실을 암시하면서 그 토대 위에서 '환상'의 근거로 작용한다면, "붉은 신호"-"붉은 장미꽃"-"피"-"화려한 불기둥!"으로 이어지는 '붉은색' 계열은 '환상'의 내용을 이루는 위기

상황, 원초적 생명, 희생과 고통, 전쟁의 비극적 상황 등의 복합적인 의미망을 가지는 듯이 보인다. 3연의 "고정된 뇌실 안에서/수은주가 새기는" "붉은 신호"는 주체의 폐쇄된 내면에서 발생하는 극한의 위기의식, 8연의 "교회당에서/밀려나온 어린 딸들"이 "뿌리"는 "붉은 장미꽃"은 순수한 원초적 생명, "피 묻은 바다의 층계"는 희생과 고통, 9연의 "성좌 위에서" 화자가 "조감하는 화려한 불기둥!"은 전쟁의 비참한 참상을 연상시키기 때문이다. 선행 연구에서는 김규동 시의 색채 이미지를 전쟁의 상처 및 암담한 현실을 상징하는 '검은색'과 그것을 극복하는 희망을 상징하는 '흰색'으로 대별하고 이분적으로 해석해왔다면, '검은색' 및 '붉은색' 상징에 대해서 좀더 섬세하고 복합적으로 해석하는 것이 김규동 초기 시의 의미 구조에 근접하기 위해 요청된다고 볼 수 있다.

4. 속력과 나비: 몽타주의 화면 구성, 형상화 방식

김규동 초기 시의 구조화 원리인 '주체의 시선'과 '세계의 응시'가 충돌하면서 생성되는 형상화 방식인 몽타주의 화면 구성에 대해 좀더 구체적으로 살펴보자. 김규동 초기 시의 형상화 방식인 몽타주의 화면 구성에서 핵심을 이루는 모티프는 '속력'과 '나비'인데, 모더니티의 속성을 표상하는 '속력' 모티프와 미래적 희망을 희구하는 '나비' 모티프의 대결 양상을 좀더 섬세하고 정밀하게 고찰할 필요가 있다.

능선마다

나부껴오는
검은 사정권(射程圈)

속력의 질주는
재빨리
정신의 마디마디를
역사(轢死)시켰다

때마침
흑인 병사의 보행은
나의 환상 속에
코뮤니즘과 같은
검은 유혈을 전파하고,
수술대에 누운 나는
창백한
신경조직의
반사(反射)를 바라다본다

광란하는 바다
파열하는 빛깔 속에
낙하하여가는
선수들의 포물선―

그럴 때마다
새하얀 광선을 쓰며

전쟁의 언덕을 올라오는

어린 나비들은

믿기 어려운 네온사인의 영상(影像) 속에

마그네슘처럼 투명한 아침을 폭발시키는 것이다.

　　　—「전쟁과 나비」[18]

이 시는 제목인「전쟁과 나비」에서 드러나듯, '전쟁' 계열의 이
미지와 '나비' 계열의 이미지를 대비시키는 구도를 가지고 전개
된다. 전반적으로 '전쟁' 계열의 이미지는 '검은색'과 접속하고
'나비' 계열의 이미지는 '흰색'과 접속하는 듯이 보인다. 1연의
"사정권"은 전쟁을 대표하는 이미지로 '로켓'이나 '포탄' 발사를
암시하면서 "검은"색의 이미지와 접속하는데, "검은"색의 이미
지는 3연의 "흑인 병사"와 "검은 유혈"로 이어지면서 전쟁의 참
상과 고통을 표현한다.

　2연에 나타나는 "속력의 질주"는 김규동 초기 시가 미래주의[19]

---

18) 김규동, 28-29쪽.
19) 미래주의(futurism)는 기계 문명이 가져온 현대 도시의 운동성과 속도감
　을 새로운 미로 표현하려는 예술적·사상적 유파로서 특히 산업, 에너지, 속
　도, 빛의 감각 등 인간과 기계가 공존한다는 믿음을 기본적 토대로 삼는다.
　1910년 무렵 이탈리아의 전위예술(avant-garde) 운동으로 시작된 미래주의
　는 전통적인 예술을 부정하면서 도시와 기계 문명의 역동성과 속도감을 새
　로운 미의 가치로 승화시킨다. 예를 들어 미래주의자들은 시적 표현에서도
　기존의 수직·수평적 글줄 나열을 타파하고 낱글자들을 분리하여 마치 그림
　을 그리듯 자동차나 기관총 소리, 기계의 소음, 폭력과 모험 등을 시각적으
　로 표현한다. 이들이 상상하는 미래는 과거의 문화와 완전히 결별할 수 있는
　역동성의 추구에 기초하는 것이다. 한국문학평론가협회, 『인문학 용어 대사
　전』, 국학자료원, 2018, 648-649쪽 참고.

의 미학과 사상에서 영향을 받은 대표적 요소인 '속력'과 '질주' 모티프가 나타난다는 점에서 주목할 만하다. 20세기 초 서구 아방가르드의 한 유파인 미래주의는 기계의 미와 역동성을 찬양하고 전쟁을 옹호하기도 하며 그것을 통해 역사적 전망까지 확보하려고 했다. 인용한 시에서 "속력의 질주"는 모더니티를 함축하는 기계의 물질문명 차원과 그 한 귀결인 무기의 전쟁 차원이라는 두 축을 대변하는 의미 맥락을 가진다. "속력의 질주"가 "정신의 마디마디를/역사시켰다"라는 문장이 보여주듯, 시적 화자는 기계의 미와 역동성이 오히려 주체의 정신을 마비시키고 쇠퇴시켜 죽음에 이르게 한다는 회의와 냉소적 인식을 가진다.

2연의 "속력의 질주"가 1연의 "검은 사정권"과 3연의 "흑인 병사"를 연결시키는 고리가 된다는 점에서 짐작할 수 있듯, 김규동 초기 시에서 '속력'과 '질주' 모티프는 '전쟁' 계열의 이미지 및 '검은색'과 긴밀히 접속한다. 이처럼 김규동 초기 시에 나타나는 '속력'과 '질주' 모티프는 문명 비판적 요소와 전쟁 비판적 요소가 결부되어 나타난다는 점에서 미래주의의 미학과 사상을 정반대로 역전시켜 전유한다는 특이성을 보여준다.

3연의 시상 전개는 김규동 초기 시의 미학적 특이성을 확인하는 중요한 실마리를 제공한다. "흑인 병사의 보행은/나의 환상 속에"라는 구절은 「화하(花河)의 밤」을 분석하면서 살핀 대로, '검은색'이 일차적으로 상처와 고통과 절망의 상황을 표상하지만 그 토대 위에서 "환상"의 근거로도 작용한다는 점을 재확인시킨다. "코뮤니즘과 같은/검은 유혈"은 시적 화자가 "코뮤니즘"을 전쟁의 참상을 야기하는 원인인 이데올로기라는 관점으로 이해하고 있음을 드러낸다. "수술대에 누운 나는/창백한/신경조직의/반사

를 바라다본다"라는 문장은 '전쟁'-'환상'-'상처와 고통'으로 전
개되는 연쇄가 낳은 귀결로서 일종의 신경쇠약 증상을 암시한다.
여기서 화자가 일종의 신경증적 자의식의 순환 회로를 암시하는
"신경조직의/반사"를 "바라다"보는 것은 자의식을 다시 객관적
으로 바라보는 시선이 개입하고 있음을 드러낸다. 이 시적 시선
을 더 적극적으로 해석한다면 단순히 주체의 '시선'적 관점이라
기보다 세계의 '응시'적 관점이 내포되어 있다고 볼 수 있을 것
이다.

　이러한 '주체의 시선'과 '세계의 응시' 간의 교차 및 충돌을 통
해 4~5연의 몽타주의 장면들이 형상화된다. 4연에 등장하는 "광
란하는 바다/파열하는 빛깔 속에/낙하하여가는/선수들의 포물
선—"은 작품 전체의 맥락을 고려하면 "검은 사정권"이 암시하
는 '로켓'이나 '포탄'이 "바다"에 투하되어 폭파하면서 발생하는
장면으로 이해할 수 있다. 이 장면은 크게 보아 '속력과 질주' 모
티프-'전쟁' 계열의 이미지-'검은색'의 연장선에서 '하강'의 방
향성을 동반하고 있다. 중요한 부분은 4연과 대비적 구도를 이루
며 등장하는 5연의 "어린 나비" 이미지가 내포하는 속성과 의미
맥락이다. "어린 나비들"은 "새하얀 광선을 쓰며/전쟁의 언덕을
올라"온다는 점에서 '흰색'의 연장선에서 '상승'의 방향성을 동
반하면서 "전쟁"과 대결하고 있으며, "믿기 어려운 네온사인의
영상 속에/마그네슘처럼 투명한 아침을 폭발시"킨다는 점에서
현대적 도시의 물질문명 속에서 그것을 뚫고 순수한 빛을 발산한
다. 구문상 "어린 나비들"을 앞과 뒤에서 묘사하는 "새하얀 광선"
및 "투명한 아침"은 '빛' 모티프를 함축하면서 '흰색' 이미지를
공통분모로 가진다. 결국 이 작품은 전체적으로 "검은 사정권"이

견인하는 '속력과 질주' 모티프–'전쟁' 계열의 이미지–'검은색'
–'하강'의 방향성을 형상화하면서 그것과 대결하는 '빛' 모티프–
'나비' 계열의 이미지–'흰색'–'상승'의 방향성을 제시하면서 주
제의식을 표출한다.

> 낙하하는 화환의 밀림
> 불길 이는 초토의 해안
> 어두운 태풍경보의 초침 위에
> 육중한 물리(物理)는
> 저의 역학을 뽐내며
> 속력을 놓는다
>
> 눈발처럼 휘날리는
> 뉴스의 파편
> 하강하는 대기 속
> 항로를 더듬는 제트기의 비행마다
> 질식한 비둘기의 울음소리가 있다
>
> 이 시간
> 시민들의 마음은
> 회상의 요철면(凹凸面) 위에 있고
> 그 어느 능선의 황혼 속에 무참히 쓰러진
> 전우의 죽음에 대하여
> 아무도 이야기하지 않는다

풍선처럼 이동하는
화환의 산야
검붉은 전쟁의 광선을 쓰고
화려한 고독이
죽은 미래의 지평을 질주하고 있다

연구실을 나오는
아인슈타인 박사의 기침소리

박수처럼 일어나는
선수들의 아우성
피스톤의 교성
온갖 부서진 잔해들이
내일을 질주한다

이윽고 숨가쁜 바람 속에
알지 못할 아침은 다가오고

나는 신경외과의
유리창에 기대어
옛날의 코발트빛 하늘을 펼쳐보는 것이다.
　　　―「뉴스는 눈발처럼 휘날리고」[20]

---

20) 김규동, 30-31쪽.

이 시는 전체적으로 '속력과 질주' 모티프-'전쟁' 계열의 이미지-'검은색'-'하강'의 방향성을 형상화하면서 마지막 부분에서 시적 화자가 시선과 응시의 교차를 통해 내적 상상을 시도하는 장면을 제시한다. 1연에서 "낙하하는 화환의 밀림/불길 이는 초토의 해안"은 긴박한 전쟁의 상황을 압축적으로 묘사한다. "화환"을 '로켓'이나 '포탄'의 비유로 간주한다면 "낙하"는 '하강'의 방향성을 드러내고 "불길 이는 초토"는 전쟁의 참상과 폐허를 표현한다. "낙하"의 '하강성'은 "물리" "역학" "속력" 등의 시어와 연결되면서 '전쟁' 계열의 이미지 및 '속력과 질주' 모티프가 동반하는 공통된 속성을 상기시킨다.

"어두운 태풍경보의 초침"은 김규동 초기 시의 화면 프레임이 '주체의 시선'과 '세계의 응시'가 상호작용하면서 생성되는 점, 그 결과 망원경적 조감의 관점에서 현실의 축소판을 몽타주로 형상화한다는 점 등을 재확인시킨다. 인용한 시를 포함해 초기 시들에 나타나는 기상도와 같은 조감의 화면 구성은 이러한 미학적 특이성과 구조화 원리의 결과물이다. 2연은 기상도와 같은 조감의 화면 구성에 다시 "눈발처럼 휘날리는/뉴스의 파편"을 개입시켜 현대적 미디어 현상을 전쟁 현실이나 문명의 지도에 중첩시킴으로써 좀더 복잡한 몽타주를 만들어낸다. "항로를 더듬는 제트기의 비행"은 '속력과 질주' 모티프를 동반하는 '전쟁' 계열의 이미지로서 "질식한 비둘기의 울음소리가"에서 보이듯, 생명체를 억압하면서 고통과 상처를 준다.

3~4연은 전쟁이 인간에게 주는 고통과 상처를 '침묵'과 '고독'의 상황을 통해 강조한다. "전우의 죽음에 대하여/아무도 이야기하지 않는" 침묵과 "죽은 미래의 지평을 질주"하는 "화려한

고독"이 "시민들의 마음"과 "화환의 산야"를 지배하는 분위기로 제시된다. 그런데 이 작품을 전체적으로 지배하는 전쟁의 비극적 주조를 전환시키는 5연의 "연구실을 나오는/아인슈타인 박사의 기침소리"라는 구절을 주목할 필요가 있다. 김규동의 초기 시가 다다이즘이나 초현실주의 등 아방가르드 시와 친연성을 가진다는 점은 잘 알려져 있는데, 인용한 시에서 "아인슈타인 박사"가 등장하는 5연 이후에 다다이즘이나 초현실주의 시의 경향과 연관된 자유 연상의 이미지가 몽타주로 등장하기 때문이다. "박수처럼 일어나는/선수들의 아우성"에서 "선수들"은 "낙하하는 화환"과 동일한 대상으로 「전쟁과 나비」에서도 분석했듯, 전쟁 무기를 대변하는 '로켓'이나 '포탄'을 냉소적으로 비유한 상징이고, "피스톤의 교성"은 전쟁 무기를 포함한 현대의 기계 문명 전체를 비유하는 상징으로 해석될 수 있다. "온갖 부서진 잔해들이/내일을 질주한다"라는 표현은 전쟁 무기와 현대적 기계 문명의 공통점을 생명을 파괴하고 파편화시키는 힘으로 이해하고 "질주"하는 '속력'을 그 핵심적인 속성으로 간주하고 있다.

이러한 현실 상황 속에서 7연의 "숨가쁜 바람 속에/알지 못할 아침"이 도래한 이후에 8연에 이르러 시적 화자는 "신경외과의/유리창에 기대어/옛날의 코발트빛 하늘을 펼쳐"본다. 이 장면에서 "아인슈타인 박사의 기침소리"와 연결되는 "신경외과"라는 시어는 김규동 초기 시의 미학적 추구가 신경증적 증세와 더불어 무의식적 영역의 탐색으로 전개됨을 암시한다. "옛날의 코발트빛 하늘을 펼쳐보는" 장면에서 "코발트빛"은 작품 전체를 지배하는 '검은색' 및 '붉은색'과 대비되면서 과거 회상적 요소와 함께 희망의 뉘앙스를 동반하고 있다.

현기증 나는 활주로의
최후의 절정에서 흰나비는
돌진의 방향을 잊어버리고
피 묻은 육체의 파편들을 굽어본다

기계처럼 작열한 작은 심장을 축일
한 모금 샘물도 없는 허망한 광장에서
어린 나비의 안막을 차단하는 건
투명한 광선의 바다뿐이었기에—

진공의 해안에서처럼 과묵한 묘지 사이사이
숨가쁜 Z기의 백선과 이동하는 계절 속—
불길처럼 일어나는 인광(燐光)의 조수에 밀려
흰나비는 말없이 이즈러진 날개를 파닥거린다

하얀 미래의 어느 지점에
아름다운 영토는 기다리고 있는 것인가
푸르른 활주로의 어느 지표에
화려한 희망은 피고 있는 것일까

신도 기적도 이미
승천하여버린 지 오랜 유역—
그 어느 마지막 종점을 향하여 흰나비는
또 한번 스스로의 신화와 더불어 대결하여본다.

—「나비와 광장」[21)

　이 시는 김규동의 초기 시세계를 대표하는 작품이라고 볼 수 있다. 이 시는 「나비와 광장」이라는 제목이 암시하듯, 전체적으로 순수 정신을 대변하는 '나비'와 현대 물질문명 및 전쟁 상황을 대변하는 '광장'을 대비적 구도를 가지고 형상화한다. 작품의 전체적 시상 전개는 전반부(1~3연)와 후반부(4~5연)로 구성된다.

　이 시의 전반부는 "흰나비"의 "굽어"봄, "바다"의 "투명한 광선", 전쟁의 참상과 "흰나비"의 "파닥거"림으로 전개된다. 1연에 제시되는 "현기증 나는 활주로의/최후의 절정"이라는 극한 상황은 이 시가 첫 시집을 포함하는 초기 시세계에서 정점의 위상을 차지한다는 점을 방증한다. 이 상황에서 "흰나비"와 "돌진의 방향"을 결부시켜 기계 문명 및 전쟁 무기의 속성을 대변하는 '속력'과 순수 정신의 속성을 대변하는 '나비'라는 양극을 하나로 결합시킨다. 중요한 부분은 "흰나비"가 "돌진의 방향을 잊어버리고/피 묻은 육체의 파편들을 굽어보는" 장면이다. 구문상 '돌진'과 "피 묻은 육체의 파편들"이 조응하는 이유는 '속력'이 비인간성을 동반하며 주체에게 상처와 고통을 주고 의식과 무의식의 분열을 가져오기 때문일 것이다. 여기서 "흰나비"가 "육체의 파편들을 굽어보는" 관점은 시적 화자의 '시선'에 해당하는데, 이 시선은 주체의 자기 성찰과 현실 직시의 관점을 포함한다고 볼 수 있다.

　2연에서는 1연에서 말한 극한 상황을 구체화하는 장면으로서

---

21) 김규동, 37-38쪽.

"허망한 광장"이 제시된다. "기계처럼 작열한 작은 심장"을 가진 "흰나비"는 "기계"의 "돌진"이 내포하는 '속력'을 내면화하여 상처와 고통을 받고 갈증을 느끼지만, "허망한 광장"은 "한모금 샘물도" 제공하지 못할 만큼 비인간적이고 냉혹하다. 여기서 "투명한 광선의 바다"가 "어린 나비의 안막을 차단하는" 상황은 복합적인 맥락을 가지면서 김규동 초기 시의 의미 구조에서 중요한 위상을 가진다. "바다"의 "투명한 광선"은 "흰나비"의 '시선'을 차단하므로 표면적으로 자기 성찰과 현실 직시의 관점을 포함하는 주체의 '시선'에 장애물로 작용하지만, '빛'의 상징이 가지는 광학성에 의해 세계의 '응시'라는 미학적 기능을 담당하여 시대적 현실을 망원경적으로 조감하면서 시적 프레임을 구성하는 구조화 원리로 작용하기도 한다.

이처럼 '빛'의 광학성에 의한 '세계의 응시'라는 망원경적 조감에 의해 3연의 장면이 구성된다. 1연의 '주체의 시선'과 2연의 '세계의 응시'가 교차하고 충돌하면서 발생하는 몽타주의 화면 구성에 의해 3연의 장면이 형상화되는 것이다. 이 장면은 다양한 시간과 공간을 파편화하고 조합하는 몽타주 기법에 의해 "진공의 해안"과 "과묵한 묘지"가 결합되고, 그 "사이사이"에 "숨가쁜 Z기의 백선"과 "이동하는 계절"이 제시되며, 그 "속—"에 "인광의 조수에 밀려" "이즈러진 날개를 파닥거"리는 "흰나비"가 제시된다. 이 장면들은 '주체의 시선'과 '세계의 응시'가 교차하고 충돌하면서 생성되는 몽타주의 영상이라고 볼 수 있다. 따라서 인용한 시의 전반부는 주체의 시선(1연), 세계의 응시(2연), 시선과 응시의 충돌을 통한 몽타주의 화면 구성(3연)을 차례로 제시한다는 점에서 김규동 초기 시의 핵심적인 미학적 특이성을 압축적으로 보여준다.

이 시의 후반부는 '주체의 시선'-'세계의 응시'-'몽타주의 화면 구성'에 익해 제시한 전반부의 장면 전체에 대한 시적 화자의 감정이나 소회를 진술한다. 4연에서 화자는 "하얀 미래의 어느 지점에/아름다운 영토는 기다리고 있는 것인가"라는 문장과 "푸르른 활주로의 어느 지표에/화려한 희망은 피고 있는 것일까"라는 문장을 통해 반문의 형식으로 의심과 회의를 동반한 채 미래적 희망을 표현한다. 이어서 화자는 5연에서 "신도 기적도 이미/승천하여버린 지 오랜 유역ー"이라는 표현을 통해 종교적 구원조차 기대할 수 없는 절망적 상황을 제시하지만, "그 어느 마지막 종점을 향하여 흰나비는/또 한번 스스로의 신화와 더불어 대결하여본다"라는 귀결을 통해 극단적 상황으로 치닫는 시대적 현실과 "대결"하기 위해 "흰나비"가 "스스로의 신화"를 상기하는 장면을 제시한다. "흰나비"가 동반하는 "스스로의 신화"는 죽음을 향해 급박하게 전개되는 현실 상황을 극한적인 위기의식 속에서 대응하는 주체의 대결 의지를 의미한다고 해석할 수 있을 것이다.

이 시가 김규동 초기 시세계의 대표작으로 평가받는 이유는 극단으로 치닫는 시대 현실에 맞서는 주체의 극한적 대결 의지를 표현하는 주제의식에서도 찾을 수 있지만, 더 중요한 부분은 초기 시의 구조화 원리의 원천인 '빛'의 상징, 구조화 원리인 '시선'과 '응시'의 충돌, '몽타주의 화면 구성'인 '속력'과 '나비'의 대비 등을 종합적으로 형상화한다는 점에서 찾을 수 있다. 지금까지 이 글이 규명한 대로 '빛의 상징' '시선과 응시의 충돌' '몽타주의 화면 구성'으로 요약될 수 있는 김규동 초기 시의 구조화 원

114

리 및 미학적 특이성은, 한국 현대시사의 맥락에서 볼 때 1930년대 김기림의 모더니즘적 경향의 시적 성취를 계승하고 발전시키면서 1950년대 모더니즘적 경향의 시적 성취를 대표적으로 보여주는 위상을 차지한다고 평가할 수 있을 것이다.

공동체 회복과 시적 방법론

'전쟁 은유'와 '기억의 시학'을 중심으로

나민애 서울대학교 기초교육원 강의교수

김규동은 등단 이후 작고에 이르기까지 지속적인 활동을 해온 시인이다. 그의 문단사적 역할과 위상을 고려했을 때, 시세계가 완료된 상황에서 시인의 전체 작품 세계를 아우르는 연구가 활발하게 생산될 필요가 있다. 이에 이 장에서는 김규동 시인의 전체 시세계를 전기와 후기로 나누어 살펴보고 각 시기의 주요한 특징과 시학을 고찰하고자 한다. 문학사적인 평가를 바탕으로 할 때 김규동 시인은 초반에 모더니스트 시인이었다가 후기에 민족 문학가로 변모했다고 알려져 있다. 이 장에서는 모더니즘과 민족주의라는 사조를 넘어서 시인의 전 시기를 아우르는 공통분모로서 공동체에 대한 지향성이 있다고 파악했다.

월남 시인이자 분단을 경험했던 민족의 일원으로서 공동체에 대한 지향은 보편적인 문제의식일 수도 있지만 김규동에게 있어 그것은 처음부터 끝까지 사조와 이념을 넘어 지속되었다는 점이 더욱 문제적이다. 그리하여 이 장에서는 김규동이 공동체 회복을 지향했다는 평면적인 사실 진술을 넘어 그것의 양상과 특이성에 주목하고자 한다. 이에 필자는 작품 분석을 통해서 그것은 전기의 '전쟁 은유'와 후기의 '기억의 시학'을 통해 드러나고 있음을 면밀히 논구했다.

1. 김규동을 연구하는 세 가지 경향

김규동은 1948년 『예술조선』에 시 「강」으로 등단한 이후 총 10권의 시집과[1] 4권의 시론집,[2] 5권의 산문집을[3] 상재한 시인이다. 그의 고향은 함경북도 종성(鍾城)으로 시인은 유년 시절과 청년기에 고향과 함북 경성, 연변 및 평양에서 수학했다. 16세가 되던 1940년에 경성고보에 입학했고 그곳에서 시인 김기림과 사제의 인연을 맺었다.[4]

이후 김규동은 김일성종합대학에 재학 중이었던 1948년 스승 김기림을 만나기 위해 서울로 내려오게 된다. 정치적 혹은 경제

---

1) 발간 시집은 다음과 같다. 제1시집 『나비와 광장』(산호장, 1955), 제2시집 『현대의 신화』(덕연문화사, 1958), 제3시집 『죽음 속의 영웅』(근역서재, 1977), 제4시집 『깨끗한 희망』(창작과비평사, 1985), 제5시집 『하나의 세상』(자유문학사, 1987), 제6시집 『오늘 밤 기러기떼는』(동광출판사, 1989), 제7시집 『생명의 노래』(한길사, 1991), 제8시집 『길은 멀어도』(미래사, 1991), 제9시집 『느릅나무에게』(창비, 2005), 전집 『김규동 시전집』(창비, 2011).
2) 시론집 『새로운 시론』(산호장, 1959), 『지성과 고독의 문학』(한일출판사, 1962), 『현대시의 연구』(한일출판사, 1972), 『어두운 시대의 마지막 언어』(백미사, 1979).
3) 『지폐와 피아노』(한일출판사, 1962), 『어머님전 상서』(한길사, 1987), 『어머니 지금 몇 시인가요』(나루출판사, 1991), 『시인의 빈손: 어느 모더니스트의 변신』(소담출판사, 1994), 『나는 시인이다』(바이북스, 2011).
4) 김규동 시인의 회고에 의하면 고등 2학년 때 조선일보 학예부장을 지낸 김기림이 영어선생으로 부임해왔다고 한다. 김규동, 『나는 시인이다』, 바이북스, 2011, 94쪽.

적 이유로 월남한 것이 아니라 잠시 다니러 내려왔지만 이후 전쟁과 분단으로 인해 시인은 다시는 고향에 돌아갈 수 없었다. 역사적 상황으로 인해 개인이 아픔을 감내해야 하는 비극적 현실을 직접 통감했으며 시인은 실향의 아픔과 소회를 여러 작품을 통해 표현하기도 했다. 월남 이후 그는 시인으로서 본격적인 활동을 시작했고 이후 2011년에 작고하기까지 60여 년 이상 지속적인 문학 활동을 펼쳤다. 특히 그는 1950년대의 '후반기' 동인의 일원이자 신예 시인으로서 문단에 두각을 드러냈으며 1970년대 이후로는 통일과 민족의 주제를 지속적으로 시화한 시인으로 자리매김했다.

지금까지 축적된 김규동 시인 연구사를 살펴보면 크게 세 가지 갈래로 나눌 수 있다. 첫 번째 연구 유형은 김규동 시인의 1950년대 특성에 주목하거나 그를 1950년대 '후반기' 동인 내지 모더니스트 시인으로 파악한 경우다. '1950년대의 김규동'에 관한 논의는 시인 김규동을 바라보는 가장 주요하며 보편적인 시선에 바탕을 두고 있다. 이에 해당하는 논의는 김규동 연구 중에서 가장 일찍부터 등장한 경향이기도 하다. 그만큼 '후반기' 동인으로 대표되는 모더니즘 시도가 지닌 실험 정신과 의의에 대해 문학사적으로 중요하게 다루고 있음을 알 수 있다. 김규동의 1950년대 활동에 주목한 대표적인 논의로는 정문선,5) 윤여탁,6) 김지연,7) 김은

---

5) 특히 정문선은 김규동의 모더니티를 '실험으로서의 모더니티'와 '실천으로서의 모더니티'로 구분하여 그의 모더니티를 구체화했다는 점에서 주목할 수 있다. 정문선, 「대응과 응전의 주제: 김규동론」, 김학동 외, 『한국 전후 문제시인 연구 4』, 예림기획, 2005.
6) 윤여탁, 「1950년대 모더니스트의 자기 모색」, 맹문재 엮음, 『김규동 깊이 읽기』, 푸른사상, 2012, 211-234쪽.

영,8) 강정구·김종회9) 등의 연구를 들 수 있다.

두 번째 연구 경향으로는 '김규동의 시론'에 대한 연구 성과들을 들 수 있다. 이 경향의 연구 성과들은 김규동이 발표한 시론, 혹은 그의 언술이 속해 있는 담론에 대한 관심에서 출발한다. 여기에 해당하는 연구들 역시 전체 시기보다는 1950년대 내의 활동에 초점을 맞추고 있다는 점에서 앞서 언급한 첫 번째 연구 경향과 맥을 같이한다. 사조적이며 담론적 층위에서 김규동을 바라보는 연구들은 김규동 시론을 1950년대 모더니즘 혹은 주지주의 시론으로 파악하고 그 특성을 규명하고자 한다. 이에 대표적인 연구 성과들로는 문혜원,10) 박윤우,11) 김민선,12) 강정구·김종회,13) 맹문재14)의 논의를 들 수 있다. 이 연구들은 1950년대 '후

---

7) 김지연, 「1950년대 김규동 시의 시정신」, 같은 책, 253-279쪽.

8) 김은영, 「김규동의 시세계 연구: 초기 시와 영화의 친연성을 중심으로」, 같은 책, 280-316쪽.

9) 강정구·김종회, 「1950년대 김규동의 문학에 나타난 모더니티 고찰」, 같은 책, 159-185쪽.

10) 문혜원, 「전후 주지주의 시론 연구: 김규동, 문덕수, 송욱의 시론을 중심으로」, 『한국문화』 제33집, 서울대학교 규장각한국학연구원, 2004, 91-115쪽.

11) 구체적으로 이 논의는 1950년대의 모더니즘이 지닌 의의이자 김규동의 모더니즘 시론이 지닌 의의가 '부정의 정신'과 '현실성'이라고 보고 모더니즘의 자기반성을 통해 혼란한 현실을 극복하고 새로운 질서를 형성하는 방향으로 나아갔다고 본다. 박윤우, 「1950년대 김규동 시론에 나타난 현실성 인식」, 맹문재 엮음, 앞의 책, 235-252쪽.

12) 김민선, 「김규동 시론에 나타난 현실 인식과 동시성의 욕망」, 『비평문학』 제38집, 한국비평문학회, 2010, 118-140쪽.

13) 강정구·김종회, 「1950년대 김규동의 문학담론에 나타난 과학 표상 고찰」, 맹문재 엮음, 앞의 책, 186-210쪽.

14) 맹문재, 「김규동의 『새로운 시론』에 나타난 주제 고찰」, 『어문학』 제119집, 한국어문학회, 2013, 197-221쪽.

반기' 동인이 '청록파'에 대한 비판적 활동이었으며 순수시 중심의 문단에 새로운 활력을 가져왔음에 주목한다.

끝으로, 세 번째 연구 경향은 전체적 시세계를 대상으로 시인의 전모를 파악하고자 한 연구들을 들 수 있다. 이 연구는 대부분 모더니즘 시인에서 리얼리즘 시인으로의 변모에 주목한다. 특히 이 연구 성과들은 김규동이 '휴머니즘적 모더니즘'을 추구했다거나 새 모더니즘에 민중성을 결합했다는 관점을 통해 김규동의 모더니즘을 포함, 그의 중층적인 성격을 규명하고자 한다. 대표적으로 이동순,[15] 한강희,[16] 박몽구,[17] 김홍진[18]의 논의가 이에 해당한다.[19] 이 중에서 박몽구는 리얼리스트의 성격을 김규동의 본질로 보았고, 이동순은 모더니스트의 성격을 김규동의 본질로 보았다. 그럼에도 불구하고 두 연구는 내적이며 공통된 하나의 원리를 찾으려고 했다는 점에서 공통점을 찾을 수 있다. 이 장에서는 이 공통된 원리 찾기의 연구 성과들에 주목하여 김규동의

---

15) 이동순, 「김규동 시세계의 변모과정과 회복의 시정신」, 맹문재 엮음, 앞의 책, 17-39쪽.

16) 한강희, 「'분열과 부정'에서 '통일 염원'에 이르는 도정」, 같은 책, 65-85쪽.

17) 박몽구, 「모더니티와 비판정신의 지평」, 같은 책, 86-123쪽.

18) 김홍진, 「모더니티에서 민중적 현실인식으로의 시적 갱신」, 같은 책, 40-64쪽.

19) 김규동에 대한 논의는 이상 세 가지로 대별되지만 김규동 시인을 포함, '후반기' 동인의 활동과 성과에 대하여 매우 비판적인 시선 역시 존재한다. 대표적인 예시로서 오세영은 '후반기' 동인들의 활동은 1930년대 모더니즘의 반복에 그치고 말았다고 파악한 바 있다. 오세영, 「후반기 동인의 시사적 위치」, 『20세기 한국시 연구』, 새문사, 1990, 286쪽.

또한 한형구는 후반기 동인의 활동을 생경하고 실패한 작품이라고 비판했다. 한형구, 「1950년대의 한국시」, 문학사와비평연구회 엮음, 『1950년대 문학연구』, 예하, 1991, 91쪽.

전체 특성, 본질적인 성격을 탐색하고자 한다.

전체 시기를 연구했던 이전 연구들에서 김규동의 활동은 대개 네 시기(1기 모더니즘의 1·2시집[1948~58], 2기 민중과 민족의 2·3시집[1958~77], 3기 반성과 통일의 4·5·6시집[1977~91], 4기 귀향의 7시집[1991~2005])로 구분된다.[20] 시인 생전에 이루어졌던 이 구분을 작품 활동이 종결된 지금 시점에서 다시 본다면 전기와 후기로 나누어 볼 수 있다.

김규동은 1955년 제1시집, 1958년 제2시집을 발간한 후 한동안 시집을 내지 않았다. 시집을 내지 않는 시간 동안 김규동은 출판사를 차려 경영에 힘썼고 다양한 사상가의 공부와 저작 번역에 매진했다. 약력에 의하면 1972년 시론집 『현대시의 연구』를 출간하면서 작품 활동을 다시 시작했다고 한다.[21] 재개된 작품 활동을 담은 시집이 제3시집 『죽음 속의 영웅』(1977)이다. 이때의 나이가 52세였고 이후 8년간 과작의 발표를 거쳐 60세의 나이에 제4시집 『깨끗한 희망』(1985)을 발간했던 것이다.

시점상으로는 새로운 출발로 보이지만 내용상으로 보았을 때 1977년의 제3시집에는 이전 시집들의 주된 경향이 이어지고 있다. 이렇듯 제1시집에서 제3시집까지가 공통적으로 '전쟁'과 '죽음' '훼손'을 가장 중심적인 화두로 삼았다는 점에서 한데 묶어 전기로 볼 수 있다. 이후 제4시집부터 본격적으로 분단, 통일, 재생을 추구하고 있으며 이러한 기조는 제9시집까지 지속적으로 이어진다.

그렇기 때문에 이 장에서는 제1~3시집을 전기, 제4~9시집을

---

20) 한강희, 앞의 글, 2012.
21) 이혜진, 「지은이에 대해」, 『김규동 시선』, 지만지, 2014, 284쪽.

후기로 파악한다. 연도로 본다면 1948년 등단부터 1970년대 말까지 30여 년이 전기에 해당하고, 이후 30여 년이 후기에 해당한다. 작품 발간이 초기에 과작이었고 10년 이상 활동이 거의 없었기 때문에 초기에 해당하는 시집 수가 후기보다 적다. 그리고 후기에는 김규동의 발표 작품 수가 증가하면서 시집 발간 주기도 빨라졌기 때문에 여러 권의 시집이 배치되어 있다.

이렇듯 김규동 시인의 활동은 두 가지 시기 구분을 전제하고 있으며, 문학사에서도 김규동 시인을 전기의 모더니즘 시인, 후기의 민족주의 시인으로 규정하는 경향이 강하다. 그러나 이 장에서의 시기 구분은 김규동 시인의 '변모'를 규명하기 위해서가 아니라 김규동 시인만의 특수성과 전 시기를 아우르는 고유성을 확인하기 위한 방법이다. 어느 시기에도 변하지 않았던 김규동 시인의 지향성은 월남 시인이자 실향 시인으로서의 자의식과 무관하지 않으며 그의 이러한 경향은 시기에 따라 다른 방법론으로, 그러나 지속적으로 드러난 바 있다. 이 장에서는 이 문제를 시인의 공동체에 대한 지향성과 시적 방법론으로 구체화하여 논의하고자 한다.

2. 전쟁 비판과 '전쟁 은유'의 지향성

1) 전쟁에 대한 비판적 인식과 공동체에 대한 주목

앞서 언급했듯이 문학사적으로 김규동은 모더니스트 시인으로 여겨진다. 그런데 모더니즘이라는 사조는 김규동의 전체를 아우르는 키워드가 되기에 부족하다. 사조에 국한되지 않은 활동, 보다 본질적인 지향성이 그의 시세계에서는 지속적이고 더 강하게 나타났다. 모더니스트 시인이었을 때의 김규동이나 민족주의 시인이었을 때의 김규동에게서 공통되게 드러나는 것은 '공동체 회복'에 대한 의지와 열망이다. 많은 논자들, 나아가 김규동을 알고 기억하는 대부분의 시각에서는 시인이 공동체 회복을 일생의 염원으로 삼았음을 부정할 수 없을 것이다. 그만큼 시인에게 있어 공동체 회복 문제는 매우 중요한 부분이었다.

　김규동 시인의 '공동체'에 관해 언급하기 위해서는 먼저 그 의미를 명확히 할 필요가 있다. 기실 공동체라는 용어는 전지구적 의미부터 소규모 집단에 이르기까지 매우 다양한 의미를 지니고 있다.[22] 그럼에도 불구하고 공동체를 하나의 실체로 보는 입장에서는 범위에 따라 나라 수준의 한민족 공동체, 중간 수준의 지역자치 공동체, 미시적 수준의 마을 공동체로 나눈다.[23] 공동체라는 말이 단순히 함께 모인 사람들의 집합이 아니라 더 유의미한 것이라면, 김규동에게 있어 공동체의 구체적 이미지는 자신이 잃어버린 고향 마을(미시 수준)과 관련되어 있고, 전체 한민족(나라 수준)과도 겹치는 부분이 있다. 그렇다면 대체 그의 공동체는 과연 무엇이고 어떻게 추구되었는가.

　김규동의 초기 시에서는 공동체의 구체적인 양상이나 이미지가 직접적으로 추구되지 않는다. 그보다는 전쟁과 그로 인한 폐허, 상처받은 다수의 사람들이 주되게 등장한다. 제1시집에 수록

---

22) 공동체라는 말이 지닌 의미는 시대와 학자와 관점에 따라 매우 다양하게 쓰인다. 한 사회학자의 연구에 의하면 공동체는 94개 이상의 정의가 도출될 수 있고, 그것을 유형화해도 최소 16개 이하로는 묶이지 않을 정도로 여러 가지 의미를 지니고 있다. 김미영, 「현대사회에 존재하는 공동체의 여러 형식」, 『사회와이론』 제27집, 한국이론사회학회, 2015, 158쪽.

23) 같은 글, 186쪽.

된 작품 대부분은 '전쟁', 혹은 전쟁에서 파생되는 근접 이미지들을 다양하게 다룬다. 제1시집에 수록된 작품 39편 가운데에서 전쟁과 관련된 시어가 직접적으로 사용된 시는 20편에 해당한다.[24) 시집의 가장 중심에는 '전쟁'이라는 화두가 놓여 있으며 이 시기의 시인은 '우리의 지금'이 훼손되었다는 점을 주목하고 비판적으로 인식한다.

김규동 전기 활동의 대표작으로 알려진 작품 「나비와 광장」 역시 전쟁의 폐허와 인간의 비극성을 주제로 하고 있다. 김기림의 시 「나비와 바다」의 영향을 받았을 것으로 생각되는 이 작품에서 나비는 근대의 문명 바다를 건너는 김기림의 나비와는 달리 전쟁 폐허를 건너고 있다.

> 진공의 해안에서처럼 과묵한 묘지 사이사이
> 숨가쁜 Z기의 백선과 이동하는 계절 속—
> 불길처럼 일어나는 인광의 조수에 밀려
> 흰나비는 말없이 이즈러진 날개를 파닥거린다

---

24) 대상 시와 시어를 정리하면 다음과 같다. 「화하의 밤」(탱크, 비행운, 전쟁, 싸움, 장송곡), 「전쟁과 나비」(사정권, 병사, 유혈, 전쟁), 「뉴스는 눈발처럼 휘날리고」(제트기, 전우, 전쟁, 죽음, 잔해), 「검은 날개」(로켓, 탄환, 전쟁), 「원색의 해안에 피는 장미의 시」(탱크, 총구, 군가, 병사, 제트기), 「나비와 광장」 「밤의 계제에서」(기관단총, 불모), 「대위」(전쟁, 로켓, 함대, 전쟁, 탄도), 「보일러 사건의 진상」(기관장, 폭발, 죽음), 「장송의 연대」(군장), 「포대가 있는 풍경」(포대, 대공포, 병사, 포신), 「1952년의 교외」(판문점, 비행기), 「열차를 기다려서」(항공기, 편대), 「날지 못하는 새」(사격수), 「이런 멜로드라마」(군병), 「전쟁은 출렁이는 해협처럼」 「헬리콥터처럼 하강하는 POESIE는 우리들의 기관총 진지를 타고」(로켓, 기관총, 헬리콥터), 「2호의 시」(헬리콥터, 전쟁, 동족상잔), 「풍경」(포연, 포탄, 전야).

하얀 미래의 어느 지점에
아름다운 영토는 기다리고 있는 것인가
푸르른 활주로의 어느 지표에
화려한 희망은 피고 있는 것일까

신도 기적도 이미
승천하여버린 지 오랜 유역—
그 어느 마지막 종점을 향하여 흰나비는
또 한번 스스로의 신화와 더불어 대결하여본다.
　　　　　　　　　—「나비와 광장」 부분25)

　'묘지' 'Z기' '활주로'와 같은 시어나 폐허의 이미지 등을 보았을 때 이 작품은 전후 상황을 암시하고 있다. 흰나비는 순수성과 연약함을 상징하지만 처한 상황은 "아름다운 영토"에의 추구를 불가능하게 한다. 그럼에도 불구하고 나비는 자신이 속해 있어야 마땅한 본질적인 상황으로 돌아가기를 멈추지 않는다. 그 여정과 무모한 희망이 참혹한 현실과 대비되면서 이 시의 긴장감은 극대화되고 있는 것이다.
　'나비'는 시인의 개인적 내면을 넘어 전쟁을 감내하는 모든 사람들을 포괄한다. 나비는 시인의 후기 시에도 등장하는 주요 모티프로서 이 시 외에도 흰나비가 등장하는 작품이 제1시집에만 두 편이 더 있다. 「대위」라는 작품에는 "전쟁의 탄도를 벗어난/어린 흰나비들"이라는 언급이 있고, 「해변단장」에는 "불행한 역사

---

25) 김규동, 37-38쪽.

에 시달린/흰나비들의 손짓도/새삼 시름겹구나"라는 구절이 있다. 제1시집의 다른 시편에서 흰나비는 '흰나비들'이라는 복수로 등장한다. 구체적으로 흰나비는 전쟁으로 고통받는 많은 생명들을 상징한다. 복수로서의 나비는 시인 한 개인의 비극을 넘어 모두의 비극을 의미한다는 점에서 상징적이다.

이 시뿐만 아니라 제1시집에는 나비처럼 연약한 존재들이 자주 등장한다. 여러 시편에서 숙녀, 여성, 어리거나 젊은이들이 무자비하고 황폐한 배경 앞에 놓여 있어 상처를 받는다. 심지어 전쟁의 일부이기도 한 병사들마저 전쟁에 희생된 존재로 등장한다.

이렇듯 초기의 시인이 가장 문제로 삼았던 것은 전쟁 상황이었다. 그런데 시인의 목적은 전쟁의 참상을 고발하는 비판정신 하나에 있지 않았다. 시인은 전쟁을 통해 훼손되는 것들을 아쉬워하고, 반(反)전쟁 상황에 대한 그리움과 회귀를 보여주었다. 전쟁은 소중한 가치를 훼손하고 파괴했기 때문에 부정적이고 비판적으로 그려질 수밖에 없었다.

조국이여
그대 앓음소리 너무나 소연쿠나

가장 불행했던 연대와 연대의 물굽이를 헤어돌아
가슴속 면면히 뻗어내려온 한 갈래 혈맥 위에
별빛 찬란히 피어난 문화야
슬기론 손길아

훈민정음과 향가와

다보탑과 시조—
이두와 산천과
청자와 가요—

(…)

피와 살을 뿌려
건져낸 조국
불과 화약연기 헤치고
지켜온 조국

천만 가슴과 가슴으로 으스러져라 부둥켜안고
뜨거운 얼굴 부비던 것
　　—「조국」 부분26)

　　이 시에는 전쟁으로 인해 상실할 위기에 놓였던 '것'의 정체가
바로 '조국'이라는 말로 지칭된다. 이 시에 묘사된 바와 같이 같
은 언어를 쓰고, 같은 문화를 나누고, 같은 혈통으로 인식되고, 같
은 지역에서 오래 함께 살아온 사람들을 지칭하여 우리는 '민족'
이라고 부른다.27) 앞서 논의를 시작하면서 김규동 시인의 전 시

──────────

26) 김규동, 62-64쪽.
27) 민족 공동체는 다른 공동체 집단과 구별되며 일반적으로는 핏줄, 언어, 종교,
　　경계, 지형 등을 구성요소로 하여 차별적으로 구성된다. 이런 객관적 요인도
　　작용하지만 주관적 요인이라고 볼 수 있는 동질성에의 의지, 공통된 역사적
　　경험 역시 구성 요소로 인식된다. 그러나 민족 공동체는 어떠한 절대적 요소
　　로 인해 발현되기보다는 타집단에 대한 대타의식 및 발현과정에 의거하여

기를 아우르는 지향성이 '공동체'의 회복이며 그 공동체의 구체적인 의미가 문제적이라고 언급한 바 있다.

「조국」에 등장하는 "한 갈래 혈맥(血脈)" "찬란히 피어난 문화" "훈민정음과 향가" "천만 가슴"이라는 시어들을 토대로 볼 때 김규동이 추구한 공동체의 구체적인 의미는 혈연적 뿌리를 공유한 '민족 공동체'에 가깝다. 민족이란 아주 오래전부터 지역, 조상, 역사, 언어, 종교를 공유하는 집단이며 역사적·지역적·혈연적 구체 요소를 공유하는 한반도의 거주민을 의미한다.[28] 물론 여러 차례의 논쟁이라든가 1970년대 민족문학론을 통해 민족 개념에 대한 견해 차이가 드러났지만 보편적으로 민족이란 일정한 지역에서 공통의 혈연과 언어를 사용하여 생긴 공동체라는 데에는 큰 이견이 없다.[29] 김규동은 좁게는 혈연으로 인한 가족, 그로부터 확장된 마을, 나아가 마을의 확장으로서의 민족 공동체를 전쟁의 대타적 가치이자 훼손된 상실의 대상으로 그리워했다.

김규동의 전기 시는 전쟁을 이야기하면서 전쟁으로 인해 훼손된 민족 공동체에 대한 안타까움을 드러냈다. 전쟁은 김규동 시

복합적으로 형성된다. 고부응, 「식민 역사와 민족 공동체의 형성」, 『문화과학』 제13집, 문화과학사, 1997, 182-183쪽.

28) 이태훈, 「민족 개념의 역사적 전개 과정과 그것이 의미하는 것」, 『역사비평』 제98집, 역사비평사, 2012, 252쪽.

29) 곽명숙의 논의에 따르면 민족뿐만 아니라, 민중과 시민에 대해서도 이견이 있어왔는데 민족 개념을 일정한 지역에서 공통의 혈연과 언어를 사용하여 생긴 공동체라는 생물학적이고 신화적인 개념으로 보는 견해, 근대 이후 타민족과의 갈등에서 생겨난 역사적·사회적 성격을 지닌 개념으로 보는 견해, 그리고 이 양자가 혼합된 것으로 보는 견해 등이 있다. 곽명숙, 「1970년대 한국시에 나타난 민중의 의미화와 재현 양상」, 서울대 대학원 박사논문, 2006, 21쪽.

인에게 있어 문명의 실패, 근대적 이성의 패배, 진보에 대한 믿음의 퇴행이 아니었다. 전쟁은 "동족상잔의/원한이 흘러가는 강"(「2호의 시」)을 만들어낸 구체적 사건이었고, 자신을 고향 마을로 돌아가지 못하게 만든 실제 원인이었다. 이 시인이 민족 공동체에 대한 애정과 회복이라는 지속적 주제의식을 다루었던 것은 그가 월남하여 다시는 고향에 돌아갈 수 없었던 전기적 상황과 관련되어 있다. 시인의 제1시집에서 마지막 제9시집에 이르기까지 어느 시집에건 고향에 대한 그리움, 돌아가고자 하는 회귀 정신이 빠진 적이 없었다.

제1시집에 수록된 「고향」을 보면 "고향엔/무슨 뜨거운 여정이 있는 것이 아니었다"지만 그럼에도 불구하고 "이웃 낮닭들은 홰를 치며/한가히 고전(古典)을 울"고 있는 고향으로 돌아가고자 했다. 김규동은 실향 시인으로서 자신의 실질적이며 경험적인 공동체를 그리워했다. 고향과 가족에 대한 그리움은 김규동 시의 중요한 부분이다. 이러한 의식을 '회귀의 정신' 혹은 훼손된 세계에 대한 '복귀의 정신'이라고 말할 수 있을 것이다.[30]

> 다시는 돌아가볼 수 없을 것만 같은
> 북측 옛 마을의 육친들을 생각하여
> 잠 아니 오는 밤들이 있었던 것은

---

30) 이동순은 김규동의 본질이 '회귀'라는 점을 논구한 바 있다. 이후에도 이동순은 "김규동 시인이 발간한 전체 시집을 통찰하는 과정에서 확실히 알 수 있는 것은 시인의 작품 세계가 줄곧 회복의 시정신으로 일관해왔다는 사실이다. 김규동 시인이 추구해온 회복의 대상은 바로 그리운 어머니와 잃어버린 고향이다"라고 파악한 바 있다. 이동순, 「장엄한 분단서사와 회복의 시정신」, 『김규동 시전집』, 창비, 2011, 882쪽.

아득한 어저께의 일이다

(…)
옳다던 오늘 하루의 싸움 속에서
웃음과 눈물과 울분을 함께하던
여자와 남자와
약한 사람과 슬픈 사람들의
그리운 얼굴이
너무나 뚜렷이 다가와 있기 때문이리라.
—「잠 아니 오는 밤의 시」부분[31]

　나아가, 공동체는 김규동의 개인사적인 아픔뿐만 아니라 민족
사적인 아픔과 연결되어 있다. 제1시집 가장 말미에 수록된 작품
「잠 아니 오는 밤의 시」는 "다시는 돌아가볼 수 없을 것만 같은/
북쪽 옛 마을의 육친들을 생각하여/잠 아니 오는 밤들"이 있었다
는 구절로 시작한다. 그런데 시가 진행되면서 혈육에 대한 사랑
과 그리움은 가족 단위의 공동체에서 더 큰 단위의 '우리'로 확장
된다. 시인은 비단 가족뿐만 아니라 "웃음과 눈물과 울분을 함께
하던/여자와 남자와/약한 사람과 슬픈 사람들의/그리운 얼굴"을
상기한다. 김규동이 어느 시기에든 중요하게 생각했던 것은 이렇
듯 이 터전에 살고 있는 다수의 민족 공동체의 회복 문제였다. 요
약하면, 공동체 회복 혹은 온전한 공동체에 대한 지향은 실향민
김규동 개인에게 있어서나, 그의 문학적 사명에 있어서나 공통되

---

31) 김규동, 97-99쪽.

게 작동한 원리라고 할 수 있다.

그런데 전기에서는 자신의 개인적이고 경험적인 상실보다 타자를 포함한 다수 민족의 상실을 더 주요하게 다뤘다. 주요한 경향이 민족적 공동체의 상실에 놓여 있지만 실향민으로서의 개인적 아픔이 형상화되지 않은 것은 아니다. 「열차를 기다려서」와 같이 제1시집에도 육친에 대한 그리움이 담긴 시가 등장한다.

그런데 전반적으로 초기의 어머니에 대한 회상은 아들 김규동과 어머니의 관계일 때도 있지만 대열을 이룬 우리 모든 아들들의 어머니를 지칭하는 경우가 더 많다. "기울어가는 태양 아래/외로워가는 조국이여/그 어디까지 젊은 목숨 위에 초연히 서야 할/유구한 조국/어머니인 나라여"라는 시 「조국」이나 "겨레" "민족의 의지" "민족의 내일"을 추구하는 「3·1절에 부치는 노래」를 보면 우리 민족이 온전한 조국을 잃고서 그리워하는 마음이 마치 어머니를 잃은 자식의 마음인 양 표현되어 있다.

요약컨대 제1시집의 가장 큰 화두는 '전쟁'이며 구체적으로 시인은 전쟁이 폐허를 만들고, 현실을 비극적으로 만들고, 가치를 훼손했다는 점에 주목한다. 김규동 시인이 전쟁을 비판하고 부정했던 것은 그 반대 방향으로의 지향, 즉 본래적 세계에의 옹호가 그만큼 강했다는 것으로 이해할 수 있다.

2) 부정적 현실 인식 및 '전쟁 은유'의 의미

그렇다면 이 지향성의 시적 구현은 어떤 방법론을 통해 드러났을까. 이 장에서는 전기의 특징적 방법론으로 '전쟁 은유'에 주목한다. 작품 안에서 김규동은 전쟁 직후뿐만 아니라, 일상에서 전쟁의 상흔이 사라져갈 때에도 '전쟁 은유'를 빈번히 사용했다. 시인은 일상의 평범한 현상들마저 전쟁으로 비유하며, 지속적으로 전쟁을 상기했다. 목도된 눈앞의 현상에서 전쟁은 끝이 났지만 내적인 전쟁의 상흔은 여전하다는 것을 알 수 있다. 이 내적인 폐허에의 주목을 통해 시인은 역으로 공동체에 대한 간절함을 드러냈다.

우리는 시에 사용된 다양한 비유를 통해서 시인의 내적 상황을 짐작할 수 있다. 은유가 단순한 수사법이 아니라 의식의 지향성을 포괄한 일종의 사건이라는 점에 주목한다면32) 김규동 시에서 전쟁 은유는 전후가 종전이 아니고, 일상이 여전히 전쟁이라는 비극을 보여준다. 그에게 있어 공동체에의 완전한 복귀가 없는 일상은 여전히 전쟁의 진행형이며 부정적인 상황인 것이다.

김규동 시인의 전쟁 은유는 일상의 전쟁화, 전쟁의 지속 상황을 보여준다. 이에 해당하는 예로 "군장처럼 나를 둘러싸버리는 침구"(「장송의 연대」)라거나 "백만 군병의 깃발처럼/가로수의 음향이 나부끼고"(「이런 멜로드라마」), "탄환처럼 하늘에 솟는 트럼펫과 재즈"(「난립하는 광장에서」)와 같은 은유를 들 수 있다. 일상의 침구가 군장으로, 음향이 탄환으로 비유되는 것을 보면 전쟁의 이미지가 일상의 묘사나 감각의 포착에 끼어들 정도로 내면에 깊이 파고들고 있음을 알 수 있다. 그만큼 이 시기 김규동에게 있

---

32) 리쾨르는 전통적인 수사학의 은유로부터 벗어나 세계를 해석하고 의미를 낳는 해석학적 은유의 역할을 주장한 바 있다. 그에 의하면 은유적 진술의 지시 내용은 현실을 '재기술'하는 힘으로 작용한다. 여기서 은유는 유사성에 대한 주목이나 두 대상의 연결이 아니라 세계에 대한 재진술과 창조라는 의미를 지니고 있다. P. Ricoeur, Trans. Robert Czerny with Kathleen McLaughlin and John Costello, *The Rule of Metaphor: Multi-Disciplinary Studies of the Creation of Meaning in Language*, University of Toronto Press, 1977, p.6.

어 전쟁의 영향력은 컸다. 그리고 시인은 그 전쟁을 비판적으로 언급하면서 전쟁에 대한 극복의 투쟁을 벌이고자 했다. 김규동 시인에게 있어 전쟁은 인류와 문명의 비극적 사태일 뿐만 아니라 민족성과 민족의 터에 대한 훼손이라는 점에서 문제적인 사건이다.

이 특징은 시인 내면에서 전쟁은 여전히 끝나지 않았고, 여전히 극복되지 않은 문제의식이었음을 보여준다. 전쟁을 비판적으로 고찰하고, 일상에 임하면서도 끊임없이 전쟁을 소환하는 이유는 전쟁이 앗아간 가치 때문이다. 전쟁으로 인해 시인은 돌아갈 고향을 뺏겼고, 민족은 분단되었다. 남들이 전쟁에 대해 잊고, 오늘과 미래를 이야기하는 상황에서 오늘을 통해 전쟁을 환기하는 시편들은 그의 목적의식이 그만큼 강했다는 것을 보여준다.

이 지점에서 우리는 전쟁으로 희생된 본래적 세계는 무엇인지 질문할 수 있다. 김규동 시인의 개인사에 주목한다면 본래적 세계는 어머니가 계시는 고향 마을과 가족이 될 테지만 전체적인 시를 보면 개인적인 희망을 넘어서는 그 이상의 지향성이 있음을 확인할 수 있다. 시인에게 있어 전쟁으로 인해 훼손된 본래적 가치는 '공동체'의 공간과 가치와 구성원에 해당한다. 시인이 지니고 있었던 것은 1차적으로 형제애와 부모애였고 그것이 확장된 것으로서의 민족애였다. 나아가 시인이 비판적 지성으로 부정하고자 했던 것 역시 1차적으로는 옳지 않은 전쟁과 분단의 상황이었으며 나아가 이 현재 상황으로 인해 상실된 공동체의 시공간이었다.

1958년에 발간된 제2시집에서는 1955년에 나온 제1시집처럼 '전쟁' 이미지가 중심을 이루고 있다. 이 작품군들은 실제 전쟁은 끝났지만 전후를 살아가는 사람들의 내면에서는 아직 전쟁이 끝나지 않았다는 점을 드러낸다. 대표적인 예로 「위기를 담은 전차」를 들 수 있다. 살아남은 사람들의 군상을 그린 이 작품은 우리들이 살아 있지만 사실상 정신 속에서의 전쟁은 끝나지 않았으며 여전히 전후의 트라우마를 겪고 있다고 본다. 시인은 역사로서의 전쟁이 끝났지만 정신 속에서는 전쟁이 끝나지 않았다고 말한다. 그리고 표면적인 전쟁만이 종식된 상황에서는 "나는 '나'일 수가 없다"고 강조한다.

> 곡예사여
> 너의 입술에 어린
> 떨리는 생명의 포말들을 삼키며
> 너는 더욱 잔인해야만 한다
>
> 원폭의 하늘처럼
> 소란한 오늘의 기류
> —「곡예사」 부분[33]

이 시기 작품들도 여전히 전쟁과 관련된 시어나 이미지를 다룬다. 제2시집을 보면 원폭, 잔인, 공포, 불안, 폭격, 중공군의 미그기, 초연, 전쟁, 포격, 총성 등의 시어가 등장함을 확인할 수 있다. 그중 전쟁이 일상을 점령한 사례로 위 작품에 주목할 수 있다. 「곡예사」에서 시인은 서커스를 보면서 전쟁을 떠올린다. 서커스를 구경하러 갈 정도로 일상은 평온해졌는데, 시인은 곡예사가

---

33) 김규동, 104-105쪽.

아슬아슬하게 줄에 매달린 것을 보고 죽음을 연상한다. 그러고는 목숨을 건 묘기를 보면서 즐기기보다는 잔인한 전쟁 상황을 떠올린다. 시인의 내면에는 여전히 전쟁이 지워지지 않았던 것이다. "원폭의 하늘처럼/소란한 오늘의 기류"라는 비유를 보면 알 수 있듯이 전운은 사라졌지만 시인의 시선에 닿는 것들은 전쟁의 사건과 비교되고 비유된다.

바람소리
바람이 부는 날은
내 가슴속에서도 소리가 난다

금문도를 폭격한 중공군의 미그기들
하늘은 푸르고
내 가슴속에서 소리가 난다

(…)

나의 내부에선
지금 기계의 소음에 싸여
무수한 소리가 나고
허수아비 같은 허무의 그림자가
행렬을 지어 가고 있다.
　　　　　―「내 가슴속에 기계가」 부분[34]

---

34) 김규동, 110-111쪽.

「내 가슴속의 기계가」 역시 전쟁 은유를 담고 있는 작품이다. 이 시에서는 아무 일 없는 오늘의 일상, 신경쇠약이나 폐병과 같은 개인의 질병이 전쟁의 폭격으로 은유된다. 시인에게서 전후 상황이 여전히 전쟁 중으로 인식되는 것은 전쟁의 결과로서 공동체가 해체된 상황이 지속되고 있기 때문이다. 종전이 아닌 휴전으로 분단된 한반도 상황이었기 때문에 시인은 여전히 하나된 민족을 볼 수 없었고 고향으로 돌아갈 수도 없었다. 본래적 세계, 즉 통합적인 민족의 본래적 상황이 펼쳐지는 유토피아가 아직 도래하지 않았던 것이다. 이 시기 시인은 "여기는 아시아/남북으로 갈라진 한반도의 서울/가난과 무지와 폭력이/강물처럼 흐르는 곳"(「나체를 뚫고 가는 무수한 구토」)이라고 토로한다. 김규동 시인에게 있어 전쟁으로 시작된 비극은 분단이라는 상황으로 여전히 진행 중인 것이고, 따라서 시인의 비판과 투쟁은 여전히 지속될 수밖에 없었다.

김규동 시인은 제2시집에서 전쟁 은유를 통해 공동체의 훼손이라는 전쟁 상황을 상기하고 극복하려는 열망을 담아낸다. 시인은 상처받고 괴로워하는 이 땅의 사람들에게 주목하고 온전한 공동체를 추구한다. 제2시집에서는 개인의 서정보다 집단의 지향성을 더 중시하는 경향의 여러 작품을 찾을 수 있다. 시인은 실향민으로서의 개인적인 상실감보다 전쟁으로 인해 파괴된 공동체와 구성원 전체에 집중한다. 「기적소리는 추억을 그리는 화가」에서 보면 시인은 "공연히 마음이 약해져서/옛날에 걷던 길이며 산이 한없이 그리워지는 것도/사실이지만" 자신이 그리움에 빠지는 것을 경계한다. 개인의 상실감 대신 시인이 더 중요하게 생각하는 것은 공동체를 함께하는 다른 사람들과 그들이 함께 이루는 행복한 세계다. 시인은 자신의 아픔보다 "하루 종일 안 되는 일만 많다고/한숨짓다 잠들어버린 사람들의 모습"과 "고단한 앓음소리"를 주목한다.

이러한 제2시집의 상황에 의하면 초기의 시인이 모더니스트였고, 이후 후기에서 리얼리스트로 격변했다는 기존의 평가는 재고될 필요가 있다. 모더니즘과 리얼리즘의 선택 이전에 시인에게 본질적인 문제의식이었던 것은 「나비와 광장」에서 상징적으로 언급되었던 "아름다운 영토"에 대한 "희망"이다. 초기의 시인은 도시 문명에 대한 비판적 시각을 보여주었고 모더니즘적 시풍을 시도하기는 했지만 이미 공동체, 민족, 분단, 통일과 같은 후기의 주제들을 시의 주제로 선택하고 있었다.

제2시집을 상재한 후 시인은 한동안 작품 발표를 거의 하지 않는다. 시인은 이 시기에 창작보다는 공부와 경영에 몰두했다고 하는데 실제로 제2시집과 제3시집 사이에 시간적 공백이 상당하다. 1977년 52세의 나이로 발행한 제3시집 『죽음 속의 영웅』은 그동안의 공백기를 깨고 상재한 작품집이었다. 시기로 본다면 휴식기 이후의 작품집에 상당한 변화가 담겨 있으리라 예상하기 쉽다. 그러나 작품 면면을 살펴보면 이 시기 작품집까지는 여전히 '전쟁'이 가장 주된 주제로 등장하고 있음을 알 수 있다. 이 시기 특징으로는 직접적인 전쟁의 장면보다는 은유적으로 전쟁의 아픔이 아직도 진행 중임을 드러낸다는 점을 들 수 있다.

내면의 전쟁이 전후에도 진행 중이었다는 사실은 제3시집에 실린 작품의 시어와 은유를 통해서도 짐작해볼 수 있다. 이 시집은 이전 시집과 시어 측면에서 공통점이 있는데 특히 죽음, 증오, 6·25, 해골, 총소리, 무기 등 전쟁을 연상시키는 시어가 자주 등

138

장한다. 그리고 시인은 제2시집에서 그랬던 것처럼 일상의 사건과 개인의 감각을 전쟁 상황의 일부로 은유한다. 「흐르는 생명」에서 "문 여닫는 소리가 총소리 같구나"라면서 지극히 일상적인 소리를 "총소리"로 비유한다거나, 「서글픈 무기」에서 "내 속의 음악은 항상 결정적인 총소리다"라고 표현하는 구절을 통해서도 시인의 내면에 아직 전쟁이 영향력을 행사하고 있음을 알 수 있다.

또한 제2시집에 수록된 「밤의 신화」 같은 작품에서도 여전히 전쟁은 눈앞에 펼쳐지는 듯하다. 이 시에는 "초연 냄새"를 맡고 긴장하는 장면이 등장한다. 이어 흥겨운 거리의 행진을 보면서도 "서편 하늘가에서 푸른 광선이 공중에 번쩍거렸다. 그것은 원자탄보다 무서운 무기라 했다. 그것은 바로 전쟁의 종언을 고하는 신호등"이라며 곧바로 전운을 연상한다. 전쟁은 끝났지만 일상에서 전쟁을 감각하는 것이다. 이로 보아 전기의 공통점이자 시인의 최대 문제의식이 전쟁과 전쟁의 결과로서 공동체의 파괴에 있었음을 알 수 있다. 공동체 회복이 이루어지지 않은 이상, 시인에게 있어서 전쟁은 여전히 진행 중이었던 것이다.

3. 분단 비판과 '기억의 시학'의 지향성

1) 분단에 대한 비판적 인식과 '형제애·민족애'의 확장

분단 상황에 대한 언급과 비판은 이미 전기에, 구체적으로는 제2시집에서부터 등장한다. 그런데 '분단'과 '통일'이라는 시어가 명시적으로 시에 등장하기 시작한 것은 후기, 즉 제4시집부터다. 현실이 아직 전쟁의 자장 속에 있는 듯, 전쟁과 전쟁적인 사태들에 대한 비판적 인식이 제1~3시집의 중심이라면 제4시집에서부터는 전쟁에 대한 언급이 사라지고, 전쟁의 결과이자 연장으로서 분단에 대한 비판적 인식이 증가한다.

사실 시인에게 있어 전쟁과 분단은 엄청나게 다른 두 상황이 아니다. 분단 상황은 시인이 비판적으로 다루어온 전쟁의 지속이자 또 다른 전쟁이다. 그것이 명칭이나 형태를 바꾸어 분단, 통일, 분계선과 같은 단어로 처음 등장한 것은 제4시집부터다. 이를 기점으로 김규동 시세계에서 본격적으로 제2의 투쟁기가 시작되었다고 볼 수 있다.

이후 분단이라는 현실에 대한 인식과 그것을 극복한 상태인 통일에의 희구는 제9시집까지 김규동 시인의 가장 주요한 시적 모티프가 되었다. 이런 분단의 극복이라는 주제 하에 그의 제4~9시집은 하나의 시기로 분류될 수 있다. 작품 발표는 후기에 와서 활발했기 때문에 전기와 후기 사이에 시집의 숫자는 차이가 나지만 햇수를 따진다면 전기 3권의 시집이 약 30년, 후기 6권의 시집이 약 30년을 차지한다.

그러나 이 앞선 30년과 뒤선 30년 사이에는 큰 격절이 있다거나 대대적인 변화가 있다고 보기는 어렵다. 김규동 시인은 전기와 후기 가리지 않고 현실에 대한 비판을 견지해야 한다는 인식이 있었다. 아래의 작품 분석에서 보듯, 시인은 가까이에 있는 현재 상태를 비판하면서 멀리 과거에 있었거나 미래에 찾아올 공동체의 이상적 상태를 추구하고자 했다.

제4시집에 수록된 상당히 많은 시들, 즉 「안부」 「송년」 「유모차를 끌며」 「오시는 임에게」 「시인의 검」 「새 아침의 시」 「수신제가」 「헌사」 「통일의 얼굴」 「그날이 오면」 등은 분단에 대한 안타까움과 통일의 바람을 담고 있다. 그중 「안부」와 「송년」에서 등장하는 형제의 마음은 시인 본인의 마음이자 실향민의 마음, 나아가 분단된 민족 전체의 마음을 대변한다.

분계선이 꽉 막혀
오도 가도 못한다면
(…)
끊어진 형제의 마음 이어지겠느냐
고상한 말보다는
앓음소리가 더 확고한 말이구나
말로 통일이 되겠느냐
—「안부」 부분[35]

기러기 떼는 무사히 도착했는지
아직 가고 있는지
아무도 없는 깊은 밤하늘을
형제들은 아직도 걷고 있는지
가고 있는지
(…)
아름다운 꿈들은
정다운 추억 속에만 남아
불러보는 노래도 우리 것이 아닌데
시간은 우리 곁을 떠난다
—「송년」 부분[36]

---

35) 김규동, 290-291쪽.
36) 김규동, 292-293쪽.

이 두 작품에는 공통적으로 '형제'라는 단어가 등장한다. 그 형제는 중의적인 의미를 지닌 것으로 보인다. 우선, 시인은 자신의 실제 형제를 그리워했다. 산문에서도 시에서도 그는 자신의 동생을 회고하면서 고향 마을을 그리워했다.[37] 그는 남한으로 내려오면서도 결코 오래 머물 거라고 생각하지 않았다. 볼일이 있어 잠시 들렀던 것이다. 그런데 다시는 어머니와 가족, 고향 마을로 돌아가지 못하는 실향민으로 평생을 살게 되었다. 실향 시인으로서 시인의 '형제'는 자신의 실제 육친들을 의미했고, 나아가 분단을 겪는 민족의 일원으로서 형제들은 남과 북으로 나뉜 민족의 형제들을 의미하기도 했다.

김규동의 가장 짧은 시 「천(天)」(2005)은 본인의 형제 '규천'에게 보내는 메시지로 되어 있다. 그 외의 작품들에서도 시인 개인의 형제와 누이를 종종 호명하고 그리워한다. 그러나 시인의 이러한 형제애, 형제에 대한 그리움이나 호명은 개인사적인 범주에 그치지 않는다. 그는 자신의 수없이 많은 형제들을 북과 남에서 발견한다. 혹은 북과 남으로 갈라진 수많은 형제들을 발견한다. 북의 사람들과 남의 사람들을 '형제'로 파악한 작품은 김규동의 전체 후기 시에서 드물지 않게 발견할 수 있다. "형제의 우애를 굳게 맹서한 젊은 남북 전사의 가엾은 넋"(「하나의 무덤」), "흙파다 푸석푸석한/흰 것이 보이면/오, 이것은 형제의 뼈다"(「흰 것은 뼈다」), "즐거운 길 쉬지 않고 가는/이 가난하나마 정직한 형제들에게"(「통일의 아침에 축복을」), "이제는 정말 가야 한다/형제들 애타게 기다리는 저 북으로"(「기러기」) 등은 본래 하나였던 공

---

37) 김규동, 「딱 3년만 머물려고 했는데」, 『나는 시인이다』, 바이북스, 2011.

142

동체와 민족의 형제들이 분리되어 있는 현실을 안타까워한다.

이런 상황이기 때문에 시인 개인의 소원이나 시인이 생각한 민족 전체의 소원은 통일이었다. 개인의 바람과 민족의 바람을 일치시켜 「나비와 광장」에 등장한 "아름다운 영토"를 회복하려는 시도는 이후 지속적으로 진행된다. 시인은 자신이 과거 경험했던 가장 옳은 세계를 기준으로 삼아 현재 경험하고 있는 옳지 않은 세계를 극복하려고 한다. 가장 "아름다운 영토"에의 지향과 참혹하게 훼손된 현실의 대조야말로 김규동 시인의 초기 시에서부터 후기 시에 이르기까지 지속적으로 발견되는 구조다. 이상과 훼손된 현실의 간극은 김규동 시인이 모더니스트로 불리던 시기든, 비판적 민족 문학 시인으로 활동하던 시기든 공통된 특징이라고 볼 수 있다.

김규동의 시에서 가장 참혹한 것이 전쟁의 포화였다면 이와 반대로 가장 이상적인 장면은 「그날이 오면」에서 찾을 수 있다.

압제와 약탈의 36년은 끝나
감옥문 부서지고
독립투사 나오시던 날
눌렸던 형제들
삼천리를 뒤흔든 만세소리
그날의 하늘은 왜 그다지도 푸르렀던가
하얀 옥양목 바지저고리 입으시고
한 손에 태극기 드신
백부님의 웃음은
그 신작로길에서

어찌하여 그다지도 찬란했던가
　　—「그날이 오면」부분38)

　　시인은 대담을 통해 소년 시절 겪었던 8·15의 장면과 감격에
대해 강조한 바 있다.39) 정확히는 대담에서 언급했던 해방의 그
기억이 시 「그날이 오면」에 고스란히 반영되어 있다. 그의 기억
속에 가장 이상적이고, "찬란"하고, "푸르렀던" 8·15는 바로 사
람을 중심으로 묘사된다. 시인은 바로 이 사람들, 즉 우리 민족의
구성원들을 "백부님"이나 "형제들" 같은 가족으로 부른다. 시인
김규동은 자신의 형제, 부모만 애틋하게 생각하는 것이 아니라
민족이라는 하나의 공동체와 그 안에 속한 모든 구성원을 "형제
들" 범주에 포함시킨다. 바로 이 민족에 대한 소속감과 그에 대한
애정, 회귀, 지향은 김규동 시의 전기, 후기를 막론한 본질적 특성
이라고 할 수 있다. 이 시에서도 해방을 기뻐하는 모든 사람들이
친족 혹은 형제의 확장판으로 그려져 있는 것이다.
　　이렇듯 김규동에게 '공동체' 의식은 단순히 특정 고향마을(함
북 경성)을 지시한다거나 과거로 돌아가려는 것이 아니다. 실향
민으로서 자신의 가족과 친족을 공동체 안에 포함시키지만 그것
이 전부인 것도 아니다. 그는 개인적인 친족 공동체로 회귀하려
는 것을 넘어 공통된 문화와 핏줄로 맺어져 있는 민족 공동체의
완성을 추구했다. 이것을 이념적이고 사상적이며 문학적이고 내
면적으로 추구했다. "옛날에 걷던 길이며 산"을 그리워하는 장면

---

38) 김규동, 330-331쪽.
39) 김규동·문창길 대담, 「먼 이야기보다 가까운 이야기를 쓰자」, 맹문재 엮음,
　　『김규동 깊이 읽기』, 340쪽.

이나 "풍경"이나 "느티나무"까지 회상하는 장면을 보면 김규동의 회복 대상은 가족과 이웃과 동료와 같은 인적 대상뿐만 아니라 터전, 영토, 풍경, 동리의 나무, 텃밭까지 광범위하다. 인적 대상과 터전까지 포함해서 김규동은 확대된 공동체, 즉 민족 공동체의 회복을 추구하고 있었다고 볼 수 있다. 그것이 전쟁에 대한 비판을 통해 드러나든 개인사적인 그리움의 회고를 통해 드러나든 김규동 시인의 항구적 성격임은 분명해 보인다. 우리 민족 공동체에 대한 희구와 시적 구현은 김규동의 시작 활동 전반을 통해서 끊임없이 제기되던 주요 주제였다.

2) '기억의 시학'을 통한 공동체의 구체적 형상화

김규동에게서 형제의 개념은 민족적 차원으로 확장되어 있었을 뿐만 아니라 어머니의 개념 역시 공동체적인 차원으로 확장되어 있다. 아래 인용한 두 작품에서 보듯 시인은 "남도 북도 없는 하나의 세상"을 이상적인 세상으로 파악했다. 그곳으로 돌아가는 것은 본인 혼자의 몫이 아니었다. 아들 김규동도 어머니에게 돌아가야 했지만 "너도나도 미련없이 돌아가야 하리"라면서 모든 아들과 형제가 다 어머니에게로 돌아가야 한다고 강조했다. 시인에게 있어서 형제는 친형제 규천뿐만 아니라 민족 공동체의 모든 일원이었다. 나아가 "닭이나 먹는 옥수수를/어머니/남쪽 우리들이 보냅니다/아들의 불효를 용서하셨듯이/어머니/형제의 우둔함을 용서하세요"(「어머니는 다 용서하신다」)에서 보듯 어머니는 친어머니뿐만이 아니라 조국 그 자체를 포함하는 확장 개념이었다.

핵폭탄 깔린 땅에서
밥이 끓는 소리를 들으면
이것만은 믿을 수 있는 말을 전해주는데
남도 북도 없는 하나의 세상
그것은 아직도 아득히 머나
간소한 저녁상을 대하고 앉아
따뜻한 밥을 먹고 있노라면
갑자기 무엇인가 내게 다가와 있음을 느낀다
　　　　―「하나의 세상」 부분40)

너무 오래도록 놀았어
날이 어두워 밤이 이미 깊었으니
희미한 등불 밑 어머니 일하시며 기다리는 곳
우리들 보금자리로 돌아가리
10년 20년 아니 40년을
어머니 그저 기다리시는 곳
(…)
어머니 사랑처럼 크고 넓은
겨레의 새날을 살기 위해
너도나도 미련없이 돌아가야 하리
　　　　―「돌아가야 하리」 부분41)

　공동체에 대한 애정과 주목은 후기 시로 갈수록 점차 구체화되

40) 김규동, 388-390쪽.
41) 김규동, 416-417쪽.

고 다양해진다. 전쟁을 중심으로 훼손된 공동체의 참상을 그리던 전기에서 시인이 주목하는 사람들이란 이름을 얻지 못하거나, 구체적인 표정을 지니지 않은 무기명인 경우가 잦았다. 전기 작품에서는 특정 인물이 아니라 대개 간호사, 병사, 한 소년, 젊은 여인, 연약한 누구 등의 표현으로 인물이 처리되었다. 그런데 후기에 와서는 특정한 인물이 특정한 이름을 지니고 등장한다는 변화가 보인다. 시인이 사랑했던 집단으로서의 민족, 혹은 민족의 구성원들이 작품 세계 전기에서는 집단이나 대표명사로 등장했다면 후기에 와서는 보다 구체적인 인명과 상황을 입고 나타나는 것이다. 구체적인 과거와 공동체의 인물을 환기하는 데에는 후기의 '기억의 시학'이 중심을 이루고 있었던 것으로 보인다. 전기와는 달리 시인은 '기억'에 의지하여 시적 세계를 구체적으로 구축하고 지향하는 세계를 보다 자세히 드러내기 시작했다.

예를 들어 제4시집의 「무서운 아이들」에는 어린 시절 학급 친구인 "대룡이"가 등장한다. 시인의 어린 시절 대룡이는 놀림감이었으나 오늘날 시인에게 있어 대룡이는 그리운 형제 중 한 명이다. 역시 제4시집의 「남북회담」에도 "아우에게 없는 것은 형이/형에게 없는 동생이 도와/어떻게 하든" 통일을 만들어보자는 말이 등장한다. 시인에게 있어 민족은 하나가 되어야 하는 대상이고, 그 근거는 우리 모두가 피를 나눈 가족, 혹은 가족의 확장이기 때문이다. 이러한 민족 공동체에 대한 인식과 애정은 그 공동체를 훼손하는 전쟁의 비극성을 직시하는 전기 시세계에서부터 분단의 현실을 다루는 후기 시세계에까지 공통되게 이어져오고 있다.

시인의 가족애는 민족애의 자장 안에 있고, 그가 지닌 가족에의 그리움은 민족적 공동체의 그리움으로 이어진다. 그리고 시인이 지닌 구체적 기억의 편린들은 공동체를 개념으로 머물게 하지 않고 구체성을 확보할 수 있도록 기여한다. 이러한 구체화의 작업은 후기 시의 특징이다. 후기에서 시인은 실존했던 인물과 그 인물에 대한 '기억의 시학'이라는 방법을 통해 민족의 얼굴을 훨씬 더 생동감 있게 그려낸다. 이 작업을 통해 민족 공동체로의 복귀 내지 회귀는 더욱더 필연성을 갖게 된다.

전기 시가 현실, 그러니까 눈앞에 벌어지고 있는 사태를 바라보고 판단하고 비판하고 인식하는 데 주요하다면 후기 시에서 시인은 주로 눈앞에 벌어진 사태 대신 먼 과거의 기억을 재구한다. 후기에서는 과거의 상황, 과거형의 서술어, 과거 자신의 경험과 만났던 인물에 대한 시화가 가장 큰 비중을 차지한다. 현재 부재하는, 그러나 경험했던 인물을 다루는 작품이 제4시집의 「무서운 아이들」로 시작해 이후의 시집에서 점차 증가한다. 시인은 회고를 통해 그 과거의 상태를 회복해야 할 근거를 마련한다.

후기에 시인이 '기억의 시학'을 적극적으로 펼쳤다면 이와 대조적으로 전기에는 기억에의 함몰을 경계한 적이 있다. 그 예로 과거에 대한 추억에 빠지는 자신을 극도로 경계했던 제2시집의 작품을 들 수 있다.

원래 예이츠가 노래하던 봄의 풍광이라든가 정서가 나의 울타리 안에 날아들 수가 없는 것이고, 고갱의 고뇌라든가 고흐의 끊임없는 변혁을 그리워하면서 산다는 것이 자연스러운 자세였음을 잘 알고 있으면서도 때로 비약을 꿈꾸기도 하고 새삼스러운 절망을 의식하는 것은 도대체 누가 물려주고 간 풍속일

148

것인가.

　　거리에 나와 오래간만에 비 오는 거리에서 벗을 만나 웃고
떠들면서도 방금 들러온 병원의 기억이 머리에서 떠나지 않아
자신을 여러 번 꾸짖었다. 사람이 그리 약할 수 있는가. 과거를
아무리 파본들 거기에 살아 있는 것이라곤 없으리라. 그런데도
너는 어찌하여 회상이라든지 추억이라든지 하는 따위의 물건
을 헌신짝처럼 버리지를 못하는 것이냐!
　　—「살아 있는 것은」 부분[42]

　　시인은 몸이 아파 병원에 찾아갔는데 거기서 만난 의사를 보
고 자신의 아버지를 떠올렸다. 실제 김규동 시인의 아버지는 의
사였다. 아버지는 시인이 월남하기 이전에 뇌일혈로 사망했지만
매형이 의사였고 시인과 남동생이 의대에 지망했던 것을 보아 집
안 모든 이에게 큰 영향을 미쳤음을 짐작할 수 있다. 과거의 회상
에 젖어 어린아이의 심정으로 돌아갔지만 시인은 겉으로 그것을
드러내지 않으려고 노력한다. 그러면서 예이츠와 고흐 및 고갱과
자신의 상황을 비교 대조하기 시작한다. 예이츠의 낭만적 시풍,
그와 같은 정서적 부분은 자신과 어울리지 않으며 고흐처럼 변혁
을 꿈꾸는 편이 바람직하다고 생각하며 입장을 정리하고자 한다.
마음이 자연스럽게 아버지의 세계로 향하자 시인은 자조적인 자
세로 스스로를 꾸짖고 있다.
　　이와는 대조적으로 후기에는 기억과 추억이 오히려 긍정적인

---

42) 김규동, 114-115쪽.

의미를 지니고 있다. 특히 제5시집 이후 김규동 시인은 곁에 없는 사람을 회상하면서 시를 쓰는 경우가 많았다. 어린 시절 아이들과 썰매 타던 일(「두만강」), 친구에게 져주기만 하던 친구 섭섭이(「50년 후」), 일본형사와 여학생의 기억(「추억」), 어머니(「3월의 꿈」 「우리 어머님들」 「기다림」 「어머님의 손」 「어머니 오시다」 「대신 할게요 어머니」 「어머니」 「어머니는 다 용서하신다」 「어머니에게」 「인제 가면 언제 오나」 「저승에서 온 어머님 편지」), 북한군으로 내려왔던 닥터 유(「세월」), 사촌형님과 백부님(「전설」), 누님(「만남」 「찾지 말아요」 「누님」 「편지」), 스승 김기림(「김기림」), 시인 정지용(「정지용」 「정지용의 서울 나들이」 「환영의 거리」 「시인은 숨어라」), 시인 김광섭(「김광섭」), 친구 박인환(「잡설」), 함경북도 고향 마을 풍경(「아침의 편지」), 고향마을 느릅나무(「느릅나무에게」), 고향 산천 진달래꽃(「육체로 들어간 진달래」), 백부님(「이북에 내리는 눈」), 아우 규천이(「천」), 고향 마을 이웃(「다시 고향에」), 함경도 아주머니들(「비문」), 시인 오장환(「잃어버린 사진」 「오장환이네 집」 「운명 앞에서」), 시인 이용악과 그의 아우 용해(「기억 속의 비전」), 1848년 다방에 모인 문인들(「플라워다방」), 나운규와 김기섭(「달밤」), 나운규와 윤백남(「길」), 천상병과 박봉우(「울어보자」) 등. 이렇게나 많은 시에서 시인은 알고 있었고 가까웠으나 지금은 존재하지 않는 이들을 통해 과거에의 재구를 시도한다. 이외에도 역사적 실존 인물이자 직접 만나보지 못한 김립, 김삿갓, 안중근 등을 시의 인물로 들여온 경우도 있다.

시인이 부재하는 과거의 인물들을 기억을 통해 다시 불러오는 이유는 무엇일까. 후기에 와서 작고하거나 헤어져 만날 수 없는 이들, 특히 문단의 동료들이나 스승이나 선배들, 형제, 누이, 어머

150

니, 아버지, 친지들과 마을 친구, 마을 사람들을 구체적으로 떠올린다. 김규동이 후기 시에서 펼친 '기억의 시학'에 대해 베르그송의 '기억' 개념은 유의미한 해석의 실마리를 제공한다. 베르그송은 기억의 역능을 가장 신뢰했던 이론가의 한 사람으로서 모든 기억이 무의식 속에 저장되어 있으며 사라지지 않고 보존된다고 보았다.[43] 그 기억은 이미지로 보존되어 오기도 하는데 뿌연 이미지처럼 의식 속을 돌아다니다가도 어느 순간 명징한 이미지로 돌아온다.

이 '기억론'에 의하면 김규동 시인이 부재하는 과거의 인물을 시로 회고할 때는 한 단면의 재현이 아니라 보존된 과거 전체를 소환하는 전체성의 몰입이 된다.[44] 다시 말해서 김규동이 행한 기억의 시학이란, 과거에 있었던 "아름다운 영토"와 가치를 회복하기 위한 시적인 방법론이 되는 것이다.

4. 전쟁과 분단을 극복하기 위해

이상의 논의를 통해 이 글에서는 김규동의 전체 시세계의 공통된 지향성과 방법론적 차이를 살펴보았다. 유고를 제외하고 시인이 생전 상재한 총 아홉 권의 시집 중에서 50대까지 발표한 시집이 모두 세 권, 이후 환갑이었던 1985년부터 발표한 시집이 모두 여섯 권이다. 시집의 분포로 보아서는 초반에 작품 수가 적고 노년 시기의 창작 활동이 활발했다.

---

43) 황수영, 『물질과 기억, 시간의 지층을 탐험하는 이미지와 기억의 미학』, 그린비, 2006, 96쪽.
44) 나카무라 유지로, 양일모·고동호 옮김, 『공통감각론』, 민음사, 2003, 208쪽.

전쟁이라는 역사적 사건에 비판하고 분노하는 것이 전기의 작품이라면 60세 이후의 작품은 분단의 극복이라는 주제에 확실히 집중되어 있었던 것으로 보인다. 그래서 이 글에서는 전쟁과 분단이라는 두 키워드를 기준 삼아 50대까지의 세 권 시집을 전쟁 비판의 전기로, 그 이후의 여섯 권을 분단 비판의 후기로 나누고자 했다. 전기는 눈앞에 놓인 전쟁의 상황에 시선을 집중하고, 후기는 먼 곳에 있는 부재의 현실로 시선을 돌린 경향이 있다. 방법론적으로 전·후기를 구분하자면 전기는 전쟁의 은유, 후기는 기억의 시학을 활용했다는 특징적인 면모를 지닌다.

이런 차이가 있지만 김규동의 시세계는 본질적으로 전기와 후기를 아우르는 일관된 지향성을 보여준다. 구체적으로 말해 그 지향성이란 이상적인 공동체의 가치와 상황을 확보하는 일이다. 공동체는 때로 형제의 얼굴로, 때로 부모, 친척, 친구, 동료의 얼굴로 나타나지만 김규동은 개인의 형제애, 부모애, 동료애에 머물지 않고 그것을 확장시켜 민족 공동체에 대한 지향을 드러내고자 했다.

이러한 민족애의 발로와 공동체에 대한 열망이 김규동의 본질적 특성이라는 점에서 특정 사조가 김규동의 전부를 규정하기에는 적합하지 않다고 말할 수 있다. 김규동은 친구 박인환에 대해 "여태 살았다면/진짜 좋은 민중 시인 되었을 것이다/이 길밖에 그가 가야 할 길은/없었을 게다/모더니즘도 모더니즘이려니와/사회에 대한 관심이 남달랐던 그가/민족현실을 저버릴 리 만무했을 게다/(…)/인환이 간 지도 30여 년/그가 살아 있다면 틀림없이/분단시대를 떠메는/참다운 모더니스트가 되었을 것이다"(시 「잡설: 박인환」 부분) 라고 말한 바 있다. 박인환에 대한 이 평가를 통해 김규동 시인이 모더니스트와 민중 시인의 본질을 사실상 동일하게 파악하고 있음을 알 수 있다. 모더니즘도 사회 현실에 대한 관심에서 출발하는 것이고, 분단에 대해 비판하고 극복하려는 것도 모더니스트의 일이다. 다시 말해서 리얼리즘이냐 모더니즘이냐의 구분보다 김규동에게 선행되었던 것은 더 구체적인 사회, 공동체, 민족애 등이었다고 볼 수 있다. 이 점을 상기한다면 전기 대표시 「나비와 광장」에서 보여준 "아름다운 영토"에의 추구는 시인의 전 시기 지속적으로 이어져왔다고 할 수 있다.

시인은 자신이 과거 경험했던 가장 옳은 세계를 기준으로 삼아 현재 경험하고 있는 옳지 않은 세계, 즉 전쟁과 분단을 극복하고자 했다. 이러한 경향은 김규동 시인이 모더니스트로 불리던 시기든, 비판적 민족 문학 시인으로 활동하던 시기든 공통되는 본질적 특성이라고 볼 수 있을 것이다.

영웅의 모험, 그리고 탈향과 귀향

김규동과 하이데거[1]

임동확 한신대학교 문예창작학과 교수

1. 자발적 남행과 '멀리 돌아감'

널리 알려진 대로 김규동은 그의 나이 24세이던 1948년 2월 김일성종합대학 교복을 입은 채 남행을 감행한다. 단연 경성고보 시절의 스승인 김기림을 찾아서였다. 그러면서 그는 김기림을 만나면 '왜 월북하지 않았는가' 묻고자 했다.[2] 하지만 그가 김기림

---

1) 김규동 시인의 연보에 따르면, 그가 43세가 되던 1967년 하이데거의 『동일성과 차이』 『세계상의 시대』를 비롯한 하이데거의 전집을 읽었으며, 그 이듬해인 1968년 본격적으로 『하이데거 전집』(14권)을 독파한 것으로 나타나 있다. 하지만 그가 왜 이 시기에 하이데거의 철학과 예술론에 대해 큰 관심과 더불어 집중적 탐구를 했는지 알 수 없다. 김규동, 『김규동 시전집』, 창비, 2011, 892쪽.
다만 특이한 것은, 김수영 시인 역시 이 무렵 그의 시론 「반시론」과 「시여, 침을 뱉어라」를 통해 하이데거를 직접적으로 언급하고 있으며, 신동엽 시인 또한 1968년에 발표된 시 「산문시 1」에서 "탄광 퇴근하는 광부들의 작업복 뒷주머니마다엔 기름묻은 책 하이덱거" 운운하고 있다는 점이다. 달리 말해, 왜 당시 한국 문학계나 지성계에서 하이데거 사상에 대한 관심이 증폭되었는지 궁금증이 일어난다. 하지만 이에 대한 연구는 차후로 과제로 남긴다.
2) 1948년 2월에 단행한 김규동의 남하엔 그 한 해 전인 1947년 11월 '문학동맹'

의 뒤를 잇는 '문명의 아들' 또는 '도회의 아들'이 되고자 했다는 점에서 그의 남하 동기는 단순히 존경하는 스승과 제자 사이의 인간적인 정리(情理) 차원을 넘어선다. 돌연 일종의 영적 통제자(Spiritus rector)로서 홀어머니와 두 명의 누나, 그리고 남동생을 뒤로한 그의 남하는 어쩌면 스스로의 운명을 바꾸려는 영웅적 결단에 가깝다.[3]

어쩌면 꿈에도 그리던 스승 김기림과의 만남은 하나의 명분이었을 뿐, 엄격히 말해 스스로를 한낱 '실향민' 또는 '난민' 중의 한 명으로 격하시키면서까지 결행한 그의 남하는, 따라서 스스로를 낯설고 위험스런 환경에 내던지는 일종의 영웅적인 결단에 속한다. 자신의 문학적 지향을 거부하는 북한 체제는 물론 모성의 세계와의 결별로 인한 일종의 버림받음과 박해, 고독과 소외감은 다른 한편으로 자기 자신의 미래적 삶에 대한 성찰과 더불어 새로운 성장 가능성의 모색과 연결되어 있다는 점에서 그의 남하는 고대 신화의 영웅적 행적을 닮아 있다.

다시는 돌아가볼 수 없을 것만 같은
북쪽 옛 마을의 육친들을 생각하여

가입심사가 크게 작용했다. 김규동은 그의 동생이 잘 아는 고급당원의 추천을 받아 당시 가입심사원장으로 있던 시인 박세영이 주재한 심사장에서 김기림의 제자라는 이유로 면박을 받은 후 가입이 유보되자 그때부터 내심 남행을 결심하게 되었던 것으로 보인다. 김규동, 같은 책, 888쪽.

3) 임철규 역시 "김규동과 김기림의 관계는 마치 고대 그리스에서 아들과 아버지의 관계와 흡사하다"고 봄으로써 김규동의 남하에 영웅적 모험의 측면이 있음을 선구적으로 지적한다. 임철규, 「1950년대 '모던보이' 김규동, 그리고 그의 '귀환'」, 김정환·김사인 엮음, 『죽여주옵소서: 김규동 시인 5주기 기념 문집』, 창비, 2017, 119쪽.

잠 아니 오는 밤들이 있었던 것은
아득한 어저께의 일이다

(…)

서로서로가
말없는 수면(睡眠)의 광야에서
넋을 잃고
다시는 깨어나지 못한다 할지라도
그저 그렇게 알고 그만일
비참한 오늘의 언어 속에서
하얀 눈길처럼
나의 사념
멀리 돌아나감은
잠시도 머물러 쉴 수 있는
풍경이 여기 있을 리 없는 때문일 것이다

괴로운 생명의 몸짓─
촛불을 밝히고
외로운 정신으로 하여금
그대 환상의 해협을 항해케 하자

서력 1955년, 혹은
1980년 그 어느 하염없는 공간 속에서 한 조각 티끌 모양
나의 배는 가고 있으리니─

싸늘한 손길에
식은땀에 젖은 가슴의 고동을 얹으며
아직도 먼
다사로운 안개의 아침을 기다리는 하나의 실재—
밝은 실존이 여기 있는 것이다.
　　—「잠 아니 오는 밤의 시: 실재하는 것을 위하여」 부분[4]

　"서력 1955년"이라는 표기로 보아 그 즈음에 창작된 것으로 보이는 위 시에서 "나"는 "북쪽 옛 마을의 육친들을 생각"한다. 하지만 곧바로 "나"는 "다시는 돌아가볼 수 없을 것만 같은" 예감에 사로잡힌다. 특히 그것마저도 "아득한 어제께의 일"로 치부하고 있다. 달리 말해, 기존의 페르소나와 완전히 결별한 맨몸의 상태로 영웅적 모험을 떠난 "나"에게 "육친"의 세계나 과거의 인연은 그리 중요한 것이 아니다. 모두가 "수면의 광장에서/넋을 잃고/다시 깨어나지 못"하는 "비참한 오늘" 속에 "잠시도 머물러 쉴 수 있는 풍경이 있을 리 없"다는 "나"의 자각이 더 소중하다. 김기림의 뒤를 잇는 '문명의 아들' 또는 '도회의 아들'로서 "언어"적 "사념"을 통한 "나"의 "멀리 돌아나감"이 더 중요하다.
　달리 말해, 비록 "그 어느 하염없는 공간"을 횡단하는 "한 조각 티끌 모양"의 "배" 같은 도전에 불과할 터이지만, 그럼에도 불구하고 그는 지금으로부터 25년 후인 "1980년"의 시점에도 "외로운 정신"의 "촛불을 밝"힌 채 "환상의 해협을 항해"하기 위해 모든 "괴로운 생명의 몸짓"을 감내하는 영웅이고자 한다. "아직도"

---

4) 김규동, 97-99쪽.

멀기만 한 "항해"이지만, 또한 그는 오직 "다사로운 안개의 아침"을 맞기 위해 어떠한 "싸늘한 손길"이나 "식은땀"이라도 넉넉히 감당할 준비가 되어 있다. 김규동에게 "밝은 실존"이나 "실재"는 다름 아닌 기존의 세계에 안주하는 것이 아니라 주어진 세계의 무화와 영웅적인 시련과 고통의 항해 끝에 얻는 근원적 삶의 도약이기 때문이다.

하지만 김규동의 이러한 영웅적 모험은 단순히 개인의 의지나 도전정신만으로 불가능하다. 자신의 약점과 결핍을 보완해줄 일종의 강한 수호자 또는 후견인이 필요하다. 김규동에게 절대적인 영향을 미쳤으며 남하의 직접적인 동기가 된 김기림의 존재가 바로 그렇다. 어쩌면 "진짜 스승 같은 무게와 품격과 언어"를 가진 완벽한 인격자로 여겼던 김기림은 그의 자아에 결여되어 있는 힘을 보충해주는 일종의 '영적인 인도자'(Psychopompos)와 같은 존재다. 거의 신에 가까운 위대한 교사이자 철학자로 여겼던 김기림 덕분에 그는 별다른 이의 도움 없이 남한 사회에 정착하게 되고, 무엇보다도 "침구"가 "군장처럼" "나를 둘러싸버리는" "해저와 같이 검은 공간"에서도 그는 "다가오는 내일의 공포를 몰아"(「장송(葬送)의 노래: 병상의 연대에서」)내며 초인적인 의지를 발휘한다.

예컨대 김규동이 이른바 "이북내기"로서 일단의 남쪽 문인들과 안면을 트고자 당시 그들이 모이던 "플라워다방"에서 겪은 "남조선"에서의 "첫 체험담"을 김기림에게 "얘기"하자 "김군, 친구를 아무나 사귀면 안돼요/차차 내가 좋은 친구를 소개할 테니/너무 서둘지 마시오/라고 훈계"(「플라워다방: 보들레르, 나를 건져주다」)한 것이 그 좋은 일화다. 김규동이 남하한 지 한 달 만에 상공중학의 교사로 부임하고 김기림을 비롯한 김광균, 장만영 등의 선배 시인들과 교류할 수 있었던 것은 진정한 영웅원형(hero archetype)으로서 김기림이란 존재가 있었기 때문에 가능하다. 비록 그의 납북으로 인해 그 기간이 짧았다고는 하지만, 그에게 김기림과의 재상봉과 만남 자체가 스스로 안전에 대한 약속을 보장받은 거나 다름없었다. 무엇보다도 그와의 만남은 자신의 장단점을 깨달으면서 세상을 살아가며 부딪치기 마련인 어려움을 대비하거나 대처하게 만든 원천적 힘이었다고 할 수 있다.

스스로를 "현기증 나는 활주로의/최후의 절정" 위를 나는 "어린" "흰나비"로 설정하며 남하했던 김규동의 목표는 단연 그렇다. 단적으로 그의 남하는 "또 한 번"의 영웅적 "신화"(「나비와 광장」)의 주인공이 되려는 데 있다. "일제히/뇌성이 지나가는 미래"의 문학적이고 시적인 "영토를 질주"(「참으로 난해한 시」)하고자 하는 영웅으로서 그는 기존의 "연약한 생명"의 세계와 결별하면서 스스로를 "암흑"의 "벼랑"(「단장」)으로 내몰며 "다시는 돌아오지 않을"지도 모르는 "먼 이역으로 떠나가"(「조국」)는 영웅적 모험을 택했다고 할 수 있다.

김규동의 시에 유난히 자주 등장하는 '길'은 이와 깊게 관련되어 있다. 김규동에게 '길'은 단순히 뭔가를 "얻기 위해" "모두가/바쁘"게 "나아가는"(「길」) 일상적 삶의 방식을 가리키는 데 그치지 않는다. 궁극적으로 그 '길'은 "저주"와 "신음", "적의와 증오"는 물론 온갖 "죽음"을 "되풀이"하는 "잔혹한 시대"를 통과해야 "어둠의 한가운데"서 "솟아"나는 "해"처럼 "열리는"(「새벽」) 그어떤 세계를 의미한다. 그가 "편한 길과 어려운 길" "떠들썩하게 가는 길과/말없이 가는 어두운 길" 사이에서 진정 "꿈에도 잊지 못하고 가고 싶은 외로운 길"(「길」)은, 이미 잘 알려진 경관과 장소로 나아가는 길이 아니라 모든 급변하고 도약하는 새로운 세계의 길을 의미한다.

따라서 남하한 지 2년 만에 터진 6·25전쟁으로 일종의 '전쟁고아' 또는 '피란민' 신세로 전락해야 했던 그의 모험은 단지 남북 간의 이념 차이나 문학적 지향성 차이에서만 비롯된 것이 아니다. 친숙한 세계에서 낯선 곳으로 떠나온 그의 모험은 새롭게 삶의 길을 트는 작업이며, 무엇보다도 자신의 문학의 새로운 길을 내는 선택과 결단을 의미한다.5) 특히 그의 모험은 "운명"이라고 부를 수밖에 없는 "암담한 나날"과 "비탄"의 "골목에서 주춤거릴 때마다/속삭여주는 그윽한 목소리" 또는 "하나의 비전"(「운명」)처럼 다가오는 이른바 '존재의 언어'에 가깝게 거주하려는, 일종의 '문화적이고 문학적인 영웅'의 모험에 속한다고 할 수 있다.

2. 시인으로서 모험과 '존재의 언어'

김규동은 1951년 피란지 수도 부산에서 박인환, 조향, 김경린, 김차영, 이봉래 등을 규합해 '후반기' 동인을 결성한다. 그러면서 6·25전쟁 와중에 납북당한 스승 김기림의 뒤를 이어 좌우익을 초월한 모더니즘 문학 운동의 기치를 올린다. 그는 당시 박종화,

---

5) 하이데거는 릴케의 20주기를 맞아 행한 기념 강연 「무엇 때문에 시인인가?」(Wozu Dichter?)에서 그의 시 속에서 '모험'(Wagnis)에 주목했다. 그리고 거기서 그는 '모험'이란 낯설고 위험스런 어떤 일을 스스로 자청해서 경험하는 것을 의미한다고 말했다.

김동리, 조연현 등이 주도하는 문협파, 유치환, 서정주 등의 인생파, 그리고 조지훈, 박목월, 박두진 등의 청록파와 전혀 다른, 새로운 문학의 시대를 열고자 한다. 그는 전쟁의 와중에서도 '후반기' 동인의 결성을 통해, 새로운 문명과 문학에 대한 갈망과 동경을 유감없이 보여준다.

이처럼 김규동의 영웅적 모험은 어디까지나 시인으로서의 모험이다. 때로 한 편의 시가 "연탄 한 개만한 열기라도 있을까" 하며 "말의 효력"을 "회의"하고 의문시하면서도, 그는 시를 통해 "무거운 입술을 굳게 다문 고뇌의 증인"(「시의 천국」)이 되고자 한다. "옛날"의 "모든 양식"과 "차가운 이성"의 "실용주의"와 다른 "유리같이 맑은" "미덕의 언어", 곧 "나비같이 지나가는 순간적인 사건들"을 의미하는 "침묵" 속에서 그는 "신비롭게도 지평선"이 열리거나 "항상 결정적인 총소리"(「서글픈 무기」) 같은 존재의 언어에 가깝게 다가서는 시인이고자 한다.

그런 가운데 "추락하여가는 내면의 눈에/번개와 스치는" "한 개의 희망" 같은 시인의 언어는 인간이 여러 가지 사물들과 아울러 소유하는 도구가 아니다. 인간이 마음대로 처분할 수 있는 도구가 아니라 온갖 "전락"과 "처참한 것을 넘어" 인간에게 "무서운 경이"와 "내일을 향한 순간의 전율"(「희망」) 가운데에 설 수 있는 가능성을 맨 처음 수여하는 그 어떤 것이 바로 언어다. 그리고 이런 의미에서 시작(詩作, Dichtung)이란 "세계의 어디선가" "문"을 열고 "들려오"는 "희미한 속삭임"(「세계의 어디선가」)과 같은 존재의 언어적 건립이다. "퇴락해가는 물질"의 세계 속에서 "살포시" "생명"의 의욕과 "기쁨"을 "말하고 있는" "길가의 민들레풀포기"(「들에서」)처럼 스스로 작동하는 '존재의 개시'를 시인의 언어를 통해서 드러내는 작업이다.

　　　이 헐어 빠진 구두를 보면
　　　서울에서 진주 남원 마산까지
　　　수백리 길 억울하게 끌려다닌
　　　국민병의 암담한 행군을 떠올리게 되고
　　　아메리카 대륙을 두 번 횡단하는 거리의
　　　긴 장정에 나선
　　　중국인들을 생각하게 된다
　　　불의와 독재에 쫓겨
　　　낯선 망명길 헤맨
　　　한 사내의 생애를 보게 된다
　　　피눈물로 살아간 한 노동자의 일생을
　　　억압에 맞서 싸우다 쓰러진
　　　혁명가의 최후를 떠올리게 된다
　　　입은 헤벌어지고 구겨져
　　　누더기가 다 된 구두
　　　고물장수도 가져가지 않은
　　　이 소박한 물질이
　　　왜 이처럼 많은 이야기를 속삭여주는 것일까
　　　우리는 때로 깨끗이 닦은 신을 신고
　　　고속버스를 타고 아스팔트를 달려보기도 하지만
　　　차창 밖 검은 농토에서
　　　농약에 찌든 흙과 싸우는
　　　이 구두의 주인들 설움을 모르는 수가 있다

—「고흐의 구두」 부분6)

위 시에서 "고물장수도 가져가지 않"는 "누더기" "구두"는 단
지 용도 폐기된 사물 중의 하나가 아니다. 누군가 신다버린 낡고
"소박한" "구두"는 6·25전쟁 와중의 "국민병"의 고통과 중국 혁
명 과정의 "긴 장정", 독재정권에 쫓긴 "망명"객과 그 과정에서
"쓰러진/혁명가" 등 수"많은 이야기를 속삭여 주는" "물질"이다.
어쩌면 매우 단순하고 쓰잘 데 없는 구두를 통해, 그는 험난한 한
국 현대사 속에서 희생된 인물들과 더불어 현재에도 "고속버스"
"차창 밖 검은 농토에서/농약에 찌든 흙과 싸우는" 농민들의 고
통을 들여다보고 있다. 단순히 제품적 성격을 넘어 예술적 작품의
하나로서 그 "구두"를 거쳐 간 이들의 삶과 모습을 보여주는 가장
인간화된 사물 중의 하나가 바로 한낱 볼품없는 "구두"인 셈이다.

따라서 김규동에게 이제 "시"는 "결국" "모든 재능"이 한낱 "역
사를 조정"하는 "도그마"로 추락하는 "세월" 속에서 "진실의 낯
짝"을 "알기 위해선" "골동품같이 밴질밴질한" 것이 아니다. 한
낱 창작의 재료로서 언어가 아니라 " 몇 마디만 있으면 족"한 "원
시적인 언어"(「달리는 선(線)」), 곧 "사라진 시간 속에서/고개를
치켜드는" "가냘픈 존재의 떨림"(「존재와 말」) 또는 '존재의 진
리'를 품고 보존하는 언어의 시가 진정한 의미의 시다.

그렇다고 모든 시적 언어가 의미 있는 것은 아니다. 잘 사용할
경우 '모든 일 가운데 가장 순수한 것'(das Reiste)이 될 수 있지만,
그 반대의 경우 시적 언어는 '가장 위험한 것'(das gefährlichstes

6) 김규동, 398-399쪽.

Gut)으로 전락할 수 있기 때문이다.[7]

> 여기서는 거창한
> 탄환자국 같은 이야기는
> 그만두어라
> (…)
> 누구를 속이려고 여기에 왔는가 영웅이여
> 이 손에서 저 손으로
> 저 손에서 이 손으로
> 종잇조각은 빨리도 달린다
> 고물 자동차보다도 빠른 거짓
> 우리들의 스피치는
> 속도를 가할 필요가 있겠다
> 모든 국가는
> 무슨 목적 때문에 음악을 사용한다
> 공기를 이용한다
> 사랑을 포장지에 싸서 선사하기도 한다
> 시는 약도 되고 욕도 되는 법이니라
> 천치를 만들기도 하는 거다
> 가장 속임수가 따르는 것이 또한

---

7) 하이데거는 「휠덜린과 시의 본질」이란 강연을 통해 시와 언어의 관계를 조명
하면서 시를 언어의 모델로 삼아, 이미 말해진 것 가운데 가장 순수하게 언어
의 본질을 드러내는 것을 시적 언어로 본다. 반면에 일상적인 삶에서 언어가
단지 의사소통의 도구로 그칠 때 자기 상실의 '잡답'이 된다고 말한다. 마르틴
하이데거, 전광진 옮김, 「휠덜린과 시의 본질」, 『하이데거의 시론과 시문』, 탐
구당, 1981, 12-14쪽.

말이요 시요 음악이요 그림이냐
누구를 속이려고 여기에 왔는가
조금씩 주고 조금씩 얻어 사는 사이에
20년이 흘렀다
—「엉망이 된 그림」 부분8)

　남하한 지 20년이 흐른 시점에서 쓴 것으로 보이는 위 시에서
그는 그동안의 자신의 삶을 "조금씩 주고 조금씩 얻어" 살아온 것
으로 정리한다. 동시에 시인으로서 자신의 시를 점검하면서 "탄
환자국 같은" "거창한 이야기"나 그 "형이상학"적 포즈에 기반
한 "언어적 희롱"을 "그만두어라"고 스스로에게 채찍을 가한다.
결국 "고물자동차보다도 빠"르게 "이 손"과 "저 손" 사이를 옮겨
다니기에 바빴거나 "무슨 목적"을 위해 쓴 자신의 시가 "거짓"이
며 "속임수"였다고 통렬히 자신을 반성한다. 그러면서 그는 "사
랑"을 화려한 "포장지에 싸서 선사"하는 것은 궁극적으로 "누구
를 속이려" 하거나 환심을 사려는 행위에 불과하다고 말한다. 특
히 그처럼 자신의 "시"가 행여 독자대중을 올바른 길로 인도하는
"약"이 아니라 "천치로 만"드는 "욕"이자 '독'이 되었던 건 아닌
지 자기 검열하고 있다. 모든 독자대중이나 당대인을 만족시키기
위한 언어는 결국 그들과 타협할 수밖에 없어 타락하거나 속될
수밖에 없기 때문이다.
　따라서 그는 이전처럼 "유명하다"는 "동서고금" "시인들의 시"
들을 "이것저것" 가리지 않고 "외워도 보"거나 "밤낮 무슨 실험"

---

8) 김규동, 214-215쪽.

이나 "족보에 없는 음악을 듣고 앉"아 있는 포즈에서 "시"를 찾지 않는다. 차라리 "시꺼먼 연탄을 두 장씩 삼켜먹고도" "얼음장인" "온돌"을 "반나절"에 걸려 "뜯어"(「달아오를 아궁이를 위한 시」)고 치며 땀 흘리는 정직한 노동에서 시를 구하고자 한다. 달리 말해, 그에게 이제 진정한 "시의 근본과 핵심"은 이른바 세계적 문호로 일컬어지는 "셰익스피어"를 "연구"하고 "공부"하는 무슨 "도서 관"이나 "연구소"에 있는 것이 아니다. 비록 "봉건"제도의 가족 윤리에 기반하고 있지만, 오히려 "언제나 하나의 하늘과 땅을 향 해/주야로 흐르는 민중의 한"을 품은 채 "언제나 자식"의 "건강" 과 "내일"을 빌고 있는 "육친"의 "그 마음"속에 "시의 떳떳함과 삶의 진실"(「셰익스피어의 모순」)이 살아 있다고 보고 있다.

3. 민족사적 전회와 운명의 떠맡음

하이데거는 현대를 신이 우리 곁을 떠나버린 궁색한 시대 (duerftiger Zeit)라 명명했다.[9] 자신이 살고 시대를 신적인 것을 경험할 수 없는 세계의 밤(Weltnacht)이 지속되는 시대이며, 특히 신의 결핍을 결핍으로 알아채지 못한 시대로 규정했다. 무엇보다 도 그러한 궁색한 시대 속에서 시인의 역할은 다른 것이 아니다. 시인은 지금 여기 부재하는 신들의 흔적을 노래하면서 눈여겨

---

9) 횔덜린의 시 「빵과 포도주」(Brot und Wein)에 나오는 "…그리하여 궁색한 시대, 시인들은 왜 존재하는가"(…und wozu Dichter in dürftiger Zeit?)에서 'dürftiger Zeit'를 번역자에 따라 '가난한 시대' '궁핍한 시대' 혹은 '옹색한 시대'로 번역한다. 하지만 'dürftiger Zeit'가 단지 물질적인 가난이나 궁핍이 아니라 '신의 부재' 또는 '신의 결여'를 결여로 느끼지 못하는 세계의 밤과 연 결되어 있다는 점에서 정신적인 의미의 '궁색한 시대'로 옮기고자 한다.

보는 자다. 세계의 밤이 지배하는 공허 속에서 도피해버린 신들의 흔적을 뒤밟아 나서는 인간이자, 공허 가운데서 신들의 눈짓(Wink)을 붙잡아 이를 노래하면서 백성들에게 전하는 자가 시인이다. 인간과 신 사이의 중매자이고 궁색한 시대의 백성을 일깨우는 예언자이고 전령이 바로 시인인 셈이다.[10]

어쩌면 태어날 때부터 국가 상실이라는 민족적인 고난에 처해야 했던 김규동에게 자신이 살고 있는 시대 역시 이와 크게 다르지 않았다. 조국 해방의 기쁨도 잠시, 그는 결국 강대국의 이념을 둘러싼 대리전 성격의 남북 분단과 한국전쟁으로 얼룩진 한국 현대사의 비극 속에서 고향 상실의 아픔을 겪어야 했다. 그에게 당대의 한국 사회는 "신도 기적도/이미 승천하여버린 오랜 유역"(「나비와 광장」)에 지나지 않는다. 그야말로 자신이 살고 있는 시대는 "무거운 하늘의/회색 뚜껑을 열어제치고" 출현한 "모든 신들이" 전쟁과 학살로 얼룩진 "지상의 희극 앞에/눈을 감"은 채 "종말"론적인 "세기" "위에" "검은 화환을 뿌리"(「검은 날개: 전쟁」)는 시대에 불과하다. 특히 그에게 1950년대는 신을 경험할 수 있기는커녕 온갖 "절망과 공포" 속에서 "끝없는 객혈"(「불안의 속도」)에 시달려야 했던 지옥의 시대였다고 할 수 있다.

김규동의 시는 이처럼 아무런 의미도 없이 "무너져가는 시간의 계제에 서서" "뭇 비극의 원인"과 "전쟁"으로 인한 "암흑"을 "음미"(「이런 멜로드라마」)하는 가운데 탄생한다. 여전히 끝나지 않은 "비참한 전쟁의 여정"과 그로 인해 "아직도 요원한 평화"(「조국」)의 나날 속에서 "검은 신"의 "그림자"가 "나비"의 "미래"

---

10) 마르틴 하이데거, 전광진 옮김, 앞의 책, 28-30쪽.

를 "포위하고 있는"(「날지 못하는 새: 애인상」) 상황을 정확히 의식하는 데서 시작된다. "기관총 진지"로 대변되는 사라져간 신들의 거부와 "저격능선을 향한 비둘기들의 귀환"이 차단된 "묵시록"적 "시간"이 그의 "POÉSIE의 공간"(「헬리콥터처럼 하강하는 POÉSIE는 우리들의 기관총 진지를 타고」)을 차지하고 있다.

하지만 김규동은 개인 차원에서 신들의 부재를 부재로 알아차리는 데서 오는 '존재의 진리'를 경험하는 데 만족하지 않는다. 어느 순간 그의 시는 "검은 신을 신은/여신이 오기를 기다"리는 '궁색한 시대의 시인(Dichter)'에서 민족적 차원의 시인으로 변신을 시도한다. 광적인 이데올로기 대결과 무한 욕망의 자본주의적 경제체제 속에서 그는 "여신이 놓고 간 바구니"에 들어 있는 "감자와 가지"(「흐르는 생명」)와 같은 사라져간 신들의 흔적을 노래하는 시인에서 "한 시대의 목메인 기도소리"에도 "한 마리 새도 날지 않는"(「사막의 노래」) 불안과 공허의 '세계의 밤' 속에서 신들의 눈짓을 붙잡아 백성들에게 전하는 시인으로 변하고자 한다. 마침내 그는 "스스로" "교활한 자기학대와 무위"로 "처참한 시대"를 "새롭게 목도"하면서 "사치를 모르는 말과 살아가는" "민족만이 남는다"(「죽음 속의 영웅」)는 인식에 도달하는 시인으로 거듭나고 있다.

자유 아니면 차라리 죽음을
지축을 뚫고
하늘에 사무친
만세소리 되살아
가슴 벅차게 들리니

삼월은

영원한 빛살이고나

샘이고나

찬란하여라 만세소리 연이어

남으론 바다를 건너

한라산까지

북은 휴전선 너머

아득한 백두산 끝까지

가득 차 넘실거려

이 외침 이 소원

이 노래

하나되어 삼천리 퍼져나가니

아직 진달래 배꽃 이른 바람 속

은은히 굽이치는

민족의 함성

위대한 삼월이 다시 왔어요.

　　—「삼월에」 부분[11]

　얼핏 볼 때 행사시처럼 보이는 위 시에서 그는 3·1만세운동을
일제의 억압에 대한 저항의 운동 차원에서 조명하지 않는다. 그
는 "삼월"의 "위대"성을 단순히 역사적인 사건 중의 하나가 아니
라 바로 거기에 갈라진 남과 북을 하나의 공동체로 묶을 수 있는
역사적 사건으로 본다. 또한 거기에 남북의 공동체가 언제든 함

---

11) 김규동, 486-487쪽.

께 공유하고 공감할 수 있는 "민족의 함성"과 이야기가 들어 있다고 본다. 즉 그에게 "남으론 바다를 건너 한라산까지"와 "북"으론 "휴전선 너머/아득한 백두산까지"를 포괄하는 공동 운명체적 역사가 없다면, "하나"의 "민족"이란 개념 자체가 구성될 수 없다. 다시 말해, 그에게 "삼월"은 남북으로 갈라진 민족 구성원에게 집단적 소속감을 갖게 해주면서 공동체의 정체성을 제공해주는 공유 가능한 역사적 사건이기에 "위대"하다.

이처럼 그의 시는 개별적인 현존재보다는 민족(Volk)이란 공동체 개념이 중심을 차지한다. 특히 그런 점에서 김규동에게 "시인"은 "장차 무슨 일이 벌어질지 알 수 없는" "국토의 분단"의 나날 속에서 "남도 북도 없는 하나의 세상"을 꿈꾸며 그것이 "가냘프게 그러나 또렷이" 자신의 "혈관 속에" "다가와 있음을 깨닫"(「하나의 세상」)거나 예감하는 자다. 무엇보다도 이러한 관점에서 시는 이제 단순히 "한번 넘어선 고개"처럼 "다시 돌아올 수 없"는 과거의 사건을 재현하는 것이 아니다. 무엇보다도 "보이지 않는 줄에 매여서 가는"(「역사」) 역사를 근거 짓는 사건이다. 하나의 "역사"를 "거부하는 자"마저 "끝내 돌보"며 "튼튼하게 나이를 먹어가는" 민족의 역사를 근거 짓는 것이 다름 아닌 "시의 목적"(「모순의 황제」)이다.

이처럼 그의 시들은 어느 순간 민족 공동체의 운명에 집중한다. 고된 남한살이에서 오는 개인의 운명과 실존의 문제에서 민족의 운명과 역사의식으로 확대된다.

바다는 뿌리째 동요했으나
조금치도 경박하지 않았다

억만년의 삶을 살았으되
그저 젊고 튼튼하여
모든 건 그 속에 품고 있으리라는
생각이 들었다
운명과 역사와 우리들의 미래
아니 우리의 통일조차 그 속에 품고
끝간 데 없이 둥글게 돌아나아갔다
아득히 또 늠름히
오직 하나되기 위해 밀고 당기며
쉬임없이 일어서는 흰 파도
우람한 통일의 바다여.
　　—「통일의 바다」 부분12)

　　여기서 "바다"는 정치적이고 지리적인 "통일"의 의미에 그치
지 않는다. "뿌리째 동요"할 수는 있으나 "조금치도 경박"하게 굴
지 않는 바다는 "통일"로 상징되는 본래성 회복의 구심점을 나타
낸다. "오직 하나되기 위해 밀고 당기며/쉬임없이 일어서는 흰 파
도"가 출렁이는 "바다"는 민족의 "운명과 역사"와 "미래"를 결정
하는 장소를 상징한다. "억만년의 삶을 살았으되/그저 젊고 튼튼
하여/모든 것을 그 속에 품고 있"는 "통일의 바다"는 민족의 역사
적 시원이자 비로소 서로가 서로의 고유함을 회복하고 보존할 수
있는 진정한 공동체를 의미한다.
　　박정희 정권의 독재와 탄압이 본격화되는 시국에 대한 관심과

---

12) 김규동, 488-489쪽.

더불어 '민주회복국민회의'의 참가나 '자유실천문인협의회'의 참여를 계기로 표출된 그의 시적 변신 또는 전회(kehre)는 이렇게 이뤄진다. 그는 고난받는 민족을 깨우는 운명을 자각하고 당당히 그 임무를 받아들인다. 이제 "죽음이 너무도 확실"하게 보이는 실존의 "막다른 골목에서/주춤거릴 때마다/속삭여주는 그윽한 목소리" 또는 "하나의 비전"(「운명」)으로서 개인적이고 "관념"적인 차원의 '존재의 부름'에서 벗어난다. 그러면서 마침내 "백두산에서 한라산 끝까지/하나되어 솟구칠" "피 흐르는" "통일의 강을 노래"(「시인의 검(劍)」)한다. 그저 "사는 데 급급"하거나 "저 혼자 취미에 만족해 사는/거랑꾼 같은" 시인이 아니라 "드높은 하늘의 푸른 자락 한 점" 아래 "질긴" "운명"을 기꺼이 수락한 채 "죽음을 초극하는" "행동"(「운명 앞에서」)을 보여주는 시인이고자 한다. 비록 "통일을 못 보고"(「진혼가」) 갔다고 할지라도, 그는 "한 시대의 수형자들"처럼 한 민족의 유산과 과업을 자각하고 "운명의 모순"을 "천명같이 받들고 나아"가는 "시인"(「시와 진실」)이 되고자 한다.

하느님과 주인 잘못 만난 것을 불행하다고 생각지 말자. 운명을 피해가면서 운명을 불공평하다고 원망함은 용서받을 수 없는 일일 게다. 이 지구상에 오직 잠자는 것만이 최상의 보람인 오직 그것뿐인 생명이 또한 우리와 함께 있다. (…) 오늘은 이리도 알 수 없는 슬픔이 온 누리를 뒤덮고 있나니 쫓겨가며 소리치는 이 도시의 소음이 너의 영혼을 위하여 비장한 음악을 준비하고 있는 것이라 반겨하라. 이것이냐 저것이냐? 말을 쪼개서 쓸 수 없듯이 우리의 삶 또한 쪼개서는 아무 데도 쓸데가 없이 된다. 한 번밖에 없는 삶이라 했다. 두려워 말라. 두려워하는 하느님과 그대의 정신의 어느 일점에 머무른 이 오점을 소유하는 것조차 절대로 두려워 말라.

—「우리가 무명일 때」부분13)

김규동에게 "운명"은 맹목적이고 수동적으로 받아들여야 하는 피치 못할 어떤 것이 아니다. 특히 전지전능한 초월자로서 기독교적인 "하느님"의 섭리나 절대적인 권력인 "주인"의 처분을 의미하는 것이 "운명"이 아니다. 행여 "오직 잠자는 것만 최상의 보람인" 그 절망적인 상태의 "생명"조차 존재의 일면일 뿐, "이리도 알 수 없는 슬픔이 온 누리를 뒤덮고 있는" 상황에서 "쫓겨가며 소리치는" "도시의 소음"조차 "너의 영혼을 위하여 비장한 음악을 준비하고 있는" 미래에의 기투를 통해 반복해서 전유되어야 하는 어떤 것이 "운명"이다. 달리 말해, 그에게 "한 번밖에 없는 삶" 속에서 각자에게 주어진 "운명을 피해가면서 운명을 불공평하다고 원망"하는 것은 "아무 데도 쓸데가 없"는 행위다. 어떤 "두려"움도 없이 자신의 삶의 "오점"조차 피하지 않고 꿋꿋하게 맞서며 주어진 "운명"을 감당하는 것이 진정한 삶의 모습이자 한 공동체의 역사에 참여하는 길이다.

그런 만큼 그는 비록 "서로 쳐다본 채로 죽는" "죽음"과 "종말"의 "빛" 속일지라도 피하지 않은 채 분단의 "운명"(「분단: 막(幕)1」) 안에 서고자 한다. "남"과 "북"으로 갈라진 한 민족의 역사는 "다시금 나아가야 할" "길"을 발견하고 "통일과 민족단결의

---

13) 김규동, 618-619쪽.

꿈"(「남북의 새 아침」)을 전유하는 그런 운명을 기꺼이 떠맡고자 한다. 모두가 "한몸이 되"어 "해방과 통일"을 민족적 과제이자 그 과제를 자신의 운명으로서 받아들일 때 비로소 "짐승도 사람도 산도/어느새 하나되"는 진정한 "조선"(「백두산에 올라」) 역사가 시작될 수 있기 때문이다. 각자가 "하나로 뭉"쳐 "민족의 영예를 노래할 때", "지난날"의 "서로의 아픈 상처를 애써 감싸"안을 때만 "황홀한" "새 조선"(「남북시인회담 날에」)의 공동체 건설이 가능하다고 굳게 믿고 있는 까닭이라 할 것이다.

4. 근원 가까이 다가섬과 숭고한 어머니

김규동의 시세계를 한마디로 요약하면 거대한 '향수' 그 자체다. 특히 그의 시들은 후기에 갈수록 본질적으로 떠나온 고향에 대한 그리움과 귀향 의지로 충만해 있다. 하지만 그의 고향을 단지 그가 태어난 함북 종성이나 그가 수학한 함북 경성으로 환원해보는 것은 매우 단견이다. 그에게 "고향"은 오직 물리적이고 혈연적인 관계로 인한 "뜨거운 연정이 있는"(「고향」) 시공간이 아니다. 흔히 가족을 비롯한 일가친척과 이웃들이 모여 사는 곳이 고향이 아니라 "지옥같이 스산한/현실" 속에서 "괴로울 때"나 "슬플 때" 언제든 "어머니를 부르며 뛰어들" 수 있는 "이 지구의 어"디든(「사월의 어머니」) 그의 고향이 될 수 있다.

그런 만큼 고향은 "산과 더불어 나이를 먹어가"고 "먼바다가 그리운 포플러나무들이/목메어 푸른 하늘에 나부끼"는, "이웃 낮닭들"이 "홰를 치며/한가히 고전(古典)"을 우는 "마을"(「고향」)과 같은 추억의 장소만이 아니다. 뭔가 감춰져서 있기에 아직 순수성을 잃지 않는, "얼음 속에서도/햇빛을 받아/소리 없이 자라는 식물의 귀" 같은 "존재"의 "소리"가 "먼 데서 가까운 데서/간간이" "돌"리는(「여로」) 세계를 의미힌다. "전쟁이 지니간 도시"의 "찢긴 연대의 기억 속에 잠들어" 있는, "눈이 내리는 밤의 경적" 또는 "밤의 벨트"(「눈 내리는 밤의 시」)가 살아 있는, 폭력적인 현대 문명과는 대칭되는, 서로 간의 애정과 조화가 지배하는 모든 곳이 그가 생각하는 진정한 의미의 '고향'이다.

예컨대 사십 여년 만에 연변에서 남한의 동생을 방문하러 온 친구의 누님 이야기를 바탕으로 한 그의 시 「연변에서 온 손님」이 그 증거의 하나다.

> 사람이 살아가는 데 필요한 것은
> 북간도에도 다 있다고
> 배고픈 사람 없는 것이
> 우리 고장의 자랑이지
> 공해가 무엇인지 우리는 모르고 산다
> 휴가 때면
> 누구든 백두산 관광도 가고
> 명절 때는
> 한복을 차려입고 춤도 추고
> 멀리 두만강 너머
> 조선 땅을 바라보며 통일을 빈다고 했다.
> (…)
> "네가 새벽에 나가 밤늦게까지
> 피차 얼굴도 볼 수 없이

바쁘게 살아야 하는 이유를 알겠더라
없는 것 없이하고 잘살려는
뜻은 알겠으나
그런 숨가쁜 삶은 우리의 삶이 아니니라
울타리도 없이하고 사는
연변의 드넓은 들과 하늘을
너에게 보여주고 싶단다.
　　　　　—「연변에서 온 손님」 부분14)

　남한에 정착해 잘 사는 동생을 둔 연변 누님의 답례 편지 형식
을 빌린 위 시에서 "연변"은 단지 이른바 중국 동포들이 한데 어
울려 민족 소공동체를 이루며 모여 사는 장소가 아니다. 단적으
로 "연변"은 "사람이 살아가는 데 필요한" 모든 것을 구비하고 있
는 곳으로, "새벽에 나가 밤늦게까지/바쁘게 살아야 하는" 남한
의 현대적 자본주의 세계와 대비되는 곳을 가리킨다. 또한 "연변"
은 오직 "없는 것 없이하고 잘살"기 위해 "숨가"쁘게 살아가는 곳
이 아니다. 단순하고 소박하게 "들과 하늘"의 소리에 귀를 기울이
거나 자연이 골고루 나눠주는 혜택에 누구 하나 "배고픈 사람이
없는" 것을 "자랑"삼은 "고장"을 의미한다. 물질적 풍요나 이데
올로기의 광적인 추구보다 "명절 때는/한복을 차려입"는 것이 보
여주듯이 어떤 경우나 조건에서도 자신의 고유성을 유지하는 가
운데 서로가 어울려 "춤도 추"며 살아가는 곳이 그가 생각하는 진
정한 의미의 고향이다.

---

14) 김규동, 484-845쪽.

이 넓은 들판을
끝 닿은 데 없이 넓은 벌판을
새매 한 마리 날지 않고
아쉬움인가
어여쁜 눈물자죽 빛내며
해는 진다
나락은 모두 거둬들였으나
땀 흘려 일한 사람들
무엇을 나눠가졌을까
착한 마음밖에 가진 것 없는 사람들
무엇을 나눠가졌을까
텅 빈 들판에 남은 건
정지된 시간의 흐름이다
가슴에 넘치는 고요함이다
서울서 온 양복쟁이는
여기를 지나는 것조차 조심스러워
딴전만 부리는구나
딴소리만 되뇌이며 가는구나.
　　—「호남평야」15)

　"끝 닿은 데 없이 넓은 벌판"을 눈앞에 펼쳐주고 있는 호남평
야는 단지 여행 중에 만난 이향(異鄕) 중의 하나가 아니다. "착한

15) 김규동, 314쪽.

마음밖에 가진 없는 사람들"이 바로 그 "마음"을 "나눠가졌을" 그곳은 기존의 지평들 속에서 어떤 새로운 것이 아니라 새로운 지평을 가진 '근원'(Urspung)으로서 고향을 의미한다.[16] 달리 말해, "정지된 시간의 흐름"이나 "가슴에 넘치는 고요함"을 품고 있는 고향은 한 특정한 장소나 추억의 대상을 의미하지 않는다. "서울서 온 양복쟁이"가 불현듯 마주친 호남평야를 "지나는 것조차 조심스러워/딴전만 부리"거나 "딴소리만 되뇌이며" 지나갈 수밖에 없는, 미리 예상하거나 상상할 수 없는 어떤 새로움을 감추고 있는 곳이 고향이다. 손에 잡힐 듯 드러나 있는 것이 아니라 감추어져 있기에 "딴전"을 피우거나 "딴소리"를 할 수밖에 없는, 그러나 너무 가까이 있기도 하지만 그 자체가 비밀스럽기도 한 곳이 고향의 본질이다.[17]

하지만 이러한 고향으로의 귀향은 저절로 주어지지 않는다. 끊임없이 "왠통" "생존의 싸움터"가 "서울"과 구체적 장소에서, 그러나 그걸 "툭툭 털고 일어날 수 있을"(「당신에게」) 자신의 가능성을 의미하는 '근원'으로서 고향을 찾는 방랑 속에서 다가온다. 마치 "죽음의 계곡을 달리듯이/마구 질주하는" "버스"처럼 난폭

---

16) H. 롬바흐, 전동진 옮김, 『아폴론적 세계와 헤르메스적 세계』, 서광사, 2001, 201쪽.

17) 하이데거는 횔덜린의 시 「귀향」을 해명하면서 '귀향'을 '근원에 가까이로 돌아감'으로 규정하고, '귀향할 수 있는 자'는 일찍이 이미 오랫동안 편력의 중하를 어깨에 멘 편력자로서 자기가 찾아야 할 것이 무엇인지 경험하기 위하여 근원으로 귀환하는 자라고 말한다. 하지만 이러한 '근원에의 접근'은 하나의 '비밀'로, 그 비밀은 벗기거나 해체할 것으로서가 아니라 오로지 비밀을 비밀로서 수호할 때 시인은 근원 가까이 다가설 수 있으며 비로소 고향으로 다가올 수 있다고 말한다. 마르틴 하이데거, 소광희 옮김, 「귀향(歸鄕): 근친자(近親者)에게」, 『시와 철학』, 박영사, 1989, 31-32쪽.

하고 낯설며 전율스런(unheimlich) "운명"(「보이지 않는 손」)을 마치 고향처럼 친근한 것으로 변화시킬 때 가능하다. "너도나도 미련 없이 돌아가야 하"는 귀향은 "찢기고 피 흘리며 싸"우기에 바쁜 "남북"(「돌아가야 하리」) 분단의 현실 속에서 "동네 아이들한테" "사탕과자"를 "다 나눠주고 나서"야, "어, 내 건 하나도 없어/하고" "당황"(「나눔의 경이」)해할 만큼 순진무구한 마음에서 비로소 가능하다고 할 것이다.

구체적으로 김규동은 "홀어머니를 버려두고 38지경을 넘"을 때 "평화통일"의 날이 오면 곧장 귀향하리라고 생각한 바 있다. 하지만 "모든 것이 결국 경제"인 "남조선 땅"에서 "형벌"(「수신제가」)을 치르고서만 "숱한 짐승과 새가 뛰노는" "완충지대"로서 "조국강산의 아름다움"(「태양이 내려온 완충지대」)이 드러난다. "반겨주는 말 한마디 없"는 낯선 이역에서 "내가 너이던 그 무궁한 날들"(「서글픈 귀환」)을 회상(Andenken)할 때만 비로소 "흰 돌이 눈부시고" "잘 가꿔진 보리밭 감자밭"이 "있는" "옛날"의 "고국"(「잃어버린 사진」)으로의 귀향이 이루어진다. 특히 이러한 고향으로의 귀향은 가장 깊이 사유되어야 하는 것에 대한 귀의(歸依)로서 회상을 통한 시 짓기를 통해 드러난다.[18]

달리 말해, 김규동에게 이제 고향은 물리적이고 혈연적인 의미

---

18) 하이데거는 과학을 합리적 인식으로 간주하고 있는 근대인들이 회상과 정심(定心, An-dacht)의 방식으로 사유하고 있지 않지만, 결국 인간에게 말을 걸어올 때마다 각자의 마음속에 쌓이는 동시에 그때마다 생기(生起)하는 '존재의 소리'는 회상하고 정심하는 데서 사유가 일어난다고 본 것이다. 달리 말해 모든 시작의 근본 원천은 사유되어야 할 것에의 회상이자 그렇게 명하는 존재의 소리에 대한 응답일 것이다. 마르틴 하이데거, 권순홍 옮김, 『사유란 무엇인가』, 도서출판 길, 2005, 21-27쪽.

의 고향이 아니다. 근원 가까이의 나라로서 인간이 이 대지 위에서 거주할 만한 장소가 진정한 고향이다.[19]

명산 아닌
그 산이
두어 점 구름 아래
조용히 누웠는 이름 없는 그 산이
언제나 내 마음속에 있는 건
얼마나 고마운 일인가

(…)

시여
너의 고뇌와 눈물의 아름다움
그리워하지 않은 때 없으나
이룬 것 없이
죄만 쌓여
언젠가는 돌아가게 될
고향 하늘

아, 철없이 나선
유랑길
몸은 병들어 초라하기 짝이 없으나

---

19) 마르틴 하이데거, 『시와 철학』, 31쪽.

받아주리라 용서해주리라 너만은
이름 없는 나의 산.
　　　　　　　　　　　　　—「산」 부분[20)

　　이제 "철없이" "유랑길"에 "나선" "나"에게 존재 자체의 근저
인 고향으로의 귀향은 물리적이고 실재적인 귀향을 의미하지 않
는다. 그것은 결코 "명산"은 아니라 존재의 시원으로서 "언제나
내 마음속"에 "조용히 누워 있는 이름 없는 산"이 주는 성스러운
것을 "시" 속에 끌어들임으로써 세상의 근원 가까이 머물려는 귀
향을 의미한다. 즉 한시도 "그리워하지 않은 때"가 없었으나 그저
"이룬 것 없이 죄만 쌓"인 "나"에게 귀향은 되돌아가면서 앞서 사
유하는 회상을 통해서만 가능하다. 시인으로서 "나"는 근원가까
이 다가섬을 통해서만 "모든 것을 용서"해주면서 "받아주"는 고
향으로 귀향할 수 있다.
　　그런 김규동에게 "고향은 어머니가 계신 곳"이자 "어머니 그
자체"[21)다. 끝내 그가 단 한 번도 상봉하지 못한 어머니에 대한
간절한 그리움은 실상 고향에 대한 그리움에 다름 아니다. 하지
만 '어린 나비'로서 그런 어머니와 고향을 떠나온 후 영웅적 모험
에 나섰던 그는 끝내 어머니와 고향의 품에 안기지 못했다. 처음
의 약속과 달리 그는 어쩌면 모든 인간 존재의 가장 강력하고 피
할 수 없는 충동이자 자연스런 본능으로서 어머니와 고향으로의
귀환에 실패한 영웅이라고 할 수 있다.

---

20) 김규동, 658-659쪽.
21) 이동순, 「장엄한 분단서사(分斷敍事)와 회복의 시정신: 김규동 시인의 시세
　　계」, 『김규동 시전집』, 창비, 2011, 876쪽.

하지만 그가 노경(老境)에 접어들수록 더욱 간절하게 부르는 어머니와 고향이 단지 생물학적이고 지리적인 것이 아니라면, 그의 귀향은 결코 실패한 것이 아니다. 비록 시를 통해서나마 그는 "아무리 서성거려도" "알 수 없는" "아득한 하늘 끝을 홀로 헤매다/돌아가신" "어머니" (「모정(母情)」)의 자궁으로 회귀하고 있다. 특히 그는 세상의 온갖 기쁨이나 슬픔, 그리고 위험에 처했을 때 저절로 간절히 부르곤 했던 원초적인 어머니를 통해, 정작 "우리들이 잃어버린/위대한 순수"와 더불어 "물질도 영화도 아닌/소박한 조선의 혼" (「어머니의 손」)으로 대변되는 생명의 원리와 법칙을 선물받았다고 할 수 있다.

이른바 자발적으로 "집나간 아들" (「대신할게요 어머니」)로서 김규동의 귀향은 이렇게 이루어진다. 영웅적 모험에 나선 그의 일생은 미래와 타향으로 흘러가면서 또다시 근원 또는 자기 고향으로 돌아오는 방랑과 편력의 시간이었다. 동시에 그런 시간을 통해 그는 "소달구지길"에 피어난 "민들레"처럼 단순하고 소박하지만 "바람과 기쁨"으로 가득한 "작은 궁전" (「권정생의 꽃」)의 세계로 귀환할 수 있었다. 달리 말해, 그는 "철없이 나선 유랑길"에서 얻은 "병"으로 "초라하기 짝이 없"는 "몸"과, "죄"에 작아질 대로 작아진 영혼의 가벼움과 천진무구함으로, 모든 것을 "받아주"고 "용서해주"는 "고향 하늘" (「산」)로 무사히 귀환할 수 있었다. "아무것도 이루지 못한" "못난 이남 자식"으로서 고된 "타향살이" (「어머니 오시다」) 속에서도 그는 늘 "날아다니는 혼이 되어" (「저승에서 온 편지」) 처음부터 바로 그의 가장 깊은 내면에 자리했을 숭고한 지혜와 정신을 나타내는 어머니와 만나고 있었던 것이라 할 수 있다.

현대성의 흔적과 현실성의 징후

김규동 시집『죽음 속의 영웅』을 중심으로

김종훈 고려대학교 국어국문학과 교수

1. 김규동의 시와 삶의 역사

김규동의 시세계는 지금까지 그의 생애를 적극적으로 반영하는 방식으로 고찰되어 왔다. 함경북도 종성 출신인 그는 김일성종합대학 재학 중에 서울에 내려왔다 다시 귀향하지 못한 채 남한에서 시인의 이력을 쌓는다.[1] 또한 그는 '후반기' 동인에 참여하여 모더니즘의 선봉에서 현대성에 경도된 시와 시론을 썼으며, 이후 자유실천문인협의회 등에 가담해 한국시사의 지형도에서 모더니즘 문학의 대척점에 놓이는 리얼리즘 문학의 중심에서 현실성을 고려한 발언을 지속적으로 냈다.[2] 현대성의 경도에서 현

---

[1] 김규동 시인의 생애와 관련한 기록은 김규동의 저서,『김규동 시전집』, 창비, 2011의 작가 연보와『나는 시인이다』, 바이북스, 2011를 기초로 재구성했다.

[2] 김규동의 시세계 연구는 많은 경우 이 변모 과정에 주목한다. 2012년까지 김규동의 문학 세계를 망라한 맹문재 엮음,『김규동 깊이 읽기』, 푸른사상, 2012에 수록된 논문에서 상반된 두 성향의 전환에 주목한 연구로는 김홍진, 「모더니티에서 민중적 현실인식으로의 시적 갱신」; 한강희, 「'분열과 부정'에서 '통일 염원'에 이르는 도정」; 김효은, 「허망의 광장에서 희망의 느릅나무에

실성에의 관심으로 전환한 것을 시적 개성으로 삼은 연구뿐만 아니라 두 사조의 영향 관계, 가령 모더니즘에서 리얼리즘의 징후나 리얼리즘에서 모더니즘의 흔적 등에 주목하는 견해도 이 특별한 삶의 이력을 많이 참조한 것이다.[3]

김규동의 시와 삶의 역사를 고려하면 그의 이력은 특별해 보이지만 시대의 단면을 잘라 보면 다르게 이해될 소지가 있다. 1950년대 '후반기' 동인까지는 아니더라도 현대성을 시에 실험하려는 시도는 당시 젊은 시인에게서 드물지 않게 찾을 수 있다. 일찍이 '후반기' 동인에서 나온 김수영은 물론 김춘수도 여기에 속한다. 1970년대 시에 민주와 통일에 대한 열망을 보여준 시도 희귀한 예는 아니었다. 당대 젊은 시인에 속했던 신경림이 그랬고 조태일이 그랬고 김지하가 그랬다. 김규동의 시세계의 급속한 선회가 다른 시인과 변별되는 그의 시적 개성으로 온전히 불리기 어려운 까닭이 여기에 있다. 그는 당대 젊은 시인이 그랬듯 시대정신을 신속하고 적극적으로 구현했던 시인이었다.

그런데 김규동 자신은 스승과 동료를 언급하는 과정에서 성숙을 강조했었다. 김규동이 김기림을 사표로 삼은 사실은 널리 알려진 사실이다.[4] 초기 모더니즘 시를 창작했으나, 이후 민중에 대한 관심을 시론으로 펼치고 광복 이후 문학가동맹의 비평분과에 참여했던 김기림의 행적 모두를 포함하여 김규동은 존경의 뜻을

게로」 등을 꼽을 수 있다.

3) 한강희, 앞의 글, 297-314쪽; 윤여탁, 「1950년대 모더니스트의 자기 모색: 김규동의 경우」, 맹문재 엮음, 앞의 책, 211-234쪽; 여태천, 「김규동 초기시의 특성과 그 의미」, 『비평문학』 제68호, 2018, 134-161쪽.

4) 맹문재, 「나비와 광장의 시학: 김규동의 시」, 맹문재 엮음, 앞의 책, 146-148쪽.

내비쳤다.[5] 한편 그는 동년배의 김수영이나 박인환이 일찍 삶을 마감하지 않고 적어도 1970년대까지 생존해 있었다면 그들도 리얼리즘 시를 창작했을 것이라고 회고한 바 있다.[6] 모더니즘의 외피에 가려져 있으나 이들도 당대 현실에 분개했으리라 예측했던 것이다.

이와 같은 회고에서 몇 가지 의도를 읽을 수 있을 것이다. 첫째, 그의 급격한 전환이 특수한 것이라기보다는 보편적 선택이라는 점이다. 둘째, 1950년대의 행보가 미성숙한 청년의 선택이라고 한다면 1970년대의 전환은 성숙한 어른의 선택이라는 점이다. 그는 스스로 1950년대의 시적 행보를 미성숙한 행태였다고 진단한 것으로 이후의 전환이 성숙한 선택의 결과라는 것을 은연중에 내비쳤다.

역사의식과 정치의식은 성숙과 미성숙의 차이를 가르는 기준이다. 김규동은 1970년대 한국의 정치적 현실을 자신의 창작 현실에 포함하는 방식으로 성숙을 거론했다. 앞시기에는 없고 뒷시기에는 있는 것이 이들이다. 그러나 이 이분법적 인식은 1950년대 '후반기' 동인의 시에서도 다른 동인과 견주어 역사와 정치 현실에 대한 반영을 발견할 수 있다는 의견을 유도하며 그 명확함에 흠집을 냈다.[7] 상반된 두 경향의 연관성, 또는 시적 전환의 필연성을 그의 시 내부에서 찾을 때 이와 같은 오해를 불식시키며 온전한 그의 개성을 파악할 수 있을 것이다. 이 글이 주목하는 지

---

5) 김규동, 『나는 시인이다』, 89-102쪽.
6) 이재무·김규동·신용목, 「사랑하지 않으면 다 죽습니다」, 『계간 시작』 3권 1호, 2004, 26-27쪽.
7) 윤여탁, 앞의 글, 211-234쪽; 여태천, 앞의 글, 134-161쪽.

점도 바로 여기다.

이 글은 모더니즘 시에서 리얼리즘 시로 전환되었던 시기에 발간된 『죽음 속의 영웅』을 대상으로 현대성의 흔적과 현실성의 징후를 살펴보고자 한다. 『죽음 속의 영웅』은 19년 만에 출간한 김규동의 시집이다. 그는 1955년 『나비와 광장』을 첫 시집으로 상재한 뒤 1958년 『현대의 신화』를 발간한 바 있다. 이후 '후반기' 동인의 모더니즘 운동이 스러지고 4·19, 5·16 등 한국 현대사의 중요 사건들이 발생하는 동안 그는 기자와 출판인 등 생활인으로서의 본업에 충실했다. 시인으로서 시집을 묶는 일은 중단된 상태였다. 그리고 자유실천문인협의회 등 실천적 행보를 보인 시기와 겹치는 시기에 『죽음 속의 영웅』이 발간되었다.

김규동의 시집에는 상반된 특성이 단절적이라기보다는 상호침투적으로 드러난다. 특별히 고유명사의 성격 변화와 개별 대상의 역사와 기억의 도입은 상반된 특성이 융합하는 모습을 구체적으로 보여줄 것이다. 이와 같은 방법을 통해 도출된 의미는 현대성과 정치성으로 양분해서 그의 시를 이해하는 방식에 이의를 제기하는 역할을 할 것이다. 그리고 그간 도외시되었던 김규동 시의 개성이 드러날 수 있기를 기대한다.

2. 고유명사의 재맥락화와 영웅의 전유

1950년대 김규동이 선보인 고유명사의 활용은 한 세대 앞선 다른 모더니즘 시인 김기림에게서도 보인 개성이었다. 식민지 또는 후진국의 현실을 벗어난 다른 세계의 모습이 여기에서 나타났다. 고유명사는 서양 문화와 문명을 바탕으로 다양한 시공간의 맥락을 거느리며 이와 대비되는 현실의 누추함을 환기하는 한편 그 누추함에서 언젠가 빠져나올 수 있다는 희망을 제시하기도 했다. 한편, 고유명사가 환기하는 서양 문화와 문명은 당대 현실과의 격차로 인해 화자에게 '지성'이 동반된 시각을 가지게 한다. 김기림이 『기상도』에서 인식했던 것과 마찬가지로 '후반기' 동인에 속한 김규동이 활용했던 고유명사에도 희망과 비판이라는 두 가지 상반된 속성이 동시에 나타난다.

전 시집과 19년이라는 시간적 결락, 이전과 상반되는 시와 삶의 행보를 고려할 때 1977년 발간된 『죽음 속의 영웅』의 시적 변화가 제법 크게 나타났을 것이라는 기대를 가지는 일은 자연스럽다. 하지만 정작 시집에 나타난 변화는 그와 같은 기대치를 충족시키지 못한 것처럼 보인다. 자유 연상의 화법으로 내면의 목소리를 표현하는 방식은 여전했고 이 과정에서 등장하는 고유명사의 모습 또한 예전과 닮았다.[8] 그러나 극적인 전환이 보이지 않는다고 변화가 일어나지 않은 것은 아니다.

처음으로 지구가
넓다는 것을 상상한 것은
싸리나무 냄새에 의해서인가보다
햇빛이
사기그릇이 부딪는
소리를 내는

---

8) 한강희, 앞의 글, 311쪽. "김규동의 모더니즘은 모더니즘 시 일반이 현실 자체를 대상화하는 데 머무른 데 비해 주체와 현실 사이의 연관 자체를 문제시하는 특성을 보인다."

이랑 깊은 밭머리에
버려진
철사고리 달린
청동빛 숫돌
고고학 속에서
캐어낸 영웅의 이름은
당나귀의
잔등같이
따스한 촉감이었다
엘리어트의
회중시계는
기억의 물이 흐르는
신선한 강이다
윈덤 루이스의
중절모 속에서
흰 비둘기가 날아가는 날에도
대포는
마그리뜨의 구름이 더불어
파랑 물감을 짜내며
들판을 유유히 밟고 갔다

(…)

죽음은
소낙비 속을

비스듬히
뇌성처럼 스치며
진짜로 자빠졌다
흙냄새가
기어들어오는 방 안에서
전면적으로 와닿는
찬란한 감각
그것은 블레이크가 열어 보인
지혜의 일곱 개의 기둥보다
분명한
실재의 두께다
여름은 넘쳐흐르고

(…)

신은 하나의 추측이다 짜라투스트라같이
내부를 향하여 붕괴되지 않으면 안 된다

(…)

죽음의 고요를 지켜볼 필요가 있다
스스로의 생에 뒤엉킨
모순의 눈물을 귀중히 간직하고
오
차디찬 현실의 허무를 부감하자

탈출의 용기는
죽음 속의 영웅들 가슴에
남아 있는 유일한 혈흔
고독의 깊은 가슴에
검은 날개는
스스로 기쁨에 넘쳐 퍼덕인다.
　　　―「죽음 속의 영웅」 부분9)

　표제시 「죽음 속의 영웅」에는 시집의 주제가 압축되어 있다. 지구는 "찬란한 감각"을 다양하게 느낄 수 있을 정도로 넓다. 그런데 화자는 그곳에서 "내부를 향하여 붕괴되지 않으면 안" 되는 당위성을 느낀다. 그 안에 "죽음의 고요"가 있기 때문이다. 화려한 감각의 세계와 대비되는 황폐한 내면에서 허무감이 찾아든다. "현실의 허무를 부감"하여 "탈출의 용기"를 내는 것이 그가 말하는 영웅이다. 즉 도저한 허무를 탈출하는 자가 "죽음 속의 영웅"인 것이다. 바꿔 말하자면 영웅이 탄생하기 위해서는 죽음의식을 동반한 허무감이 전제되어야 하고, 허무감이 있기 위해서는 그와 대비되는 찬란한 감각이 전제되어야 한다. 또한 찬란한 감각이 출현하기 위해서는 감각되는 세계의 다양함이 전제되어야 한다. 현실이 이 시집에 차지하는 비중은 높을 수밖에 없다.
　한편 현실 속에는 유물처럼 영웅들이 전시되는데, 거기에서 발견되는 것들은 엘리어트, 윈덤 루이스, 마그리트 등의 인물이다. 이들은 모더니즘 시론과 시를 쓴 시인이거나 모더니즘 그림을 그

---

9) 김규동, 168-177쪽.

린 화가다. 현대성을 상징하는 이들은 시에서 모두 발굴할 대상들
이 되었을 만큼 시의 정황은 허무감이 팽배한 폐허와 같다. 고유
명사는 "신은 하나의 추측이다 짜라투스트라와 같이"와 같은 구
절을 경유하며 현대성의 몰락과 허무의 부상을 동시에 환기한다.

또다시 새로운 허구를 위하여
육체는
가냘픈 화분처럼 시들어갔다
악령은
이웃에 와서
공포에 싸인 소문만 퍼뜨리고 갔다
블레이크의 말대로
감각만이 천진난만하게 살아 있는 것이라면
탈출로는 오직 이것뿐인지도 모른다
그렇다면
나는 로렌스의 『캥거루』를 읽으며
고흐와 같은 수염도 붕대도 없이
거만하기만 하다
공전하는 두뇌에
비전의 폭포를 내려라
이 눈도 코도 없는 텅 빈 기계에
기억의 회랑에
우수는
때로 눈물처럼 미끈거리기도 하지만
서글픈 부정의

새로운 허구를 위하여

또다시

증오에 찬 벽을 허물어야 하리라.

　　—「나의 허구」10)

　앞의 시가 현대성을 거쳐 현대성의 허무까지 감지했듯 이 시 또한 일인칭을 부각하며 그 일인칭의 허구성까지 언급한다. 허무 감은 시집의 주된 정조 중 하나다. 고유명사 블레이크와 로렌스 와 고흐가 가리키는 것은 '나의 허구'다. 이들은 개인의 낭만성을 환기하며 일인칭인 '나'의 중요성을 부각한다. 육체는 시들어가 고 감각은 살아 있다. '나'가 "거만"한 까닭은 시드는 육체를 자각 하지 못해서인 것 같은데, 그는 육체가 가져다주는 한계성을 정 신으로 극복하고자 한다.

　고유명사는 여기에서 시집의 주요 메시지인 현대성과 주관성 의 몰락을 환기하는 데 요긴하게 쓰인다. 이 점은 주목할 만하다. 1950년대 김규동 시집에서 고유명사는 주로 현대성의 맥락으로 현실의 누추함을 각인하는 역할을 하는 한편, 『죽음 속의 영웅』에 서는 현대성을 관통하며 현대성의 허무함을 드러낸다. 그 차이는 고유명사들이 놓여 있는 맥락을 통해서 확인할 수 있다. 가령 이 전 시의 고유명사는 거기에 깃든 기존의 맥락을 가지고 와 텍스 트에서 전시된다면 여기에서는 현대성이라는 맥락을 가지고 오 되 텍스트 내에서 재맥락화된다. 즉 현대성을 가지고 와 주관성 의 허무감을 드러내는 시의 메시지 구축에 동참하는 것이 『죽음

---

10) 김규동, 181-182쪽.

속의 영웅』의 고유명사다.

1)

활자처럼 또렷한 산토닝의 복용 뒤에

오히려 생활의 반응을 고대하던

이상(李箱)

조명 없는 행복과 초침의 질서―

이윽고 나는

해저와 같이 검은 공간에서

다가오는 내일에의 공포를 몰아낸다

　―「장송의 노래: 병상의 연대에서」 부분[11]

2)

시대가 재능을 낳느냐

재능이 시대를 낳았느냐

아폴리네르 이상 아인슈타인 데스노스

그리고 굵직한 손금의 안중근

모든 재능은 질식하여 죽었다

　―「달리는 선(線)」 부분[12]

3)

팔이 가로수처럼 뻗어가는 제모 경관의 평행운동! 발밑을

미끄러져가는 무수한 자동차의 경기를 위하여 당신이 긋는 직

---

11) 김규동, 51-52쪽.
12) 김규동, 196-200쪽.

선의 코스가 한껏 푸른 하늘을 등지고 꼭또의 기지처럼 빛납
니다.
　　―「공간의 회화」 부분[13]

4)
두 손엔 언제나 힘을 주며
빙긋 웃을 때마다 느끼게 하는 작은 스릴 같은 것
버지니아 울프를 만나고 왔다
예지의 기술자 꼭또는 아편쟁이지
　　―「유전: 시인 박인환의 추억을 위하여」 부분[14]

　1)과 2)에는 시인 이상이 제시되었고, 3)과 4)에는 장 콕토가 등
장한다. 모두 현대성을 대변하는 인물들이다. 1)과 3)은 1950년대
시집에 수록된 시이고, 2)와 4)는 1970년대 시집인 『죽음 속의 영
웅』에 수록된 시다. 1)에서 이상은 생활을 갈망하는 환자로 등장
하는데 화자는 여기에 힘입어 불면의 공포를 몰아내려 한다. 시
대가 외면한 천재 이상도 생활을 하고 싶었으니 화자 또한 밤의
공포를 이겨내고 생활을 이어가자는 것이다. 2)에서 이상은 다른
현대적 재능을 제시한 이들과 함께 등장한다. 그들은 "모든 재능
은 질식하여 죽었다"며 인간의 실존에 대한 근본적 회의를 불러
온다. 3)에서 '찬란한 감각'을 지닌 세상의 바깥 풍경을 묘사하기
위해 콕토가 등장한다. 4)에서는 콕토와 울프가 나란히 등장한
다. 이들은 박인환이 애독했던 이들로 작고한 시인의 삶을 조금

---

13) 김규동, 146-147쪽.
14) 김규동, 229-231쪽.

더 구체화하는 데 활용된다. 1)과 3)의 고유명사는 삶을 환기하고 2)와 4)의 고유명사는 죽음을 환기한다. 현대성을 상징하는 것은 변하지 않지만, 그것이 각각 생활의 부재와 허무를 환기한다는 점에서 시인의 현실은 시에서 가려지기도 하고 드러나기도 하는 것이다. 앞선 시대의 고유명사는 누추한 현실을 가리는 역할을 하지만 이즈음의 시에서 현대성은 현실을 통과하여 그것의 허무까지 제시한다. 텍스트의 재맥락화를 통해 이뤄지는 결과가 이와 같다.

> 집 안에
> 유령이 밤낮없이 들락거림은
> 정신이 불안정한 탓일 것이다
> 절대로 예측할 수 없는 것은
> 사상이냐 행위냐
> 석양에 돌아와
> 자신의 혼을 붙잡고
> 아무리 꾸짖어봐도
> 소용없는 짓일 뿐
> 마누라는 이자 낼 돈을 꾸러 가서
> 아직 돌아오지 않았다
> 백치 같은 소리를 써서
> 개나리 같은 행복을 누렸더냐
> 말을 배운 것이 죄다
> 눈도 코도 없는 세월이 등뒤에서
> 늙은이같이 눈물짓느냐

장미는 장미다 장미는 장미가 아니다
그러나 장미는 장미다
플라톤에서 칸트에로
존재는 아무것도 없는 가운데서
소생하였느냐
레오나르도 다빈치의 벽을 스쳐간
구름조각은
어머니 옷고름이었다
펄럭일 줄 모르는 육체를 안고
현실적인 벌판을 걸어보자
내 늑골은 부서지기 쉬운
열두 개의 뼈로 되어 있다
밤이면 한길가를 중얼거리며 걸어도 봤지만
다같이 허탕이다
너는 하도 작아서 보이지 않느냐
너를 다시 찾을 가망은 없다
용해된 달리의 시계가 걸려 있는 달밤을
뭉크처럼 쏘다니는 저 개는
해골의 매혹을 지녔더라
그 안구 속에 영원을 목도한다
(…)
게르니카는 일어나 외친다
일렬 도열하여라
우리들의 욕망이
철야하여서 찾아왔다

망각 속에 매몰된 욕망이여
여기 잠시 쉬었다 갈밖에 없으니
이 지구덩어리를 넘어서며
목쉰 소리로 더듬는
두어 마디 연설은 무엇인가
부디 정신을 차려라
열심히 당부하는
저 사람은 누구의 전신이냐
욕망을 없애는 것이 수양이다
인간에게서 정신을 분리시켜라
노동 속에서 발견하는 법열
빛의 환상을 물질화하는 시
스승의 말씀은
라디오 소리에 가리어 잘 들리지 않으나
나의 내부에서
죽음의 구조가
점차
변경되어가고 있다
고요히… 고요히.
—「반(反) 오브제: 죽음의 상징적 기능」부분[15]

죽음의 구조가 변경되는 곳이 '나'의 내부다. 욕망이 두렵다면 욕망을 버리는 연습을 해야 한다고 그는 다짐한다. 그로 인해 변

---

15) 김규동, 192-195쪽.

화되는 죽음의 구조는, 표제시 「죽음 속의 영웅」이 지닌 메시지와 유사하다. 찬란한 감각 세계의 이면에 죽음이 있듯 현상의 이면에 비참한 역사가 있다. 그는 내부의 허무를 극복하기 위해 욕망을 버리고 환상을 물질화하려 한다. 형상이 없는 '반(反) 오브제'에 유령이라는 형상을 부여하려는 의도도 이와 관련된다.

고유명사는 존재에서 부재로, 부재에서 해골로, 해골에서 망각된 욕망으로 시의 맥락에 따라 조금씩 다른 의미를 환기한다. 플라톤과 칸트는 무에서 존재가 생성된 것인지 묻는 역할을 하며, 다빈치와 어머니는 존재의 부재를 되묻는 역할을 한다. 달리와 뭉크는 굴절되고 왜곡된 현실의 상흔을 상징하고 게르니카는 그 현실이 전쟁과 이별에서 비롯되었음을 가리킨다. 자칫 관념적으로 읽힐 수 있는 시의 메시지가 일정한 맥락을 형성한다. 고유명사의 의미는 본래 맥락에서 시작하여 전쟁의 체험과 닿는다. 현실과 관념, 기억과 상상의 입체성을 갖추게 되는 것이다. 현대성에서 공동체의 역사와 개인의 기억으로 점차 그 의미가 이동하는 것을 고유명사의 맥락은 뚜렷이 제시한다.

한강을 끼고 멀리 동작동 길을
걸어보고 싶다던 『기상도』의 시인은
지금은 어찌 되었나
38도선은 어머니의 유방을 갈랐다
무덤까지 가지고 가야 할
허무와 이기주의
오, 점잖아라 왕이여
그는 무거운 짐을 벗어놓고

잠시 쉬고 싶었던 것이다
피카소의 「이카로스의 추락」은
드디어 악을 물리치지 못하였다
전쟁은 일요일에 일어났다
우리들의 6·25
절대의 무처럼 잠든
트리스탄 차라의 트럼펫
그것은 에른스트의 불타는 나팔이다
백년하고 또 천년을 살았다
내 팔굽에 밀려
책상 모서리에서 떨어지는
볼펜의 음향은
슈만과 베토벤을 들으며 죽은 사형수의 사념이다
그것은 양철판의 현실이다
위대합니다 판결문이여
(…)
새여 깃이 무거우냐
침몰하는 거대한 도시를 박차고
날아보아라
마그리뜨의 대가족같이
오, 좁은 지구를 박차고
내 중심을 떨쳐보려무나.
　　—「달리는 선(線)」 부분16)

---

16) 김규동, 196-200쪽.

이상이 등장하는 시 2)의 다른 부분이다. 김기림이 환기되고 피카소, 차라, 슈만과 베토벤 등이 호명되었다. 기존의 맥락만 가지고 나열되는 앞 시대의 시가 연상된다. 그러나 전대의 시가 현실과 맥락을 끊고 나열되었다면 인용 시는 당대 현실을 지속적으로 환기한다. 피카소의 그림은 6·25와 연관되고, 차라와 슈만과 베토벤은 전쟁이 상징하는 추락과 침몰의 의미와 연관되고 마그리트는 침몰 뒤의 부상의 이미지를 제시한다. 이 모든 고유명사가 당대 6·25의 발발과 상흔 그리고 허무를 제시하는 역할을 맡는다.

인용 시뿐만 아니라 『죽음 속의 영웅』에는 당대 한국 현실이 주목을 받으며 국내 인물들이 많이 호명된다. 같은 인물이라도 이전에는 현대성의 맥락을 가지고 등장한다면 여기에서는 당대 역사나 기억과 접목하여 현실을 풍요롭게 한다. 인용 시를 보더라도 『기상도』의 시인 김기림에 대한 연상이 이전에는 현대성과 관련되었겠지만 여기에서는 "38도선"에서 비롯되었다. 박인환의 경우도 마찬가지다. 1950년대 '후반기' 동인으로 함께 활동했으나 일찍 세상을 떠난 박인환은 김규동의 시 「유전: 시인 박인환의 추억을 위하여」에서 현대성의 상징보다는 추억의 대상으로 등장한다. 또 1950년대 시집에서도 등장했던 어머니뿐만 아니라 고향의 인물들도 이 시집에 등장한다. 이들이 모여 이룬 것이 『죽음 속의 영웅』 속 거대한 현실이다.

3. 기억의 존중과 개별성의 종합

민중에 대한 관심과 통일에 대한 염원은 김규동 후기 시의 중요 화두였다. 그것은 1970년대 이후 당대 현실성 담론을 구성하는 중요 화두이기도 했다. 민주와 민족으로 형상화된 당대 현실성의 담론은 폭력의 주체에 저항하는 논리적 근거를 마련했다. 김규동의 시에서 민족 통일과 관련된 담론은 어머니를 중심으로 형성되었고, 이는 1950년대 첫 번째 시집부터 등장했다.『죽음 속의 영웅』에서도 마찬가지로 어머니가 등장한다. 특별히 어머니는 이 시기 꿈이나 환상에서 나타나며 역설적으로 그의 부재를 강조하는 역할을 한다. 가령 꿈에 시인이 왔다는 모친의 목소리를 상상하며 쓴「북에서 온 어머님 편지」에서 계속 반복되는 "네가 날 찾아 정말 왔더라"는 이별의 비극성을 반어적으로 드러내는 역할을 한다.

빈손으로
어머니에게로 가듯이
그래도
눈물이 앞섰듯이

아직도 쟁쟁하게 귀에 남아
괴롭히는 세상의 말과 말들
바다는 잠자도
말은 끝나지 않아

미안하다
미안하다
가슴속에 가득 차서
넘쳐나는 이 한마디

해놓은 일 자랑스런 일

내게 아무것도 없으나

이해도 마지막이라니

미련은 있어 나이 먹는 것이 두렵다

　　　—「빈손으로」 부분[17]

　한편 「빈손으로」에는 한 해를 빈손으로 보내는 것과 "어머니에게로 가듯이"가 유비적 관계를 이루었다. 송년의 순간과 어머니와 상봉하는 순간을 동일시한 것이다. 그런데 빈손이라 하니 한 해의 삶이 인생 전체를 대변하는 듯하다. 사는 동안 이별의 아픔이 치유될 수 없다는 인식이 여기에 있다. 바꿔 말하면 어머니에 대한 그리움은 사는 동안 줄곧 짊어져야 할 감정이라는 것이 암묵적으로 제시된 것이다. 이 그리움은 이후 그의 시에서 통일에 대한 염원으로 확장된다.

　어머니에 대한 그리움은 첫 시집부터 등장한다. 이는 현대성에서 현실성으로의 전환 속에 계승의 요소가 있다는 견해를 뒷받침하는 하나의 논거가 될 것이다. 이와 같은 연구는 김규동 시 전체 행보를 실험과 참여, 모더니즘과 리얼리즘으로 양분해서 보는 시각을 재고하는 데 도움을 준다. 그러나 출현 빈도 등의 수치가 당대 시세계의 성격을 규정할 소지도 여기에서 생겨난다. 가령 '1950년대 시편에서 분단과 어머니를 소재로 한 시가 몇 편 등장하는가'와 같은 문제의식에서 측정된 계량적 지표가 김규동 시의 특성을 판단하는 유력한 기준이 되기 쉽다는 것이다. 사실을 기

---

17) 김규동, 271쪽.

반으로 의미를 헤아리고 개성을 추출하는 과정은 연구의 신뢰도를 높이는 데 필요하다. 그러나 특정 소재가 출현하지 않더라도 그것이 지향하는 의미의 맥락을 구성할 수 있다는 것을 염두에 두면 여기에 판단의 근거 모두를 할당하는 것은 위험해 보인다. 김규동의 시에 분단의 슬픔이 쓰이더라도 그것이 전쟁의 소재를 경유하지 않은 경우를 고려하고, 분단을 이야기하더라도 그것이 지닌 맥락의 차이를 헤아려 볼 필요가 있다는 것이다.

> 어디서 그런 힘이 솟았던가
> 어디서 그런 사랑이 태어났던가
> 한없이 넓은 마음의 우주 가득 채우며
> 거룩한 모습으로 다가서는 절대의 환영
> 3·1 만세
> 우리들 가슴속에 출렁이니
> 가난과 설움 벗하여 살아온
> 민족이라 할지라도
> 전세계에 자랑하자
> 이 떳떳한 정신과 양심의 소리를
> 이제는 불을 붙이자 죄 많은 마음에
> 조국통일을 우리 손으로 이룩하리라
> 누가 누구를 꾸짖으랴
> —「3·1 만세」부분[18]

---

18) 김규동, 207-208쪽.

자유 그리고 민주주의

바로 너희들이 외치던 소리는

넓은 하늘가에 그대로 남아 있는데

총탄에 뚫린 네 가슴의 상처

아, 내 흰 저고리로 가리우마

하지만 이 지구의 어딘가에

네가 부르는 소리 남아 있을 것만 같아

빈 들을 달리는

어미의 마음을

혁명의 날이여

4 · 19

너는 잊어선 안 된다.

　　　　　　　　—「사월의 어머니」[19]

　인용 시들은 『죽음 속의 영웅』에 수록된 소재적 차원에서 통일
과 민주의 염원을 담은 시다. 앞의 시에서는 "조국통일"이, 뒤의
시에서는 "민주주의"와 "어머니"가 등장한다. 이전의 시에서도
이후의 시에서도 이와 같은 시를 확인할 수 있을 것이다. 분단과
혁명의 소재가 날것으로 등장하고, 어머니에 대한 그리움과 통일
에 대한 염원이 직접 분출된다. 차이가 있다면 이전의 시편에서
이들은 당대 현실의 비극성을 표현하는 유일한 통로였던 반면에
『죽음 속의 영웅』에서는 행사시처럼 특별한 형식을 경유하여 나
타난다는 점이다. 3 · 1절과 4 · 19 혁명 17주기를 맞아 창작된 이

---

19)　김규동, 209-210쪽.

시는 이 시집에서 예외적인 위치를 점유한다. 대부분의 시에서는 자신이 놓여 있는 현실에 주목하여 기억의 세부를 헤집는다.

일정 때
두만강변 회령경찰서 취조실에서 흘러나오던
그 사나이 비명은
어째서 아직도 내 가슴에
못처럼 박혀 있는지
6·25 때
한강을 헤엄쳐 건너온
백골부대의 한 병사가
담배 한 대를 맛있게 피우던 일은
어째서 아직도 내 가슴에 남아 있는지
지난날
38선을 넘을 때
안내꾼에게 준 할아버지의 회중시계는
아직도 시간을 가리키고 있는지
해체된 풍경 속에
잃어버린 것은
스승과 눈물과 후회뿐인 줄 알았더니
추락하여가는 내면의 눈에
번개같이 스치는 것은
깨끗한 한 개의 희망이다
스산한 나뭇가지에
빛의 다른 한쪽이 머무는 것을 보고

무서운 경이를 느낀다
그것은 내일을 향한 순간의 전율
푸른 공간의 전략을 뒤로
부서져내리는 차가운 유리조각
오, 희망을 위하여는
처참한 것을 넘어서야 한다.
　　　　　　　　　—「희망」20)

　일제 침략에 대한 비판은 회령경찰서 취조실에서 흘러나오던 "그 사나이의 비명"을 통해 구현되고, 6·25에 대한 비애는 담배를 피우던 "백골부대의 한 병사"와 "할아버지의 회중시계"를 통해 형상화된다. 추상성보다는 개별성에 기대 메시지가 전달되었다. 구체적 이미지의 제시는 김규동 시가 취한 시적 소재의 다양화에 기여한다. 관심을 두지 않았던 시인 주변의 삶이 모습을 드러내기 시작한다. 다양한 가족과 이웃들의 삶의 양태를 통해 그의 삶과 시대가 구체적으로 형상화되는 것이다. 그의 메시지가 공허해 보이지 않는 까닭이 여기에 있다.
　『죽음 속의 영웅』에서는 특정 시를 제외하고는 분단과 통일, 자유와 민주 등 주요 화두가 시어로 직접 등장하는 경우가 드물다. 현실성의 주제는 다양한 방식으로 형상화된다. 그런데 이 시집에 등장하는 다양한 삶의 모습은 이전의 현대성을 상징하는 고유명사의 성향과도, 이후 현실성의 정신을 드러낸 표현의 성향과도 다르다. 인용 시의 비명과 회중시계에는 화자가 회상하는 시

---

20) 김규동, 212-213쪽.

간과 당사자가 겪은 시간이 동시에 있다. 시간의 폭이 상정된 곳에 대상의 과거가 개입할 여지가 생긴다. 『죽음 속의 영웅』이 지닌 독자적 개성은 다양한 소재와 직접 경험한 현실의 세부에서 비롯한 각각의 사연에서 확보된다.

> 전선주에 올라앉은 운전수는 어릴 때 타던 썰매 생각이 난다 누가 치였느냐 조심하여라 내릴 때와 오를 때 차장이 등에 대고 쓸쓸한 과거를 실어낸다 지쳤어요 지쳐버렸다니까요 바늘같이 따끔한 것이 누더기에 찔린다 콘크리트 바닥에 내려서면 툭툭 털며 저마다 인생이 어느 만큼 질길 것인가 대강대강 생각해본다 천사는 사라지고 못생긴 하늘을 힐끔 쳐다본다 안녕하십니까 창백한 얼굴이 언제나 이태백이 놀던 달같이 벌겋다
> ―「만원버스」부분[21]

「만원버스」는 김규동 시가 취하는 소재의 영역이 그의 생활 반경까지 넓어졌다는 것을 말해주는 시다. 시의 배경은 동시대의 출근길 "만원버스" 체험이다. 운전사가 있고 차장이 있고 천사가 있고 인생이 있다. 현실에서 낭만으로 낭만에서 삶으로 인식이 변환한다. 대체로 화자가 인물 설정 없이 직접 자신의 감각과 감정을 표현하지만, 간혹 운전사나 차장의 생각과 감정을 표현하기도 한다. 가령 운전사는 "어릴 때 타던 썰매 생각이 난다"며 "쓸쓸한 과거"를 회상한다. 저마다의 기억을 존중하며 현재와 과거의 시간 폭을 확보하는 것이다.[22] 만원버스의 피로감은 많은 사람

21) 김규동, 234쪽.
22) 나민애, 「김규동 시인의 공동체 회복과 시적 방법론 연구: '전쟁 은유'와 '기

대비 좁은 공간이라는 물리적인 측면에서만 발생하는 것이 아니다. 그 안의 사람들이 저마다 지닌 그리운 과거와 누추한 현실의 대비에서도 생겨나는 것이다. 그러므로 어디까지 인생이 "질길" 것인가의 물음은 그 대답보다는, 누추한 현실에도 삶을 영위하는 질긴 목숨을 강하게 환기하는 것을 목적으로 할 것이다.

주목할 것은 이 개별적인 기억이 회고의 과정을 거쳐 과거 미화나 낭만적 동경으로 전개되기보다는 만원버스에 실린 화자와 주변인들의 삶에 대해 의미를 부여하는 데 적극적으로 쓰인다는 점이다. 『죽음 속의 풍경』에서 주목하는 지금 이곳은 서사와 기억이 없는 현대성과 대비되는 한편, 이후 통일과 민주가 중심이 된 현실성의 징후 역할을 맡는다. 그리고 그것으로 이 시집은 여느 시집과의 변별성을 확보한다.

> 문둥병 환자라면
> 산에 약이나 구하러 가겠다
> 3년 동안이다
> 봄 여름 가을 겨울
> 에미는 도시락을 두 개씩이나 싸주면서
> 마음대로 안 되는 네 운수를 서러워하였다
> 5점이 모자랐으면
> 운이 없는 탓이지
> 서울에는 맞히는 데도 많아서
> 답답할 때면 그런 데를 찾아갔다

억의 시학'을 중심으로」, 『한국시학연구』 제60집, 한국시학회, 2019, 115-150쪽.

(…)

애야 답안지는 꼬박꼬박 알아볼 수 있게 써야 한다

글자란 사람이니까

이런 공허한 훈계에

너는 죽은 사람같이 웃는다

차라리 팔다리 없는 병신이라면

그저 그렇게 알고 물러앉을 것을

기어이 그 학교 가고 말겠다고

같은 공부를 세 번씩이나 되풀이하는 너를

이렇게도 저렇게도 하지 못한다

거북이다

말이 삼수지

어둡고 조심스런 나날이 하도 멀어

스산한 바람이 훌쩍 지나는

창밖을 내다보고 잠시 눈을 감는다.

—「수험생」부분[23]

시적 소재로 주변인뿐만 아니라 가족도 등장하기 시작한다. 어머니와 달리 이들은 시인과 함께 있다. 「수험생」은 대학교 입시를 준비하는 아이에 대한 걱정을 표현한 시다. 입시 날이면 온 가족이 긴장하는 전형적인 가족의 풍경이 그려진다. 아들의 좋은 입시 성적을 바라지만 이를 위해 할 일이 별로 없는 가장으로서의 한계와 더 큰 긴장을 겪고 있는 아이에 대한 연민이 동시에 나타

---

23) 김규동, 256–257쪽.

난다. 그가 시인 아버지로 할 수 있는 말은 답지를 알아볼 수 있게 쓰라는 것 정도다. "글자란 사람이니까"와 같은 시인으로서는 그 럴듯한 말을 덧붙이지만 그것이 "공허한 훈계"라는 것을 그도 안 다. 생활과 대면한 시의 무력감이 여기에서 나타난다. 하지만 시 인 자신의 자존감에 대한 부분으로 진술의 초점이 이동하기보다 는 가족의 안위와 아이에 대한 연민으로 진술이 이어진다. 19년 에 걸친 그의 휴지기는 온전히 침묵의 시기라기보다는 오히려 생 활인으로서 적응의 시기였던 것이다.

『죽음 속의 영웅』에서는 현대성을 상징하던 고유명사의 영역 에 시인 주변인 목록이, 내면의 상념에 집중된 시간에 주변과 역 사의 시간이 첨가된다. 공동체 내 생활인의 모습이 드러나는 것 이 이때다. 이 점은 주목할 만하다. 현대성에서 민주와 통일의 가 치로 시적 관심이 이동한 동력은 관념과 논리적 판단이 아니라 생활 체험에 대한 주목이다. 김규동의 시적 전환은 구체적 대상 의 생활로 침투하며 형성된 개별성을 종합하는 과정에서 이뤄졌 다는 것을 『죽음 속의 영웅』은 말해준다.

> 소와 사람의 힘을 겨룬다고 레슬링선수가 소를 매달아놓고
> 당수로 무참하게 내리치는 장면을 TV는 중계하였다
> 백성의 힘은
> 착한 일에만 쓰여야 한다
> 장충체육관에서
> 죄 없는 소를 때려죽인다든지
> 도무지 경우가 아닌 일 앞에서도
> 보복이 두려워 할말을 못하고

머뭇거려서는 안 된다
백성의 힘은
하늘이다
하늘을 쳐다보아라
하늘처럼 당당한 것이 백성의 힘이다
눈을 가리우지 말아라
소의 눈을
눈을 가리지 않아도
우리들의 황소는 고통을 참는다
순박한 백성의 힘을 타고난 소여
꼼짝도 못하게 고삐를 잡힌 소여
말 못하는 소여
견디는 죄로 하여
더없이 얻어맞는 하나의 생명—
그러나
너는 죽어도 결코 죽은 것이 아니다.
　　　　　—「백성의 힘」[24]

　　김규동 시의 전체 역사를 고려하면 "백성"은 통일이나 민주 같
은 후기 시의 관심사를 환기한다. 『죽음 속의 영웅』이 후기 시의
특성을 선취한다는 의견에 부합하는 예가 인용 시다. 그런데 시
집의 다른 시는 그것의 특성보다는 기원을 상술하는 데 도움을
준다. 앞서 확인했듯 그의 시에 등장하는 남루한 구체적 현실이

---

24) 김규동, 219-220쪽.

그의 이념을 조성하는 데 자양분 역할을 한다. 시인 자신이 겪거나 역사에 기록된 이 땅의 인물들이 모여 "백성"을 이루게 되는 것이다. 추상적인 어휘인 백성을 설명하는 데 동원된 어휘를 주목해보자. "백성의 힘은 하늘이다"와 같은 비유적이고 관념적인 진술이 등장하지만 거기에 이르기 위해서는 "장충체육관"이나 "TV" 같은 구체적인 소재를 거쳐야 했다. 구체적인 장면의 목격에서 추상적인 깨달음으로 나아가는 인식의 경로는 그의 이후 시의 기원이 현실에 있다는 것을 알려준다.

이번 절에서는 김규동 후기 시의 주요 화두인 민주나 통일의 징후가 될 만한 속성을 『죽음 속의 영웅』에서 살펴보았다. 통일의 염원이 곁에 없는 어머니를 그리워하는 마음에서 비롯했다면 민주주의에 대한 열망은 다양한 개별 대상의 사연을 되짚어보는 과정에서 비롯했다. 어머니 이외의 가족과 이웃과 지인, 그리고 스쳐 지나간 인연들이 시에 등장했다. 생활인으로서 삶의 가치와 기억의 대상들이 지닌 개별성은 시인이 처한 현실의 입체성을 형성하는 데 도움을 주었다. "백성"의 의미가 구성되는 과정을 참조하면 그가 후기 시에서 골몰했던 주제, 민주와 통일의 가치가 형성된 곳이 바로 현실이라는 것을 확인할 수 있었다.

4. 모더니스트에서 리얼리스트로

지금까지 김규동의 시집 『죽음 속의 영웅』을 중심으로 그의 시적 개성을 살펴보았다. 1950년대 현대성을 탐구한 두 권의 시집을 상재한 뒤 19년의 침묵을 깨고 발간된 이 시집은 현대성에서 현실성으로, 모더니즘에서 리얼리즘으로 삶과 시의 이력이 전환되는 지점에 놓여 있다. 민주와 통일의 염원이 본격적으로 시에 등장할 것 같았으나 실제로 시의 면면은 이와 같은 기대를 배반한다.

『죽음 속의 영웅』은 죽음으로 귀결될 수밖에 없는 삶의 허무를 드러내는 시집이다. 현대 영웅의 존재 의의도 아울러 묻는 시집이기도 한데, 이와 같은 질문은 이 시집이 지닌 위상과 의의에 적지 않게 영향을 미친다. 현대성의 성격에 대해 되묻는 역할을 하는 동시에 당대 현실에 대해 관심을 보이도록 유도하는 것이다.

이 시집의 개성은 첫째, 1950년대 이전 시의 성격을 계승하면서도 동시에 변별되는 모습을 선보인다는 것이다. 이는 고유명사의 성격과 주변인에 대한 시인의 자세를 통해 확인할 수 있다. 시집에 등장하는 여러 고유명사는 현대성을 상징하는 기존의 맥락을 지니면서 동시에 텍스트 내에서 재맥락화되며 현실 이면의 죽음이나 허무의 의미와 접속한다. 이 과정에서 주변인과 가족들을 중심으로 둘레 세계가 조명되고, 이는 다시 당대 한국의 역사와 기억을 소환하여 시적 현실을 풍요롭게 한다.

둘째, 후기 시의 주요 화두인 민주와 통일의 가치가 형성된 과정을 일러주는 시집도 『죽음 속의 영웅』이다. 어머니를 그리워하는 마음이 통일에 대한 염원으로 확장되었다면 다양한 개별 대상의 기억과 사연에 대한 존중은 민주주의에 대한 열망으로 발전되었다. 가족과 지인들은 제각각의 사연을 화자의 목소리를 빌려 시에 풀어 놓는다. 이들은 '백성'으로 요약되는데, 이는 후기 시가 지닌 현실성의 가치를 선취하는 징후라 할 수 있다. 그의 시적 전환은 구체적 체험을 토대로 한 것이다.

요컨대 김규동의 시력에서 『죽음 속의 영웅』은 고유명사에 시간성을 부여하고 둘레 생활에 관심을 본격적으로 보인 시집이다. 이 시집의 개성은 김규동의 시적 변화가 관념이나 추상적인 차원에서 일어난 것이 아니라 개별자들에 대한 관심으로 이뤄진 것이라는 점을 일러준다. 후기 시의 중요 화두인 민주와 통일에 대한 염원은 개별적 존재들의 구체적 체험을 주목하는 과정에서 비롯했다는 것이다. 20세기 후반 한국 문학사에서 유래를 찾기 어려운 전환, 모더니스트에서 리얼리스트로 변모한 김규동의 시적 이행에는 개별성의 존중이라는 동력이 있었다는 것을 시집 『죽음 속의 영웅』을 통해 확인할 수 있다.

김규동 후기 시의 문학사적 의미

유성호 한양대학교 국어국문학과 교수

1. 한국전쟁과 시단의 대응

한국 현대사에서 가장 비극적인 물리적 충격을 준 한국전쟁은 전후(戰後) 문학의 강력한 존재 근거이자 동시에 불가피한 한계 상황으로 다가왔다. 전후 작가들에게 형언할 수 없는 환멸과 허무 그리고 사후적인 적대감까지 부여했던 이 전쟁은 운명론적 실존 탐닉이라는 파생적 현상을 그들에게 부여하기도 했다. 그리고 서구에서 들어온 박래품에 대한 선망과 함께 전통으로의 회귀 욕망이라는 양대 편향을 동시에 안겨주기도 했다. 참전과 종군 그리고 냉전의 영향으로 편제되는 전후의 시 문학사는 그 점에서 한편으로는 매우 빈곤한 사회의식과 공동체의식을 보여주기에 족했고, 한편으로는 다양한 스펙트럼의 경개(景槪)를 형성하면서 새로운 시대를 예비하기도 했다. 가장 명확한 물리적·정신적 분단을 경험하면서, 문학 분야에서도 남북한 간의 이질성이 이때부터 실질적으로 시작되었다고 말할 수 있을 것이다. 결국 전쟁, 휴전, 서구 추수, 전통 회귀라는 공통된 경험적 직접성을 통해 전후 문학의 주체는 문학적 전통의 부재와 새로운 건설이라는 과제를 등에 진 채 물리적·정신적 폐허 속을 거닐게 된 것이다.[1]

한국전쟁에 내한 시단의 대응은 크게 보아 두 가지 방향으로 나타나게 되었다. 하나는 종군과 참전이라는 전쟁 참여 방식으로 나타났고, 다른 하나는 전쟁이나 분단에 거리를 두면서 그러한 현상에 비판을 가하는 방식으로 대두했다. 앞의 경우는 이른바 종군 시편의 외양을 띤 모윤숙의 「국군은 죽어서 말한다」 등에 나타나는 반공의식이나 뚜렷하고 명징한 적의(敵意)와 조국애 등으로 나타났다. 물론 구상의 「초토(焦土)의 시」 연작, 조지훈의 「다부원에서」, 유치환의 「보병(步兵)과 더불어」 등은 전쟁 경험의 원초적 비극성을 노래함으로써 일방적인 적대감 표출에서 벗어나 민족 통합의 소망을 내재적으로 깔고 있었던 점에서 모윤숙 시편 등과는 구분된다고 할 수 있을 것이다. 뒤의 경우, 곧 분단의 비극성을 비판적으로 조감하고 그것을 민족 통합의 과제와 연관시킨 시편들은 박봉우, 신동문, 신동엽 등의 성과에서 선명하게 간취된다. 전쟁의 비극성과 그로 인한 환멸 혹은 순수 세계에 대한 열망을 보여준 김종삼, 전봉건, 정한모 등도 이에 폭넓게 포괄될 수 있을 것이다.

매체적으로 볼 때 전후 시 문학사는 『문예』(文藝)와 『현대문학』이라는 두 저널을 통해 그 실체를 가시화한다. 납·월북 문인들이 분단과 전쟁을 통해 사라져간 빈터에는, 해방기에 '청년문학가협회'를 중심으로 활약했던 이들이 속도감 있게 들어섰다.

---

1) 1950년대 시사의 이러한 정신사에 대해서는 다음 자료를 참조할 것. 이영섭, 「50년대 남한의 현실인식과 시적 형상」, 한국문학연구회 엮음, 『1950년대 남북한 문학: 현대문학의 연구 3』, 평민사, 1991.

이때로부터 한국 시의 주류를 건설해간 시인들로는 모윤숙, 유치환, 서정주, 박목월, 박두진, 조지훈, 박남수 등이 있다. 이들은 저마다의 개성과 연륜을 담은 시편을 전후에 발표하면서 한국 시의 주류 미학을 '순수서정'으로 귀납해갔다. 그리고 이들은 다수의 에피고넨을 산출하면서 강력한 미학적 자장을 형성하게 되는데 이들을 계승한 신진 시인으로는 박재삼, 박용래, 이형기, 이동주, 이수복, 천상병, 구자운, 박성룡, 임강빈, 김관식, 정한모, 황금찬, 이성교, 유정, 한성기 등을 예거할 수 있다.[2] 우리가 여기서 살필 김규동은 이러한 문학사적 자장에서 비로소 문학적 출발을 하게 된 전형적 전후 시인으로 문학사에 등재되어 있다.

2. 김규동과 전후 모더니즘

한국 현대 문학사에서 전후 모더니즘은 1930년대 모더니즘의 성취를 일정하게 계승하면서도, 미학적 함량에서는 오히려 그들에게 못 미치는 결과를 낳아 주목과 아쉬움의 대상이 되었다. 이상(李箱)이나 김기림이 꿈꾸었던 비판적 모더니즘과 아방가르드의 포부는 해방 직후의 혼돈에 가려져 그 열망이 철저하게 침전해버린 것이다. 그런 와중에서도 『신시론』과 『새로운 도시와 시민들의 합창』을 펴낸 신시론 동인의 모더니즘 운동은 당대를 풍미하면서 새로운 모더니즘의 가능성을 열었다고 할 수 있다. 이

---

[2] 전후에는 김현승, 신석정, 김광섭, 박화목 같은 중진들의 목소리 또한 지속되었다는 것이 소홀히 취급되어서는 안 된다. 김현승의 음색은 형이상성과 이미지의 결합이라는 색다른 시학을 제공함으로써 이채를 띠었고, 신석정, 김광섭의 참여시로의 전환도 눈여겨볼 만한 대목이다.

들의 목표는 현대 문명 안에서 잃어가는 인간의 본질을 탐구하고 전통이라는 이름 아래 억압당하는 현대시의 언어미학적 위상을 도모한다는 데 있었나.

새로운 문명과 세계관을 수립하기 위해 모인 젊은 그룹이었던 이들의 미학적 도전과 수사학의 개발은 척박했던 전후 분위기를 반영하고 극복해간 문화적 자산이었다고 평가할 수 있을 것이다. 물론 김경린, 김경희, 김병욱, 박인환, 임호권이 참여한 동인의 가능성은 분단과 전쟁을 통해 멈추게 되고 전후 모더니즘을 다시 이어간 '후반기' 동인은 다소 보수화되어가면서 이들보다 현저하게 이념적 퇴행을 한다는 점에서 문학사적 한계를 드러내게 된다. 이들은 서구 모더니즘을 경박하게 이해하여 난해성의 포즈에 머물렀을 뿐, 인식과 형상의 통일로서의 시학을 구축하지는 못했다고 할 수 있기 때문이다.

집단 운동이나 유파를 형성하지 않고 저마다의 개성적인 음역(音域)으로 전후 시단의 인적 자원을 풍요롭게 늘려간 전후 신진 시인들의 목록은 참으로 길다. 물론 이들을 개성이라는 동류항으로 묶는다는 것 자체가 이치에 닿지 않는 일이겠지만, 이들이 참으로 다양한 시세계를 보여주었다는 점은 분명해 보인다. 전후 사회를 풍미했던 실존주의의 맥락에 가까웠던 김춘수·조병화·김종문, 풍자 계열인 송욱·김구용·민재식·전영경, 모더니즘 계열인 신동집·박희진·김종삼 등이 이들 중에서 단연 빛을 발했다. 김남조와 홍윤숙 등 여성 시인의 등장과 활약도 이 시기에 눈부시게 생겨났다. 그 외에도 양명문, 설창수, 한하운, 김종길, 민영, 정렬, 신경림, 이원섭, 고석규 등이 눈길을 끌었다. 그런가 하면 1950년대 후반 이른바 참여시인들로 우리는 박봉우, 신동문,

신동엽을 기억할 수 있다. 박봉우의 「휴전선」은 냉전 구도로 식어 버린 민족 간의 물리적·심리적 연대의식을 되살려 유대와 통합의 가능성을 노래했는데, 이는 이 시기 참여시의 선구적 봉우리로 기록될 만하다. 나아가 신동문의 「풍선과 제삼포복」은 치열한 자기 부정과 현실에 대한 가열한 풍자로 각인되었고, 신동엽의 「진달래 산천」은 냉전의식을 치유하는 대지적 상상력으로 시사에 기록되었다.[3]

이처럼 한국전쟁에 대한 다양한 해석과 기억을 가지고 있는 전후 시편들은, 어쩔 수 없이 전쟁이라는 구체적 경험으로부터 출발할 수밖에 없었다. 여기서 '경험'을 강조하는 까닭은, 인간의 의식 중에서 가장 비타협적 배타성을 띠면서 형성되는 것이 경험이라는 점을 드러내기 위해서다. 일반인들은 물론 창작 주체였던 시인들마저도 '경험적 직접성'이라는 당대의 지평 안에서 자유로울 수 없었고, 그가 어느 유파에 속했든 간에 전쟁으로 인한 경험을 어느 정도 반영하지 않은 시인이 없었을 것이기 때문이다.

하지만 '경험적 직접성'이라는 공통 지반이 곧바로 시적 유형의 공통성으로 환치되지는 않는다. 오히려 전후 시 문학사는 전쟁을 겪은 시인들의 다양한 경험이 그들 각자가 견지하고 있던 미의식 및 세계관에 의해서 굴절된 복잡하기 짝이 없는 지형도로 나타나게 된다. 그리고 그것은, 전쟁에 대한 후대(後代)의 해석과 평가가 다양한 만큼, 다양한 등차를 가지면서 펼쳐진 역사적 구체였다고 할 수 있다. 우리가 김규동의 출현을 말할 때 거듭 이러한 전쟁의 정신사를 살필 수밖에 없는 까닭도 이러한 배경에서

---

3) 윤여탁, 「한국전쟁 후 시단 형성과 참여시의 잉태」, 『시의 논리와 서정시의 역사』, 태학사, 1995.

시 쓰기를 시작한 그의 원형적 출발을 확실히 기억하기 위해서일 것이다.

이러한 진후 시단에 화려하게 등장한 김규동은 그의 초기 시 세계를 확연한 모더니즘의 자장 아래 펼쳐간다. 그 세계를 압축적으로 정리해보면 다음과 같다. 앞서 우리는 '시현실' 동인들이 '후반기' 동인으로 넘어가면서 모더니즘의 새로운 가능성이 축소되고 보수화된 국면을 말하였거니와, 김규동의 출발도 이러한 '후반기' 동인의 자장 아래 놓인 채 출발한다는 점을 먼저 지적할 만하다. 물론 김규동의 1950년대 성과는 '후반기' 일반이 성취한 초현실주의나 도회적 모더니즘을 넘어 분단 해소의 상상력을 작동했다는 의외로움을 가진다. 이 점, 김규동의 매우 독자적인 위상이 아닐 수 없다.

1925년 함북 종성 출생인 그는 1948년에 단신 월남하여 『예술조선』에 「강」이라는 작품을 발표한 이래 1955년 첫 시집 『나비와 광장』을 낼 때까지 주로 언론사에서 활동했다. 『나비와 광장』에 수록된 초기 시편들은 '나비'를 핵심 이미지로 하는 분단 초극의 지향을 보여주었는데, 이러한 인식과 형상은 그의 문학적 스승이었던 김기림의 광범위한 영향 아래서 내면화된 민족 통합의 소망을 표출한 것이다.

이러한 분단 극복의 모더니즘 운동에 정예로 서 있던 김규동은 1962년부터 침묵을 지키면서 생활 전선에 충실하게 뛰어든다. 한국 현대사에 군사정권이라는 새로운 억압체제가 등장한 직후로부터 시작된 그의 침묵은 1970년대 후반에 이르러 민족 현실에 대한 재발견 과정으로 종언을 고하고 새로운 자신의 시세계를 열어가는 과정을 보여주게 되는데, 그 현장이 바로 우리가 여기서 살피게 될 그의 후기 시의 발원이 되는 것이다.

3. 분단 현실에 대한 지성적 통찰과 서정적 개입

1970년대 이후 창작을 재개한 김규동은 그 결실을 모아서
1977년 『죽음 속의 영웅』이라는 시집을 펴낸다. 1970년대의 시
적 상상력은 '유신'이라는 강력한 가부장적 통치체제와 '전태일
분신'이라는 충격적인 사건으로부터 그 형식과 내용이 시작된다.
이 두 가지 축은 당대 시인들로 하여금 지배 세력에 대한 비판적
인식과 민중에 대한 문학적 관심을 본격적으로 가져오게 했다.
이는 경제성장과 물질적 욕망의 팽배, 사회적 의무감과 도덕적·
낭만적 열정이 뒤섞인 한 시대의 문학적 개화를 가져다준다. 이
시기의 시인들은 한편으로 민중 지향적 의식으로 당대 민중들의
삶과 정서를 형상화하고 그를 둘러싼 여러 역학 관계를 집중적으
로 비판하는 흐름을 형성했고, 또 한편으로 가부장적 독재체제에
결핍되고 박탈당했던 자유와 내면의 가치를 옹호하는 흐름을 형
성했다. 이러한 흐름은 『창작과비평』 『문학과지성』 같은 전문지
들의 탄생과 맥을 같이하면서 그야말로 폭발적인 양적 확대와 질
적 심화를 통한 현대 문학사에서 가장 귀중한 축적을 이루게 되
는 것이다.

주지하듯 이때는 유신이라는 분명하고도 명징한 억압체제에
저항하는 방식의 특수성으로 인해 민중적 서정시가 일종의 주류
미학을 건설했다. 이들은 역사주의의 단순성과 사회적 실천행위
의 맹점을 미학적으로 극복함으로써 언어의 저항이 실천적 행동
과는 다르다는 것을 실증해 보여주었다. 『죽음 속의 영웅』은 김규

동 자신의 존재론적 전환에 해당하는 큰 폭의 진경을 열어 보여
줌으로써 이러한 민중적 상상력의 거대한 성취를 이루어낸 실례
일 것이다. 분단 극복 지향의 모더니즘에서 출발한 그의 시적 여
정을 민족사에 더욱 깊이 참여시킨 것은 아무래도 장기화되는 분
단 현실이었을 것인데, 월남 직후에 곧 해소될 것이라고 믿었던
분단 상황이 길어지면서 실향민이기도 한 김규동은 이러한 세기
적 사건에 대한 지성적 통찰과 서정적 개입을 적극적으로 수행하
게 된 것이다. 이 시집에 실린 작품들로 하여 김규동은 모더니스
트라는 그동안의 규정성을 넘어 더욱 온몸으로 민족사의 현장에
참여하게 된 것이다. 그 시집의 표제작은 다음과 같다.

식어가는
마음을
떠받치기에 지친 육체는
가랑잎 구르는 소리를 내며
서천에 비낀
뭉게구름의
이별을 쓸쓸히 여겼다
죽음을 딛고 가는 소리도 들리지 않는
검은 암석 밑에
미래의 언어는
순수하게 죽고
모멸과 비관
교활한 자기학대와 무위
스스로의 처참한 세계를

새롭게 목도하는
밤은
지옥의 불빛을 피하며
미친 듯이 달렸다
탈출
도주
단념
그런 것들이 뒤범벅이 된
평야에 나서면
말없는 사물들이
죽은 듯이 누워 있는
한낮의 고요를
가르쳐준다

(…)

손을 씻고 기다리자
사고의 흔들림과 이동을
다시 태어나기 위해선
소멸되지 않으면 안 된다
오직 하나의 죽음 속의 불씨를 위해
지하의 기계소리로부터 빠져나와
죽음의 고요를 지켜볼 필요가 있다
스스로의 생에 뒤엉킨
모순의 눈물을 귀중히 간직하고

오
차디찬 현실의 허무를 부감(俯瞰)하자
탈출의 용기는
죽음 속의 영웅들 가슴에
남아 있는 유일한 혈흔
고독의 깊은 가슴에
검은 날개는
스스로 기쁨에 넘쳐 퍼덕인다.
―「죽음 속의 영웅」 부분4)

　　이 긴 분량의 작품은 지식인의 운명적 고뇌와 그것의 원인이
되는 부정적 상황을 초극하려는 의지를 함께 보여준다. "죽음을
딛고 가는 소리도 들리지 않는" 엄혹한 부정적 상황에서, 미래의
언어는 죽고 모멸과 비관만 넘치는 세상에서, 시인은 "지옥의 불
빛을 피하며/미친 듯이" 달리던 탈출과 도주와 단념의 시간을 떠
올린다. "하나의 죽음 속의 불씨를 위해" 죽음의 고요를 지켜보는
시인은 마침내 "스스로의 생에 뒤엉킨/모순의 눈물을 귀중히 간
직"하게 되는데, 그렇게 차디찬 현실의 허무를 바라보면서 "죽음
속의 영웅들 가슴에/남아 있는 유일한 혈흔"을 가슴에 남기는 시
인의 모습이 강렬한 의지의 화신으로 다가온다. 김홍진의 다음과
같은 평가는 이 대목을 설명하는 데서 매우 경청하고 참조할 만
하다.

---

4) 김규동, 168-177쪽.

김규동은 분단 극복을 줄기차게 노래하는 한편 실향민과 체제의 권력에 억압받으며 살아가는 민중들의 삶에 따스하고 애정 어린 관심을 보인다. 그럼으로써 그는 1970년대 이후 시대의 지배적 경향이었던 민중 민족 계열의 대표적 시인으로 변신한다. (…) 그는 통일에 대한 윤리적 실천의지를 전면에 내세우고 관념적 통일이 아닌 실향민으로서의 절실한 아픔과 슬픔의 체험을 통해 여타의 민중 민족 문학 계열의 시인들과는 다른 변별적 특질을 획득했다.[5]

여타의 민족 민중 계열의 시인들과 달리 체험적 구체성과 직접성을 가졌던 실향민 시인으로서 김규동은 매우 드물게 진보적 민중 문학의 편에 서게 된 것이다. 이후 김규동은 『오늘밤 기러기떼는』 『생명의 노래』를 잇달아 펴내면서 분단 문학의 최전선에 서게 된다. 이때 이미 그의 시는 분단, 통일, 모성, 민주, 노동 같은 의제로 확장되고 안착되어갔다. 문학 내적 부정의 미학에 골몰하던 한 모더니스트가 분단의 역사성 앞에서 스스로의 각질을 벗고 변혁을 희원하는 리얼리스트로 변모해간 것이다.

그러다가 김규동은 『깨끗한 희망』이라는 시선을 출간했는데, 이 작품집은 김규동 시의 30여 년 역사를 선택적으로 집성(集成)한 미학적 결실로서 분단의 슬픔과 스스로를 향한 역사의식 부여 같은 존재 도약의 순간을 그 안에 잘 담아내고 있다. 그 서문에서 김규동은 "내가 사는 당면한 민족 현실과 거리가 멀다는 것을 깨달음과 동시에 우리의 모더니즘이 절름발이 구실밖에 못했다는

---

5) 김홍진, 「모더니티에서 민중적 현실인식으로의 시적 갱신」, 맹문재 엮음, 『김규동 깊이 읽기』, 푸른사상, 2012, 63쪽.

사실을 아울러 느끼게 되었다"라고 하면서 모더니즘을 넘어 분단 현실에 적극적으로 몸을 내맡기게 된다. 이 모든 것이 "추상적인 이데올로기에 휩쓸리지 않는 인간의 존엄성이며 어머니에 대한 그리움이며 민족 통일에 대한 염원도 전해주는"6) 김규동 시의 문학사적 위상이자 역할이었다고 할 수 있을 것이다.

> 남에서 오신 손님
> 북에서 온 손님
> 마주앉아 이야기 나눕시다
>
> 회담에 앞서
> 언제나 목이 콱 메이는 것이 있으나
> 관례에 따라
> 조용조용 이야기 나눕시다
> 어떻게 하면 우리 전체가 다 살 수 있는가를
>
> 이 위에 30년을
> 이대로 더 살아야 합니까
> 2년도 깁니다 3년도 깁니다
>
> 민족의 제단에 바쳐지는
> 기다림과 속죄의 세월 너무나 길기에
> 아우에게 없는 것은 형이

---

6) 맹문재, 「나비와 광장의 시학」, 같은 책, 156쪽.

형에게 없는 것은 동생이 도와

어떻게 하든

일을 만들어 봅시다

남북회담

아득한 고향 소식이 들릴 듯 말 듯

언제나 서럽기만 한 남북회담

오늘도 칠월달 뜨거운 햇볕만이

텅 빈 가슴에 쏟아져내립니다.

　　　　　　　　　　　　　　　　―「남북회담」[7]

　1980년대 들어 새롭게 펼쳐진 한국 사회의 억압적 권력 구조
에서 남북 관계는 언제나 경색 일로의 과정만을 밟아갔다고 할
수 있다. 김규동의 시선에 이러한 억압 구조에 대한 발본적 비판
이 나오는 것은 짧을 줄 알았던 모순 상황이 너무나 길어졌기 때
문일 것이다. 김규동은 남북회담이라는 절차적 출구를 갈망해보
는 방식으로 이러한 상황에 저항하고 있는데, "남에서 오신 손님"
과 "북에서 온 손님"이 마주앉아 나누는 이야기, 언제나 목이 메
어 조용히 나누는 이야기는 모두 분단을 넘어서는 한 발자국을
가능하게 하는 은유적 힘으로 작용하고 있는 것이다.

　하지만 "우리 전체가 다 살 수 있는가"를 물으면서 시인은 그
렇게 걸어온 길이 더 길어지기만 한다면 "민족의 제단에 바쳐지
는/기다림과 속죄의 세월"이 고단하기만 할 것이라고 생각한다.

---

7) 김규동, 360-361쪽.

아우와 형이 호혜적으로 일을 만들어 아득한 고향 소식이 들리게 끔 하자는 시인의 소망은 그래서 "언제나 서럽기만 한 남북회담" 때문에 상처와 기다림으로만 남게 되는 것이다. 텅 빈 가슴에 쏟 아져 내리는 햇볕은 냉연하게 흐르는 자연 세월을 상징하는 듯하 고 그 땡볕에 자라나는 산하의 굳셈을 믿는 시인의 마음을 견고 하게 은유하는 듯도 하다. 김규동은 이러한 믿음을 더욱 굳건하 게 함으로써 전쟁 미체험 세대에게 훌륭한 분단 문학의 전범으로 남게 되었다. 문익환 목사의 방북 사건을 목도하면서 쓴 다음 작 품이 그러한 수범 사례가 되어줄 것이다.

오늘밤
휴전선 찬 하늘 날아오르는
저 기러기떼는
필시 두만강 그리운 소식 갖고 오는
반가운 손일 것인데
감방에 묶인 몸이
나가 맞지 못하고
귀만 쫑그리네

세떼는
시멘트 집이 하도 들어차
삭막한 서울에는 앉지도 못하고
남으로 남으로 내려가는데
들릴 듯 말 듯
밤하늘에 퍼지는 새의 울음소리를

검은 구둣발 소리
무참히 지워버리네.
　　―「오늘밤 기러기떼는: 문익환 님께」[8]

　"오늘밤/휴전선 찬 하늘 날아오르는/저 기러기떼"는 바로 북
으로 가서 "두만강 그리운 소식 갖고 오는" 문익환 목사의 은유
일 것이다. 문익환 목사가 감옥에 갇히고 나서 시인은 새떼가 남
하하는 순간에 "들릴 듯 말듯/밤하늘에 퍼지는 새의 울음소리"를
짓밟는 "검은 구둣발 소리"야말로 통일을 막는 분단 고착 세력의
그림자임을 노래한다. 문익환 목사의 역사적 방북은 이후 남한
통일 운동의 한 정점으로 평가되기에 이르는데, 당시 그의 방북
을 두고 소영웅주의적 행동이라고 매도한 이들은 그의 의지와 실
천이 가지는 진정성에 대해서는 한결같이 냉담했고 침묵했다. 하
지만 그는 미움보다는 사랑, 분열보다는 화해, 원한보다는 믿음
과 화합이 우리가 선택해야 할 길임을 보여준 평화의 사제(司祭)
였다. 방북 직전인 1989년 새해 첫날 문익환은 「잠꼬대 아닌 잠꼬
대」라는, 이제는 그의 대표적인 시적 브랜드가 된 역설의 시편을
우리에게 선명하게 남기고 있다. 김규동의 「오늘밤 기러기떼는」
과 마치 화답을 하는 듯한데, 결국 두 작품은 문학사의 뚜렷한 상
생의 족적으로 남게 되었다.

　난 올해 안으로 평양으로 갈 거야
　기어코 가고 말 거야 이건

────────
8) 김규동, 458쪽.

잠꼬대가 아니라고 농담이 아니라고
이건 진담이라고

누가 시인이 아니랄까봐서
터무니없는 상상력을 또 펼치는 거야
천만에 그게 아니라구 나는
이 1989년이 가기 전에 진짜 갈 거라고
가기로 결심했다구
시작이 반이라는 속담 있지 않아
모란봉에 올라 대동강 흐르는 물에
가슴 적실 생각을 해보라고
거리거리를 거닐면서 오가는 사람 손을 잡고
손바닥 온기로 회포를 푸는 거지
얼어붙었던 마음 풀어버리는 거지
난 그들을 괴뢰라고 부르지 않을 거야
그렇다고 인민이라고 부를 생각도 없어
동무라는 좋은 우리말 있지 않아
동무라고 부르면서 열 살 스무 살 때로
돌아가는 거지

(…)

난 걸어서라도 갈 테니까
임진강을 헤엄쳐서라도 갈 테니까
그러다가 총에라도 맞아 죽는 날이면

그야 하는 수 없지
구름처럼 바람처럼 넋으로 가는 거지
—「잠꼬대 아닌 잠꼬대」부분[9]

　이 시편에 가득한, 마치 어린아이 같은 맑고 고운 눈빛과 그와
상반될 것만 같은 강렬한 실천의지는, 그의 신앙과 민족 통합의
꿈을 이끌어간 근본적인 두 가지 힘이다. "난 걸어서라도 갈 테니
까/임진강을 헤엄쳐서라도 갈 테니까/그러다가 총에라도 맞아
죽는 날이면/그야 하는 수 없지/구름처럼 바람처럼 넋으로 가는
거지"라는 시의 마지막 연은 그 같은 행동의 진정성과 절박성을
잘 표현한다. 그리고 그해 4월 "역사를 산다는 것은 벽을 문으로
알고 부딪치는 것"이라고 했던 그대로, 그는 영원히 깨지지 않을
것 같은 분단의 장벽을 돌파했다. 그 후 그의 몸은 감옥에 갇혔지
만, 통일을 향한 아래로부터의 봇물은 터져 아무도 막을 수 없는
것이 되었다.
　결국 김규동과 문익환은 분단이라는 무자비한 괴물과 대결하
여 싸운 시인들이다. 문익환을 두고 김규동이 이렇게 정서적·실
천적 연대의 손을 내민 것은 우리 문학사에서 매우 귀한 순간이
아닐 수 없다. 이처럼 분단이라는 상황과 온몸으로 싸워온 김규
동의 시는 실천적 연대를 통해 수많은 분단 극복의 우호적 동료
들을 생성해낸다. 함북 출신의 월남 문인이 반공 이념에 갇히거
나 보수화되지 않고 끝끝내 분단을 넘어서고자 하는 열망과 의지
를 지속적으로 보여준 것만으로도 김규동 후기 시의 문학사적 의

---

9) 문익환, 『두 하늘 한 하늘』, 창비, 1989.

미는 돌올하고 깊다 할 것이다.

4. 통찰과 증언으로서의 문학

우리는 1990년대 들어 출간된 『생명의 노래』 이후 김규동 시의 언어적 국면이 더욱 새롭게 전개되는 순간을 맞이하게 된다. 1980년대까지 분단 극복의 에너지를 분출했던 김규동의 말년 시편들은 민족 현실에 대한 통찰과 증언으로 더욱 깊어져간다. 가령 김규동은 조국의 역사적 현실에 대한 서정적 개입의 단계를 지나 이제는 가장 심원한 지적 통찰로 그 무게 중심을 옮겨간 것이다. 김규동의 시가 민족 문학으로서의 탁월한 자산이 될 수밖에 없는 까닭이 이때 적극적으로 생성된다. 또한 기억의 속성과 예언의 속성이 결속하면서 그의 시는 증언으로서의 면모가 강하게 부각되는데, 그럼으로써 김규동의 후기 시편들은 한결같이 당대 민족 문학의 정점에 서는 계기를 스스로 만들어가게 된다. 구체적 지명과 당대의 세목이 살갑게 드러나는 체험과 기억의 시편들이 이 시기를 장식하고 있는 것이다.

바람이 불고
물소리 출렁여도
너와 나의 말소리는
남아 있을 게다
형상은 그 자리에 있지 않아도
추억이 남았듯이
우리들의 음성은 영원 속에 남아 있을 게다

강가에

진달래 피고 새싹은 돋아

봄빛 설레일 때

두 사람의 시선은

출렁이는 물 위에 남아 있을 게다

아무리 이별이 길다 하여도

타는 눈동자만은 별빛처럼 박혀 있을 게다

경계선을 넘어

봄바람 오락가락하는데

우리들의 음성은

강가, 그 자리에 남아

결코 사라지지 않을 게다.

　　　　—「연가: 두만강」[10]

　　김규동은 두만강을 향한 사랑의 노래를 통해 물과 바람의 경계를 뚫고 "너와 나의 말소리"에 가닿는 진경을 연출한다. 형상은 사라져도 추억은 남듯이, 그 목소리는 영원 속에 남아 있을 것이니까 말이다. 자연 그대로인 두만강 주변 풍경은 아직도 "두 사람의 시선"을 각인하는 상상적 자산이 되어준다. 이별이 길지라도 "타는 눈동자"는 별빛처럼 박혀 있을 것이고, "우리들의 음성" 또한 강가에 남아 사라지지 않을 것이라고 힘주어 노래하는 목소리에 의해 '연가'는 '비가'(悲歌)로 몸을 바꾼다. 이렇듯 어떤 시절에 대한 연가는 지금은 그 모든 것이 사라져버린 것에 대한 애도

---

10) 김규동, 544쪽.

와 추억으로 변화하게 된다. 김규동 시학의 지적 통찰과 서정적 그리움은 이 지점에서 행복한 통합을 이룬다.

2000년대 들이시 출간된 『느릅나무에게』에서 김규동은 마침내 디아스포라 시인으로서 분단 극복의 의지를 완성해낸다. 사향(思鄕)의 심도도 더해진 이 대표 시집에서 시인은 민족과 고향, 시대와 내면, 사랑과 도전의 서사를 더욱 굳건하게 구축해간다. 팔순을 맞아 출간한 이 시집에서 김규동은 "인격과 품성의 잘못은 나에게 있지만 다른 한편 절반의 책임은 분단에 있다"라고 썼는데, 상황적 독법을 가능케 하는 서정적 기품이 돋보이는 다음 시편에서 우리는 김규동 시학의 완결성을 보게 된다. 이때로부터 시인은 맑고 간결한 서정성에 깊이 의존하게 된다.

나무
너 느릅나무
50년 전 나와 작별한 나무
지금도 우물가 그 자리에 서서
늘어진 머리채 흔들고 있느냐
아름드리로 자라
희멀건 하늘 떠받들고 있느냐
8·15 때 소련병정 녀석이 따발총 안은 채
네 그늘 밑에 누워
낮잠 달게 자던 나무
우리 집 가족사와 고향 소식을
너만큼 잘 알고 있는 존재는
이제 아무 데도 없다

그래 맞아
너의 기억력은 백과사전이지
어린 시절 동무들은 어찌 되었나
산 목숨보다 죽은 목숨 더 많을
세찬 세월 이야기
하나도 빼지 말고 들려다오
죽기 전에 못 가면
죽어서 날아가마
나무야
옛날처럼
조용조용 지나간 날들의
가슴 울렁이는 이야기를
들려다오
나무, 나의 느릅나무.
　　—「느릅나무에게」[11]

　반세기 전 작별한 느릅나무는 "8·15 때 소련병정 녀석이 따발
총 안은 채" "그늘 밑에 누워" 낮잠 자던 어떤 시기적 상징성을 품
고 있다. 아직도 그 자태 그대로 있을 느릅나무에게 시인은 "우리
집 가족사와 고향 소식"을 의탁한다. 어린 시절 동무들과 세찬 세
월의 이야기를 들려달라는 간절한 마음에 "옛날처럼/조용조용
지나간 날들의/가슴 울렁이는 이야기"가 들리는 듯하다. 그래서
"나무, 나의 느릅나무"라는 호명이 가능해진 것이다. 이러한 침

---

11) 김규동, 654-655쪽.

잠의 시편에 이어 전집의 미간 시편으로 편제된 작품들 가운데서 우리는 소리 높여 외치는 절규의 목소리가 아니라 내면으로 가라앉은 침잠의 목소리를 택한 후기 김규동 시의 심미적 면모를 약여하게 바라보게 된다. 이러한 마음을 담은 대담 자료 가운데서 한 대목을 읽어보면 다음과 같다.

어머니에 대한 글은 돌아가지 못하는 이북 고향 땅을 그리면서 쓴 것이 태반인데 이런 것들이 서정성을 지녔다면 다행한 일이지요. 시는 원래 서정시로부터 시작되는 것 아닙니까? 또 비평정신과 저항정신은 시인이 살아 숨 쉬는 존재인 이상 그 누구에게 있어서든 침전물처럼 시인의 내부에 존재해 있기 마련이지요. (…) 다시 말하면 비평정신이자 예술정신, 반항정신이자 예술적 승화라는 공식을 생각해볼 수 있겠군요.[12]

서정시에 대한 원초적 믿음과 그것에 저항성을 얹어 한순간의 예술적 승화를 이루어내는 과정이 그에게는 시작(詩作)의 본질이었던 셈이다. 그러한 본질 자각의 힘으로 시인은 말년에 아름다운 기억의 서정시편들을 다수 쏟아내게 된다. 이 시편들은 한결같이 김규동 후기 시의 문학사적 의미를 알려주는 구체적인 표지(標識)들일 것이다. 아름다움과 치열함은 이러한 사례들을 통해 결합하게 된다.

이북에서 편지가 온다면

12) 김규동·문창길 대담, 「먼 이야기보다 가까운 이야기를 쓰다」, 맹문재 엮음, 앞의 책, 357쪽.

받아볼 수 있을 텐데

아직
살아 있으니

누님은 편지 못 쓴다
쓰지 못하게 하는 거다

나 또한 편지 써도 부칠 데가 없다
이북에도 이남에도 가지 못하는 하늘 아래의 편지들.
　　　　　　　　　　　　　　—「편지」[13]

함경북도
우리 고향 아득한 마을

행준네 넓은 콩밭머리에
이 아침 장끼가 내렸는가 보아라

칙칙거리기만 하고
아직 못 가는 이 기차

해는 노루골 너머에서
몇 자쯤 떴는가 보아다오.

---

13) 김규동, 859쪽.

—「아침의 편지」[14]

이북에서 오는 편지는 상상적인 것이고, 편지 써도 부칠 데가 없는 '나'의 현실은 실제적인 것이다. 그렇게 "이북에도 이남에도 가지 못하는 하늘 아래의 편지들"이야말로 민족 현실의 적실한 은유로 김규동 후기 시편에 남은 것이다. 뒤의 작품에서는 "함경 북도" "행준네" "노루골"을 선명하게 표기한 "우리 고향 아득한 마을"로 부치는 편지 형식을 취했다. 고향에 대한 그리움과 그 사 실적 세목을 놀라운 서정성 속에서 그려내고 있다. 아직 가지 못 하는 기차야말로 분단 현실을 그대로 보여주는 상관물일 것이다. 그래서 이 작품에는 "고향집과 마을, 그리고 주변의 정겨운 정서 가 고스란히 재현되어"[15] 있는 것이다.

이처럼 김규동은 부정적인 세계를 향한 변화의 의지와 집념을 청년 못지않게 간직한 채 노경에 이르러서도 자신에 대한 엄격함 과 시인으로서의 자존감을 끝까지 지켜내다가 타계했다. 따라서 우리는 그의 시가 비유와 상징의 언어적 속성보다는 해방과 전쟁 과 분단을 모두 겪은 세대로서의 증언(證言)적 속성이 강했다고 해석할 수 있을 것이다.

5. 선 굵은 기억과 증언

전후 시단의 전개를 전쟁이라는 물리적 힘과 그에 대응하는 또

---

14) 김규동, 652쪽.
15) 이동순, 「김규동 시세계의 변모 과정과 회복의 시정신」, 맹문재 엮음, 앞의 책, 36쪽.

하나의 정신적 힘의 응전으로 읽는 독법은 그 유용성에도 불구하고 또 하나의 부분적 결함을 필연적으로 가질 수밖에 없다. 전후 시단이 전쟁에 대한 응전의 성격을 띨 경우 그것은 대개 불타는 적개심으로 대표되는 반공 이념의 재생산에 기여하는 정도로 인식되거나 또는 수세적 허무주의에 깊게 침윤된 추상적 인간주의에서 근본적으로 자유로울 수 없기 때문이다. 그럴 경우 전후 시단은 기껏해야 '후반기' 중심의 모더니즘 운동 영역으로 협애하게 대표화되거나, 민족 문학의 결여태라고 안타까워만 하는 태도를 불러일으키기 십상이다. 전후 시사를 그렇게 이해할 경우 그러한 시각은 그 이후의 시사를 뛰어난 몇몇 예외적 개인에 국한하여 기술하게 되고 4·19 혁명의 의미를 평지돌출의 분수령으로 신비화할 수밖에 없게 된다.

우리는 이러한 생각 곧 전후의 시적 전개가 단층적 성격을 띠었다기보다는 1950년대 후반부터 강한 정념(情念)과 가치관으로 맹아를 보이기 시작한 민족 통합 또는 참여 지향의 궤적이 매우 의미 있는 실천이었다는 생각 아래, 이 시기를 엄청난 공동기(空洞期)로 이해하는 것이 실증적 오류라는 것을 증명할 수 있게 된다. 그만큼 우리가 전후 시단을 두고 리얼리즘과 모더니즘의 대립적 힘겨루기의 판세로 독법을 택할 경우, 민족 문학의 공백기라는 퇴영적이고 비관적인 결론을 피할 길은 없어 보인다. 여기서 우리는 김규동이라는 존재의 문학사적 의미가 이러한 설명의 사례로 적극 인용되어갈 것이라고 생각해본다.

그러나 더욱 중요한 것은 김규동이 1970년대에 들어서면서 걸어간 민족 시인으로서의 길이 아닐까 한다. 순수서정이라는 어사(語辭) 안에 착색되어 있는 고고벽(孤高癖)이나, 현실을 관념적으로 끊임없이 속악화하고 자신과 이질화함으로써 얻어지는 청정감 내지는 자기만족을 넘어서, 김규동은 한 시대를 총체적으로 읽어내는 독법을 통해 민족 동합의 차원에서 자신의 시를 써갔기 때문이다.

전후 모더니스트로 산뜻하게 출발해 '후반기' 동인을 지나 문명 비판의 시를 주로 썼던 김규동은 1970년대 이후 큰 존재론적 전환을 치르면서 민족 문학의 장강대하로 흘러온다. 그러한 과정은 분단 경험과 관련되는 민족 현실의 발견을 통해 형성되고 확장되어갔다. 이때로부터 감상(感傷)과 난해의 벽을 넘어 김규동의 시는 민족 문학의 테두리로 들어오게 되었고 백낙청, 고은, 박태순 등과 함께 문단의 민주화운동에 치열하게 참여했다. 이 시기의 김규동 시편은 남북 분단에 대한 경험적 통한과 한국 사회의 여러 국면에 대한 비판적 개입과 함께 깨끗한 슬픔을 통한 비극적 서정성을 담아내는 데 주력했다. 이 시기의 김규동 시는 맑고 간결한 서정성에 깊이 의존했다는 점, 소리 높여 외치는 절규의 목소리가 아니라 내면으로 가라앉은 침잠의 목소리를 택했다는 점, 비유와 상징의 언어보다는 해방과 전쟁과 분단을 모두 겪은 세대로서의 증언(證言)적 속성이 강하다는 점을 그 특징으로 견지했다고 할 수 있을 것이다. 이 점, 김규동 시의 치열한 변모 과정과 함께 중요한 문학사적 사건으로 기록될 만하다. 결국 김규동의 후기 시는 우리 사회 변혁 과정에 섬세하고도 선 굵은 기억과 증언을 염결성으로 보여준 확연한 범례였다고 할 수 있을 것이다.

김규동이 본 김수영

김응교 숙명여자대학교 교수

    1925년 반도의 최북단 두만강이 흐르는 함경북도 종성에서 한 아기가 태어났다. 명동학교에서 윤동주의 외삼촌 김약연에게 교육받았던 부친은 작은 병원을 운영하던 의사였다. 늘 환자가 많은 병원집 아들의 위로 누나 두 명, 아래로 남동생이 있었다. 경성고보에 입학한 그는 『조선일보』 학예부장으로 있다가 총독부가 폐간시키자 경성고보 선생으로 온 김기림을 만난다. 아버지의 권유로 의대에 진학했으나, 김기림의 가르침에 영향을 받고 22세였던 1947년 평양종합대학(지금의 김일성대학) 조선어문학과 2학년으로 편입한다. 『문장』을 읽으며 문학을 공부하고 싶었으나 유물사관, 러시아어, 공산당사, 레닌주의 등을 배우고 미제를 비판하는 사상토론을 하면서 그는 더 이상 북녘에서 견딜 수 없다는 생각을 한다. 1948년 1월 그는 남쪽으로 월남한다.

    그는 바로 김규동으로, 23세에 김기림의 소개로 노량진에 있는 중학교에서 교사로 있으면서 『예술조선』에 「강」을 발표하면서 등단한다. 남쪽에 와보니 문단의 거두 중 많은 이들이 북쪽으로 가고 소장파만 남아 있는 상황이었다. 2년 동안 교사로 일하던 그는 6월 25일 한국전쟁이 발발하고 서울로 진군해오는 인민군을 목도한다.

또 다른 아이는 조금 일찍 태어났다. 1921년 11월 27일, 신유 (辛酉)년 닭띠 해, 음력 10월 28일이니 아침에는 제법 추운 초동 (初冬)이었다. 늦가을에서 겨울로 넘어가는 시기에 눈이 또렷한 아이가 서울시 종로에서 태어났다. 잔병치레가 잦았던 소년은 집 건너편 계명서당(啓明書堂)에서 『천자문』 『학어집』 『동문선습』 을 읽는다. 6학년 가을 운동회를 마치고 장티푸스에 걸리고, 폐렴 과 뇌막염까지 걸린 소년은 이후 학교에 가지도 못한다. 1934년 은 내내 병을 앓다가 가까스로 1935년에 선린상업학교 전수부 야간에 입학한다.

1941년 12월, 선린상업학교를 졸업한 22세의 청년은 일본으로 건너가 조후쿠 고등예비학교를 거쳐 쓰키지 소극장의 창립 멤버 였던 '미즈시나 하루키(水品春樹) 연극연구소'에 들어가 연출 수 업을 받는다. 1943년 23세 때 그의 가족은 태평양전쟁으로 경성 시민의 생활이 극도로 어려워지자 만주 길림성으로 이주한다. 거 기서 연극을 하다가 8월 15일 해방되자마자 9월, 그의 가족은 갖 가지 고생을 하며 귀국한다.

해방공간기 그는 박인환이 경영하던 마리서사(茉莉書舍)에서 당시 첨단을 걷던 김기림, 김광균, 오장환, 김병욱, 이시우, 박일영 같은 예술가들과 만난다. 이 무렵 연극을 하다가 시로 전향한 그 는 이미 상당한 습작을 하고 있었으며, 광복 후 최초로 나온 동인 지 『예술부락』에 「묘정(廟庭)의 노래」를 발표한다. 극장 간판을 그리기도 했던 그는 마리서사가 사라지고 얼마 뒤 전후 모더니 즘의 효시로 '신시론'의 동인지 『새로운 도시와 시민들의 합창』

에 「공자의 생활난」을 발표한다. 그는 김수영(金洙暎, 1921~68)이다. 얼마 뒤 한국전쟁이 발발할 때, 그는 인민군에 참여했다가 탈출했는데 서울에서 체포되어 거제리 포로수용소에서 2년 넘게 감금된다.

김규동과 김수영이 만나기까지 이력을 짧게 살펴보았다. 한국전쟁을 통해 이들은 1951년에 만난다. 김규동은 1950년대에 '후반기' 동인으로 활동하다가 1960년 4·19 이후 거의 활동하지 않는다. 이후 20년이 지난 1970년대부터 사회 문제를 직시하는 모더니스트로 활동한다. 한편 김수영은 1960년 4·19 이후 가장 활발하게 활동하다가, 1968년에 사망한다. 김수영은 1970년대 이후 김규동이 어떤 모습을 보여주었는지 전혀 모르고 사망했다. 당연히 김수영이 김규동을 기억하는 것은 1950년대 '후반기' 멤버인 김규동이며 작품이 아닌 친구로 알고 지낸다. 반면에 김수영보다 43년을 더 생존한 김규동은 김수영 사망 후 43년간 김수영을 회상하고 평가할 수 있었다. 당연히 김규동이 김수영을 평가하는 글이나 자료가 많다. 그중에 가장 주목되는 세 가지 자료가 있다.

첫째 「소설 김수영」[1]은 해방 직후에서 1960년대 초반까지 알려지지 않은 김수영의 모습을 복원한 글이다. 둘째는 「대한민국 대표 시인 김수영」[2]이다. 이 글은 앞서 썼던 「소설 김수영」을 보강하는 자료도 있고, 그간의 인터뷰나 자료에서 공개한 논의를 총망라한 구어체로 쓴 회고담이다. 셋째는 두 가지 자료와 더불

---

1) 김규동, 「소설 김수영」, 김명인·임홍배 엮음, 『살아 있는 김수영』, 창비, 2005.
2) 김규동, 「대한민국 대표 시인 김수영」, 『나는 시인이다』, 바이북스, 2011. 이 책 전체가 "~지 뭐예요"라는 식의 구어체로 쓰여 있다.

어 고운기 시인이 진행했던 김규동 선생과의 대담[3]이다. 세 가지 자료로 두 시인의 관계를 살펴보려 한다.

두 시인은 어떻게 만났을까. 그들은 어떤 문우였을까. 두 사람의 시력(詩歷)을 어떻게 평가할 수 있을까. 이 글의 관심은 김규동과 김수영, 두 사람이 함께 공유한 지평을 살피는 데 있다. 김규동은 김수영 외에도 김기림, 박인환, 천상병, 박거영 등에 대해 알려지지 않은 사건과 평가를 남겼다. 김규동의 이러한 평가는 한국문학사의 균열을 메꾸는 중요한 자료이며, 아울러 김규동 자신의 시각을 볼 수 있는 중요 정보다.

1. 첫 만남

해방 후 월남한 김규동은 문인들이 많이 모이는 '플라워다방'에서 김동리, 조연현, 김광규, 그리고 『문장』으로 등단한 조지훈, 박목월 등을 만난다. 모더니스트들은 주로 종로에 있는 박인환의 책방 마리서사(1945~48)에서 모였다. 마리서사에 '신시론'의 동인인 김경린, 임호권, 이시우, 김기림, 김광균, 오장환, 이한직 등이 모여서 짜장면도 시켜 먹으며 모임을 가졌다. 1948년 등단할 때 김규동이 가진 생각은 모더니즘이었다.

모더니즘이었지요. 김기림 선생님의 시론이 꽉 차서 벗어나지 못한 것인데, 쓰는 것도 생각하는 것도 문단의 상황은 전혀 마음에 들지 않고, 친구도 없었으니까요. 그러다가 박인환, 김

---

3) 김규동·고운기 대담, 「민중의 아픔을 껴안은 모더니스트」, 『문장 웹진』, 2006년 3월호. 이후 '김규동·고운기 대담, 2006'으로 표기한다.

수영을 만났습니다. 박인환은 1949년, 김수영은 1951년에 만났습니다. 그 사람들을 만나니 다 알고 대뜸 나를 보고 "너 김기림의 제자이지"라고 하면서, 김수영은 "김기림 무섭지 않아"라고 말했고, 박인환은 "김기림은 엘리트야. 배울 점이 있지만 다는 아니야"라고 했습니다. 명동에 나오면 젊은 사람들이 모이는 다방에서 박인환을 만났습니다. 키가 크고 얼굴이 훤하게 생겨서 정지용 선생이 영화배우 하라고 하셨고, 누구에게나 친교를 잘 맺고 사교술이 능했습니다.[4]

김규동이 박인환을 본 때가 1949년이니 박인환이 마리서사를 경영했던 1945년부터 1948년 이후다. 김경린, 임호권, 박인환, 김수영, 양병식의 5인 사화집 『새로운 도시와 시민들의 합창』에 김규동 이름은 없다. 사실 『새로운 도시와 시민들의 합창』의 시세계는 리얼리즘과 모더니즘의 양쪽에 걸쳐 있었다. 임호권과 김병욱이 월북하고, 김수영은 거리를 두면서 이들은 오히려 선배인 임화(林和)의 노선을 따랐기 때문이다.

"김수영은 1951년에 만났습니다"라고 김규동은 증언했다. 그런데 1951년이면 김수영이 포로수용소에 갇혀 있는 시기다. 6·25가 발발하고 김수영은 8월 인민군에 징집되어 갔다가 평안도 순천에서 탈출한다. 서울로 왔지만 간첩 혐의를 받고 고문을 받고, 1950년 11월 11일 부산 거제리 제14야전병원을 거쳐 거제리 포로수용소에 수감된다. 김수영은 1952년 11월 28일에야 석방된다. 김규동의 회상글을 읽어보면 전쟁 전에 김수영을 만

---

4) 김규동·고운기 대담, 2006.

났다는 기록은 없다. "포화에 무너지고 폭격에 부서져 불타버린 6·25 직후의 명동"을 회상하면서 명동에서 김수영을 봤다고 한다. "'제일다방' '모나리자'를 지나 시공관 쪽을 향해 걸어가고 있는 김수영과 박인환의 뒷모습이 보인다"[5]라고 회상했지 대화 나눈 기록은 없다. 이후에 깊이 있게 김수영과 대화를 나눈 것은 김수영이 석방된 1953년이다.

> 53년 여름일 게다. 피란 가 있던 부산, 그곳 대청동 거리에서 나는 누더기 셔츠 바람에 구멍 뚫린 바지를 걸친 수영을 만났다. 그가 거제 포로수용소를 갓 나왔을 무렵이다. 틀림없는 거지꼴이었다. 수영이 본시 거지를 좋아하기는 했지만 이렇게 초라한 꼴로 대청동 거리에 나타난 것은 뜻밖이었다. (…) 특히 수영은 세상이 이렇게 썩고 위태로운 판에 모더니즘이 다 뭐냐고 화난 소리로 우리를 나무라기도 했다.[6]

김규동은 김수영을 만났던 1953년 여름에 김수영의 풍모, 화난 소리까지 정확히 기억하고 있다. 그렇다면 『문장웹진』에서 고운기 시인과 나눈 대화는 정리하는 과정에서 착오가 발생했을 수도 있다. 김수영이 수감돼 있던 포로수용소에 박인환이 갈 때 동행한 것인지, 김규동 시인에게 확인해볼 수 있었겠으나 고인이 되신 지금은 확인할 길이 없다.

다만 1953년에 김수영이 했던 "세상이 이렇게 썩고 위태로운

---

5) 김규동, 「소설 김수영」, 김명인·임홍배 엮음, 『살아 있는 김수영』, 창비, 2005, 254쪽.
6) 같은 글, 257쪽.

판에 모더니즘이 다 뭐냐고 화난 소리"에 김규동은 이미 공감하지 않았을까 싶다. 1955년에 김규동이 쓴 글을 보면 이미 조향식의 초현실주의와는 거리를 두고 있기 때문이다.

시인도 역시 참혹한 현실 사회의 비극과 그 경사(傾斜)의 한 지점에 위치하여 스스로의 절망과 피곤을 면치 못하면서 생을 영위해가는 한 사회의 작은 구성 '멤바'에 지나지 않는 것이다. 그러므로 그의 정신은 항상 그가 위치하고 있는 역사적 사회 현실에 대하여 강약의 차는 있을지언정 어떤 저항을 가지게 되는 것이며 그러한 저항의 저류에는 그만이 가질 수 있는 이상이, 미적 세계가 숨어 있을 것이 분명하다.[7]

또한 『새로운 도시와 시민들의 합창』에 담긴 작품에 대해서도 김규동은 네오리얼리즘의 특성을 간파했다.

1950년 전반기를 토대(土臺)로 새롭게 일어난 『새로운 도시와 시민들의 합창』의 시인들은 시론으로 볼 때는 '네오리얼리즘'에 근사(近似)한 것이나 그런 구획분류를 내릴 수도 없다.[8]

세계나 대상을 있는 그대로 묘사하는 영화의 방법론을 네오리얼리즘이라고 하는데 김규동은 김수영 시에서 네오리얼리즘에 '가깝고도 비슷한'(近似) 가능성을 느꼈을 것이다.

북쪽에서 사상의 자유를 억압받는 경험을 했던 김규동은 단순

---

7) 김규동, 『새로운 시론』, 산호장, 1959, 35쪽.
8) 김규동, 「신시 40년」, 같은 책, 1959.

히 언어 놀이나 초현실을 논하는 상상 놀이만으로 시를 정의할수는 없었다. 김규동이 말하는 현실은 시인 내면의 현실을 의미히면서도, "역사적 사회 현실"을 의식하고 있는 것이 분명하다."저항의 저류에는 그만이 가질 수 있는 이상이, 미적 세계가 숨어있을 것이 분명하다"는 진술은 그의 시가 1970년대에 참여적 모더니즘으로 변하기 전에 이미 의식의 단초가 있었다는 것을 확인할 수 있다. 김수영과 박인환을 비교해달라는 고운기 시인의 질문에 김규동은 명확하게 비교한다.

> 김수영은 민중에 대한 감정이 거리가 없는데, 박인환은 민중과 나와의 거리가 있습니다. 책에서 배운 모더니즘의 분량이 많은 데 비해 김수영은 생활에서 가진 모더니즘이 풍부하고 감정이 많습니다. 박인환은 너무 서구화되고 김수영은 한국적인 모더니즘입니다. 김수영은 양계를 했는데 노동을 하면서 일상 생활의 어려움을 뼈저리게 가지고 있었습니다. 박인환은 취직을 한 적도 없고, 민중하고 밑바닥 생활의 접촉이 없었습니다. 4·19 이후까지 박인환 시인이 살아 계셨어도 현실에서 김수영처럼 될 수 없었을 것입니다. 서구적인 문체, 서구적인 사고, 서구적인 속도·문명·변화 이런 것에의 흥미이지, 김수영의 땀냄새 나는 흥미가 아닙니다. 두 사람이 손잡을 수 없습니다.9)

김규동이 김수영과 박인환을 구별하는 잣대는 명확하다. "민중하고 밑바닥 생활의 접촉이" 있는가 하는 점이다. 지금까지도

---

9) 김규동·고운기 대담, 2006.

김수영을 도시적 모더니스트라고만 보는 평자가 많은데, 김규동은 김수영 시인을 "양계를 했는데 노동을 하면서 일상생활의 어려움을 뼈저리게 가지고 있"는 시인이라며 노동하는 인간이라고 적극적으로 평가한다.

2. 후반기 동인과 모더니즘

1930년대에 이상, 정지용, 김기림 등에 의해 개화되었던 모더니즘은 해방 후 박인환, 김경린, 조향 등에 의해 이어진다. 해방 후 모더니즘은 '신시론'과 '후반기' 동인에 의해 전개된다. 후반기란 1950년 이후, 곧 20세기 후반(後半)이라는 뜻이다. 앞서 '신시론'에 모였던 시인들의 문제의식을 해체하고 다시 계승한 모더니즘 운동이었다. 한국전쟁 중에 피란 도시 부산에서 김규동은 '후반기' 동인으로 3년 동안 활동한다. 느슨하게 출발했지만 곧 '후반기'의 동인은 박인환, 김경린, 김규동, 이봉래, 조향, 김차영 등 6명으로 확정된다.

> 1·4 후퇴 때 조지훈, 조병화와 함께 부산으로 갔습니다. 3년 동안 부산에서 사는데 거기서 '후반기' 동인을 했습니다. 그리고 『연합신문』 기자를 했는데, 저보고 모든 연락을 맡으라고 해서 '후반기' 동인지를 도맡아 했습니다.
> (…) 순수문학, 문예파, 청록파 여기에 대한 비판을 하자는 것이었습니다. 우리 문학에 대한 노선을 세우자는 것이었습니다. 순수파나 청록파를 비판하자는 것이 우리의 생각이었습니다. 『연합신문』에 우리 회원들의 글을 싣는데 매일 비판이 있

었습니다. 문총 문인들의 모임, 박종화나 모윤숙 같은 이들이
우리 보고 해체하라고 했습니다. 김동리의 소설을 비판도 했습
니다. 김동리, 조연현, 박두진, 박목월이 우리를 싫어했습니다.
길에서 만나도 인사를 안 했습니다.[10]

한국전쟁 때 '후반기' 활동을 했던 김규동은 50년이 지나 이를
비판적으로 회고한다. 가령 조향에 대해서도 "상식을 벗어나는
일을 하면 주목받지 못합니다. 조향도 종래의 상식을 벗어난 사
람입니다. 그 가치를 생각하면 에즈라 파운드처럼, 같은 것을 하
지 말고 다른 것 하는 사람이 있어야 한다고 생각합니다"[11]라며
차갑게 평가한다.

한국전쟁 이후 1950년대 모더니즘은『현대의 온도』『전쟁과
음악과 희망과』『평화에의 증언』에 의해 전개된다. 알려진 바처
럼 김수영은 '후반기' 동인과 모더니즘 활동에 대해 비판적인 태
도를 견지했다. 그런데도 주로 모더니즘 시인이 주축인 앤솔러지
책을 함께 낸 것은 주목해야 할 것이다.

1957년 김종문, 이인석, 김춘수, 이상로, 임진수, 김경린, 김수
영, 김규동, 이흥우가 쓴 9인 앤솔러지『평화에의 증언』이 출간된
다.『평화에의 증언』표지에는 저자가 적혀 있지 않지만 판권을
보면 '저작 대표 김규동'으로 쓰여 있다.

지금으로 보면 다소 낯선 시인도 보이지만, 당시에는 촉망받는
신진 시인들이었다. 이 앤솔러지에 실린 시인들도 성향이 다양하
고 폭이 넓다. 두 시인의 예를 들자.

---

10) 김규동·고운기 대담, 2006
11) 같은 글.

1917년 황해도에서 태어난 이인석(李仁石, 1917~79)은 평안남도 도립도서관장으로 재직하다가 해방 후 월남하여 인천에서『경인일보』논설위원을 지낸다. 1948년『백민』(白民)에 김광섭의 추천으로 데뷔했고, 특히 시극(詩劇)을 발표하여 연극과 시를 접목하는 시도를 보였다. 1961년 현실고발적인 제2시집『종이집과 하늘』을 냈고, 1980년 유고 시집『우짖는 새여, 태양이여』를 낸다.

1916년 경기도 부천에서 태어난 이상로(李相魯, 1916~73) 시인은 1946년 조선청년문학가협회 회원이 되면서 작가생활을 시작한다.『민성』(民聲) 편집장, 공군종군문인단에 입단하여 공군기관지『코메트』의 편집장, 전쟁 후 서울신문사 월간부장,『동아일보』기자 등을 역임한다. 시집으로는『귀로』(歸路)『불온서정』(不穩抒情)『세월 속에서』『이상로 전시집』이 있다. 시는 관념적이면서도 동양적인 미학을 보여주는데, 그의 산문은 현실고발성도 돋보인다.

여기에 김수영이 합세한 모양새다. 이 책을 낼 당시 김수영은 1954년에 마포구 구수동으로 이사가서 양계를 하고 번역하면서, 1957년경에는 생활이 안착된다. 조금 여유를 가지면서도 김규동과의 친교가 있었기에 앤솔러지에 참여했을 것이다. 목차에 나온 김수영이 발표한 시를 보면 1950년대의 대표작이라 할 수 있는 5편「폭포」「도취의 피안」「영롱한 목표」「봄밤」「긍지의 날」이다. 1956년『조선일보』에 발표했던「폭포」는 1957년 이 앤솔러지에 다시 실렸다. 김수영은 1958년 11월「폭포」「봄밤」「꽃」으로 제1회 한국시인협회상을 받는다.

목차에 쓰여 있는 시인과 그 작품을 볼 때, 작가 대표인 김규동이 편집할 때 모더니스트뿐만 아니라 현실고발성이 강하거나, 동양적 정서를 중시하는 작가 등 나름 그 시대의 대표 작가를 편협하지 않게 소개한 의도를 볼 수 있다. 이 앤솔러지에 실린 김규동의 시를 보면 초현실주의적 모더니즘과는 거리가 먼 것을 볼 수 있다.

> 웃으며 반기는
> 여인의 그림자도 눈물에 어리고
> 하루종일 안되는 일만 많다고
> 한숨짓다 잠들어버린 사람들의 모습도
> 울고 싶도록 다정해져서
> 기적소리는
> 누구의 울음소린가보다.
> 분명히
> 고단한 이들의 앓음소린가보다
> ―「기적 소리는 추억을 그리는 화가」 부분[12]

　　김규동의 시에는 분단돼 만나지 못하는 여인의 아픔이 담겨 있다. '기적소리→울음소리→앓음소리'로 확산시키며 청각 이미지를 확장시키는 모더니즘적 특성이 보인다. 그렇다 하더라도 "고단한 이들의 앓음소리"를 담은 이 시는 '몰개성화 이론'(impersonal theory)을 주요 이론으로 하는 모더니즘 시작법과는 거리가 멀다. 가족의 이별을 뼈저리게 감수하고 있던 김규동은 이미 민족 분단 문제를 외면할 수 없었다. 1960년 4·19 혁명 이후 김규동은 자연스럽게 사회 문제에 더욱 깊이 관심을 가질 수

---

12) 김규동, 116-117쪽.

밖에 없었다.

3. 김규동이 평가한 김수영의 「병풍」

김규동은 김수영 시를 어떻게 보았을까. 김규동은 김수영의 어떤 시를 평가했을까. 김규동이 평가한 김수영 시 「병풍」을 살펴보자.

병풍은 무엇에서부터라도 나를 끊어준다.
등지고 있는 얼굴이여
주검에 취(醉)한 사람처럼 멋없이 서서
병풍은 무엇을 향(向)하여서도 무관심(無關心)하다.
주검의 전면(全面) 같은 너의 얼굴 위에
용(龍)이 있고 낙일(落日)이 있다.
무엇보다도 먼저 끊어야 할 것이 설움이라고 하면서
병풍은 허위(虛僞)의 높이보다도 더 높은 곳에
비폭(飛瀑)을 놓고 유도(幽島)를 점지한다.
가장 어려운 곳에 놓여 있는 병풍은
내 앞에 서서 주검을 가지고 주검을 막고 있다.
나는 병풍을 바라보고
달은 나의 등 뒤에서 병풍의 주인 육칠옹해사(六七翁海士)
의 인장(印章)을 비추어주는 것이었다.
　　—「병풍」[13]

---

13) 김수영, 『현대문학』, 1956년 2월호.

현재 문학관 2층에 있는 육인용 식탁은 김수영 서재에 있었다고 한다. 책상 삼아 그 식탁에서 책을 읽고 시를 썼는데 식탁 뒤로 병풍이 있었다고 한다. 그 병풍을 보며 이 시를 생각했을 수도 있고, 아니면 어느 상갓집에 가서 병풍을 보았을 수도 있겠다.

영안실이 없던 전에는, 사람이 사망하면 안방 안쪽에 시신을 모시고 병풍으로 막았다. 병풍 뒤는 시신이 누운 죽은 자의 공간이고, 병풍 앞은 산 자의 공간이다. 제사를 지낼 때 병풍을 벽 쪽에 두르고 병풍 앞에 제사상을 차린다. 제사상 앞에는 세속적인 공간이고 병풍 뒤에는 마치 영혼이 살아 있는 듯한 영계(靈界)의 공간이다. 제사하러 왔는지 문상(問喪)하러 왔는지 모르지만, 화자는 병풍을 바라본다.

"병풍은 무엇에서부터라도 나를 끊어준다"라는 1행에서 "끊어준다"는 무슨 뜻일까. '죽은 자의 공간'(병풍 뒤) 대 '산 자의 공간'(병풍 앞)으로 나누어준다는 말 같다. 병풍은 죽은 자와 산 자의 관계를 끊어준다. "등지고 있는 얼굴"이란 병풍이 죽은 자를 대신해서 산 자들을 향하고 있으니, 병풍은 죽은 자를 등지고 있는 상황이라 할 수 있겠다. 죽음에 취한 병풍은 "무엇을 향하여서도 무관심"하다. 병풍 전면에는 용과 낙일의 그림인지 글씨인지가 보인다.

죽은 자의 유언인 양 병풍은 화자에게 말없이 가르쳐준다. "점지한다"는 말은 신령이나 부처가 무엇인가 미리 가르쳐준다는 뜻이다. 병풍이 점지해주는 것은 첫째 "무엇보다도 먼저 끊어야 할 것이 설움"이라고 한다. 새로운 삶으로 도약하려면 설움을 끊어야 한다. 지금까지 1950년대 김수영 시 「긍지의 날」「거미」등에서 얼마나 자주 설움이 나왔는지 생각해볼 만하다. 이제 그 설움에서 도약해야 한다. 설움을 끊고 이제 해야 할 일은 병풍처럼 허위(虛僞)의 높이보다 더 높은 곳을 앙망해야 한다. "용"은 하늘로 오르는 '상승'의 이미지이며, "낙일"은 하루 해가 서산으로 지는 '하강'의 이미지다. 낙일, 아래로 떨어진다, 몰락한다는 하강 이미지는 헤겔이나 니체의 '몰락'(沒落, untergang)을 떠올리게 한다. 하이데거의 '기투'(企投, Entwurf)를 생각하게도 한다. 헤겔에게서 몰락은 근거를 향한다는 뜻이지만, 니체의 몰락이나 하이데거의 기투는 자신이 가야 할 목적지에 전 존재를 건다는 뜻이다. 별똥처럼 내 삶은 떨어져야 할 곳에 떨어져야 한다.

비폭(飛瀑)은 아주 높은 곳에서 세차게 떨어지는 폭포다. 비폭, 높은 폭포야말로 몰락과 기투를 상상하게 하는 이미지다. 김수영은 「폭포」에서 떨어져야 할 때, 몰락해야 할 때, 온몸을 던지는 삶을 재현했다. 유도(幽島)는 고요하고 깊디깊은 섬을 뜻한다. 죽음을 넘어서는 삶을 위해서는 자신을 고독하게 유폐시킬 수 있는 유도로 향하라고 병풍은 점지해주는 것이다. 하이데거 말대로 '자기 속에 고요히 머무르는'(Auf-sich-beruhen) 완결된 고요함(Ruhe)에 이를 때 우리는 완결된 통일성을 찾을 수 있다.[14]

여기까지 어느 정도 이해는 되나 마지막 행에서 시가 물음표로 끝난다. "육칠옹해사의 인장"이라는 단어가 무슨 뜻인지 꽉 막혀 버린다. 지금까지 육칠옹해사(六七翁海士)가 무슨 뜻인지, 몇 가지 의견이 있었다. 67세의 바닷가의 노(老) 선비는, 아마 독일의 철학자 마르틴 하이데거(Martin Heidegger, 1889~1976)를 이르는

---

14) 마르틴 하이데거, 신상희 옮김, 「예술작품의 근원」, 『숲길』, 나남, 2008.

말이라는 해석도 있었다. 김수영이 「병풍」을 쓴 1956년은 하이데거가 67세 되던 해라는 것이다. 그럴듯하지만 '해사'가 무엇인지 알 수가 없다. 해사는 누구의 호일까.

그는 구한말의 문신이자 서예가인 해사(海士) 김성근을 지칭한다. 그렇다면, 용과 낙일은 해사 김성근의 병풍에 씌어진 글자 자체를 뜻한다고 할 수 있다. 시인은 병풍처럼 냉담한 자세로 병풍을 바라보면서 그 평면에 씌어진 글자인 용과 낙일을 보고 있는 중이다.[15]

여러 추측이 있어 왔으나 '육칠옹해사'는 구한말 서예가 해사(海士) 김성근(金聲根, 1835~1919)의 서명이라는 박수연 교수의 말이 맞다고 나는 생각한다. 해사는 글씨를 다 쓰고 난 뒤, 글씨를 썼던 나이를 표기했다. 71세 때 현판에 "칠십일옹"(七十一翁)이라는 말을 썼다는 뜻이다. 마지막 행에서 육칠옹해사(六七翁海士)라고 쓴 것은 해사가 67세 때 그린 글씨가 쓰여 있는 병풍을 김수영이 갖고 있었다는 말이다. 김성근이 서예가이니 용과 낙일은 그림이 아니라 글씨일 확률이 높다. 김현경 여사에 따르면, 김수영이 해사 글씨가 쓰여 있는 병풍을 갖고 있었는데 어머니가 뗄거리가 없다며 불에 태웠다고 한다.

10, 11행에서는 두 가지 의미의 주검이 나타난다. 하나는 예술의 주검인 병풍이요, 또 하나는 실제 주검인 시신(屍身)이다. 따라서 "내 앞에 서서 주검을 가지고 주검을 막고 있다"는 구절에는

---

15) 박수연, 「병풍」 해설, 『너도나도 스스로 도는 힘을 위하여』, 민음사, 2018, 88쪽.

영원한 예술을 통해 인간의 유한성을 극복하고 싶어 하는 욕망이 담겨 있다.

"말없이 서서" "내 앞에 서서"에서 '서다'(stehen)라는 의미는 중요하다. 죽음으로 향하는 실존은 나를 밖으로 세우는 존재다. 실존주의에서 실존(existence, existenz)은 라틴어 'exstere'에서 유래되었다. 주체를 밖으로(ex) 세우는(sistere) 존재가 살아 있는 실존인 것이다. 하이데거가 쓴 「예술작품의 근원」에서 중요하게 나타나는 개념이다. 하이데거는 실존이나 예술작품이 자기의 존재를 밖으로 내세운 경우를 박물관이나 전시회 같은 상업적인 경우와 그리스 비극에서처럼 성스럽게 세워져 있는 경우를 비교하여 설명한다.

> 다시 말해 스스로를 환히 밝힌다(sich lichen), 신의 입상을 바로 세워 놓는다(Errichten) 함은, 본질적인 것이 수여해주는 그런 지침으로서의 척도, 즉 무릇 사람이라면 마땅히 그것을 따라가야만 하는 그런 척도로서의 역할을 하는 그런 '올바름을 열어놓는다'(das Recht öffnen)는 것을 뜻한다.[16]

본래 있어야 할 고유한 자기 세계와 참답게 머물러 있는 경우, 세워져 있다는 의미는 존재론적 의미를 갖는다. 고유한 자기 세계와 연결되어 서 있을 때, 그 서 있음은 '올바름을 열어놓는다'고 하이데거는 설명한다. 인간이 자기를 밖으로 세우는 방식을 하이데거는 염려와 배려와 심려로 『존재와 시간』에서 설명했다.

---

16) 마르틴 하이데거, 신상희 옮김, 앞의 책, 59쪽.

내일 죽는다면, 인간은 온갖 일을 염려한다. 사랑하는 가족을 떠올릴 것이다. 죽음을 아는 자는 염려·배려·심려 곧 사랑을 할 수밖에 없다. 김수영이 쓴 "죽음이 없으면 사랑이 없고 사랑이 없으면 죽음이 없다"(「나의 연애시」)라는 구절은 하이데거를 깨달은 자가 쓸 수 있는 표현이다.

그렇기 때문에 삶과 죽음을 가르는 병풍은 "가장 어려운 곳에 놓여 있"는 사물이다. 12, 13행에서 다시 병풍을 마주하는 화자의 상황을 보여준다. 앞에서는 병풍과 화자의 관계가 "끊어준다" "무관심하다"라는 단절의 상태였지만, 여기서는 "바라보다" "비추어주다"라며 단절을 극복하는 모양새다.

마지막 13행이 길다. 아마 보통 시인이라면 "달은 나의 등 뒤에서"에서 끊고 행갈이를 했을지도 모른다. 그러나 김수영은 그런 짧은 행을 단순하게 반복하기보다는 정형적인 규칙을 넘어 길게 써버렸다. 상투적인 것을 싫어하는 김수영다운 판단이다.

현대시로서의 진정한 자질을 갖춘 처녀작이 무엇인가 하고 생각해볼 때 나는 얼른 생각이 안 난다. 요즘 나는 라이오넬 트릴링(Lionel Trilling)의 「쾌락의 운명」이란 논문을 번역하면서, 트릴링의 수준으로 본다면 **나의 현대시의 출발은** 어디에서 시작되었나 하고 생각해보기도 했다. 얼른 머리에 떠오르는 것이 **십여 년 전에 쓴 「병풍」과 「폭포」다. 「병풍」은 죽음을 노래한 시이고, 「폭포」는 나태와 안정을 배격한 시다.** 트릴링은 쾌락의 부르주아적 원칙을 배격하고 고통과 불쾌와 죽음을 현대성의 자각의 요인으로 들고 있으니까 그의 주장에 따른다면 **나의 현대시의 출발은 「병풍」 정도에서 시작되었다**고 볼 수 있고, 나의 진정한 시력(詩

260

歷)은 불과 10년 정도밖에는 되지 않는다.[17]

죽음을 묵상하는 시 「병풍」을 김수영은 "나의 현대시의 출발"이라고 자평한다. 한국전쟁 중에 인민군에서 탈출하여 남한에 와서는 반대로 북에서 왔다는 수상한 인물이라는 혐의로 거제도 수용소에 끌려간다. 총으로 겨냥도 당해봤고, 다리에 살이 피곤죽이 되도록 매도 맞으며 죽음 가까이에 가는 경험을 몇 번이고 했던 김수영이다. 따라서 실제로 죽기까지 살아 있는 이 한순간 한순간이 얼마나 중요한지를 그는 처절하게 안다. '늘 죽음을 생각하며 살아라'라는 상왕사심(常往死心)이 김수영의 좌우명이다.

이 시에 대해 김규동은 깊이 있는 평을 남겼다.

병풍을 대하고 앉아 시인이 가진 사념의 비약된 시적 현상(詩的現像)의 의미세계다. 시인의 사물의 인식은 물상(物象 = 병풍) 또는 그것들의 관계에 있는 것이 아니고 사물성, 즉 사물의 본질성에로 향하고 있다. 그 무엇에도 흔들리는 일이 없는 모든 속성을 떨어버린 사물의 존재론적 본질에의 접근—이것이 이 시로 하여금 리얼리티의 농도를 짙게 하고 있는 역학(力學)이 된다.

기성의 스타일, 기성의 미학에 전혀 의지하지 않고도 생명감의 정체를 파악해내는 기술과 방법—그것은 시인의 끊임없는 인생체험의 깊은 수련에서만 얻어지는 것이리라.[18]

---

17) 김수영, 이영준 엮음, 『김수영 전집 2』, 민음사, 2018, 230쪽.
18) 김규동, 「시의 진화」, 『현대시의 연구』, 한길사, 1972, 104쪽.

「병풍」에는 "사물의 본질성"으로 향하는 시선, "사물의 존재론적 본질에의 접근"이 있다고 김규동은 평한다. 인생을 어떻게 살아야 한다는 깊은 깨달음이 시 속에 있다는 말이나. 그런 깨달음은 "인생체험의 깊은 수련에서만 얻어지는 것이"라고 김규동은 상찬한다. 1953년에 만나 함께 역사성 없는 모더니즘을 비판하고 오랫동안 친구로 지낸 김규동 시인은 「병풍」을 소개하면서, 사물의 존재론적 탐색이란 결국 일상에서 온다는 사실을 제시한다.

이 시에서 보듯 이제 김수영은 죽음과 설움에서 단절하여, 자기가 떨어져야 할 곳에 집중하고자 한다. 병풍 글씨를 보다가 그 글씨가 점지해주는 에피파니[19]를 깨달은 것이다. 이 시를 읽으면 마포구 구수동으로 이사하여 양계와 번역에 집중하면서 조금씩 안정을 찾는 김수영의 모습이 상상된다.

4. 공포, 1961년 5·16 군사 정변

김수영의 태도에 대한 김규동의 기억은 독특하다. 김규동은 김수영이 갖고 있는 공포에 대해 증언한다.

특히, 군인들을 싫어했어요. "저기 웬 군복 입은 사람 들어오네", "어디, 어디?" 바짝 긴장을 해요. 빨갱이라면 때려죽이고 사람에게 무지막지하게 총을 쏴대는 기억으로부터 해방되지 못한 듯 보였어요.[20]

---

19) 에피파니는 어떤 문제나 현상을 더욱 새롭고 깊은 관점으로 보게 되는 깨달음을 뜻한다.

20) 김규동, 「대한민국 대표 시인 김수영」, 『나는 시인이다』, 바이북스, 2011,

특히 5·16 군사 정변이 일어났을 때 김수영의 공포는 극단으로 치닫는다. 육교를 건너다가 갑자기 "육교가 무너질 수 있다"며 무서워하는 증세가 김수영에게 있었다. 전쟁 공포, 포로수용소에서의 공포는 김수영의 무의식 깊이 똬리 틀고 있다가 느닷없이 악마처럼 덮쳤던 것이다. 공포에 휘말릴 때는 김수영이 제대로 판단하지 못했다는 증언을 김규동은 남겼다.

김수영은 시세를 판단하는 능력이 없고, 공포라는 관념이 있어 두려워하고 불안해합니다. 6·25에서 온 것이지요. 인민군에 포로 되었다가 나왔고, 빨갱이라는 관념이 있어서, 말하는 것과 판단하는 것이 왔다 갔다 했습니다. 정상을 잃어버린 것입니다. 김수영은 미군이 나와서 박정희를 붙들어간다는 것이었습니다. 내가 "미국은 이미 다 알고 허락해준 것이야"라고 했는데도 김수영은 오진했습니다.[21]

이 증언은 김규동 시인만이 체험한 증언이다. 인민군으로 있다가 포로생활을 했던 경험, 월북했다고 조사받는 동생들이 있기에, 김수영은 언제든 다시 끌려갈 수 있다는 공포에 시달렸다. 그 공포가 때로는 "미군이 나와서 박정희 붙들어간다"며 상황 판단을 잘못할 때도 있다고 김규동은 증언한다. 이런 말에 김규동이 민감했던 이유는 그 자신도 남한 사회에서 공포를 느끼며 살았기 때문이지 않을까. 김규동은 늘 누군가 "'저놈이 김일성종합대학

245쪽.
21) 김규동·고운기 대담, 2006.

을 다닌 놈이다'라고 발설할까봐 공포감에 떨었지요."22)라고 고백
했다. 김규동 그 자신도 남한 사회에서 이데올로기로 사람을 죽
이고 실리는 일을 경험했기 때문에 김수영의 그 트라우마를 이해
할 수 있었을 것이다. 극도의 공포를 느끼는 짐승은 마지막에 사
자에게도 사납게 대든다고 한다. 김수영이 용기 있었다고 하는
까닭은 그가 극도의 공포를 체험했기 때문이 아닐까. 김규동 역
시 공포에 떨면서도 용기 있게 민주 인권 운동에 참여한 것이 아
닐까.

김규동은 4·19 이후 작품 활동을 멈춘다. 지금까지 풍의 모더
니즘으로는 제대로 현실을 반영할 수 없다는 비판적 반성을 하며
새로운 작법에 충만하기를 기다린다. 김규동이 침묵의 기간을 지
내던 1960년대 말에 김수영 역시 '후반기' 모더니즘 일파를 혹독
하게 비판한다.

1950년대는 시단의 조류로 보면 '후반기' 모더니즘의 일파
들이 창궐을 극하던 때다. 1955년에 박인환의 『선시집』이 나왔
고, 이듬해 그가 죽고 난 뒤에도 **김규동 등이 그의 뒤를 이어 4·19
전까지 잔광을 유지해왔다.** 그러나 '후반기' 모더니즘파 중에서
는 「칼을 갈라」만한 정도의 뼈 있는 시도 나오지 못했다.23)

앞서 김수영은 '후반기' 동인으로 그들의 세계를 발전시켜 나

---

22) 김규동, 「대한민국 대표 시인 김수영」, 『나는 시인이다』, 바이북스, 2011,
246쪽.
23) 김수영, 「참여시의 정리: 1960년대의 시인을 중심으로」, 『김수영 전집 2』, 민
음사, 2018, 485쪽.

가고 있는 시인은 한 사람도 없는데, "김규동 등이 그의 뒤를 이어 4·19 전까지 잔광을 유지해왔다"고 썼다. 김수영은 친구로서 김규동이 4·19 이후에는 침잠기에 들어갔다는 것을 알고 있었다. 그래서 "4·19 전까지"라고 썼을 것이다. 김수영은 김규동이 다시 빛을 내리라 기대했을 것이다. "잔광"(殘光)이 넓게 번지기를 기다렸을 것이다.

5. 참여시의 범주

1955년에 시집 『나비와 광장』과 『현대의 신화』를 출간한 김규동은 오랜 공백을 두고, 20년이 지난 1970년대 들어 『죽음 속의 영웅』을 내며 다시 활동한다. 이때 김규동은 전혀 새로운 변모를 보여준다. 그것은 참여시로의 선언이었다.

4·19 혁명이 날 무렵 세상이 바뀌고 오늘의 생활이라는 것을 쓸 수 없다는 것입니다. 민족주의, 민족 혁명, 애국주의가 젊은이들에게서 나왔습니다. 순수한 학생의 가슴에서 나왔습니다. 시를 알지 않으면 참여할 수 없다고 생각되었고 시가 되지 않았습니다. 시가 닿지 않았습니다. 언어 자체를 바꿔야 하는데, 서양 문학은 민중 생활이라든가 사회상을 그려낼 수 없습니다. 나로서는 그런 언어를 못 쓰게 되었지요. 15년이 지나고, 『죽음 속의 영웅』에 실린 「북에서 온 어머님 편지」를 썼는데, 꿈에 어머니가 편지한 내용을 받아 적었습니다. 『한국일보』에 발표했는데 시가 좋다고 이야기 들었습니다. 1971년에 그 시를 중심으로 해서 완전히 길이 달라졌다는 것을 선언하는 것

이었습니다. 『죽음 속의 영웅』이라는 것은 죽음 속에서 외치는 소리가 진실한 시의 소리라는 것입니다. 언어를 찾으려고 하지 말고 민중의 언어를 살아가는 데서 체득하면서 민주화운동으로 이어지는 것입니다. 중요한 역할을 한 작품입니다.[24]

김규동은 4·19 혁명 때 시의 뿌리부터 바꾸는 새로운 깨달음을 얻는다. 이 시기에 문단이나 신문에도 이미 알려져 있는 내용이 있다. 지우고 싶은 역사가 있어도, 그것을 극복했다면 그것은 이미 과오가 아니다. 과거의 과오가 있고 극복했다면 숨길 필요도 없고, 오히려 극복했다는 것을 드러내는 것이 더 빛나 보일 것이다. 4·19 이후에 김규동은 곤란한 문제에 휘말린다. 이승만과 이기붕 라인을 지지하는 만송족(晩松族)에 포함된 것이다. 만송(晩松)은 이기붕(李起鵬)의 호다. 북한 정권의 억압을 체험했던 작가들은 강한 멸공주의를 중요 정책으로 삼는 이승만 정부를 지지하는 경우가 많았다. 4·19 이후에는 시대가 바뀌어 비판을 받으며 한국시인협회 소속의 김종문, 이영순, 김규동, 전봉건, 이인석, 이봉래, 유정 등이 징계를 받는다.[25] 중요한 것은 김규동이 그 아픔을 극복했다는 점이다. 이후 그는 말할 자리가 있을 때 낮은 목소리로 후배 작가들에게 당시 상황을 전했다. 지금으로서는 상

---

24) 김규동·고운기 대담, 2006.
25) 한국시인협회, 『한국시인협회 50년사』, 국학자료원, 2007과 「권익을 주장하기에 앞서 자세를」, 『경향신문』, 1960. 6. 28이 상세히 보도하고 있다. 특히 『경향신문』은 「문화계의 당면과제」 등 당시 문단의 움직임을 상세히 보도했다. 대표적인 연구로 김지윤, 「1950~60년대 재야공간으로서의 다방과 문인 네트워크: 문단의 '명동시대'를 중심으로」, 『구보학보』 제27집, 구보학회, 2021, 39-88쪽이 있다.

상할 수도 없는 혼란기에 선배 작가들이 어떤 과정을 통해 민주
주의에 참여하게 되었는지 안타까웠던 역사를 극복한 그의 증언
은 진실이기에 더욱 잔잔히 퍼진다.

　김규동은 생각의 전환을 체험한다. 시인으로서 더욱 근본적으
로 언어 문제를 성찰한다. "언어 자체를 바꿔야 하는데, 서양 문
학은 민중 생활이라든가 사회상을 그려낼 수 없습니다. 나로서는
그런 언어를 못 쓰게 되었지요"라는 의식의 전환이었다. 이때 새
롭게 탄생한 시가 「북에서 온 어머님 편지」였다.

　김규동은 이제 새로운 면모의 모더니스트로 탄생한다. 그로 인
해 참여시의 범주는 다시 회복되고 넓어졌다. 정치적 비전과 참
여시에 대한 의식의 사이즈가 너무 작지 않았는가. 김규동은 김
수영에게서 잘못된 모더니즘과 편협한 민중 문학을 극복할 단서
를 본다.

　　모더니즘과 민중 문학이 있을 때 결함이 없지 않을까 생각합
　니다. 민중 문학은 근대정신이 없고 근대정신이 있으면 민중성이 약하
　고 그렇습니다. 김수영은 접근된 시인입니다. 그 사람의 실험이 근사하
　게 맞았고 성공한 경우입니다.[26]

　한국의 참여시인들은 생각은 진보적이면서 예술적으로는 극
히 편협하고 보수적인 면이 있다는 것을 김규동은 지적한다. 김
수영은 근대정신이 없는 민중 문학의 약점과 민중성이 약한 모더
니즘의 약점을 근사하게 극복한 경우라고 김규동은 평가한다. 그

---

26) 김규동·고운기 대담, 2006.

런 의미에서 김수영이 신동엽 시를 보고 쇼비니즘(Chauvinism)의 문제를 염려한 것은 시의 참여성을 편협하게 보는 민중 문학 일반에 대한 염려일 것이다.

김규동의 시는 바뀐다. 박인환 등 1950년대 모더니스트들은 서울말을 쓰면 시를 쓰는 데 유리하다며 시인 이상도 서울 사람이기에 시를 제대로 썼다는 편견이 있었다. 한때 "부러 서울말을 배운답시고 함경도 말을 버리려고 의식적으로 노력했"[27]던 김규동은 평생 함경도 말투를 버릴 수 없었다. 이제 그 소중한 함경도 말을 되찾는다. 이용악과 윤동주가 함경도 사투리로 시를 썼듯이, 김규동은 투박한 맛이 있는 함경도 사투리로 시를 쓴다.

도라지 캐러
백두산에 간다더니
머루 따러 관모봉에 간다더니
생원은 여태 돌아오지 않습꾸마
혹시 호랑이를 만난 거는 아니겠습지
에구마
어젯밤에 무산령에서는
곰이 두 다리를 버티고
기차를 세웠다지 않슴둥
빨리빨리 돌아오지 않구시리
생원이두 우둔하지
집에서는 쌀이 떨어졌다는데

---

27) 김규동, 「대한민국 대표시인 김수영」, 『나는 시인이다』, 바이북스, 2011, 241쪽.

동그란 무덤 속에서
흰옷 입은 두 아낙네가 걸어나와
수인사하고는
이런 대화를 나누는 것이었다
흙덩이 같은 인정에 얻어맞은 나는
그대로 쓰러지고 말았다

고향이라네
나의 반쪽이 묻힌 이게 내 고향이라네.
　　　　—「저승 사람들 오시다」[28]

　김규동 시에는 꿈에 본 이야기가 자주 나온다. 초기에 관계했던 초현실주의의 영향도 있겠으나, 1970년대 이후 그의 꿈 이야기는 오히려 애절한 희망으로 울림을 준다. 이 시는 사투리와 모더니즘이 조화를 이루며, 고향을 향한 절실한 마음이 진하게 배어 있다. 지상의 고향에서 떠났던 그가 이제 시 언어의 고향을 만난 것이 아닐까.
　거꾸로 김수영이 살아서 1970년대 이후의 김규동의 시작을 보았다면 같은 자리에서 기쁘게 재회하지 않았을까. 일찍 사망한 김수영 대신, 두 시인을 모두 보았던 염무웅은 김규동을 이렇게 평했다.

　김규동 선생의 시에 관해서 조금 더 말해본다면, 고향인 함

---

28) 김규동, 670–671쪽.

경도 경성고보의 은사였고 시의 스승으로 평생 사숙했던 시인 김기림(金起林)이 그러했듯이, 또 모더니즘의 원산지라 할 서구 문학에서도 그러했듯이, **김규동의 경우에도 모더니즘의 전위주의는 본질적으로 기성체제에 대한 저항의 정신을 내포하고 있다는 사실이다.** 예술적 전위는 계기만 주어지면 언제든 정치적 전위로 변신할 폭발성을 지닌다. 1930년대의 유럽 초현실주의는 파시즘의 위기를 맞아 대부분 레지스탕스로 진화하지 않았던가. **전위가 정치를 외면하는 순간 그 전위는 전위의 제스처만 남는다. 그것은 바로 타락의 길이다.**[29]

염무웅은 "김규동의 경우에도 모더니즘의 전위주의는 본질적으로 기성체제에 대한 저항의 정신을 내포"한다고 평가한다. 김수영은 모더니즘을 단순히 호사 취미가 아니라, 정신적 태도로 모더니즘을 수용한 리얼리스트였다. 김수영이나 네 살 아래 김규동이나 강렬한 사회의식과 저항의식을 모더니스트의 기본 자세로 삼았다.

1930년대 유럽 초현실주의자들 중에 파시즘의 위기 때 레지스탕스로 진화한 작가가 한두 명이 아니다. 다다이즘과 초현실주의 운동을 하던 루이 아라공(Louis Aragon, 1897~1982)은 반파시즘 운동에 참여하고, 제2차 세계대전에 참전하여 남프랑스에서 레지스탕스 문화 운동을 벌였다. 역시 다다이즘과 초현실주의의 대표적 시인인 폴 엘뤼아르(Paul Éluard, 1895~1952)는 스페인 내전 때 인민전선에 참가하여 레지스탕스로 활약했다. 큐비즘의 대표

---

29) 염무웅, 「김규동 선생의 시적 행로」, 『지옥에 이르지 않기 위하여』, 창비, 2021, 33쪽.

적인 화가 파블로 루이스 피카소(Pablo Ruiz Picasso, 1881~1973)는 스페인 내전에 참전하여 파시즘과 국가폭력에 반대하는「게르니카」등을 그렸다. 다다이즘이나 모더니즘으로 출발하여 사회참여의 시를 썼던 임화, 오장환, 신석정과 마찬가지로 김규동 시인도 진정한 모더니스트의 자리로 진화했던 것이다.

그렇다고 두 시인이 직간접으로 활동했던 '후반기'의 모더니즘 운동이 전혀 의미 없다고 할 수는 없다. '후반기' 동인은 '전통적 순수 문학'에 반성적 고찰로 자극을 주었고, 역설적으로 참여시와 모더니즘을 잇는 김수영과 김규동이라는 든든한 교량(橋梁)이 놓였던 것이다. 두 시인이 축조해놓은 넓은 다리 위에서 참여시의 폭은 넓어졌다. 다만 염무웅이 고정점을 놓았던 "전위가 정치를 외면하는 순간 그 전위는 전위의 제스처만 남는다"는 말을 두 시인은 공감할 것이다. 두 시인은 거대한 교량 위에서 진정한 만남을 이룬다.

전후 시에 나타난 '나비' 이미지 연구*

김유중 서울대학교 국어국문학과 교수

1. 전후 시와 '나비' 이미지

한국 근현대시에서 '나비'의 표상, '나비'의 이미지는 꾸준히, 그리고 여러 다양한 의미로 활용되어왔다. 그런 만큼 그간 몇몇 논자들에 의해 이러한 '나비'의 의미 구조를 둘러싼 연구[1]가 이루어졌던 것은 자연스러운 현상이다. 눈길을 끄는 것은 이들 연구를 통해서도 드러났듯이, 나비의 경우는 그 의미의 진폭이 상당히 넓다는 점이다.

원론적으로 문학 작품에서 어떤 모티프의 의미가 어떻게 전달되고 이해되는지는 전적으로 시인과 독자, 쌍방의 소통을 통해

---

* 『관악어문연구』 제43집, 서울대학교 국어국문학과, 2018에 최초 발표된 내용을 부분적으로 수정·보완해 재수록함.

1) 이 방면의 몇몇 구체적인 논의들을 거론한다면 다음과 같다. 이남호, 「현대시에 나타난 나비와 잠자리」, 『시안』 제17집, 시안사, 2002, 37-44쪽; 신순복, 「전후 시에 나타난 나비 이미지 연구: 박봉우와 정한모를 중심으로」, 건국대 교육대학원 석사논문, 2006; 김영철, 「현대시에 나타난 나비 심상의 지수비평적 연구」, 『한국시학연구』 제20집, 한국시학회, 2007, 215-247쪽.

결정될 몫이다. 그러나 대개의 경우는 그 소재가 지닌 원형적이 거나 보편적인 의미 구조에서 크게 벗어나기는 어려운 것이 현실 이다. 이런 점에 견주어본다면 나비의 경우에는 그런 고정된 틀 자체를 찾기가 어려울 정도로 다채롭고 풍부한 의미역을 지니고 있는 것이 특징이다.[2] 다시 말해서 나비라는 소재는 그것이 시에 활용되었을 경우 단순, 명쾌하게 규정될 수 없는 여러 복합적인 함의들을 지닌다. 이는 결국 나비라는 소재가 한국의 근현대 시 인들에게 다양한 상상력을 자극하고 촉발하게 하는 통로요 매개 역할을 해왔음을 의미한다.

이 글은 이와 같은 나비의 표상 또는 이미지가 전후의 한국 시 단에서 구체적으로 어떤 방식으로 표출되고 활용되었는지를 살 펴보는 데 그 목적을 둔다. 다른 분야들과 마찬가지로 전후 시단 역시 전쟁으로 인해 빚어진 참상과 그것이 남긴 여러 정신적 상 흔들로부터 자유로울 수 없었다. 요컨대 전쟁과 분단이라는 상황 그리고 현실은 이 시기 시인들에게도 특수한 제약조건으로 작용 했던 것이다. 이런 열악한 상황 속에서 몇몇 시인들은 시대에 대 응해나가는 그들의 내면적 자아의 모습과 움직임을 나비라는 시

---

2) 위에 거론된 김영철의 경우 그 의미역을 1) 존재론적 탐구(자의식의 표출, 삶 의 무상성, 죽음의식), 2) 초월성의 매개(자유의지의 표상, 존재 초월의 매개), 3) 현실 인식의 표상(분단 이데올로기, 문명 비판의식) 등으로 세분화해 이들 각 각의 사례들을 수집·조명한다. 이동순의 경우는 나비가 대체로 그 존재의 연 약함으로 인해 무상한 것, 덧없는 것, 순수성 따위를 지칭한다고 지적하는 한 편, 종교적 차원의 해석에 기초해 1) 기독교에서는 부활, 새 생명을 얻는 구원 의 상징으로, 2) 불가에서는 자아의 완성, 진정한 아름다움, 불타의 존재성으 로, 3) 무속에서는 영혼의 메신저, 혹은 죽은 사람의 영혼으로 인식한다고 정 리한다. 이동순, 「장엄한 분단서사와 회복의 시 정신: 김규동 시인의 시세계」, 『김규동 시전집』, 창비, 2011, 870쪽.

어에 담아 표출하기 위해 노력했다.

특히 김규동과 박봉우, 전영경 등은 전후의 분단 현실을 아쉬워하고 그것의 극복을 모색하는 데 있어 공통적으로 나비라는 소재와 그것이 간직한 이미지를 자주 동원하고 있다는 점이 주목된다.[3] 이 과정에서 이들의 시에 등장하는 나비의 이미지는 단순하게 정의될 수 없는, 여러 다양한 의미 효과를 산출해낸다. 이런 점들에 착안해 이 글에서는 전후라는 특수한 시대 상황 속에서, 이들 시에 나타난 나비라는 소재와 이미지는 어떤 형태로 제시되었는지, 어떤 텍스트 내적 함의를 지니고 있는지, 그리고 그것이 당대 시단에 던진 의미론적 파장은 어디까지인지 등을 검토하고자 한다.

2. '전후'라는 문제의식과 '분단'이 남긴 과제

'전후'라는 용어 혹은 개념은 흔히 '전전'(戰前)이나 '전중'(戰中)과 대비되는 뜻으로 널리 통용되고 있다. 사실 문학적인 관점에서 이 용어는 단순한 시기 구분 이상의 의미를 지니는 것으로 이해된다. 즉, 그것은 전쟁으로 인해 빚어진 문학계 내외부의 변화와 사회 각 방면의 현상 및 효과들을 복합적으로 지칭하기 위한 것으로, 그 정확한 의미를 파악하기 위해서는 전쟁이 시대 사회에 미친 표면적인 영향 이외에도 공동체나 개인의 의식 내면에

---

3) 물론 이외에도 전후의 여러 시인이 '나비'를 그들 시의 소재로 활용한 바 있다. 그러나 그 수가 제한적이고 몇몇의 경우는 전후의 상황, 특히 분단 현실과는 크게 관련이 없는 것으로 생각되므로 이 글에서는 세부적으로 다루지 않았다.

어떤 결과를 가져다주었는지를 두루 살필 필요가 있다.

서구적인 관점에서 전후 문학이란 제1차, 2차 세계대전 이후의 문학을 말한다. 그러나 오늘날 별다른 전제조건이 붙지 않을 경우 그것은 주로 제2차 세계대전 직후 일정 기간 동안 전쟁의 체험과 상흔을 지닌 작품과 그 경향을 뜻하는 것으로 해석하는 것이 좀 더 자연스럽다. 다만 한국의 경우에는 사정이 조금 특이하다. 주지하다시피 한국 문학 혹은 문단에 있어서 제2차 세계대전 종전(1945. 8. 15) 이후, 정부 수립(1948. 8. 15) 이전까지의 시기는 주로 '해방기' 또는 '해방공간'이라는 용어로 지칭되는 것이 일반적이다. 그런 까닭에 한국 문학(문단)에 있어 전후란 시기적으로 제2차 세계대전이나 태평양전쟁 종전 이후로 이해되기보다는 주로 한국전쟁 휴전(1953. 7. 27)부터 4·19 혁명이 일어나기 이전까지의 기간으로 받아들여진다.[4]

물론 이러한 해석은 학계 차원의 명확한 이론적 검토나 합의에 의해 도출된 결론이라고 보기는 어렵다. 다분히 사회 통념에 의거한 것으로, 해석상 논란의 소지를 내포하고 있는 점도 사실이다.[5] 그런 까닭에 한국, 특히 한국 문학에서의 전후 개념은 다른

---

[4] 예외가 있기는 하다. 일례로 1961년 간행된 신구문화사판 『한국전후문제작품집』과 『한국전후문제시집』의 경우 그 범위를 '1945년부터 1960년 12월 말까지 15년 동안'으로 특정하고 있다. 그러나 이들의 경우 같은 시기 동 출판사에서 간행된 『세계전후문학전집』 시리즈의 일부(각 1권과 8권)인 점을 감안한다면 이러한 시기 설정은 다른 나라의 경우와 보조를 맞추려는 출판사 측의 전략적인 판단이 선행된 결과로 이해된다.

[5] 휴전이란 종전과는 다르다. 그런 점에서 본다면 우리의 경우는 아직도 전쟁 중에 있다고 보아도 틀린 말은 아니다. 이런 논리에 따를 경우 한국은 엄밀한 의미에서 아직도 전후라는 개념을 적용할 마땅한 근거를 찾을 수 없을지도 모른다. 이 문제에 대한 추가적인 논의는 다음 자료를 참조할 것. 박현수, 「한

나라에서는 찾아보기 어려운 몇 가지 독특한 사회·역사적 배경을 지닌다. 여기서 문제가 되는 전후란 한국전쟁으로 인해 빚어진 엄청난 참화에도 불구하고 해결되지 못한 숱한 난제들을 다시 끌어안고 살 수밖에 없다는 냉혹한 현실을 인정하는 데서 시작하지 않으면 안 된다. 바로 말하면, 그것은 식민지적인 질곡에서 벗어나 이제 막 해방된 땅에서 동족상잔의 전쟁이라는 폭력적인 현실 앞에 속수무책 노출되었던 개인과 민족의 무력함을 다시 한번 절감하게 되는 과정이다. 그런 의미에서 그것은 새로운 기대와 희망을 떠올리기 이전에 또 다른 새로운 역사적 비극의 출발점인 셈이다.

분단이란 이 경우 그러한 한국의 전후가 짊어져야 할 비극적 모순을 가장 첨예하게 드러낸 사건이다. 한국에 있어 전후 벌어진 대다수의 문제들은 이와 같은 분단이 낳은 비극과 분단체제의 고착화로 인한 모순과 직·간접적으로 연결되어 있다고 해도 과언이 아니다. 즉 한국의 전후란 다른 나라에서는 생각하기 어려운 국토 양단과 이념·체제 대결에 의해 드리워진 그늘에서 결코 자유로울 수가 없다. 이런 전후 개념의 한국적 특수성을 인정하는 한에서, 개념 형성의 배경이 되는 남북 분단의 실질적인 영향 및 그것이 문단에 미친 효과들에 대해 정리해보면 다음과 같다.

첫째, 한국에서의 전후란 무엇보다도 남북 간의 분단과 그로 인한 교류 단절로 특징지어진다. 남북한의 정권은 이후 상대방을 철저하게 원수로 대하기 시작했을 뿐 아니라, 나아가 그 존재 자체를 인정하지 않았다. 같은 민족, 같은 핏줄이라는 동질감에도

국문학의 '전후' 개념 형성과 그 성격」, 『한국현대문학연구』 제49호, 한국현대문학회, 2016, 313-315쪽.

불구하고 정권적인 차원에서는 서로를 멸균과 박멸의 대상으로 바라보았다. 그와 함께 체제 내 단속과 안정을 위해 극도의 이데올로기적 순도를 유지하는 데 총력을 다했다. 이 과정에서 휴전선은 국경 아닌 국경으로 굳어져버렸고, 그 결과 미·소 양극체제 성립 이후 굳어진 동서 냉전의 최전선으로 자리매김하게 되었다.

둘째, 이러한 분단 현실은 필연적으로 남북 양측에 걸쳐 수많은 비극을 낳게 되었다. 예컨대 전쟁으로 인한 억울한 죽음과 남겨진 유가족들의 고통은 어떤 식으로도 보상되지 않는다. 뿐만 아니라 대규모 징집과 피난 등으로 인해 빚어진 이산의 아픔과 실향민의 존재 또한 짚고 넘어가야 한다. 고향이 지척이어도 갈 수 없는 처지에 몰린 실향민들은 한국전쟁이 남긴 또 다른 희생자인 것이다. 가족 전체가 고향을 등진 것은 그래도 운 좋은 편에 속한다. 가족들이 뿔뿔이 흩어져서 생사조차 모르거나 남북에 흩어져 따로 지내는 이산가족의 경우는 분단의 고통을 가장 뼈저리게 느끼는 경우라고 할 것이다.

셋째, 분단으로 인해 야기된 양측의 소통 부재는 여러 방면에서 이차적인 문제를 유발한다. 어문학 분야도 예외가 아니다. 단적인 예로 남북 간 어문 규범의 이질화 현상이 있다. 이러한 차이는 해방과 더불어 되찾았던 모국어의 주권 회복 노력에도 일정 부분 찬물을 끼얹는 결과를 가져오게 되었다. 문학적인 면에서 본다면 정서적인 표현 방식이나 감수성마저도 상호 멀어지는 결과를 초래했다. 여기에 이념 효과까지 가세해 어문학 분야에 있어서의 이질화 현상은 갈수록 심화되어갔다.

넷째, 이러한 상황 전개가 문학인들에게 바람직하게 받아들여졌을 까닭은 없다. 따라서 분단체제의 고착화는 다음 단계에서 그것의 극복을 위한 문학계 내부의 다양한 모색 및 노력과 연동될 가능성이 높다. 반전의식이나 휴머니즘 회복을 위한 움직임이 그 구체적인 예일 것이다. 그러나 현실적으로 이런 모색이나 노력이 본격 활성화되기는 어려웠다. 내부체제 안정을 통한 대결 태세 확립과 상대적 우위 확보가 먼저였던 남북 양측의 지도층들은 정권적 차원에서 문화예술계의 이런 노력들을 백안시하거나 심지어는 간섭하고 규제하려 들기까지 했다. 결국 분단 극복을 위한 문학적 모색이나 움직임은 그런 현실적인 제약조건들 속에서 상당 부분 변질되거나 잠재화된 형태로 가라앉을 수밖에 없었다.

3. 전후 시에 나타난 '나비' 이미지의 여러 양상

사정이 이렇다보니 한국에 있어 전후가 낳은 문제의식들과 분단으로 인해 빚어진 모순적 현실들을 넘어선다는 것이 말처럼 그리 쉬운 일은 아니다. 그만큼 현실적으로 취할 수 있는 행동 범위는 제한적일 수밖에 없다. 그러나 문학은 때로 현실 너머에 펼쳐진 가능성의 세계를 겨냥하고 탐문하기 위해 존재한다. 특히 시의 경우에는 상징과 암시, 이미지의 적극 활용이 가능한 장르라는 점에서 그런 시도가 좀더 용이하다. 다시 말해서 이때의 극복이란 그것의 실현 가능성 여부보다도 문학적 상상력과 열망을 통해 보다 이상적인 차원을 선취하려 하는 데 있다고 해석함이 온당하다.

이런 점에서 볼 때 전후의 한국 시단에서 '나비'의 이미지가 분단 현실과 결부하여 주요하게 부각되고 있는 점은 특기할 만한 사실이다. '나비'는 원래가 다채롭고 폭넓은 의미역을 지닌 소재이긴 하나, 한국만의 특수한 전후의 현실 속에서 새로운 의미 효과들을 연출해나가게 된다. 이를테면 전쟁이나 분단이 가져온 위의 제반 여건들은 '나비' 본래의 풍부한 상징성과 상상력에 상당한 제약을 가하기도 하지만, 그러한 제약은 또한 기존의 의미와는 차별화된 또 다른 의미 생산 효과를 유발하기도 한다. 그런 한국적인 특수한 제약조건과 그에 길항하는 '나비' 이미지의 특별한 만남은 한국의 전후 시에서 검출되는 독특하고 이색적인 장면으로 간직될 필요가 있을 것이다.

1) 파괴를 통한 창조 또는 초극 의지: 김규동

그간 김규동의 초기 시편들은 주로 전후 모더니즘의 관점에서 논의되어왔다. 이러한 이해는 그가 1950년대 전후 모더니즘을 대표하는 '후반기' 그룹의 동인으로 참여한 사실을 중시한 결과다. 물론 이 시기 그가 서구 모더니즘의 영향을 깊이 받았던 것은 부인할 수 없는 사실이다. 그리고 이 경우 그에게 무엇보다도 크게 다가왔던 것은 모더니즘의 문명 비판적인 측면이다.

이와 같은 그의 태도는 그의 문학 스승인 김기림의 영향을 받은 흔적이라고 보는 것이 옳다. 시대와 역사, 현실에 대해 유달리 민감하게 반응한 것 역시 그런 영향으로 해석 가능하다. 자신의 첫 시집 제목을 『나비와 광장』으로 정한 것도 따지고 보면 김기림의 작업을 강하게 의식한 결과로 생각될 수 있다.

김기림은 그의 유명한 시 「바다와 나비」[6]에서 근대문명에 대

---

6) 애초에 『여성』지에 처음 발표되었을 때의 제목은 「나비와 바다」다.

한 피로감을 직·간접적으로 드러냈다. 그런 피로감의 정체를 영미식의 문명 비판적 태도와 사회성에 대한 관심으로[7] 읽을 수도, 제국의 수도 도쿄에서 느낀 식민지 지식인의 실망감 내지는 좌절감의 한 표현으로[8] 읽을 수도 있다. 그러나 중요한 것은 어떤 해석이 옳든, 보다 본질적인 것은 이즈음에 이르러서는 서구 모더니즘과 그것이 기반인 근대가 더 이상 희망적이고 낙관적인 유토피아의 이미지로만 우리들에게 다가오지 않는다는 점이다.

계몽의 빛이 강렬했던 만큼 그로 인해 생긴 그림자 또한 짙을 수밖에 없었다. 근대가 낳은 갖가지 모순과 병폐는 인류 전체에 커다란 화를 불러왔다. 곪을 대로 곪아서 결국 터지고 만 것이 제1, 2차 세계대전이다. 모순의 끝은 대규모 전쟁이요, 이 전쟁은 필연적으로 수많은 이들의 죽음과 희생을 몰고 왔다. 문제는 애초부터 우리에게 그것을 거부할 권한이 없었다는 점이다. 싫든 좋든 받아들여야 했고, 받아들인 이상 거기에 참여하지 않으면 안 되었다. 동시에 그에 따른 혼란과 비극은 온전히 우리가 감당해야 할 몫이었다. 이러한 사실을 김기림은 1930년대 중반 무렵 일찌감치 예감하고 있었던 것이다.[9]

김규동에게 한국전쟁이란 이런 김기림 식의 근대관과 전쟁관을 참조할 때에만 비로소 이해될 성질의 것이었다. 거기서 그는 막장에 다다른 근대의 적나라한 실상을 두 눈으로 똑똑히 보고야

---

7) 김용직, 「모더니즘 초극의 시도」, 김유중 엮음, 『김기림』, 문학세계사, 1996, 283-307쪽.
8) 김윤식, 「수심을 몰랐던 나비」, 『이상 연구』, 문학사상사, 1987, 269-296쪽.
9) 이 점에 대해서는 김기림의 대표작 「기상도」에 나타난 '태풍' 예보를 '전쟁', 즉 제2차 세계대전의 예감으로 이해한 다음 졸고를 참조할 것. 「「기상도」의 주제와 '태풍'의 의미」, 『한국시학연구』 제52호, 한국시학회, 2017, 9-47쪽.

말았다. 이 압도적인 묵시의 풍경 앞에서 그는 한동안 가야 할 좌표와 방향을 잃고 망연자실, 헤맬 수밖에 없었다. 어설프게 도입된 이 땅의 근대가 낳은 갖가지 모순과 병폐들이 응축되어 한꺼번에 터져 나온 것이 한국전쟁이었다. 이 경우 '나비'란 우선 한국적 근대의 여러 모순과 그것이 낳은 기묘한 부조화와 무질서를, 그리고 그 정점에 놓인 동족상잔의 비극이 낳은 야만성과 폭력성을 정면으로 응시하고 고발하기 위해 동원된 시적 장치다.

현기증 나는 활주로의
최후의 절정에서 흰나비는
돌진의 방향을 잊어버리고
피 묻은 육체의 파편들을 굽어본다

기계처럼 작열한 심장을 축일
한 모금 샘물도 없는 허망한 광장에서
어린 나비의 안막을 차단하는 건
투명한 광선의 바다뿐이었기에—

진공의 해안에서처럼 과묵한 묘지 사이사이
숨가쁜 Z기의 백선과 이동하는 계절 속—
불길처럼 일어나는 인광의 조수에 밀려
흰나비는 말없이 이즈러진 날개를 파닥거린다

하얀 미래의 어느 지점에
아름다운 영토는 기다리고 있는 것인가

푸르른 활주로의 어느 지표에
화려한 희망은 피고 있는 것일까

신도 기적도 이미
승천하여버린 지 오랜 유역—
그 어느 마지막 종점을 향하여 흰나비는
또 한번 스스로의 신화와 더불어 대결하여본다.
　　　　　　　　　　　　　—「나비와 광장」[10]

　위의 인용 시에서 '나비'는 지금 광장 한가운데 머물러 있다. 그 광장이란 실상 "Z기"들이 숨 가쁘게 이착륙하는 "활주로"다. 근대란 이처럼 진보라는 한 방향을 향해 "돌진"하는 "활주로"인 셈이다. 오로지 "돌진"만이 목표이며, 이 목표를 위해서라면 기꺼이 모든 것을 희생해야만 한다.

　돌이켜보면 근대는 이제껏 역사의 진보라는 한 방향만을 바라보며 무섭게 돌진했다.[11] 그 돌진은 싫든 좋든 거기 올라탄 이들에게 "현기증"이 유발될 정도의 짜릿한 경험을 초래했다. 그러나 이러한 무모한 돌진의 결과는 처참한 최후를 낳고 말았다. 애초의 기대와는 정반대로, 모든 이의 삶을 파멸에 이르게 했으며, 동

---

10) 김규동, 37-38쪽.

11) 이와 관련하여 기든스는 근대적 삶의 특징을 힌두교 신화에 나오는 크리슈나의 수레에 비유한다. 이 수레는 막대한 힘을 가진 폭주 차량으로, 언제든 인간의 통제 한계를 벗어날 위험성을 지닌다. 우리는 어느 정도까지 이 수레를 조종할 수 있지만, 그 조종은 불완전한 것이기에 자칫 통제 한계를 벗어날 경우 수레 자체가 산산조각 날 위험성을 근원적으로 배제할 수 없다. 안토니 기든스, 이윤희·이현희 옮김,『포스트 모더니티』, 민영사, 1991, 146쪽.

시에 과거 스스로가 이룩했던 모든 것을 한꺼번에 파괴해버리는 충격적인 결과를 가져왔던 것이다. 그 모든 것이 지워져버린 현장에는 허망한 죽음들만이 덩그러니 던져져 있었다.

어쩌다가 이런 일이 벌어졌을까. 그것은 근대적 주체가 스스로를 절대 진리[12]라고 믿고 착각했기 때문이다. 자신을 절대 진리라고 믿은 이상 다른 의견이나 사고방식들은 고려의 대상이 아니었다. 따라서 그런 것들은 처음부터 무시될 수밖에 없었다. 이와 같은 엄청난 착각과 오만 속에서, 근대는 그 구성원과 주변인들을 향해 일률적으로 자신만을 믿고 따를 것을 강요했다.

여기서 김규동은 진보라는 미명하에 무차별적으로 행해진 근대의 폭력성에 대해 고발한다. 자신은 무오류이며, 따라서 모든 무리가 자신의 결정을 전적으로 믿고 따르지 않으면 안 된다는 발상은 명백히 하나의 허위이며 폭력이다. 이 폭력처럼 무서운 것도 없는데, 왜냐하면 그것은 일체의 열외를 인정치 않으려 들기 때문이다. 진보를 위한 돌진과 비상은 주체에겐 지상명령이자 과제다. 그러한 목표를 달성하는 과정에서 빚어진 부작용이나 희생 따위는 애초부터 관심 밖의 일이다.[13] 우리에겐 그것을 거부할 마땅한 수단이나 권리가 없다.

---

12) 근대적 주체의 탄생은 인간 이성, 특히 근대 초기의 계몽적 합리성을 바탕으로 한 이러한 절대 진리에 대한 믿음으로 무장하고 있는 것이 특징이다. 이렇듯 절대 진리로 군림하는 근대적 이성의 문제점과 그 위험성에 대한 자세한 해설은 다음 자료를 참조할 것. 김수용, 『괴테, 파우스트, 휴머니즘』, 책세상, 2004의 제2장 3절 3항 "절대화된 '말'과 '행동': 보편적 이념의 왜곡", 94-103쪽.

13) 물론 이러한 진술은 그 뒤 많은 반성과 변화를 겪게 된다. 그러나 초창기의 근대 사상들에 있어 그런 고려 사항들은 등한시되거나 무시되었던 것이 사실이다.

위에서 김규동이 "투명한 광선의 바다"라고 표현한 것은 이렇듯 우리 모두가 맹목적으로 따르지 않으면 안 되는 근대적 이상을 의미하는 것이 아닐까. 그것이 사람들의 눈을 가리고 판단을 정지시켜서 맹목의 길로 끌고 간다는 것을 알아차리기란 쉬운 일이 아니다. 알면서도 끌려가지 않을 수 없고, 몰라서도 끌려갈 수밖에 없는 구조다. 근대 이후 생겨난 많은 이념이 이런 터무니없는 구조 위에 위치하고 있다는 사실은 우려할 만한 점이다.

이처럼 무차별적인 돌진의 결과가 인류 역사의 진보가 아닌, 죽음과 폐허만이 존재하는 "광장"[14]임을 확인하는 순간, 나비는 근대의 숨겨진 폭력성의 실체를 똑똑히 목격하게 된다. 진보의 이념이 약속한 "화려한 희망"과 그것이 구현된 "아름다운 영토"는 어디에서도 찾아볼 수 없다. 이때 나비는 완전히 방향 감각을 잃고 헤매게 된다. 어디를 향해 나아가야 할지를 더 이상 알지 못하기 때문이다.

시인은 위 시를 통해 동시대인들에게 더 이상의 길이, 희망이 남아 있는지를 진지하게 묻는다. 현실적으로 그에 대한 대답은 부정적인 쪽으로 기울 수밖에 없다. 그걸 바라기에는 "신도 기적도 이미/승천하여버린 지 오래"되었기 때문이다. 시적 자아인 "흰나비"는 여기서 문득 어디로 향해야 할지를 놓쳐버렸다. 그의 "날개"는 "말없이 이즈러진" 채로 "파닥"거릴 뿐이다. 그런 상태에서 이정표도 좌표도 없는 넓디넓은 광장 한가운데 홀로 덩그러

---

14) 이러한 '광장'의 이미지를 최인훈이 그의 소설 『광장』에서 던진 문제제기와 연관시켜 보는 것은 의미 있는 작업이라고 판단한다. 이러한 논의는 맹문재에 의해 시도된 바 있다. 맹문재, 「나비와 광장의 시학」, 맹문재 엮음, 『김규동 깊이 읽기』, 푸른사상, 2012, 140-156쪽.

니 놓인 신세가 되었다. 시인은 전후의 정신적 위기상황을 이같이 묘사하고자 한 것이다.

그러나 분명한 것은 그 모든 실패와 좌절에도 불구하고 여기서 마냥 넋을 놓고 주저앉아 있을 수만은 없다는 점이다. 망가진 현실을 바로잡아 일으켜 세우고 미래 역사를 열기 위해서라도 처음부터 다시 시작하지 않으면 안 되기 때문이다. 비록 그것이 장밋빛으로 채색된 약속의 땅은 아닐지라도, 새로운 목표지점을 정하고 그 좌표를 향해 꾸준히 한 걸음씩 나아가고자 하는 마지막 남은 희망만은 포기할 수 없다.

그것은 어떤 외부적 권위에도 의존하지 않는, 오직 자신의 노력과 의지만으로 일구어내야 하는 작업이다. 그런 까닭에 그것은 스스로 완성해야 하는 "신화"로 기록된다. 그러한 신화의 탄생을 꿈꾸며 김규동의 나비는 또 다른 역사의 한 페이지를 열기 위해, 폐허의 광장에 홀로 남아 현실과의 "대결" 의지를 불태운다.

능선마다
나부껴오는
검은 사정권(射程圈)

속력의 질주는
재빨리
정신의 마디마디를
역사(轢死)시켰다

(…)

광란하는 바다
파열하는 빛깔 속에
낙하하여가는
선수들의 포물선—

그럴 때마다
새하얀 광선을 쓰며
전쟁의 언덕을 올라오는
어린 나비들은
믿기 어려운 네온사인의 영상(影像) 속에
마그네슘처럼 투명한 아침을 폭발시키는 것이다.
　　　—「전쟁과 나비」부분[15)]

　전쟁은 모든 것을 파괴한다. 그럼으로써 그 모든 것을 무(無)의 상태로 되돌린다. 전쟁으로 인해 빚어진 '무'란 일차적으로 폐허를 의미하지만, 그 폐허는 동시에 시원의 의미로 재해석되기도 한다. 즉 새로운 출발을 위한 터전이 되는 것이다.[16)]
　위의 인용 시는 전쟁 속에 담긴 그런 두 가지 속성을 동시에 함축한 채로 다가온다. 먼저, 전쟁은 죽음의 긴 그림자를 드리운 채 다가온다. 전쟁을 낳은 근대의 탄환은 "속력의 질주"로 다가왔기

---

15) 김규동, 28-29쪽.
16) 전쟁과 폐허에 대한 이러한 의미 부여는 고은에 의해 이미 시도되었던 바 있다. "그 50년대의 정열과 광태와 퇴폐들을 사랑한다는 것은 폐허를 사랑한다는 뜻이 된다. 모든 것이 끝났다. 그리고 모든 것이 다시 시작되지 않으면 안 되었다." 고은, 『1950년대』, 청하, 1989, 19쪽.

에 그것의 "검은 사정권"에 든 이상 누구도 죽음의 그림자로부터 자유로울 수 없다. 그리고 그것은 우리의 "정신의 마디마디를/역사시켰다". "광란"과 "파열", "낙하"가 난무하는 현장의 무질서와 혼란. 그것이 그가 경험한 한국전쟁의 참모습이다.

그러나 그러한 파괴적인 면모는 또한 기존의 것을 남김없이 허물고 새로운 날들, 새로운 시대 "정신"을 출범시키기 위한 사전 정지 작업이기도 하다. 이 경우 전쟁으로 인한 희생과 죽음은 구세대의 몰락과 그 뒤를 이은 신세대의 부상이라는 시대사적·정신사적 사건으로 다가온다.[17] 전쟁의 현장에서 "마그네슘처럼 투명한 아침을 폭발"시키며 올라오는 "어린 나비" 떼의 이미지는 그런 시적 의도를 반영한다. 요컨대 이 시에 나타난 "나비"란 내면으로부터 낡은 인식과 정서의 틀을 폭파시켜 몰아낸 후, 20세기 후반기의 시작과 더불어 새로운 문명과 시대정신의 선두에 서고자 했던 '후반기' 동인들의 의식 성향과 상통하는 점이 있는 것으로 판단된다.

전쟁이 지닌 양면성, 새로운 출발과 시작을 위한 예비 작업으로서의 파괴의 의미와 연관된 나비의 출현은 동일 시집에 수록된 다음 시에서도 반복적으로 제시되어 나타난다.

---

17) 인용 시에서 "나비"는 "믿기 어려운 네온사인의 영상(影像) 속에/마그네슘처럼 투명한 아침을 폭발시키는" 존재로 묘사되어 있다. 이 구절에 대해 이동순은 아침 햇살의 시적 표현으로 읽는다. 이런 해석에 대해 필자 또한 동의하나 이후 이어지는 진술, 그러므로 나비는 여기서 "전쟁, 우울함, 공포 따위로부터 벗어나게 하는 촉매장치나 도구로서의 역할을 담당"한다는 해석에 대해서는 동의가 되지 않는다. 그것을 뒷받침할 만한 텍스트 내적 근거가 빈약할뿐더러, 여기 등장하는 "어린" 나비의 이미지, 그리고 "투명한 아침"의 이미지와도 해석상 잘 부합하지 않기 때문이다. 이동순, 「장엄한 분단서사와 회복의 시정신」, 『김규동 시전집』, 창비, 2011, 872쪽.

나비는
상장(喪章)처럼 휘날리며 오고
새하얀 태양이
로터리의 분수 위에 부서질 때
나의 가슴엔
장미처럼 타는 전쟁이
출렁이는 해협을 이루어오고 있다.
—「전쟁은 출렁이는 해협처럼」 부분[18]

근대는 그 자가당착적인 모순으로 인하여 스스로를 부정하고 파괴했다. 전쟁은 그러한 근대적 모순의 종착점이자 새로운 시대의 시작을 알리는 서막인 것이다. 위 시의 화자는 그 엇갈림의 교차로("로터리")에 스스로 위치하고자 한다. 그러므로 여기서의 전쟁의 의미는 단순히 부정적으로만 해석되지 않는다. 전쟁을 가슴속에 타오르는 "장미"에, 다시 역동적으로 "출렁이는 해협"에 비유한 것은 그 때문이다. 이 시의 나비는 그런 전쟁이 지닌 양면적인 속성과 기능을 무리 없이 이어주기 위해 동원된 나비다. 폭력과 살상, 파괴로 인한 희생("상장喪章")은 불가피하지만, 그러한 희생이란 경우에 따라서는 "새하얀 태양"으로 상징되는 새로운 출발을 위한 밑거름이 되어주기도 한다는 점을 위 시는 넌지시 일러준다.

이렇게 볼 때 김규동의 나비는 근대의 모순이 낳은 한국전쟁의 비극적 현실을 정면으로 응시하며, 그것의 초극과 비상을 꿈꾸는

---

18) 김규동, 86-87쪽.

시인 정신의 승리의 상징이다. 그리고 이는 또한 그가 속한 '후반기' 동인들의 시대의식의 반영이기도 하다. 그것은 파괴와 창조, 죽음과 탄생, 종말과 시작이 서로 대립적이기만 한 것이 아니며, 상호 긴밀하게 맞물려 연결될 수 있다는 특유의 신념과 의지를 잘 보여준다.

2) 분단 모순의 극복을 위한 피맺힌 날갯짓: 박봉우

언젠가는 극복해야 할 것이지만, 분단 상황이란 남북한 모두에게 부정할 수 없는 엄연한 현실이요 민족의 의식 내면을 짓누르는 각종 제약의 근원으로 작용한다. 문학의 경우도 예외가 아니어서 전후 남북한의 문학 활동은 넓은 의미에서의 분단 문학적 특수성을 지닐 수밖에 없게 되었다. 분단이라는 장벽을 넘어 분단 극복을 위한 시도와 모색으로까지 나아가야 한다는 민족 내부의 당위적 요청에도 불구하고, 그것을 실제 실행에 옮기기까지는 만만치 않은 현실적 제약조건들이 도사리고 있기 때문이다.

이처럼 전후 남북한 지식인들의 의식 구조를 가장 원초적으로 짓누르고 지배한 것이 분단체제의 고착화라고 했을 때, 그러한 현실에 치열하게 부딪히며 저항했던 시인으로 박봉우를 꼽는 데 주저할 이는 그리 많지 않을 것이다. 분명한 것은 남북은 쌍방을 동족이기 전에 적으로 간주하고 서로를 향해 총부리를 들이대며 경계했다는 사실이다. 이런 상황에서 어느 한쪽이 설령 먼저 화해의 손길을 내민다 하더라도 그런 적대적 관계가 하루아침에 해소되는 것은 아니다. 이미 동족상잔의 피비린내 나는 전쟁까지 치른 마당에 서로에 대한 불신의 골은 깊을 대로 깊어졌기 때문이다.

더욱이 문제가 되는 것은 이런 숨 막히는 현실이 우리의 의지대로 성립된 것만도, 반대로 의지대로 허물 수 있는 것만도 아니라는 사실이다. 그것은 제2차 세계대전 종전 이후 재편된 새로운 국제 질서, 즉 동서 간의 이념 대결과 냉전체제의 부산물이면서 동시에 그것과 연동된 남북 간의 이데올로기적 대립과 정치·군사적 대립의 결과물이기 때문이다.

다시 말해서 실질적인 분단 극복을 모색하기에는 남북 쌍방 간의 주체적인 노력과 의지, 그리고 지혜만으로는 아무래도 뚜렷한 한계가 있다. 이 경우 민족 내부의 상호 신뢰 회복을 통한 통일에의 열망과 의지 못지않게 중요한 것은 동북아 긴장 관계의 역학 구도 및 주변국들의 이해관계에서 비롯된 득실 여부다. 극복을 위한 노력은 물론 앞으로도 꾸준히 유지되어야겠지만, 그것이 매번 지지부진한 데 머무를 수밖에 없었던 근본 이유는 이처럼 이 문제에 관한 한 우리 자신이 주역으로 나서기까지는 아직까지 현실적인 제약조건들이 너무 많기 때문이다.

분단 현실의 한국적 특수성에 대한 이러한 이해는 전후 펼쳐진 박봉우의 초기 시작 활동에 대한 이해에도 그대로 연결된다. 내부의 모순을 민족 자체의 힘과 의지만으로 풀 수 없다는 사실은 시인 박봉우에게 심한 좌절감을 가져다주었다. 현실의 압력은 그만큼 압도적이었기에 시인은 그 앞에서 한없이 왜소해지는 자신의 존재를 느낄 수밖에 없었다. 그러나 짓누르는 중압감 속에서도 그는 그러한 현실에 맞서 싸우며 처절하게 저항해야 할 필연적인 이유를 떠올리게 된다.

지금 저기 보이는 시푸런 강과 또 산을 넘어야 진종일은 별일 없이 보낸 것이 된다. 서녘 하늘은 장밋빛 무늬로 타는 큰 눈의 창을 열어… 지친 날개를 바라보며 서로 가슴 타는 그러한 거리에 숨이 흐르고.

모진 바람이 분다.
그런 속에서 피비린내 나게 싸우는 나비 한 마리의 생채기.
첫 고향의 꽃밭에 마지막까지 의지하려는 강렬한 바라움의 향기였다.

앞으로도 저 강을 건너 산을 넘으려면 몇 '마일'은 더 날아야 한다. 이미 날개는 피에 젖을 대로 젖고 시린 바람이 자꾸 불어간다. 목이 빠싹 말라버리고 숨결이 가쁜 여기는 아직도 싸늘한 적지.

벽, 벽… 처음으로 나비는 벽이 무엇인가를 알며 피로 적신 날개를 가지고도 날아야만 했다. 바람은 다시 분다 얼마쯤 날면 아방(我方)의 따스하고 슬픈 철조망 속에 안길,

이런 마지막 '꽃밭'을 그리며 숨은 아직 끝나지 않았다 어설픈 표시의 벽. 기(旗)여…
　　　　　　　　　　　　　—「나비와 철조망」[19]

분단 극복을 위한 모색은 우선 분단 현실에 대한 솔직하고도

19) 임동확 엮음, 『박봉우 시전집』, 현대문학, 2009, 54쪽.

철저한 인정과 이해에서부터 시작되지 않으면 안 된다. 그런 점에서 위의 인용 시에서 우리는 분단이 가져온 모순적인 현실을 직시하려는 시인의 태도를 엿볼 수 있다. 시의 배경이 되는 무대는 남북이 아군과 적군으로 나뉘어 휴전선을 사이에 두고 대치하는 비무장지대의 철조망 근처다.

시인은 스스로 연약한 나비 한 마리로 화하여 남북 양측이 쳐놓은 철조망을 넘나들며 꽃밭을 향해 날아가기 위해 애쓴다. 그러는 동안 어디선가 시린 바람이 불어와 나비의 지치고 가녀린 날개를 사정없이 때린다. 철조망에 찢기고 바람에 시달린 그의 작은 날개에는 어느덧 피가 맺힌다. 그럼에도 나비는 그의 비행을 쉬이 멈추려 들지 않는다. 반드시 넘어야 할 "벽"이 거기 놓여 있기에.

만일 꽃밭이 나비가 날아가 앉을 만한 이상과 동경 어린 세계[20]라는 해석이 타당하다면, 우리는 그러한 꽃밭이 지닌 의미를 분단으로 인해 상처 입은 자아가 그리는 '고향'(첫 고향의 꽃밭)의 의미로부터 '통일'(마지막 '꽃밭')의 의미에 이르기까지 순차적으로 확장시켜나가기에 별 어려움이 없을 것 같기도 하다. 그러나 현실에 있어 그러한 확장은 생각만큼 간단하게 이루어질 일이 아니다. 앞서 살펴보았듯이 현실의 벽은 너무도 높고 두터우며, 그에 보태어 겹겹으로 중첩되어 있기 때문이다. 이 끔찍한 철조망을 통과해야 하는 나비에게 상처란 피치 못할 운명과도 같은 것이다. 이제는 갈 수 없는 고향땅으로의 귀환을 꿈꾼다는 것, 나아가 통일에의 염원을 가슴 깊이 간직한 채로 살아간다는 것은 당

---

20) 노용무, 「박봉우 시 연구: '나비'의 비상과 좌절을 중심으로」, 『한국문학논총』 제22집, 한국문학회, 1998, 8쪽.

시는 물론 현재의 상황에서도 결코 쉽지 않은 일이기 때문이다.

피투성이 날개로 날아가는 나비의 이미지는 이 같은 시적 자아의 이상에 비례하여 더욱 처절하게 다가온다. 현실은 끊임없이 시인 내면에 사리 잡은 꿈과 이상을 위협하고 제약하려 들지만, 그러한 위협과 제약은 시인에게 통하지 않는다. 오히려 그러면 그럴수록 분단 극복을 향한 그의 열망과 의지는 한층 공고해진다. 그와 함께 민족의 화합과 통일을 향한 염원도 내면 깊숙한 곳으로부터 무르익어 간다. 박봉우의 시가 예술적인 형상화나 인식의 깊이 면에서 여러 가지 문제점들을 노출하고 있음에도 불구하고[21] 그간 줄곧 문단과 학계의 주목의 대상이 되어 왔던 데에는 누구도 선뜻 다가서길 꺼려했던 당시의 시대적 상황과 조건 속에서, 이처럼 민족의 공동체적인 화합과 통일 의지를 전면에 내세운 담대한 시적 용기와 의지가 돋보였던 까닭이다.

물론 꽃밭을 향해 날아가고자 하는 시적 자아의 비상이 항상 성공적인 결과로 이어지기만 했던 것은 아니다. 많은 경우에 현실의 압도적인 중력은 나비의 비행 시도 자체를 불가능하게 만들기도 했다.

---

21) 김현승은 그의 시에 나타난 언어의 특성을 거칠고 산만하며 안정감을 주지 못한다고 평가한다. 오성호 또한 거칠고 직설적인 진술로 일관하여 충분한 시적 형상성을 획득하지 못하고 있으며, 분단 현실에 대한 인식은 소박하고 추상적인 수준으로 극복을 향한 전망 역시 관념적이고 심정적인 차원에 머물러 있는 점을 그의 시가 지닌 중대한 결함으로 지적한다. 김현승, 「박봉우의 인간과 시」, 『사월의 화요일』, 성문각, 1962, 149쪽; 오성호, 「상처받은 '나비'의 꿈과 절망: 박봉우의 『휴전선』을 중심으로」, 『현대문학의 연구』 제7권, 한국문학연구학회, 1996, 103쪽.

문둥이도 지아비와 지어미를 죽인 자식도 인육가(人肉家)의
허술한 어느 골목길… 백도(百度)의 고열(高熱)에 흠뻑 젖어
매일 밤 미친 개마냥 혀를 낼름거리는 계집년들에게도 나비 한
마리 쉬어갈 꽃 한 포기 없는 매정스러운 황토(荒土).
　　—「부감도」(俯瞰圖) 부분22)

꽃밭은 없는가 우리가 잠을 자고 가도 좋을 그런 꽃밭은 없
는가 우리의 심장을 익은 해와 같이 태워도 좋을 사랑이란 집
은 사랑이란 집은 영영 없는가.
　　—「사수파」(死守派) 부분23)

슬픈 종일을 느끼게 하는 나를,
이 육체를
녹슬은 철조망의 사슬에
나비처럼 두고 싶은
불모의 영토가 있을 뿐.
　　—「회색지」(灰色地) 부분24)

현실은 사뭇 냉혹하다. 분단 현실을 극복하고 민족의 동질성
회복을 추구하려는 시인의 굳은 의지에도 불구하고, 현실의 벽은
점점 두터워져만 갔다. 그리고 그 벽은 마침내 대지의 원초적인
생명력마저 갉아먹을 지경이 되었다. 철조망에 가로막혀 남북이

22) 임동확 엮음, 앞의 책, 42–43쪽.
23) 같은 책, 84–85쪽.
24) 같은 책, 91–92쪽.

서로에게서 멀어져 남남처럼 지내는 동안, 민족적 동질성은 심하게 훼손되고 낱낱이 이지러진 극한 상황만이 연출될 뿐이다. 그 결과 대지 역시 건강성을 잃어 왜곡되고 타락한 모습으로 변질되어갔다.

"꽃 한 포기" 떠올리기 힘든 "매정스런 황토" 위에서, "녹슬은 철조망의 사슬"만이 덩그러니 놓여 있는 "불모의 영토", "회색지"에서, 나비는 내려앉아 쉴 곳조차 찾지 못한 채로 애처로이 주위를 두리번거린다. "꽃밭은 없는가"라는 그의 안타까운 외침은 허공 중에 공허한 메아리로 흩어져간다. 그러나 이러한 열악한 현실 인식은 도리어 그에게 나비가 찾아가 내려앉을 꽃밭을 반드시 찾아내고야 말겠다는 강한 집념과 의지를 불러일으키는 기제로 작용한다.

아름다움만으로 피나게 싸워 바다의 그 깊은 밑바닥에서 열려 오는 그것은 먼먼 하늘같이 트여 오는 창(窓)이 아닌가.

진한 팔월의 태양. 홍색 장미가 무르녹게 내 마음 언저리에도 피어 이 중립지대에 무슨 기(旗)를. 기를 세워야 쓰는 게 아닌가.

발목같이 연한 이 어린것에게 햇살같이 따시한 보듬음을 주시려는 이젠 오월 같은 것이 아닌가.

몇 번이고, 몇 번이고 제대로 피어나려는 그 미미한 눈물 같은 것에게 이런 넓은 하늘을 주려는 것인가.

내가 사는 영토에, 또 세계에 무슨 의미를 주는가 모진 바람
이 불어도 끝끝내 날아올 저 꽃밭에,

피 먹은 나비여…
―「저항(抵抗)의 노래」[25]

"피 먹은 나비"는 "모진 바람이 불어도 끝끝내 날아올" "꽃밭"
을 찾아서 날아간다. 그런 그의 핏빛 날갯짓은 시인이 사는 이 척
박한 "영토"에, 그리고 "세계"에 "의미"를 부여하기 위한 몸부림
인 것이다. 핏빛으로 물든 나비의 날갯짓은 분단의 고착화를 받
아들일 수 없다는 현실에 대한 최후의 저항 정신을 상징한다.

남도, 북도, 좌도, 우도 거부하는 그곳은 형식상 "중립지대"
에 속한다.[26] 그런 중립의 대지 위에 그는 어떤 외부적 조건에도
종속되지 않고 때 묻지 않은 생명력과 순수함으로 가득 찬 그런
"기"를 세우고자 한다.[27] 그리하여 남북이 첨예하게 대립하는 공
간, 서로를 향해 총부리를 겨누고 인적·물적 교류조차도 단절된
현장에서 그는 중립적 입장의 남북 화해와 그것을 통한 민족적
자립의 가능성을 엿보고자 한다.

---

25) 같은 책, 23쪽.
26) 이런 그의 시각은 결국 남북 간의 '중립화' 통일에 대한 의지와 맞닿은 것이
    아닌가 하는 의문을 불러일으키기도 한다. 일찍이 신동엽 또한 그의 유명한
    시 「껍데기는 가라」에서 '중립의 초례청'을 노래했다.
27) 박봉우의 시에 등장하는 '기'의 이미지는 개별 텍스트마다 약간씩의 진폭을
    보이긴 하지만 대체적으로 '민족의 통일을 염원하는 시인의 분단 극복 의
    지'와 연관된 것으로 이해되고 있다. 최선화, 「박봉우의 시의식과 이미지 연
    구」, 건국대 교육대학원 석사논문, 2004, 84-94쪽.

그 과정은 물론 험난하다. 앞서 누차 지적되었듯이 이러한 희
망은 우리 민족만의 독자적인 판단과 의지만으로 실천에 옮겨질
성질의 것이 아니기 때문이다. 그러나 그런 객관적인 상황과 조
건은 시인에게 변명거리가 되지 못한다. 무엇보다도 중요한 것은
핏빛 상처로 얼룩진 채 날아가는 한 마리 나비처럼 언젠가는 반
드시 이루어질 수 있으리라는 강한 믿음과 굳은 의지가 그에게는
있기 때문이다.

3) 전쟁이 미친 내면적 효과 또는 저항의 여러 가지 모습: 전영경

김규동이나 박봉우에 비해 상대적으로 덜 주목받은 감이 없지
않지만, 전영경의 경우에도 전후 시단에서 나비의 소재와 이미지
를 즐겨 활용한 주요 시인 가운데 한 사람으로 지목될 수 있다.

그간 그의 시적 편력은 주로 문명 비판적 풍자와 해학의 세계,
그리고 욕설과 쌍소리, 육담 등을 시 쓰기에 적절하게 활용한 파
격[28]과 언어적 요설이라는 하급 문체적 특성에 대한 관심[29]들로
설명되어왔다. 그러나 그의 시작 활동에 대한 이러한 일반의 이

---

28) 이러한 파격은 일찍이 시작에 있어 비시적, 반시적 요소의 도입으로 주목받
았던 김수영의 경우에 비해볼 때에도 시기적으로나 분량적인 면에서 별로
뒤떨어지지 않는다는 점에서 적극적인 검토가 필요할 것으로 본다.

29) 이순욱, 「전영경의 풍자시 연구」, 『국어국문학』 제31집, 국어국문학회, 1994,
185 – 209쪽; 신진숙, 「전후시의 풍자 연구: 송욱과 전영경을 중심으로」, 경
희대 대학원 석사논문, 1994; 이순욱, 「1950년대 한국 풍자시 연구: 송욱, 전
영경, 민재식을 중심으로」, 부산대 대학원 석사논문, 1995; 이승하, 「한국 현
대시에 나타난 풍자성 연구: 송욱, 전영경, 신동문, 김지하를 중심으로」, 중앙
대 대학원 박사논문, 1995; 김양희, 「전영경 시 연구: 요설의 언어와 반서정
의 시학」, 『어문연구』 제69집, 어문연구학회, 2011, 239 – 269쪽.

해는 첫 시집 『선사시대』의 경우에는 전폭적으로 수용되기 힘들
다. 이때 벌써 일부 시편들에서 파격적인 요소들이 간간이 발견
되기도 하나,[30] 이후의 시편들에서 보는 것처럼 그렇게 전면적이
라거나 과격한 편은 아니기 때문이다. 오히려 첫 시집에서 그는
전쟁 체험을 원형으로 하는 전후의 좌절과 고독, 그리고 그것들
에 바탕을 둔 서정적인 정서와 이미지를 위주로 한 시편들을 선
보이는 데 주력했다.[31]

> 황소가 있다는 마을의 돌담에 호박꽃 피었다는
> 어느 일요일입니다.
> 나비는 바다를 찾기로 했습니다.
> 나비는 잊음 많은 일요일 날 늦잠을 잤습니다.
> 잠꾸레기였습니다.
> 노오란 상복(喪服)을 입은 나비는 성황당(城隍堂) 고개를 넘
> 어야만
> 바다를 찾았습니다.
> 수림(樹林)을 뚫고 목탁(木鐸)이 들려 왔습니다.
> 잡초(雜草).
> 따발총에 넘어진 소녀는
> 성황당 고개 언덕에 누워 있었습니다.

---

30) 이 점과 관련하여 전영경의 풍자시에 대한 관심을 '전후의 절망감을 극복
하려는 의지'와 연결시킨 김양희의 지적은 주의를 요한다. 김양희, 같은 글,
241쪽.
31) 이와 함께 현실 비판 의식을 앞세운 산문적 언술과 파격적인 행 갈음을 특징
으로 하는 시편들도 부분적으로 혼재되어 있음을 밝힌다.

길이 묻혔습니다.

일요일. 바다로 가는 나비는 묘지(墓地) 없는 푯(標)말에 주
저앉았습니다.

훌적했습니다.

상복을 입은 나비는 바다를 넘어다 봤습니다.

엄청난 생각에 잠겼습니다.

성황당 고개를 넘어 마을의 돌담에서, 호박꽃은

빙그레 웃음을 터트렸습니다.

산울림이 있었습니다.

황소는 성황당 고개 위로 고함을 질렀습니다.

노오란 상복을 입은 나비는 묘지 없는 푯말 위에서

깜빡 졸았습니다.

나비는

마을 바다 일요일을 잊었습니다.

　　—「SUCH IS LIFE」[32]

　　활자화된 시인의 첫 작품이다.[33] 보다시피 첫 작품부터 '나비'
의 소재가 전면에 등장하고 있음을 알 수 있다. 위 시의 나비는
"상복을 입은 나비", 즉 죽음을 목격하고 애도하는 나비다. 그 죽
음은 전쟁이 몰고 온 파괴와 폭력에서 비롯된 것일 텐데, 여기서
그 희생양은 "따발총에 넘어진 소녀"로 제시되어 있다.

---

32) 전용호 엮음, 『전영경 시전집』, 현대문학, 2012, 79-80쪽.
33) 이 텍스트는 원래 『연세춘추』 1953년 10월 1일자에 「묘지 없는 푯말」이라는
　　제목으로 게재된 바 있다. 이후 그의 첫 시집에 수록되면서 제목과 본문 일
　　부가 오늘날과 같이 수정되었다.

그러나 소녀의 죽음을 애도하는 나비의 태도는 우리의 예상과는 달리 한결 여유롭고 평화로워 보인다. 일요일을 맞아 마치 휴식이라도 즐기듯이 느릿느릿 한가로이 유유자적하며 보낸다. "늦잠"을 자는가 하면 "바다"를 보면서 생각에 잠기기도 하고 "묘지 없는 푯말" 위에 내려앉아 깜빡 졸기까지 한다. 뿐만 아니라. 그를 둘러싼 풍경들도 별반 다르지 않다. "호박꽃" 웃음을 터뜨리는가 하면 "황소"는 고개 위에 대고 "고함"을 지르기까지 한다. 죽음은 애도되지만, 그 애도의 정도는 별로 깊지가 않다. 마치 일상처럼 스치고 지나가듯이 그렇게 가볍게 지나칠 뿐이다.

위 시는 전쟁으로 인해 희생된 죽음이 몰고 온 충격이 더 이상 우리 주변에서 예전과 같지 않음을 증언한다. 무엇보다도 죽음 자체가 너무 흔해진 탓이다. 도처에 죽음은 널려 있고 그 죽음에 따른 애타는 장면들은 쉴 새 없이 목격되었다. 그러다보니 웬만한 죽음은 이제 관심거리조차 되지 못한다. 그만큼 사람들은 무덤덤해져버렸다. 위 시의 나비는 그런 사람들의 의식 내면이 투영된 존재다. 그런 것이 바로 당시 이 땅에서 일어난 죽음이며, 동시에 이 땅에 남겨진 이들의 삶(LIFE)의 모습이다.

이런 당대의 상황은 시인으로 하여금 많은 생각에 잠기게 만든다. 전쟁은 이처럼 인간의 감정조차 무디게 만들었다. 이런 상태가 이 이상 지속되는 것은 분명 문제가 있다. 직접적으로 전달하고 있지는 않지만, 시인은 이와 같은 상황 제시를 통해서 사람들에게 경각심을 불러일으킨다. 그러면서 스스로의 반성을 촉구한다.

나비는 바다를 생각하고.

나비는 들국화로부터 나래를 쳤다.

아침이다.

일요일의 공동묘지(共同墓地)는 승지에서 돋아난 버섯처럼,

일제히 하늘을 향해

항의(抗議)를 한다.

(이것이무고한인간의말로올시다)하고.

나비는 둥그렇게 ○을 그리고.

바다.

나비는 수심(水深)을 생각하고.

다시 나비는 둥그렇게 ○을 그렸다.

　　—「공동묘지」 부분34)

　위 시의 분위기는 선배 시인 김기림의 「바다와 나비」와 「공동
묘지」를 연상케 한다. 김기림의 시들이 일제 말기의 암울한 시대
상과 태평양전쟁을 목전에 둔 식민지 지식인의 을씨년스러운 내
면 풍경을 음각화의 방식으로 표현한 것이라고 한다면, 위 텍스
트는 전쟁으로 희생된 수많은 이들의 넋을 추모하고 위로하는 한
편 그들의 무고함을 부각시키고자 애쓴 것이다.

　인생이란 바다의 수심처럼 직접 몸을 담가보기 전에는 미처 다
알 수 없는 깊이를 지닌다. 그러나 전쟁 중에 희생된 많은 이들은
그들의 인생을 제대로 경험해보기도 전에 생을 마감해야 했다.
나비는 바다 위를 두 차례 둥그렇게 원을 그리며 날기를 반복한
다. 그러한 행위를 통해 그는 억울하게 먼저 스러진 이들의 명복

---

34) 전용호 엮음, 앞의 책, 55쪽.

을 빈다. 그러면서 자신만의 추모 행사를 마무리한다.

　　　피투성이가 된 우리 모두의 가슴 위에 꽃나무를 심어 보는
수녀(修女)의 자학(自虐).
　　시시한 가슴 위에도 꽃은 피어야 하는가.
　　슬픔보담도 우리들에게 슬픔보담도
　　괴로운 몸짓, 괴로운 몸짓을 가져다주는, 나비는
　　꽃나무 위에서 학살을 당하고,
　　학살을 당하는 꽃나무, 위에서 꽃나무, 꽃나무는 분별(分別)
없이 학살을 당하는
　　대량(大量)의 비극(悲劇) 때문에
　　(…)
　　시시한 가슴, 시시한 가슴 위에도 꽃이 피어야 하는 까닭은
　　피투성이가 된 나와.
　　너와.
　　당신의 가슴 위에서
　　흘러오고 흘러가는 구름을 잡고.
　　(행복은그렇다행복은삼년후에온다)고.
　　꽃나무를 분별없이, 꽃나무를 분별없이 심어야 하는
　　무언의 결의 때문에
　　우리들에게 슬픔보다도 괴로운 몸짓을, 우리들에게
　　슬픔보담도 괴로운 몸짓을 강요하는
　　시시한 가슴 위에서 꽃을 피우기 위해
　　수녀, 수녀는
　　그 무슨 도전(挑戰)을 가져 보는 것이다.

—「고독(孤獨)에의 학살(虐殺)」부분35)

　무엇보다도 전쟁은 우리 모두의 정신세계를 황폐하게 만들었
나. 황폐해져버린 내면을 회복하고 다시 예전의 인간성을 회복하
기 위해서는 부단한 관심과 노력, 정진이 필요하다. "피투성이가
된 우리 모두의 가슴 위에 꽃나무를 심어 보는" 행위란 그런 인간
성 회복을 위한 시도라 할 것이다.

　도저히 뿌리를 내리기 어려운 척박한 환경 속에서 꽃나무를 심
고 가꾸어 키워나가기 위해서는 각고의 노력과 정성이 필요하다.
"꽃나무"는 분별없이 "학살"당하고 그들 사이를 오가는 "나비"
또한 "학살"당한다. 그런 "대량의 비극"은 전후의 황폐해진 정신
세계를 대변한다. 사정이 이러할진대 그 작업에 힘을 쏟는다고
해서 아무도 알아봐줄 리가 없다. 오로지 고독 한가운데에서 묵
묵히 자신이 옳다고 믿는 행동을 밀고 나가는 구도자적인 자세가
요구되는 것은 그런 이치다. 이 작업에는 "수녀"와 같은 정결함과
경건함, 그리고 인내심과 순종의 미덕이 뒷받침되지 않으면 안
된다.

　그것은 어쩌면 위 텍스트에서 보듯 스스로에 대한 "자학"이자
불가능에 대한 "도전"일지 모른다. 이 상황에서 불모의 대지 위에
희망의 꽃을 다시 피어오르게 하고, 나비와 같이 자유로운 영혼
의 비상을 꿈꾸는 일은 스스로에게 끊임없는 좌절과 고통을 강요
하는 일이다. 시인도 그걸 모르는 바는 아니다. 다만 피투성이가
된 채로 쓰러지는 한이 있더라도 그의 내면에는 끝끝내 포기할

---

35) 같은 책, 42-43쪽.

수 없는 어떤 열망이 살아 숨 쉬고 있다. 그러한 열망은 전후의 피폐해져버린 정신적 풍토 속에서 기어이 한 그루의 꽃나무를 심고 키워냄으로써, 더 이상 전쟁으로 인해 빚어진 고통과 정신적 상처가 남긴 불모의 흔적들을 이대로 방치할 수 없다는 시인 자신의 "무언의 결의"와도 통한다.[36]

산새도 구슬피 우는 갯마을은 고개 넘에 있었고.
삼밭 저쪽 성황당(城隍堂)이 있는 마을을 돌아서 사무친 울음.
울음이다.
파아란 보리밭, 보리밭 이랑을 따라, 나비를 쫓던
다시 나비를 쫓던 소년은
실은 바보였다.
고개 하나를 두고 마을에서도 남북전쟁(南北戰爭)이 있었고.
보리밭 능선, 그 저쪽엔 공동묘지(共同墓地)가 있었고.
포성이 잠잠히 가라앉은 날.
애비와 에미와 오빠와 누이와, 그리고 이웃을 묻어야 했고.
(⋯)
자꾸 꽃이란, 꽃이란 꺾어 놓고 보자던 순이도 죽으면 마지

---

36) 이 점과 관련하여 전계림은 거듭된 학살에도 불구하고 "꽃나무를 분별없이" 반복적으로 심기 위해 노력해야 하는 이유에 대해, 인정할 수 없는 전쟁 상황을 인정해야 한다는 것과 그것을 극복해야 하는 의지 사이에서 빚어진 갈등을 보여주는 구절이라고 설명한다. 전계림, 「전영경 시 연구: 시적 양식과 서사적 양식의 상호 작용을 중심으로」, 서강대 대학원 석사논문, 2001, 18쪽.

막이었고, … 또다시
　　나비를 따라
　　나비를 쫓던 소년(少年)이 있었다.
　　　　—「이유(理由) 없는 반항(反抗)」부분[37]

　"파아란 보리밭"과 "보리밭 이랑을 따라" "나비를 쫓던" 소년의 환상. 그것은 아마도 시인의 추억 속에 간직된 자신의 어린 시절 모습이 아닐까 한다. 그 시절 그는 아무것도 모른 채 행복하기만 했다. 그러나 "남북전쟁"의 여파가 이 작은 시골 동네에까지 미치자, 평화롭던 그 시절의 기억은 더 이상 현실 속에서는 아무런 도움이 되지 못했다. 무수한 죽음을 목격했고, 그 수만큼의 무수히 많은 사람들이 그의 곁을 떠나갔다. 그는 "애비와 에미와 오빠와 누이와, 그리고 이웃을 묻어야 했"으며, 어린 시절 같이 뛰놀던 "순이" 역시 떠나보내지 않으면 안 됐다. 그러는 동안 그는 어느덧 성인이 되었다.
　여기서 '나비'란 세상 물정 모르던 시인의 어린 시절 순수한 마음, 순진무구한 의식 세계를 표상하는 이미지일 것이다. 그런 나비가 좋아 나비를 쫓던 소년은 전쟁으로 인해 모든 것이 변해버린 지금, 세상에 적응하기 힘든 "바보"가 되어버렸다. 그럼에도 시인은 가끔씩 그 시절이 그립다. 나비를 따라 자연을 누비며 세상물정 모르던 그 시절 철없던 "바보"의 세계로 되돌아가고 싶다.
　현실적으로 그건 삶을 살아가는 데 도움이 되지 않는다. 뿐만 아니라 그렇게 되돌아가는 것이 가능하지도 않다. 그도 그걸 모

---

37) 전용호 엮음, 앞의 책, 27쪽.

306

르는 바가 아니다. 알면서도 자꾸 그 시절이 그리워지는 것은 그로서도 어찌할 도리가 없다. 다른 이유는 없다. 다만 돌아가고 싶을 뿐이다. 위 텍스트의 제목이 「이유 없는 반항」인 것은 그런 의미에서다. 그런 점에서 이 텍스트의 '나비'는 전쟁으로 인해 빚어진 현실의 비극성을 겪기 이전의 상태로, 시대적 흐름을 거부하고 순수 동경의 세계를 쫓으려는 시적 자아의 이상을 반영한다.

4. '나비' 이미지의 계보와 그 확장 가능성

'나비' 이미지는 한국 근현대시에서 꾸준히 활용되어 왔다. 그러나 그것이 전후 시에서처럼 밀도 있게 사용되고 조명받았던 예도 찾기가 쉽지 않다. 그런 점들에 기초해 이 글은 김규동과 박봉우, 전영경 세 시인의 전후 시에 나타난 나비 이미지들을 추출하여 그 의미 구조와 특성에 대해 소략하게나마 살펴보는 기회를 가졌다. 물론 이들 시인의 후속 시편들에서도 '나비'의 소재와 이미지는 간간이 찾아볼 수 있다. 그러나 분명한 것은 이들 시인에게 있어 이러한 나비 이미지의 출현은 전후 시기에 비교적 집중되어 있다는 점이다.

사실 나비 이미지는 이들 시인 이외에도 이 시기 활동하던 일부 시인들의 시편에서 간간이 다루어진 바가 있다.[38] 따라서 이 이미지의 전후적인 맥락을 완전히 파악하기 위해서는 차후에라

---

38) 조향(「바다의 층계」「EPISODE」), 김수영(「나비의 무덤」), 김경린(「의식 속의 나비들」), 고원(「나비의 노래」), 이수복(「무덤과 나비」), 정영태(「나비와 같은 신」), 정훈(「나비야 청산 가자」), 김해성(「나비와 화분과」), 유경환(「나비」), 조벽암(「원한의 팻말」「분계선Ⅱ」) 등.

도 이와 같은 여타의 시인들의 경우까지를 망라하여 다루어볼 필요가 있겠다. 나아가 이러한 전후적인 맥락을 제대로 이해하기 위해서는 근현대시에서 나타난 '나비' 이미지의 계보학적 정리 작업 또한 병행될 필요가 있을 것이다. 모더니즘적인 맥락에서의 전후 한국 시에 나타난 나비 이미지의 계보가 한 차례 지적된 바 있으나[39] 리얼리즘이나 순수 서정시적인 관점에서의 본격 정리 작업은 아직 이루어진 예가 없는 것으로 안다.

해방기나 휴전 직후의 사례를 보더라도 특정 나비의 출현은 길조로 인식되었다. 특히 태극 문양을 지닌 나비의 경우 독립의 사자[40]로, 남북통일의 서조[41]로 두루 긍정적인 의미로 받아들여졌던 기록이 남아 있다. 소설이나 수필 등 산문의 경우에도 몇몇 사례들이 있는 것으로 조사된다.[42] 이런 사례들을 수집하여 자세히 들여다본다면 이 시기 나비 이미지의 상징성과 그 숨은 의미는 보다 풍성하고 다채롭게 재정립될 수 있지 않을까 기대한다.

시야를 좀더 멀리 확대해서 내다 볼 경우, 나비 이미지의 해석 가능성은 훨씬 더 넓어질 수 있다. 일례로 분단 및 분단 극복의 차원을 넘어, 남북 간의 자유 왕래를 통한 공동체적인 연대감 구축과 진정한 통일 문학, 통일 시의 단계로 진입하는 데 있어서도 이

---

39) 송기한, 「박봉우 시의 근대성 연구」, 『한국 시의 근대성과 반근대성』, 지식과 교양, 2012의 제2절 '근대를 항해하는 나비의 세 가지 형태: 김기림, 김규동, 박봉우의 경우'.

40) 「기(奇)! 독립의 사자 태극이 뚜렷한 나비가 출현!」(고창), 『동아일보』, 1946. 6. 4.

41) 「태극나비 출현: 남북통일의 서조(瑞兆)?」(군산), 『동아일보』, 1953. 8. 10.

42) 오상순(「불나비」), 김동리(「흰나비: '밝안'의 실재에 대하여」), 김요섭(「나비 잡는 마을」) 등.

나비의 소재와 이미지는 이 땅의 문인들에게 색다른 영감을 줄 기제로 작용할 것으로 기대된다. 이 문제에 대한 후속 연구자들의 관심과 참여가 필요한 이유다.

김규동의 『새로운 시론』에 나타난 주제 고찰*

맹문재 안양대학교 국어국문학과 교수

1. 비평 활동의 의의

김규동은 1950년대의 모더니즘 시 운동뿐만 아니라 비평 활동을 적극적으로 추구했다. 그와 같은 모습은 그가 개인 시집 『나비와 광장』과 『현대의 신화』뿐만 아니라 평론집 『새로운 시론』을 간행한 데서 확인된다. 김규동은 한국전쟁으로 인해 임시 수도로 결정된 부산에서 박인환, 김경린, 조향, 김차영, 이봉래 등과 함께 '후반기' 동인을 결성한 후 모더니즘 시 운동과 아울러 비평 활동을 적극적으로 추구했다.

그렇지만 지금까지 김규동의 비평 활동은 거의 주목받지 못했다. 그 이유는 그동안의 문학사 정리에서 그가 상대적으로 비평가보다 시인으로 평가되었기 때문이다. 이와 같은 경우는 그의 시세계를 어떻게 평가하는지와 상관없이 마찬가지였다. 가령 그의 시세계를 '후반기' 동인의 모더니즘 운동과 연관시켜 당대의

---

* 『어문학』 제119집, 한국어문학회, 2013에 발표된 내용을 김규동 시론 연구의 중요성을 감안하여 재수록함.

현실을 제대로 반영하지 못했다고 부정적으로 평가한 경우나,[1] 당대의 특수한 현실을 나름대로 인식하고 반영했다고 긍정적으로 평가하는 경우[2] 모두 그의 비평 활동을 주목하지 않았다. 그리하여 그의 비평 활동을 집중적으로 고찰한 연구가 아직까지 나오지 않고 있는 것이다.[3]

그렇지만 김규동의 비평 활동은 큰 의미를 갖는다. 1951년에 결성된 '후반기' 동인이 동인지 한 권을 남기지 못한 채 1953년 12월 해체됨으로 인해 모더니즘 시 운동은 약화될 수밖에 없었다. 그와 같은 상황에서 김규동은 비평 활동을 통해 모더니즘 시가 나아가야 할 방향을 나름대로 제시했다. 『새로운 시론』이 그 구체적인 산물이다. '후반기' 동인 중에서 유일하게 간행한 이 비평집은 1950년대 비평 문학사에서 주목할 만한 성과인 것이다.[4]

---

1) 조달곤, 「새롭다는 것의 의미」, 『동남어문논집』 제9집, 동남어문학회, 1999, 146-152쪽; 오세영, 『20세기 한국시 연구』, 새문사, 1990, 284-285쪽; 문혜원, 『한국 근현대 시론사』, 역락, 2007, 223-224쪽.

2) 김지연, 「1950년대 김규동 시의 시정신」, 『어문연구』 제108집, 한국어문교육연구회, 2000, 150-170쪽; 박몽구, 「모더니티와 비판 정신의 지평」, 『한중인문학연구』 제19집, 한중인문학회, 2006, 395-428쪽; 이동순, 「김규동 시세계의 변모 과정과 회복의 시정신」, 『동북아문화연구』 제26집, 동북아시아문화학회, 2011, 113-126쪽; 강정구·김종회, 「1950년대 김규동 문학에 나타난 모더니티 고찰」, 『외국문학연구』 제46집, 한국외국어대학교 외국문학연구소, 2012, 31-52쪽.

3) 박윤우, 「1950년대 김규동 시론에 나타난 현실성 인식」, 『비평문학』 제33집, 한국비평문학회, 2009, 231-247쪽을 들 수 있지만, 이 논문은 김규동의 비평에 집중하지 않고 이봉래, 고석규, 전봉건 등의 시론을 통해 1950년대의 모더니즘 시론을 고찰한다.

4) 1950년대에 간행된 주요 비평집은 다음과 같다. 조지훈, 『시와 인생』, 박영사, 1953; 곽종원, 『신인간형의 탐구』, 동서문화사, 1955; 김춘수, 『한국현대시형태론』, 해동문화사, 1958; 조연현, 『문학과 그 주변』, 인간사, 1958; 백철, 『문

김규동의 비평 활동은 1930년대의 김기림으로부터 영향을 받은 면이 크다. 김기림이 시작 활동과 비평 활동을 병행하면서 1930년대의 모더니즘 시 운동을 주도한 것은 주지의 사실이다. 김기림은 모더니즘 시 운동을 전개하면서 감정에 치우친 기존의 낭만시를 낡은 것으로 간주하고 20세기에는 지성을 토대로 한 모더니즘 시가 필요하다고 역설했다. 김기림의 주지주의 비평 활동은 해방 후에도 지속되었는데, 그가 한국전쟁 동안 납북되는 바람에 더 이상 전개할 수 없었다. 그리하여 김규동은 김기림이 마련한 문학적 터전 위에서 1950년대의 모더니즘 시 운동과 비평 활동을 전개해나갔다. 김기림의 모더니즘 비평을 나름대로 시대에 적용한 것이다. 이와 같은 차원에서 보면 김규동의 『새로운 시론』은 김기림의 『시론』을 계승한 성과물로 볼 수 있다. 그렇다고 김기림의 이론을 단순하게 추수한 것으로 평가해서는 안 된다. 김규동은 한국전쟁과 분단으로 인한 고통과 불안, 허무함, 상실감 등을 비평 활동을 통해 적극적으로 인식했기 때문이다.[5]

김규동의 『새로운 시론』이 담고 있는 내용은 〈표 1〉과 같다.

학의 개조』, 신구문화사, 1958; 이어령, 『저항의 문학』, 경지사, 1959; 권영민 엮음, 『한국현대문학사연표(Ⅱ): 문학비평』, 서울대학교출판부, 1987.

5) 김규동은 경성고보에서 김기림에게 수학과 영어와 시를 배웠다. 그뿐만 아니라 자신의 불안한 미래를 해결하기 위해 김일성종합대학의 교복을 입은 채 스승을 찾아 월남했다. 김기림 역시 김규동이 의정부 경찰서에서 구금되어 있을 때 신원보증을 서서 풀려나게 했고, 상공중학(현재 중대부고)의 교사 자리를 마련해주었으며, 남한의 시단에 조언해줄 정도로 제자를 품었다. 김규동은 김기림의 모더니즘 시세계에 지대한 영향을 받고 계승하려고 노력했다. 서로의 관계에 대해서는 다음 자료를 참조할 것. 맹문재 엮음, 『김규동 깊이 읽기』, 푸른사상, 2012, 140-151쪽.

〈표 1〉『새로운 시론』의 내용

분야	제목(발표 날짜)	쪽수
표지/속표지/목차		1/3/4~5
I	현대시와 주제(1954. 6)	8~12
	시의 음악성(1957. 5)	13~18
	현대 의식과 현실(1953. 7)	19~22
	개성과 독자성(1955. 10)	23~27
	수사학과 시대정신(1956. 2)	28~31
	초현실주의와 현대시(1953. 4)	32~37
	현대시의 난해성(1954. 12)	38~54
II	시와 생활(1952. 11)	56~62
	현대시와 Mechanism(1954. 9)	63~69
	시와 비평(1956. 5)	70~74
	현대시의 실험(1959. 4)	75~80
	시와 이론의 각도(1956. 10)	81~85
	1955년 시단의 소묘(1955. 12)	86~90
	현대시와 방법(1954. 9)	91~107
	현대시와 기교(1957. 5)	108~115
III	현대시의 이해(1952. 10)	118~126
	신시 40년(1955. 9)	127~141
	전쟁과 시인(1953. 1)	142~158
	시와 사상(1955. 입춘)	159~186
	시와 낭독(1954. 8)	187~192
판권	1959년 7월 25일 인쇄. 1959년 7월 30일 발행. 정가 80원. 발행처 산호장	

위의 〈표 1〉에서 보듯이 김규동은 『새로운 시론』에 총 20편의

비평을 수록했다. 1952년 10월에 처음으로 발표한「현대시의 이해」로부터 1959년 4월에 발표한「현대시의 실험」까지 싣고 있는 것이다. 김규동이 비평 활동을 시작한 시기는 '후반기' 동인을 결성하고 모더니즘 시 운동을 활발하게 추진하던 때였다. 따라서 김규동의 비평 활동은 모더니즘 시 운동과 병행했음을 알 수 있다.

김규동이 '후반기' 동인 활동을 하면서 발표한 글은「현대시의 이해」외에도「시와 생활」(1952. 11),「전쟁과 시인」(1953. 1),「초현실주의와 현대시」(1953. 4),「현대 의식과 현실」(1953. 7)로 총 5편이었다. 한국전쟁 중이라는 점을 고려해보면 실로 활발한 활동이었다고 볼 수 있다. 김규동은 비평 활동을 통해 1950년대의 한국 시가 나아가야 할 방향을 제시한 것이다.

김규동은 '후반기' 동인이 해체된 후에도 비평 활동을 지속적으로 추구했다. 1954년「현대시와 주제」(6월)를 비롯해 총 5편을[6] 발표했고, 1955년에도「현대시와 사상」(입춘)을 비롯해 총 4편을[7] 발표했다. 1956년 이후에도 여타의 비평가 못지않은 활동을 했다.[8] 비록 '후반기' 동인이 해체되었지만 1950년대의 한국 시단에는 현대성, 과학적 인식, 역사의식 등을 갖춘 모더니즘 시가 필요하다고 제시한 것이다.

이 글에서는 김규동이『새로운 시론』에 수록한 글들을 주제별

---

6)「시와 낭독」(8월),「현대시와 Mechanism」(9월),「현대시와 방법」(9월),「현대시의 난해성」(12월).

7)「신시 40년」(9월),「개성과 독자성」(10월),「1955년 시단의 소묘」(12월).

8) 1956년에는「수사학과 시대정신」(2월),「시와 비평」(5월),「시와 이론의 각도」(10월)를, 1957년에는「시의 음악성」(5월),「현대시와 기교」(5월)를 발표했다.

로 분류해서 그가 지향한 바가 무엇인지를 살펴보고자 한다. 그리고 그 주제들의 의미를 시대적 상황과 연결해 심화시켜보고자 한다. 이와 같은 과정을 거치면 김규동의 비평 성과가 재평가되리라고 기대하는 것이다.

2. 『새로운 시론』에 나타난 주제

1) 현대시의 현대성 확립

김규동이 『새로운 시론』에서 지대한 관심을 보인 주제는 어떻게 하면 현대시의 현대성을 확립할 수 있는가의 문제였다. 그와 같은 면은 『새로운 시론』에 수록된 20편의 비평 중에서 「현대시와 주제」 「초현실주의와 현대시」 「현대시의 난해성: 모더니즘 정신 풍토에 대한 작은 서설」 「현대시와 Mechanism」 「현대시의 실험: 월평을 위한 하나의 메모」 「현대시와 방법: 현대 불란서 시를 중심으로」 「현대시와 기교: 기교주의 시론의 비판」 「현대시의 이해」 「신시 40년: 우리 현대시의 형성과 유파」 「현대시와 사상: 8·15 이후 우리 시단의 역사적 고찰」 등 현대시를 제목으로 삼은 것이 10편이나 된다는 사실에서 확인된다.

김규동이 현대시의 현대성을 추구한 이유는 그것이야말로 1950년대의 한국 시가 나아가야 할 방향이라고 판단했기 때문이다. 즉 1950년대를 이전 시대와는 다른 시대로 간주하고, 새로운 인식을 가져야 된다고 생각한 것이다. 그리하여 모더니즘 시를 추구하면서 근대와 현대의 관계를 어떻게 설정할 것인지를 고민했는데, "현대성은 근대성과 모순 관계를 유지하기 때문에 과거의 것에 대해서는 반대의 성격을 강하게 띨 수밖에 없"[9]다고 근대를 부정했다. 이전 시대를 변증법적인 부정의 대상이 아니라 모순의 대상으로 인식하고 단절을 시도한 것이다.

이와 같은 김규동의 태도에는 한국전쟁의 영향이 컸다. 한국전쟁으로 인한 고통과 불안, 허무, 상실, 좌절, 갈등 등은 이루 말할 수 없었다. 특히 일제강점기를 이겨낸 동족 간의 전쟁이라는 점에서 충격이 컸다. 그러면서도 각종 무기를 통해 세계의 과학기술이 우리보다 얼마나 높은 수준인지를, 또한 유입된 세계의 문화가 얼마나 새로운지를 실감했다. 그리하여 김규동은 전쟁 이후 도래할 사회에 어떻게 적응할 수 있는지를 모색했는데, 현대시의 현대성을 추구한 것이 그 일환이다. 현대 사회에 자신의 몸을 소극적으로 맞추려고 한 것이 아니라 인간다운 삶을 영위할 수 있는 사회를 적극적으로 건설하려고 한 것이다. 즉 수동적인 자세가 아니라 능동적인 자세로 새로운 사회에 적응하려고 시도한 것이다.[10] 그리하여 김규동은 현대시가 갖추어야 할 조건으로 다음을 들고 있다.

오늘의 시 즉 현대시는 오늘이란 특수한 현실의 배경 밑에서 오늘의 시민에 의하여 씌어지는 어저께의 시가 아닌 오늘의 시여야 할 것이다. 그러므로 시―그 속에 오늘의 특수한 현실이 하나의 특수한 체험으로써 어떤 모양으로든지 반영되어 있어야 하며 그것이 시의 「포름」 위에 강렬하게 태동하고 있어야

---

9) 박윤우, 「1950년대 김규동 시론에 나타난 현실성 인식」, 맹문재 엮음, 앞의 책, 236쪽.

10) '적응'에 대해서는 다음 자료를 참조할 것. 르네 뒤보, 김숙희 옮김, 『적응하는 인간(하)』, 이화여자대학교 출판부, 1987.

할 것이다. 우리는 시가 탄생되는 이 장소로서의 현실을 환경이라고 해도 좋고 하나의 사회성이라고 해도 무방하겠다.[11]

위의 글에서 현대시가 갖추어야 할 우선적인 조건으로 "특수한 현실의 배경"을 제시한다. 즉 한국전쟁으로 인해 황폐화되고 비극적인 상황에 처한 현실을 현대시의 배경으로 삼아야 한다는 것이다. 이와 같은 주장은 한국전쟁이 발발한 1950년 이후를 새롭게 인식하겠다는 의지로 볼 수 있다.[12] 그리하여 "어저께의 시가 아닌 오늘의 시"를 요구하고 있는 것이다.

김규동은 "오늘의 시"를 이루는 방안으로 "오늘의 시민에 의하여 씌어지는" 것을 제시한다. 이는 창작의 주체를 보다 개방했다는 의미를, 즉 특권 계층만 창작의 주체가 될 수 있는 것이 아니라 누구나 시를 쓸 수 있다고 본 것인데, 그 조건으로 시대 인식을 제시한다. 과거를 지향하는 것이 아니라 도래한 현대 사회를 적극적으로 그려내는 사람만이 창작의 주체가 될 수 있다는 것이다. 그리하여 "시—그 속에 오늘의 특수한 현실이 하나의 특수한 체험으로써 어떤 모양으로든지 반영되어 있어야" 한다고 요청한다. 현대시의 창작자는 현대 사회를 방관하거나 회피할 것이 아니라 특수한 경험으로 인식해야 된다는 것이다.

김규동은 현대시가 갖추어야 할 조건으로 이와 같은 현실 인

---

11) 김규동, 「현대의식과 현실」, 『새로운 시론』, 산호장, 1959, 20쪽.

12) 김규동이 참여한 '후반기'(後半期) 동인의 명칭은 이전의 시대를 '전반기'로 규정한 것과 대비된다. 다시 말해 한국전쟁이 발발한 1950년 이후를 새로운 시기로 인식한 것이다. 강정구·김종회, 「1950년대 김규동의 문학에 나타난 모더니티 고찰」, 맹문재 엮음, 앞의 책, 160쪽.

식이 "시의 「포름」 위에 강렬하게 태동하고 있어야" 한다고 주장한다. 현실 인식이 작품의 제재 차원에서 머물러서는 안 되고 시의 형식과 함께해야 된다는 것이다. 이는 시의 내용과 형식의 조화로움을 추구하는 것을 넘어 내용의 중요성을 강조한 것으로 볼 수 있다. 현실 인식이 시 형식에 갇힐 것이 아니라 시 형식을 뛰어넘을 정도로 강렬해야 된다는 것이다. 김규동은 "우리는 시가 탄생되는 이 장소로서의 현실을 환경이라고 해도 좋고 하나의 사회성이라고 해도 무방하겠다"고 시인의 현실 인식을 중요시했다. 현실을 적극적으로 인식해야만 현대시의 현대성을 확립할 수 있다는 것이다.

김규동의 이와 같은 판단은 시대적인 정황과 밀접한 연관을 갖는다. 한국전쟁의 발발로 상실감과 허무감이 민족 구성원들 사이에서 팽배했는데, 서구의 실존주의 유입으로 더욱 심화되었다. 다시 말해 실존주의가 유입됨으로써 시대 상황을 객관적이고 이성적인 자세가 아니라 주관적이고 감상적인 자세로 인식하는 경향이 한국 사회를 지배한 것이다. 그렇게 허무감과 탈역사주의가 심화되었다. 영미의 주지주의를 모더니즘 시의 방향으로 수용했으면서도 실제로 상황을 인식하는 데는 부조리 의식이 지배하는 모순이 나타난 것이다.

김규동은 그와 같은 상황에서 한국의 현대시가 나아가야 할 방향과 현대성의 확립을 모색했다. 시대가 겪고 있는 상황을 일종의 과도기로 인식하고 새로운 질서를 세우려고 한 것이다. 그리하여 현대시의 현대성을 확립하기 위한 차원에서 모더니즘 시를 제시했다. 모더니즘 시의 형식적인 면보다 내용적인 면, 즉 시인의 현실 인식을 강조한 것이다. "현실을 도피해서 시인은 살 수가 없다. 만일 현실을 도피해서 시인이 시를 짓는다고 한다면 그것은 향기가 없는 한 폭의 조화거나, 그렇지 않으면 인간의 체취가 전혀 풍기지 않는 넋두리에 불과하다"[13]고 현실 인식의 중요성을 분명하게 나타낸 것이다.

김규동의 이와 같은 현실 인식 문제는 기성 시단에 대한 비판, 즉 순수 서정시에 대한 거부의 근거이기도 했다. 기존의 순수 서정시에 대한 전면적인 부정은 일종의 세대론 성격을 띠는 것이었는데, 그만큼 김규동은 젊은 시인들이 주도하는 모더니즘 시로써 현대시의 현대성을 추구한 것이다.

> 이와 같이 오늘날 한국 시단의 선진적 주류를 형성하여 나가고 있는 계층을 새로운 시인 즉 젊은 모더니스트들의 활약이라고 본다면 이와 정반대로 현실의 암흑을 피하여 지나간 과거의 낡은 전통 속에서 쇠잔한 회상의 울타리 안으로만 움츠려들려는 유파들이 또 하나 다른 흐름을 형성하면서 있는 것은 한국 시단만이 가지는 슬픈 숙명인 동시에 참을 수 없는 비극이 아닐 수 없다. '청록파'를 중심으로 한 시인들의 소위 순수시 운동이 그것이었다.[14]

위의 글에서 김규동은 모더니즘 시인이 1950년대 시단에 등장한 의의를 밝히고 있다. 즉 모더니즘 시인들은 "현실의 암흑을 피하려 지나간 과거의 낡은 전통 속에서 쇠잔한 회상의 울타리 안으로만 움츠려"드는 유파들에 비해 현대성을 띠고 있다는 것이

---

13) 김규동, 「개성과 독자성」, 『새로운 시론』, 산호장, 1959, 22쪽.
14) 김규동, 「전쟁과 시인」, 같은 책, 151쪽.

다. 순수 서정시 유파들이 지배하는 동시대의 시단을 "슬픈 숙명인 동시에 참을 수 없는 비극이 아닐 수 없다"고 진단하고, 현실을 적극적으로 반영하는 모더니즘 시인들이야말로 "한국 시단의 선진적 주류"라고 평가한다.

이와 같은 주장은 1950년대의 한국 시단 상황과는 다소 거리가 있다. 실제로 모더니즘 시인의 수는 순수 서정시를 추구하는 시인들에 비해 매우 소수에 불과했기 때문이다. 그렇지만 김규동은 시인의 수와 같은 양적인 면이 아니라 현대시가 추구해야 할 가치적인 면에서 기성 시인들의 시세계를 비판한 것이다. 그 대신 자신을 포함한 젊은 세대들이 주도하는 모더니즘 시를 부각시키고 있는데, 이는 단순히 문단의 세력을 확보하기 위한 것이 아니라 한국의 현대시가 나아가야 할 방향을 제시했다는 점에서 주목된다.

김규동은 자신의 의도를 강화하기 위해 "'청록파'를 중심으로 한 시인들"을 전면적으로 부정한다. 1950년대의 한국 시단에서 주류를 형성하고 있는 청록파류의 시인들과 타협하지 않고 당당하게 맞서고 있는 것이다. 김규동이 청록파류의 시인들을 부정한 이유는 "청록파의 언어가 가지는 영상은 항상 자연과 눈물과 안가한 이별과 아무것도 아닌 신비의 그것인 경우가 많았다"[15]는 점이다. 그리하여 그들의 창작 활동에는 날카로운 통찰력과 지성의 무기와 예민한 시대감각이 없다고 비판했다. 그리고 지향해야 할 방향으로 "시의 오직 한 구절 한 연 속에서도 피 묻은 현실의 신음소리가 담겨져야 할 것"[16]을 제시했다.

---

15) 같은 글, 153쪽.
16) 같은 글, 158쪽.

이와 같은 차원에서 보면 김규동이 추구한 모더니즘 시 운동은 지극히 현실 인식을 토대로 했음을 알 수 있다. 한국전쟁으로 인한 부조리한 상황이 가하는 공포와 불안과 위협들을 적극적으로 담으려는 것이다. 김규동은 모더니즘 시인이란 불안하고 허무하고 부조리한 시대의 증인이면서 그 현실에 저항하는 존재가 되어야 한다고 보았다. 본래 허무주의는 자연발생적이고 개인적인 차원의 개념이 아니라 특수한 사회적·지적 요소와 연관된 것이다. 즉 문화의 한 요소로서 진리에 대한 욕구 발전이 반영된 것으로, 사회적 존재에 대한 인식의 문제를 내포하고 있듯이,[17] 김규동의 모더니즘 시 인식은 역설적으로 현실성을 추구하는 것이었다. 따라서 현실에 저항하지 않고 회피하면서 서정적인 위안을 찾는 청록파류의 시인들은 인정하지 않았던 것이다.

김규동은 한국전쟁이 가져온 폐허와 불안 등을 회피하지 않고 적극적으로 수용하는 한편 새로운 전망을 지향했다. 모더니즘 시가 일반적으로 띠는 문명 비판적이거나 내면 편향적인 추세에서 벗어나 주체성을 갖고 "내일에의 예감이 진실한 자태로써 감겨지고 영상되어야"[18] 한다고 주장한 것이다. 그리고 그와 같은 지향을 "지성의 무기와 아울러 예민한 시대감각으로 형성되는 내면적인 깊은 세계관"[19]으로 추구했다. 김규동이 제시한 "내면적인 깊은 세계관"은 특히 주목할 만하다. 순수 서정시를 추구하는 청록파류의 작품뿐만 아니라 깊이를 확보하지 못한 리얼리즘 계열의 작품을 공격하는 토대가 되기 때문이다.

---

17) 고드스블롬, 천형균 옮김, 『니힐리즘과 문화』, 문학과지성사, 1988.
18) 김규동, 같은 곳.
19) 같은 글, 155쪽.

너무나 소박한 '리얼리즘'에 대하여 우리는 이미 작별을 고한 지 오랜 일이었다. 시인이란 현실의 소재를 분주히 쫓아다니는 그렇게 값싼 시민이 아니라고 한다면 현실 위에서 그가 겪은 경험을 가장 높고 아름다운 언어로써 그 아무도 쉽사리 흉내 낼 수 없는 방법으로써 향수자에게 전달해주는 임무를 가져야 할 것이다. 소재의 진술이 왜 시가 될 수 없는가? 그것은 두말할 것도 없이 그 속에 통일과 조직과 질서의 관념이 결여되어 있기 때문이다."[20]

위의 글에서 볼 수 있듯이 김규동은 진정한 현대시의 현대성을 확립하기 위해서는 서정성으로 경도된 순수시뿐만 아니라 소재주의에 경도된 리얼리즘 시도 극복해야 된다고 보았다. 현대시는 "소재를 분주히 쫓아다니"듯 단순하게 진술하는 차원으로는 이루어질 수 없으므로 "가장 높고 아름다운 언어로써 그 아무도 흉내 낼 수 없는 방법"을 강구해야 한다는 것이다. 그 방법이란 "통일과 조직과 질서의 관념"을 갖는 진술, 즉 작품의 구성력을 갖춰야 한다고 구체적으로 제시한다. 결국 이 세계를 피상적인 자세가 아니라 견고하게 인식해서 그려내야 한다고 본 것이다.

김규동은 그 대안으로 모더니즘 시를 제시했다. "낡은 '리얼리즘'의 수법이 아닌 '이매지즘' 및 '다다'와 '슐리얼리즘' 등 시 운동의 발전 선상에서 시가 나아갈 바 '코-스'를 모색해보려는"[21] 것이었다. 결국 김규동은 순수 서정시나 낡은 리얼리즘 시가 아니라 모더니즘 시를 현대시의 현대성을 확립하기 위해 선택했다.

---

20) 김규동, 「현대의식과 현실」, 같은 책, 21쪽.
21) 김규동, 「현대시의 난해성」, 같은 책, 54쪽.

그렇지만 김규동이 추구하는 모더니즘 시는 현실을 회피하고 예술지상주의를 추구하는 것이 아니었다. "나는 또한 시의 사회성을 무척 존중하는 탓으로 해서 현실과 사물에 대한 즉물주의적 태도를 버리지 못할 뿐만 아니라 철저하게 그것을 추구해갈 것을 신념으로 삼고 있다"[22]고 표명한 것이다.

즉물주의는 신즉물주의(新卽物主義)라고도 불리는 것으로 20세기 독일에서 반(反)표현주의의 기치를 걸고 일어난 전위예술 운동을 일컫는다. 표현주의가 주관성의 표출에 경도되어 대상의 실재성을 놓치는 우를 범하자 대상의 실재감을 회복하기 위해 등장한 것이다. 제1차 세계대전 후 사회가 혼란해지자 독일의 군국주의를 비판했으며, 사회의 어둠 속에서 비참하게 살아가는 노동자를 적극적으로 그려냈다.

김규동이 "즉물주의는 바로 이러한 시적 분위기를 토대로 하고 싹터 올라야 할 것이다. '네오리얼리즘'의 예리한 시각도 이 속에서 배양될 것이다"[23]라고 네오리얼리즘(neorealism)을 제시한 것도 같은 맥락으로 이해할 수 있다. 네오리얼리즘은 사물을 단순히 묘사하는 데 그치지 않고 인생의 내면적인 진리를 파악하는 예술 운동으로 사실주의에서 한 걸음 더 나아간 것이다. 의식 있는 이탈리아의 영화인들은 무솔리니의 파시스트 정권에 맞서 비참하게 살아가는 노동자, 농민, 도시 빈민들의 삶을 그리는 것은 물론 파시즘과 전쟁으로 인한 황폐함을 고발했다.

김규동이 즉물주의나 네오리얼리즘을 토대로 모더니즘 시를 추구한 의도는 사회 및 역사적 상황을 담아내기 위해서였다. 단

---

22) 같은 곳.
23) 김규동, 「현대시와 주제」, 같은 책, 11쪽.

순히 감정적인 차원이 아니라 지성을 사용해 현실을 구체적으로 그려내려고 한 것이다. 그리하여 기존의 낡은 면들을 극복하려고 했는데, 그와 같은 창작 방법을 김규동이 『새로운 시론』에서 추구한 것이었다. 김규동은 자신의 창작 방법이야말로 과학적으로 세계를 인식하는 것이라고 보았다. 과학적 세계인식이란 과학 문명을 인식의 대상으로 삼을 뿐만 아니라 과학적인 사고로 언어를 사용하고 작품을 구성하는 방법적인 차원을 의미한다. 김규동은 이와 같은 세계관으로 현대시의 현대성을 추구한 것이다.

2) 과학적 인식의 추구

김규동은 『새로운 시론』에 수록된 글들에서 '과학'[24]이라는 용어를 여러 차례 사용했다. 현대시의 현대성을 추구하는 방법론의 차원에서 "문학사도 시의 비평도 시의 언어도 좀더 과학에 접근해졌어야 옳을 일이 아니겠는가"[25]라거나, "현대시는 스스로의 과학적 시학으로서의 방법론을 가지는 것"[26]이라고 한 데서 확인된다. 또한 "오늘 시는 바로 과학에 가까운 데 다가서야 할 필요

---

24) 국어사전에 따르면 '과학'은 사물의 현상에 관한 보편적 원리 및 법칙을 알아내고 해명하는 것을 목적으로 하는 지식 체계나 학문을 뜻하는 용어로 정신과학(역사, 사회, 문학 이론 등)과 자연과학(수학, 물리 등)으로 나뉜다. 타이머(Walter Theimer)는 과학은 특정한 방법적 규칙들을 따른다고 보고 그 규칙들을 다음과 같이 들었다. ① 사실 자료들에 근거해야 한다. ② 자료와 자료 가공은 구별되어야 한다. ③ 과학은 사변(思辨)과 이데올로기적 믿음과 구분되어야 한다. ④ 논리에 근거해야 된다. ⑤ 교조주의적이어서는 안 된다. 발터 타이머, 김삼룡 옮김, 『과학이란 무엇인가』, 홍익재, 1992, 19-22쪽.
25) 김규동, 「현대시의 난해성」, 같은 책, 54쪽.
26) 김규동, 「시와 생활」, 같은 책, 58쪽.

에 직면하고 있"27)다거나, "시에 대한 새로운 방법론과 과학적 시학 체계의 완성은 시인의 끊임없는 벅찬 실험에 따르는"28) 문제라고 한 데서도 볼 수 있다.

김규동이 제시한 과학은 1930년대의 김기림이 주지주의 비평을 제기하면서 내세운 것이기도 하다. 김기림은 "우리 평단의 통폐가 있었다고 하면 그것은 너무나 수많은 문학원칙론이나 창작방법론이 쓰여지는 대신에 실제로 구체적 작품에 대한 과학적 분석과 그것을 기초로 한 비평이 지극히 드물었다는 일이라고 생각한다"29)라고 제기했듯이 새로운 시를 위한 방법론의 차원에서 과학적 접근을 주장했다. 김기림의 과학적 인식은 그의 비평 활동 내내 지속될 정도로 중요했다. 시를 쓰거나 시를 읽는 데 도움이 되고 시를 비평하는 데 기초를 제공한다고 본 것이다.

그런데 김규동의 과학적 인식은 비평의 방법론 차원을 넘어 시대의 현실에 적극적으로 대응하는 차원으로 해석할 수 있다는 점에서 김기림의 경우와는 구별된다. 과학이라는 용어를 주로 현대·문명·속도·주지·객관 등의 용어와 함께 사용한 사실에서 보듯이 시의 창작이나 비평의 방법론 차원 이상으로 사용한 것이다. 다시 말해 "한국전쟁과 분단으로 대표되는 역사적·사회적인 혼란과 불안이라는 무질서를 문학담론 속에서 나름대로 질서화해야 한다는 지적(知的)인 자각을 보여주기 위한, 그리고 김규동 자신이 반(反)지적인 형태로 여기는 청록파 중심의 시 경향에 대

---

27) 김규동, 「현대시와 mechanism」, 같은 책, 69쪽.
28) 김규동, 「전쟁과 시인」, 같은 책, 158쪽.
29) 김기림, 「과학과 비평과 시」, 『시론』, 백양당, 1947, 32쪽.

한 강력 반발을 드러내기 위한"30) 개념으로 사용했다고 볼 수 있다. 이와 같은 면은 다음의 글에서 확인할 수 있다.

서정주의 시세계를 지배하고 있는 사상이란 것은 다름 아닌 자연주의 사상인 것이다. 그는 19세기적 인간의 고뇌를 영원한 인생의 아름다움으로 인식하는 듯싶은 인상을 풍겨주는 시인의 한 사람이다. (…)

시에 있어서의 음악적 요소가 '서정주'에게 있어서는 영원 불멸의 가치관념으로 되어 있다. 그러나 '서정주'의 시는 벌써 오늘의 예술일 수가 없이 되었다.

그것은 어디까지나 '궤-테'나 '슈-벨트'나 '베-토벤'이 살던 시대의 예술이지 오늘의 기류 밑에서 오늘이란 특수한 사회의 제약과 영향을 받으며 살아가고 있는 현대인의 생활 감정에 자극을 가해주는 예술 작품일 수는 없는 것이다.31)

1950년대의 서정주를 비판하고 있는 위의 글은 실로 도전적이다. 한국전쟁 후 남한의 시단에서 차지하는 서정주의 위상이 매우 높았다. 그런데도 불구하고 김규동이 공격하고 나설 수 있었던 것은 그 나름대로 시의 기준을 분명하게 가졌기 때문이다. 김규동은 서정주의 시는 기술적인 면이 뛰어나 높은 완성도를 지닌 것이 사실이지만, 결코 "오늘의 예술일 수가 없"다고 판단했다. 즉 괴테나 슈베르트나 베토벤 등이 살아가던 시대에는 통할 수

---

30) 강정구·김종회, 「1950년대 김규동의 문학담론에 나타난 과학 표상 고찰」, 『우리말글』 제54집, 우리말글학회, 2012, 165쪽.
31) 김규동, 「현대시의 난해성」, 『새로운 시론』, 산호장, 1959, 43-44쪽.

김규동의 『새로운 시론』에 나타난 주제 고찰   327

있지만, "특수한 사회의 제약과 영향을 받으며 살아가고 있는 현대인"들과는 공감대를 이루기 힘들다고 본 것이다.

이와 같은 면에서 김규동이 지향한 현대시의 방향은 분명하다. 시의 음악적 요소나 기술적 요소 같은 형식적인 면보다는 현실 인식 내지 시대 인식을 강조한 것이다. "19세기적 인간의 고뇌를 영원한 인생의 아름다움으로 인식하는" 자세가 아니라 "오늘"을 제대로 인식하는 자세를 내세운 것이다. 그리하여 "자연주의 사상"같이 감상적이고 낭만적인 것이 아니라 과학적인 인식을 추구했다.

김규동이 위의 글에서 말한 "자연주의"는 문예 사조상의 개념과는 실제로 차이가 난다. 자연주의는 19세기 후반기에 나타난 문예 사조로 동시대에 출현한 리얼리즘과 밀접한 관계를 갖고 있다. "자연주의는 리얼리즘과 마찬가지로 모방을 지향하면서도, 결정론에 입각한 과학적 방법론과 발견을 원용함으로써 인간의 현상을 서술하려는 문학"[32]이었다. 즉 현실적인 인간을 묘사하는 데 리얼리즘에 비해 자연과학의 방법론을 적극적으로 사용한 것이다. 따라서 문예 사조상의 개념으로 보면 김규동이 서정주를 비판하기 위해 사용한 "자연주의"는 모순된다고 볼 수 있다.

그렇지만 문맥 차원에서 보면 김규동의 "자연주의"는 문예 사조상의 개념이 아니라 다른 차원으로 이해할 수 있다. 가령 루소나 토머스 모어나 몽테뉴 등이 자연을 따르는 것을 삶의 미덕으로 삼았듯이 낭만주의 시대에는 이성보다 감정과 역동적 생성체인 자연과 창조적 정신 기능인 상상력을 중요하게 여겼다.[33] 합

---

32) 정명환, 「자연주의」, 이선영 엮음, 『문예사조사』, 민음사, 1995, 111쪽.
33) 고소웅, 「낭만주의」, 같은 책, 53-88쪽.

리적이고 과학적인 이성보다 살아 움직이는 감성을 인간의 본성으로 인식한 것이다. 따라서 김규동은 낭만주의의 특성을 "자연주의"로 칭하고 그와 같은 면을 지닌 서정주의 시세계를 공격했던 것이다.

김규동은 서정주가 추구한 낭만주의 시세계를 공격하기 위해 직접 자신의 시 작품인 「나비와 광장」을 내보이기도 했다. 서정주가 시 작품에 사용한 감정적이고 자연적인 시어들에 대결할 수 있는 그 자신의 이성적이고 물질적인 시어들을 부각시킨 것이다. "현기증·돌진·파편·안막·차단·진공·이동·인광·지점·지표·종점·대결 등의 언어는 (…) 과학적인 언어로써 정돈해보려는 그러한 욕구를"[34] 가졌다고 밝힌 것이 그 모습이다.

이처럼 김규동은 현대시를 창작하는 데는 청록파류가 사용한 낭만주의 시어가 아니라 세계의 변화를 담는 시어가 필요하다고 주장했다. 청록파류의 언어가 가지는 자연과 눈물과 이별과 신비스러움 등의 면을 거부하고 시대적 상황을 적극적으로 수용한 것이다. 사회 자체가 복잡하지 않고 변화의 폭이 크지 않은 낭만주의 시대와 한국전쟁이 발발한 1950년대의 사회는 엄연히 다르다고 보고, 감상적인 자세가 아니라 과학적인 인식으로 그려야 한다고 생각한 것이다. 그와 같은 면은 다음의 글에서도 확인된다.

현대시는 스스로의 과학적 시학으로서의 방법론을 가지는 것이다. 시는 엄연한 하나의 추리적 방정식과도 같은 방법으로 운산되는 것이다.

---

34) 김규동, 「현대시의 난해성」, 『새로운 시론』, 산호장, 1959, 43-53쪽.

현대시란 말할 것도 없이 오늘의 인간―오늘의 시인만이 쓸 수 있는 시를 가르치는 것은 두말할 것도 없다.

제작된 시는 항상 담담한 기분의 상태거나 넋두리여서는 안 될 터이다. 시 속엔 현대인으로서의 우리들의 생활에 침투되어 있어야 할 것이 담겨 있어야 하겠다.[35]

위에서 보듯이 김규동은 현대시를 창작할 때 "과학적 시학으로서의 방법론"을 가질 것을 주장했다. 마치 "방정식"의 답을 알아내기 위해 문제를 풀어가는 과정처럼 엄연하고도 체계적이어야 한다는 것이다. 이와 같은 진단은 자연과학과 시 창작의 차이를 구분 짓지 않았다는 점에서 한계를 갖는 것이 사실이다. 시의 창작은 방정식과 같이 규칙을 적용하면 그대로 이루어지는 것이 아니라 다양한 요소들의 영향을 받기 때문이다. 그런데도 불구하고 김규동이 창작의 과학화를 내세운 것은 "오늘의 시인만이 쓸 수 있는 시"를 쓰기 위해서였다. 현대시를 창작하는 데는 기분이나 분위기 등에 영향을 받아서는 안 되고, "현대인으로서의 우리들의 생활에 침투되어"야 한다고 주장한 것이다. 시는 원천적인 재능이나 감정이나 상상력에 의해 자연 발생적으로 생산되는 것이 아니라 과학적인 인식 여하에 따라 가능하다고 보았다. 따라서 현대시의 과학화는 현실을 견고하게 인식하는 것, 곧 역사의식을 심화시키는 것이었다.

---

35) 김규동, 「시와 생활」, 같은 책, 58쪽.

3) 역사의식의 심화

지금까지 살펴보았듯이 김규동은 『새로운 시론』에서 현대시가 지향해야 할 면으로 현대성 확립과 과학적 인식을 들었는데, 그 궁극적인 목적은 역사의식을 심화하는 것이었다. 그와 같은 면은 서정주를 비롯한 청록파류의 시들이 현대적이지 못하고 비과학적이라고 비판한 근거로 항상 역사의식의 부재를 든 사실에서 확인할 수 있다. 또한 현대시가 나아가야 할 방향을 제시할 때마다 역사의식을 강조한 데서도 볼 수 있다. 가령 "시가 현실을 생각하는 관념 속엔 역사적 의식을 도입했느냐? 또는 현실을 단순한 현실로서 스스로의 '렌즈'에 반영시키느냐?"[36]의 차이에 따라 현대시를 규정지었던 것이다.

김규동은 현대시가 최후의 꽃을 피우기 위해서는 현실로 돌아와야 한다고 보았다. 현실 속에서 살아가는 사람들의 삶을 진실하고도 깊은 이해로 수반해야지만 꽃을 피울 수 있다고 본 것이다.[37] 그러기 위해서 시인은 자신이 발 딛고 있는 현실에 대한 인식이, 즉 시인 역시 한국전쟁으로 인한 비극적인 현실에 놓일 수밖에 없는 존재이므로, 저항의식이 필요하다고 제시했다. 역사적 현실에 대한 깊은 인식을 현대시의 근본적인 동력으로 삼은 것이다.[38] 그리하여 시인을 두 유형으로 구분하며 역사의식을 구체화시켰다.

시인의 '타잎'을 나눈다면 두 가지의 '타잎'을 쉽사리 발견

---

36) 김규동, 「현대시와 방법」, 같은 책, 102쪽.
37) 김규동, 「현대의식과 현실」, 같은 책, 22쪽.
38) 김규동, 「초현실주의와 현대시」, 같은 책, 35쪽.

할 수가 있겠다. 그 하나는 우리가 살고 있는 현실을 지난날의 문화가 이르러온 종합의 귀결로서 닥쳐올 날에 연결코져 하는 의식적 방법론에 착안하는 말하자면 현실을 단순한 현실로 보는 것이 아니고 역사적 현실로 보는 동적 사고의 시인군과 다른 하나는 단순한 현실에 교섭된 자아만을 움직이는 동력의 근원으로 생각하는 자연발생적 사고의 시인군이다. 따라서 이 시인들은 현실이라는 것이 움직인다고 믿지 않고 다만 변모되는 현실에 할 수 없이 추종하게 되는 경우를 제외하곤 거의 현실과 왕래하는 법이 없는 시인군이 바로 둘째 번 '타잎'인 것이다. 물론 역사적 현실을 이해하기 위해선 현실과의 교섭에서 자아가 문학적 발전의 경로를 더듬어 역사적 현실에 노출되어야 한다고 하겠다. 이렇게 역사적 현실에 일초의 지체도 없이 등장하는 '에네르기'가 문학적 탐구 형식을 거쳐 오게끔 만드는 그것이 바로 역사적 의식인 것이다.[39]

김규동은 위의 인용에서처럼 시인의 유형을 "현실을 단순한 현실로 보는 것이 아니고 역사적 현실로 보는 동적 사고의 시인군"과 "단순한 현실에 교섭된 자아만을 움직이는 동력의 근원으로 생각하는 자연발생적 사고의 시인군"으로 나누었다. 전자가 현실을 지난날의 역사가 진행되어온 결과로 인식하고 다가오는 미래에 연결하고자 하는 의식적 방법론을 가지고 있다면, 후자는 현실이 움직이지 않는다고 생각하고 그에 따라 방법론을 갖고 있지 않다. 설령 현실의 변화를 인정할지라도 타의적이고 수동적으

---

39) 김규동, 「현대시와 방법」, 같은 책, 94-95쪽.

로 따를 뿐이다.

물론 김규동은 자아 자체를 부정하지는 않았다. "역사적 현실을 이해하기 위해선 현실과의 교섭에서 자아가 문학적 발전의 경로를 더듬어 역사적 현실에 노출되어야" 하기 때문이었다. 역사적 현실은 문학의 형식을 통해서만 이해될 수 있기에 자아가 드러날 수밖에 없다. 따라서 서로는 밀접한 관계를 갖는데, 그렇다고 하더라도 자아만을 동력의 근원으로 생각해서는 역사의식을 갖기 어렵다. 그리하여 역사적 현실에 등장하는 "'에네르기'가 문학적 탐구 형식을 거쳐오게끔 만드는 그것이 바로 역사적 의식"이라고 보았다. 역사의식의 개념을 시대적 현실이 문학적 형식을 통해 나타나게 하는 에너지로 규정한 것이다.

이와 같은 역사의식은 시대 상황으로부터 영향을 받은 면이 크다. 주지하다시피 한국전쟁이 가져온 폭력 때문에 사람들이 느끼는 고통은 이루 말할 수 없었다. 그동안 신봉했던 가치와 신념이 붕괴되는 사회적 혼란으로 인해 개인의 정체성도 위협당했다. 사람들은 전쟁의 상처를 어떻게 치유할 것인가, 또 어떻게 미래 사회를 건설할 것인가 등을 모색했는데, 김규동 역시 시대적 요청을 인식했다. 그리하여 새로운 역사의식으로 자아를 치유하고 실존의식을 심화시키고자 했다. 현실을 회피한 채 자연과의 연속성을 추구하는 청록파류와는 분명 다른 자세로, 즉 암울한 현실을 자연이라는 탈출구로 벗어나기보다는 오히려 견고한 역사의식으로 현실에 뛰어든 것이다.

따라서 1950년대의 비평 문학사에서 김규동이 추구한 역사의식은 큰 의미를 갖는다. 해방공간기의 모더니즘 시는 좌익 진영에게서는 사상성이 결여되어 있다고 비판받았고, 우익 진영에게

는 난해하다고 비난받았다. 그런데 한국전쟁의 발발로 인해 모더
니즘 시를 비판하던 좌익 진영이 남한의 문단에서 사라지게 되는
상황이 도래하자, 이전과는 비교할 수 없을 정도로 우익 진영이
문단을 지배하게 되었다. 이와 같은 상황에서 김규동은 모더니즘
시와 비평을 통해 이념의 한 축이 사라진 공백을 메우고자 했다.
좌익 진영의 이념을 그대로 따른 것은 아니지만 현실 인식을 회
피하는 우익 진영을 인정할 수 없기에 비판하고 나선 것이다. 그
리하여 감성적이고 비논리적인 방법으로는 진정한 비판을 이룰
수 없다고 판단하고 객관적이면서도 논리적인 방법을 취했다. 현
대시의 현대성과 과학적 인식을 토대로 삼고 현실 인식과 역사의
식을 추구한 것이다. 그와 같은 면은 다음의 글에서도 확인된다.

> 시는 보다 괴로워하는 인간의 편에 서야 하겠고 암흑 앞에서
> 방향을 잃고 멈추고선 인간들과 호소할 길 없는 허망 앞에 쓰
> 러져버린 신들을 위해 있어야 할 것이다.
> 그러자면 시의 오직 한 구절 한 연 속에서도 피 묻은 현실의
> 신음소리가 담겨져야 할 것이며 인류의 관념과 희망과 전쟁과
> 생의 확충과 내일에의 예감이 진실한 자태로써 담겨지고 영상
> 되어야 할 줄 안다. 전쟁이, 현실이, 어떻게 시 속에 들어와야
> 하느냐? 어떤 모양으로 그것들이 시에 잘 융화되고 용해되어
> 야 하느냐?[40]

위의 인용문을 보면 김규동이 추구한 현대시의 목적을 분명하

---

40) 김규동, 「전쟁과 시인」, 같은 책, 158쪽.

게 알 수 있다. 즉 "보다 괴로워하는 인간"들과 "암흑 앞에서 방향을 잃고 멈추고선 인간들"의 편에 서기 위해서였다. 또한 "호소할 길 없는 허망 앞에 쓰러져버린 신들을 위해"서였다. 그리하여 이와 같은 목적을 이루려면 시인들에게 역사의식이 절대적으로 필요하다고 보고 "시의 오직 한 구절 한 연 속에서도 피 묻은 현실의 신음소리가 담겨져야" 한다고 주장했다. 여기서 피 묻은 현실이란 다름 아니라 한국전쟁으로 인한 고통이 지배하는 상황을 가리킨다.

나아가 김규동은 역사의식을 심화시키기 위해 전망을 제시했다. 한국전쟁의 폐허에 갇힐 것이 아니라 "생의 확충과 내일에의 예감"을 "진실한 자태로써 담"아 내려고 한 것이다. 전쟁의 아픔이나 상실감에 함몰되지 않고 삶의 확충을 추구하는 역사의식은 과거의 역사에 얽매이는 것이 아니라 역사적 과정에 주체성을 띠는 것이다. 그와 같은 자세로 과거를 극복하고 미래를 지향하는 역사의식이야말로 당시의 상황에서는 필요한 사항이었다.

김규동은 그 역사의식을 시 작품 속에 어떻게 형상화할 수 있는지를 고민했다. "전쟁이, 현실이, 어떻게 시 속에 들어와야 하느냐?" "어떤 모양으로 그것들이 시에 잘 융화되고 용해되어야 하느냐?" 하고 고민한 것이다. 그 방법을 위해 현대시의 현대성과 과학적 인식을 토대로 시의 형식과 내용을 창의적으로 결합시키려고 했다. 따라서 김규동의 모더니즘 시는 어떤 시 형식으로 현실을 융화하고 용해해서 역사의식을 심화시킬 수 있는지를 고민한 산물이라고 볼 수 있다.

시의 차원의 진화엔 형태적 진화와 내용적 진화의 두 가지

상호 연관관계가 조화를 이루고 있다는 것은 형태적 진화가 내용적 진화에 영향을 입는 것이라고 할 수 있으나 그보다도 시적 사고 즉 '포에지—'의 진화에 의하여 내용적 진화가 내용으로 되는 제재 또는 시대의 특수성을 유기적으로 시와 연결시키는 사상의 진화에 의한다는 것은 참말인 것이다.[41]

위의 인용 글에서 김규동은 "시의 차원의 진화엔 형태적 진화와 내용적 진화의 두 가지 상호 연관관계가 조화를 이"룬다고 진단한다. 시의 발전에는 형식적인 면과 내용적인 면이 있는데, 상호 밀접한 관계를 가진다는 것이다. 그렇지만 형식적인 면과 내용적인 면을 동등하게 인식하지 않고 있기에 주목된다. 즉 "형태적 진화가 내용적 진화에 영향을 입는 것이라고 할 수 있으나 그보다도 시적 사고 즉 '포에지—'의 진화에 의하여 내용적 진화가 내용으로 되는 제재 또는 시대의 특수성을 유기적으로 시와 연결시키는 사상의 진화에 의한다는 것"이다. 결국 시의 내용과 형식이 상호 연관관계를 이룰 필요가 있다고 보면서도, 내용의 진화가 형식의 진화에 영향을 주는 면을 강조하고 있는 것이다.

김규동은 내용의 진화에 영향을 주는 요소를 또한 인식하고 있는데, 다름 아니라 "시적 사고"다. "시적 사고"의 진화에 의해 제재나 시대적 특수성이 곧 시의 내용이 된다는 것이다. 이와 같은 차원에서 "시적 사고"는 "사상의 진화"이자 역사의식의 진화라고 볼 수 있다. 진화에 의해 시대의 특수한 상황은 시 형식과 유기적으로 연결된다. 그리하여 현대시가 "반봉건적인, 반문화적인

---

41) 김규동, 「현대시와 방법」, 같은 책, 94쪽.

제 요소들을 청산하고 새로운 문명의 아들로서 찬연한 날개를 떨치고 일어"[42]날 것을 기대했다. 김규동의 이 역사의식은 1950년대의 한국 시가 지향해야 할 방향을 적절하게 제시한 것이기에 큰 의미를 갖는다.

3. 김규동의 비평 활동이 조명받아야 하는 이유

이 글에서는 김규동이 간행한 비평집 『새로운 시론』에 수록된 글들의 주제를 살펴보았다. 그 결과 현대시가 추구해야 할 방향으로 현대성, 과학적 인식, 역사의식 등을 제시한 것을 확인할 수 있었다. '후반기' 동인의 해체 이후 모더니즘 시 운동이 약화된 상황에서 김규동은 비평 활동을 통해 모더니즘 시의 시대적 당위성은 물론이고 지향해야 할 방향을 나름대로 제시한 것이다. 이와 같은 김규동의 활동은 1950년대의 비평 문학사에서 의의가 크다고 평가할 수 있다.

김규동이 『새로운 시론』에서 관심을 보인 우선적인 주제는 현대시의 현대성을 확립하는 문제였다. 한국전쟁으로 인해 황폐화된 상황을 적극적으로 인식하려는 것으로 현실 상황을 회피한 채 과거의 낡은 전통에 의지하는 기성세대를 비판했다. 서정주를 위시한 청록파류의 시인들이 그 대상이었는데, 그들의 시에는 피 묻은 현실의 신음소리가 담겨 있지 않고 오히려 자연과 감상적인 눈물이 지배했다고 비판한 것이다. 그리하여 부조리한 상황에 맞서지 않고 서정적인 출구를 마련하려고 한 순수 서정시의 시세계

---

42) 김규동, 「현대시와 mechanism」, 같은 책, 69쪽.

를 부정하는 대신 모더니즘 시를 그 대안으로 추구했다. 이미지
즘, 다다이즘, 초현실주의, 즉물주의, 네오리얼리즘 등의 새로운
형식을 통해 현실을 주체적으로 그려내려고 한 것이다.

　김규동이 『새로운 시론』에서 다음으로 제시한 주제는 과학적
인식이다. 이는 1930년대의 김기림이 주지주의 비평을 제기하면
서 내세운 것이기도 하다. 그렇지만 김규동의 과학적 인식은 김
기림의 주지주의 관점을 그대로 따른 것이 아니라 한국전쟁으로
인한 사회적 혼란과 불안한 상황을 그 나름대로 담아내려고 한
것이었다. 그리하여 김규동은 주지적이고 객관적인 태도를 견지
하고 비과학적이고 감상적인 경향의 작품은 인정하지 않았다. 가
령 감상적이고 낭만적인 세계관을 토대로 삼은 청록파류의 시 작
품은 자연을 예찬하고 눈물의 아름다움을 노래할 뿐 현대 사회
를 제대로 담아내지 않았다고 부정한 것이다. 현대시의 현대성을
확립하기 위해서는 과학적 인식이 필요하다고, 즉 방정식 문제를
풀어가듯이 견고한 세계 인식으로 현대 사회를 반영해야 된다고
보았다. 이와 같은 과학적 인식은 현대시의 현대성 확립과 아울
러 역사의식의 심화를 추구하는 것이었다.

　김규동이 『새로운 시론』에서 추구한 또 다른 주제는 역사의식
이다. 김규동은 역사의식을 현대시가 지향해야 할 궁극적인 목적
이라고 보았다. 현대시가 최후의 꽃을 피우려면 현실 인식을 가
져야 한다고 제시했다. 한국전쟁에 따른 고통과 불안이 지배하는
현실 속에서 살아가는 사람들을 진실하게 담아내는 역사의식을
가질 때 진정한 현대시의 꽃을 피울 수 있다고 본 것이다. 이처럼
김규동은 현대시의 미학이 결코 형식적인 차원이 아니라 현실 인
식의 차원에서 형성된다고 보고 역사의식을 구체화시켰다. 현실

을 단순하게 바라보지 않고 역사적 현실로 인식한 것이다.

김규동이 『새로운 시론』에서 내세운 현대시의 현대성, 과학적 인식, 역사의식 등은 시대 상황으로부터 영향을 받은 바가 크다. 김규동이 모더니즘 시 운동을 전개하고 비평을 활동했던 1950년대는 한국전쟁으로 말미암아 고통과 혼란과 불안이 지배하는 시대였다. 전쟁의 폭력으로 인해 사람들이 느끼는 고통과 가치와 신념의 붕괴로 인해 겪는 혼란은 매우 컸다. 따라서 전쟁의 상처를 어떻게 치유하고 어떻게 미래 사회를 건설할 것인가의 문제는 시대적인 과제였다. 김규동은 그와 같은 시대적 요청을 인식하고 한국의 시가 나아가야 할 방향을 그 나름대로 모색했다.

따라서 김규동이 제시한 모더니즘 시는 전통 단절, 주관주의, 개인주의, 예술지상주의 등의 특성을 지닌 문예 사조사에 등장하는 서구의 모더니즘과는 다른 것이었다. 오히려 견고한 역사의식으로 현실을 적극적으로 반영하려는 것이었다. 따라서 김규동이 추구한 모더니즘 시와 시론은 역사의식을 새로운 방법으로 추구한 것으로, 1970년대 이후 그가 현실과 사회를 적극적으로 인식하고 나서는 토대였다. 이와 같은 차원에서 김규동의 비평 활동은 1950년대의 비평 문학사에서 새롭게 조명되고 평가되어야 하는 것이다.

3

5주기 추모문집
『죽여주옵소서』

일러두기

• 『죽여주옵소서』는 김규동 시인의 5주기(2016)에 창비에서 비매품으
로 발간되었던 추모문집이다. 그 내용 일부를 '책 속의 책' 개념으로
여기 수록한다.

추모문집 엮은이의 말

우선 '죽여주옵소서'라는 다소 이례적인 술어를 제목으로 삼은 것은, 수록 시편의 제목이기도 하지만, 선생께서 부선망(父先亡)의 장남으로 단신 월남한 이래 어머님과 고향을 향해 지니셨던 심정이 그 한마디에 담겨 있다는 유족들의 말씀을 무겁고 아프게 여겼기 때문이다. 기구한 나라와 겨레의 처지를 어찌하지 못한 채 세월을 허송했다는 자책과 어머니께 매를 청하는 뼈아픈 참회가 어찌 선생만의 몫이겠는가. 책 속의 시편을 따로 찾아보아주시기를 아울러 부탁드린다.

『김규동 시전집』(창비, 2011)에서 50편을 고르는 작업은 엮은이들이 맡았고, 유족과의 협의를 거쳐 생전에 남다른 인연이 있으셨던 30여분께 그중 한 편씩을 택해 추모와 감상의 글을 붙여주실 것을 부탁드렸다. 선생의 연보는 전집에 실린 '자술연보'를 다시 살리기로 했다. 원고 수습과 제작 과정은 창비가 맡아주었고, 소요되는 일체의 경비는, 행여 주변에 폐를 끼칠세라 유족들께서 앞장서 도맡아 나서주셨다. 더하여 임철규 선생이 평문의 재수록을 허락해주셨으며, 문단 어른들의 자상한 자문과 한국작가회의 시분과위원회의 조력이 큰 힘이 되었다.

김규동 선생의 생애(1925~2011)에는 태생지인 두만강가 종성(鍾城) 행영(行營)마을과 경성(鏡城) 학창 시절의 눈보라가 스며 있고 북간도와 만주가 묻어 있다. 해방과 전쟁, 분단과 이산이 있고, 북의 평양과 남의 서울이 있고, 모더니즘과 리얼리즘, 서구적인 것과 민족적인 것

344

이 배어 있으며, 또한 현실정치의 우와 좌가 선생의 생애 한켠을 스쳐 간 바도 있다. 한반도 100년의 방황과 좌절의 거의 모든 좌표를 망라하고 있는 셈이다.

이제 5주기를 당하매, "그저 열댓 편 빼면 내 시 더 볼 것 없어요" 겸손하시던 함경도 억양의 맑은 음성이며, "시위장 같은 데서 가끔 만나면/불쑥 호주머니에 쑤셔 넣어주시던/김규동 선생의 백양담배 한 갑"(황명걸 시 「점등사」)의 온기가 새삼 그립고 안타깝다. 1948년 김일성대학 학생의 신분으로 이남에 내려온 이래, 선생은 살얼음 딛듯 60여 년을 사셨다. 그러나 만년에 들어 몸이 점점 작아지고 등도 굽으시는 대신, 갈수록 얼굴은 소년처럼 맑아지시던 것을 누구나 따뜻하게 기억하고 있다.

아아, 대체 언제나 선생의 위패를 모시고 두만강변 고향을 찾아, 고목이 되었을 그 '느릅나무' 아래 차일을 치고 이웃들께 더운 술 한잔을 대접해볼 것인가.

김규동 선생 5주기
김정환·김사인 삼가 적음

추모문집 1부

시와
시인의 기억

시에 부친 문인 28인의 추모 산문

나비와 광장

현기증 나는 활주로의
최후의 절정에서 흰나비는
돌진의 방향을 잊어버리고
피 묻은 육체의 파편들을 굽어본다

기계처럼 작열한 심장을 축일
한 모금 샘물도 없는 허망한 광장에서
어린 나비의 안막을 차단하는 건
투명한 광선의 바다뿐이었기에―

진공의 해안에서처럼 과묵한 묘지 사이사이
숨가쁜 Z기의 백선과 이동하는 계절 속―
불길처럼 일어나는 인광(燐光)의 조수에 밀려
흰나비는 말없이 이즈러진 날개를 파닥거린다

하얀 미래의 어느 지점에
아름다운 영토는 기다리고 있는 것인가
푸르른 활주로의 어느 지표에
화려한 희망은 피고 있는 것일까

신도 기적도 이미
승천하여버린 지 오랜 유역―

그 어느 마지막 종점을 향하여 흰나비는
또 한 번 스스로의 신화와 더불어 대결하여본다.

『나비와 광장』, 1955.

「가을 나비」의 추억

김광규(시인)

김규동 시집 『나비와 광장』(1955)이 나왔을 때, 나는 중학교 2학년이었다. 숫자보다 문자를 선호하고, 독서에 탐익하면서 차츰 문학 소년 티를 내기 시작하던 때였다. 학생 잡지 『학원』에 투고한 산문이 게재되자, 나는 문인이라도 된 듯이 우쭐했다. 고등학교에 진학한 뒤에는 문예반에서 교내 신문과 잡지를 만들고, 고교생 문예작품 낭독회에 나가기도 하고, 고전음악을 들려주는 뮤직홀에도 드나들면서 상당히 건방지게 굴었다. 교과서에 실린 문학 작품들은 별것 아닌 것처럼 여기고, 기성 문인들이 일반 문학지에 발표하는 시와 소설을 탐독했다. 이미 김소월, 한용운, 청록파 시인들의 작품 섭렵을 끝낸 이 조숙한 문학 소년은 당시의 모더니즘 계열 작품들을 읽고, 이들이야말로 새로운 동시대의 문학이라고 생각하게 되었다. 고등학교 1학년이 되자, 김규동 시집 『나비와 광장』(1957)을 동네 서점에서 구입했다. 한자가 섞이고 삽화가 들어 있는 이 시집은 하드커버 고급 장정으로 나온 것이었다. 1년 만에 재판 2,000부를 찍었으니, 당시로서는 성공을 거둔 시집이었다. 책값은 600환. 우리나라의 국민 소득이 500달러 정도였으므로, 고등학생 용돈으로 책 한 권 사기가 쉽지는 않은 시절이었다.

시인, 작가와 독자의 첫 만남은 원래 시와 소설의 독서를 통해서 이루어진다. 낭독회나 작품집 서명 판매 현장에서 육성을 듣고 대화를 나누고 사인을 받는 것은 그다음의 일이다. 고등학교 시절에 나는 이처럼 시집을 통하여 김규동 선생과 처음으로 만났던 것이다. 시인으로 데뷔한 뒤에도 수줍음을 많이 타는 외톨이 성격이라 나는 문단의 어느 단체에도 가입하지 못했다. 그래도 문학 행사장에서 더러 김규동 시인을 만나면 먼발치에서 목례를 보냈고, 시집이 나오면 우편으로 증정본을 주고받았다. 김 시인은 책을 받으면 반드시 감사의 답신을 보냈고, 내가 어느 지면에 그의 시를 소개했을 때도 고마움을 전해왔다. 나를 포함하여 후배 시인들이 이러한 예의를 잊어버린 것은 참으로 부끄러운 일이다.

『나비와 광장』을 구입한 지 반세기 만에 시청 앞 광장에서 열린 시낭송 행사에서 김규동 시인을 만나 처음으로 악수를 나누게 되었다. 그해 세밑 김 시인에게 보낸 연하장에 나는 다음과 같은 사연을 곁들였다.

지금으로부터 50여 년 전에 선생님의 시집 『나비와 광장』을 사서 읽었습니다. 1950년대 후반이었으니까, 제가 아직 고등학생 때였지요. 그 후에 언젠가 선생님을 만나면, 저자 서명을 받아야겠다고 생각하면서도 여태껏 미루어왔습니다. 선생님을 뵌 자리에서는 제 손에 그 시집이 없었고, 일부러 부탁을 드리자니, 선생님을 괴롭혀드리는 것 같았습니다. 그러다가 저도 어느새 나이 칠순을 바라보게 되었습니다. 이제는 더 미룰 수 없게 되었습니다. 새해에는 꼭 한번 찾아뵙겠습니다.

그리고 다시 1년이 지난 2009년 12월에 대치동 김 시인 댁을 찾아갔다. 이미 85세의 병든 몸이었지만, 시집에 서명을 하는 김 시인의 필치는 목각을 다듬던 옛날이나 다름없이 강건했다. 김 시인은 숨이 차서 말하기 힘들어했으므로, 나는 곧 일어섰다. 시인은 장서 가운데 제임스 조이스 연구 서적을 한 권 골라서 나에게 주었다. 평생 시를 쓰면서 모더니즘 관련 독서까지 지속해온 김규동 시인의 쾌유를 기원하면서 고별했다. 그 후 22개월 만에 김 시인은 타계했다.

　나의 열 번째 시집 『하루 또 하루』(문학과지성사, 2011)에는 김규동 시인과의 만남에서 비롯된 시도 한 편 실려 있다.

　　가설무대의 조명과 소음이
　　참을 수 없이 망막과 고막을 찢어대는 저녁
　　시청 앞 광장 잔디밭에서 마주친 그
　　노시인은 온기 없는 손으로
　　악수를 건넸다
　　걷기조차 힘든 육신을 무겁게 끌고
　　어둠 속으로 천천히 멀어지는 모습
　　되돌아보니 50년 전에 산
　　책 한 권 이제는 겉장이
　　너덜너덜해진 그의 시집
　　서명이라도 받아둘 것을
　　싸늘한 늦가을 밤 낙엽처럼
　　떨어질 듯 자칫 땅에 닿을 듯
　　힘겹게 날아가버린 가을 나비
　　—「가을 나비」 부분

2011년 10월 1일 고 김규동 시인 영결식장에서 읽은 나의 조시는
위의 시에 다음 7행을 더한 것이었다.

김규동 선생님
분단된 조국의 철조망 벗어나
훨훨 날아가 꿈에도 그리던
어머니 만나보시고
온 세상 녹색으로 밝아오는 날
아름다운 봄 나비 되어
다시 날아오소서

전쟁과 나비

능선마다
나부껴오는
검은 사정권(射程圈)

속력의 질주는
재빨리
정신의 마디마디를
역사(轢死)시켰다

때마침
흑인 병사의 보행은
나의 환상 속에
코뮤니즘과 같은
검은 유혈을 전파하고,
수술대에 누운 나는
창백한
신경조직의
반사(反射)를 바라다본다

광란하는 바다
파열하는 빛깔 속에
낙하하여가는

선수들의 포물선—

그럴 때마다
새하얀 광선을 쓰며
전쟁의 언덕을 올라오는
어린 나비들은
믿기 어려운 네온사인의 영상(影像) 속에
마그네슘처럼 투명한 아침을 폭발시키는 것이다.

『나비와 광장』, 1955.

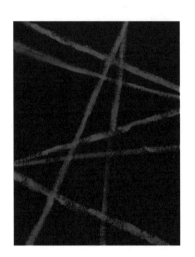

김규동 선생 자부 안보숙 작품 「나눔 Ⅵ」

푸른 정신의 그 어른

마종기(시인)

나는 1950년대 후반, 키가 작고 말씨가 조용하시던 김규동 선생님을 우리 집에서 처음 뵈었다. 어느 신문사 문화부의 책임자로, 내 선친의 연재원고 때문에 자주 들러주셨기 때문이었다. 그러나 내가 선생님을 더 특별하게 기억하는 것은 선생님의 시를 무척 좋아했기 때문이었다. 나는 중학교 때부터 꽤 열심히 시를 읽었는데 미당이나 청마나 청록파의 고답적인 시만 읽다가 아버지가 받으셨던 김규동 시인의 시집을 읽으면서 도시적 속성을 지닌 언어의 실험에 완전히 매료되었다. "능선마다/나부껴오는/검은 사정권" 같은 구절은 어디서 보지도 듣지도 못한 새로운 언어였고 신선한 풍경이었다. 그 후 나는 시인이 되자마자 고국을 떠났고 이어진 50년의 외국생활. 그러면서도 시집이 출간되면 그 옛날의 추억을 기화로 시집을 선생님께 증정했고 나도 선생님의 시집을 몇 권 받기도 했다.

또 한 가지 기억나는 것은 거의 30년 전 일이다. 어떤 시인이 작가 이광수의 아내였던 허영숙 여사의 일대기를 담은 『허영숙 평전』이란 책을 출간했는데 그 책에 일제강점기에 최남선, 이광수와 함께 마해송이 조선의 젊은이들에게 일본군 징병권유 강연을 하며 돌아다녔다고 썼다. 나는 어이가 없어 궁리 끝에 친일파들의 역사를 많이 연구하신 김규동 선생님께 문의 편지를 올렸다. 그런데 선생님은 흰 종이에 독특한 만년필 글씨로 상당히 긴 답신을 내게 보내, 당신의 아버지는 그런 분이 아니셨다는 것을 내가 확실히 안다, 그 책을 쓴 사람은 그 당시 열 살도 안 되었던 터라 내가 다그쳤더니 그냥 추측으로 썼다고 한다, 재판이 나올 때 꼭 고치겠다고 약속했으니 용서하라고 하셨다. 그때 얼마나 김규동 선생님이 고마웠던지! 책은 재판이 나왔는지 안 나왔는지 모르지만 옳고 그른 일에는 단호하시던 선생님의 서슬 푸른 정신을 나는 아직 잊지 못하고 있다.

전쟁과 나비

능선마다
나부껴오는
검은 사정권(射程圈)

속력의 질주는
재빨리
정신의 마디마디를
역사(轢死)시켰다

때마침
흑인 병사의 보행은
나의 환상 속에
코뮤니즘과 같은
검은 유혈을 전파하고,
수술대에 누운 나는
창백한
신경조직의
반사(反射)를 바라다본다

광란하는 바다
파열하는 빛깔 속에
낙하하여가는

선수들의 포물선—

그럴 때마다
새하얀 광선을 쓰며
전쟁의 언덕을 올라오는
어린 나비들은
믿기 어려운 네온사인의 영상(影像) 속에
마그네슘처럼 투명한 아침을 폭발시키는 것이다.

_____
『나비와 광장』, 1955.

안보숙, 「나눔 Ⅲ」

김규동의 「전쟁과 나비」

문덕수(시인)

　김규동의 대표작이라고 하면 「전쟁과 나비」일 것이다. 이 작품에는 전쟁의 시작이 나비의 날개에 반영(反影)되어 아주 생동감 넘치는 감각으로 잘 나타나 있다. 전쟁에 대한 감각적 논리는 이 작품에서 한 치의 허점도 드러나지 않는다.

　마치 석양 무렵의 햇빛이 잘 반사된 파도 같은 것이라고나 할까. 해가 서녘 바다에 떨어질 무렵의 그 황홀하고도 눈부신 잔물결… 그때의 자잘한 파도는 전쟁의 파도를 닮은 것이라고 할 수도 있다.

　김규동의 「전쟁과 나비」는 그를 문학사에서 모더니즘 계열에 세우거나, 혹은 6·25 전쟁사에 세우거나 하여 무엇엔가 선두에 놓을 수 있다고 생각하는 분들이 의외로 많은 것 같다.

　김규동의 「전쟁과 나비」는 이상의 진술에서 알 수 있는 바와 같이 특히 일몰(日沒)의 어떤 잔물결처럼 감각적 인식의 논리를 잘 말하는 것으로 보인다.

고향

고향엔
무슨 뜨거운 연정이 있는 것이 아니었다

산을 두르고 돌아앉아서
산과 더불어 나이를 먹어가는 마을

마을에선 먼바다가 그리운 포플러나무들이
목메어 푸른 하늘에 나부끼고

이웃 낮닭들은 홰를 치며
한가히 고전(古典)을 울었다

고향엔 고향엔
무슨 뜨거운 연정이 기다리고 있는 것이 아니었다.

─────────

『나비와 광장』, 1955.

고향의 숨결

맹문재(시인)

　김규동 시인이 추구한 시세계를 한마디로 요약한다면 귀향의식이라고 볼 수 있다. 시인이 부모형제를 그리워하고 남북통일을 염원하고 두만강과 백두산을 노래한 것은 결국 고향에 돌아가고자 한 모습이었다. 시인이 고향을 그리워한 이유는 "무슨 뜨거운 연정"의 상대가 있어서가 아니라 "산과 더불어 나이를 먹어가는 마을"과 그 마을의 "포플러나무들"과 "홰를 치"는 "닭들"이 있기 때문이었다.

　시인에게 고향은 "연정"보다 근원적인 것이다. 개념 이전의 풍경이고, 의미 이전의 시간이다. 의식 이전의 숨결이고, 기록 이전의 기억이다. 따라서 고향에 대한 시인의 그리움은 담담해 보이지만 절실하고도 뜨거운 것이다.

　언젠가 김규동 시인의 고향에 가보고 싶다. 꼭 가보고 싶다. 그날이 오면 나도 시인처럼 "한번 목놓아 울고 나서"(김규동의 시 「두만강」) 천천히 마을을 돌아보겠다. 마을을 둘러싸고 있는 산들이며, 마을에 있는 나무들과 가축들이며, 마을 사람들이며, 마을을 지켜주고 있는 하늘을 바라보겠다. 그러면서 흥얼거릴 것이다. "고향엔 고향엔/무슨 뜨거운 연정이 기다리고 있는 것이 아니었다."

곡예사

가벼우나 슬픈 음악
관객이 손뼉을 치며 즐거워할 때
곡예사의 가슴엔
싸늘한 바람이 스친다

아슬아슬한 새 기술을 부리기 위해
파리한 얼굴의 여자와
표정 없는 구릿빛 가슴의 사나이가
줄을 타고 오를 때
얼마나 신기한 기대를 보내는 관중들이었던가

이쪽 그네에서
저쪽 그네로
서로 옮겨 탈 순간과 순간

담배연기 자욱한
공간 위에서
아 저러다 떨어지면 어떻게 하나?
그런 것은 벌써 잊어버린
곡예사의 어저께와 오늘

하얀 손의 여자여

곡예사여
너의 입술에 어린
떨리는 생명의 포말들을 삼키며
너는 더욱 잔인해야만 한다

원폭의 하늘처럼
소란한 오늘의 기류
그 속에서 오히려
네가 지니는 한 오라기의 질서가
무한한 기쁨처럼 나를 울린다.

『현대의 신화』, 1958.

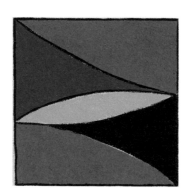

안보숙,「갈대잎」

어젯밤에 무산령에서는…

이시영(시인)

이 청탁 원고를 쓰려고 창비판 『김규동 시전집』(2011)을 열자마자 은회색 편지 봉투 하나가 툭 떨어졌다.

고맙습니다
걱정해주신 덕분에 시전집 잘 나와졌습니다.
박신규 님께 저의 고마운 뜻 전해주십시오.
시영 선생, 평생을 두고 친절하게 해주셔서 감사합니다.
기운 없어 더 쓰진 못해요.
감사합니다.
좋은 시 많이 쓰십시오.
만수무강, 건필을 기원합니다.
이 선생 가정에 행운을!
2011. 2. 19
규동(87세 봄)
재배

그해 초가을에 돌아가셨으니 선생께 받은 마지막 편지인 셈이다. 선생의 시편 중에 「저승 사람들 오시다」(『김규동 시전집』, 670쪽)가 있다. 일종의 예지몽적인 작품인데 "도라지 캐러/백두산에 간다더니/머루 따러 관모봉에 간다더니/생원은 여태 돌아오지 않습꾸마/혹시 호랑이를 만난 거는 아니겠습지/에구마/어젯밤에 무산령에서는/곰이 두 다리를 버티고/기차를 세웠다지 않습둥/빨리빨리 돌아오지 않구시리"로 시작되는 이 시가 나는 참 좋다. 육신은 남쪽에 묻히셨으나 그의 영혼("나의 반쪽")은 무산령 가까운 그곳에 반드시 당도했으리!

밤의 신화

북소리, 나팔소리, 다채로운 행진곡이 울려오는 소리에 잠을 깬 나는 눈을 비비며 밖으로 나갔다

텅 빈 대낮의 거리를 요란하게 울리며 오는 것은 북을 치며 걸어오는 코끼리와 그 옆에 서서 피리와 나팔을 부는 광대들이었다

코끼리가 어떻게 저런 음악을 연주하나? 나는 창피한 줄 모르고 아이들처럼 서서 당당히 행진해오는 코끼리를 구경했다

내가 입가에 미소를 띠자 어진 코끼리의 둥그런 눈이 껌벅거리며 웃음을 감추지 못하면서 더욱 신이 나 악기에 떡떡 장단이 들어맞게 북을 쳐내었다

이 거창한 행진의 뒤를 따르는 것은 아이들뿐―아이들은 바지가 흘러내린 것도 모르고 어른의 걸음걸이로 또 달달거리면서 행진의 뒤를 따랐다. 코를 훌쩍거리는 아이들의 얼굴에는 숨가쁨과 무한한 호기심이 빗기었다

검은 가로수와 초연 냄새―

나는 어찌된 영문인지를 몰라서 오늘이 무슨 날인가 곰곰이 생각해보았으나 아무 생각도 나지 않았다

가족도 동료도 다 어디론가 사라져버리고 나만 혼자 이 거

리에 나와 선 지금, 그러면 가족은 어찌된 것일까? 사랑하는 아들아! 너는 어디에 있느냐? 네가 좋아하는 코끼리가 나팔을 불면서 오고 있구나!

나는 비로소 오늘이 무슨 날인가를 알게 되었다. 그렇다. 전쟁이 지금 바로 끝난 게로구나. 지금까지 나는 잠을 자고 있었나보다. 그러면 나의 혈육들은 어찌 되었을까. 그 수많은 자동차와 사람과 세상의 부귀영화는 모두 어찌 된 것일까

그러자 이해 못할 행진의 배경이라도 장식하는 듯 코끼리의 악대가 걸어오던 저쪽 서편 하늘가에서 푸른 광선이 공중에 번쩍거렸다. 그것은 원자탄보다 무서운 무기라 했다. 그것은 바로 전쟁의 종언을 고하는 신호등이란 것을 순간 나는 깨달았다

코끼리의 악대는 쉬지 않고 가고 있고 남루한 옷을 입은 아이들은 줄곧 코끼리와 광대를 따라 뜨거운 아스팔트 위를 쉬지도 않고 따라가고 있었는데, 이 광경을 망막에 담은 채로 내한쪽 눈은 풀밭에 떨어졌고 다른 한쪽 눈은 허공의 한 점에 가 박혀 있었다.

『현대의 신화』, 1958.

안보숙, 「13잔의 포도주」

그분만이 펼칠 수 있는 몸짓

박철(시인)

전쟁의 상흔이 한 사람의 의식 속에 어떻게 자리하는지를 나는 얼마 전 어머니의 간단한 구술을 통해 실감할 수 있었다. 한국전쟁 당시 어머니는 어린 나이에 몇 개의 사선을 넘어 홀로 남으로 건너왔다. 그리고 연고를 찾아 들은 첫마디가 "올케가 안 오고 왜 네가 왔느냐"였는데 첫마디이자 한마디인 그 말이 맨발의 한 처자를 평생 대인공포증에 시달리게 만들었다.

내가 김규동 선생을 처음 만났을 때 선생은 이미 환갑을 넘으신 나이였고 이미 전쟁의 아픔이 핵탄두처럼 압축되어 있는 분이었다. 나는 그 이미지를 영원히 이렇게 기억할 것이다.

1980년대 말 남북작가회담 관련으로 사나흘 경찰서 신세를 지게 된 일이 있었다. 선생은 당시 최연장자였다. 알다시피 선생은 단구에 왜소하다. 강제로 구금된 것도 답답한데 어느 날 당국이 애초의 약속을 어기자 일행은 구호와 단식으로 저항하기 시작했다. 그러다 선생이 철창을 붙들고 밖에다 소리를 치기 시작했다. 거의 철창에 올라붙은 모습의 선생은 철창을 흔들며 소리치기 시작했는데 안과 밖 누구도 노구의 시인을 범접할 수가 없었다.

그 절규와 철창과 지하의 음습함 그리고 핵탄두 같은 폭발은 이 세상의 모든 전쟁, 이별, 무기, 구속을 거부하는 최선의 무기였다. "내 한쪽 눈은 풀밭에 떨어졌고 다른 한쪽 눈은 허공의 한 점에 가 박"힌 자만이 상상하고 펼쳐낼 수 있는 몸짓이었다. 과연 어떤 큰 무리의 코끼리 악대가 이를 누를 수 있단 말인가.

한 시대

작은 돌이
공중에서 떨어졌다
돌을 피하여
달아나는 바람이
내게 와닿는 소리가 들린다
무겁고 어두운 거울 속으로부터
뛰쳐나간 사내들은
대부분 온데간데없다
날이 밝으면
아무것도 보지 않기 위하여
눈을 부비며 나서는 기둥과 벽이
음산한 삼림을 돌아
내게로 온다
타다 남은 마음의 공터에
불을 붙이면
죽음의 냄새는 심장 가까이 와서
새의 깃소리같이 파닥거린다
나는 에스컬레이터를 타고 내려오며
물 위에 떨어진 달이
흔들리는 것을 본다
한 시대의 기묘한 얼굴이
물속에 잠긴다

깊은 수심(水深)이다
손이 금속에 얼어붙어 떨어지지 않았다.

『죽음 속의 영웅』, 1977.

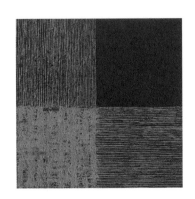

안보숙, 「나눔 IV」

전쟁의 땅을 지나 빛을 찾아서

민영(시인)

김규동 시인의 문학적 출발은 전쟁의 소용돌이 속에서 싹튼 '후반기' 모더니즘으로부터 시작되었다. 그들은 위기를 맞은 문명과 현실을 눈앞에 두고 자연과 풍류의 세계만을 노래하는 전통 서정주의 시에 반발하여 현대인의 위기의식과 도시문명을 노래하고자 집결했다. 그러나 이 전후파적 몸부림은 동인들의 무분별한 서구시 지향과 몸에 붙지 않는 경박한 표현으로 분해되고 말았다. 1955년에 나온『나비와 광장』과 1958년에 출간된『현대의 신화』에 보이는 모더니즘 시에는 도시 소시민의 생활에서 온 감상이 보이지만, 시인은 이때부터 북에 두고 온 어머니에 대한 사랑과 그리움, 민족의 역사를 가로막고 있는 군사정권의 독재에 맞섬으로써 새로운 정신세계를 보여주고 있다. 그것이 1977년에 나온 시집『죽음 속의 영웅』에 실린 시「한 시대」의 내용이다.

이제까지 우리와는 무관하다고 여겨진 정치권력의 횡포가 시인 자신뿐만 아니라 그들에게 동조하지 않는 무고한 국민의 안녕마저 위협한다고 느껴졌을 때, 시인은 거리로 뛰쳐나가서 노래한다.

작은 돌이
공중에서 떨어졌다
돌을 피하여
달아나는 바람이
내게 와닿는 소리가 들린다
무겁고 어두운 거울 속으로부터
뛰쳐나간 사내들은
대부분 온데간데없다

희망

일정 때
두만강변 회령경찰서 취조실에서 흘러나오던
그 사나이 비명은
어째서 아직도 내 가슴에
못처럼 박혀 있는지
6·25 때
한강을 헤엄쳐 건너온
백골부대의 한 병사가
담배 한 대를 맛있게 피우던 일은
어째서 아직도 내 가슴에 남아 있는지
지난날
38선을 넘을 때
안내꾼에게 준 할아버지의 회중시계는
아직도 시간을 가리키고 있는지
해체된 풍경 속에
잃어버린 것은
스승과 눈물과 후회뿐인 줄 알았더니
추락하여가는 내면의 눈에
번개같이 스치는 것은
깨끗한 한 개의 희망이다
스산한 나뭇가지에
빛의 다른 한쪽이 머무는 것을 보고

무서운 경이를 느낀다
그것은 내일을 향한 순간의 전율
푸른 공간의 전락을 뒤로
부서져내리는 차가운 유리조각
오, 희망을 위하여는
처참한 것을 넘어서야 한다.

『죽음 속의 영웅』, 1977.

희망은 처참을 넘어야

─김규동의 시「희망」을 읽으며

김병익(문학평론가)

5년 전에 작고하신 김규동 선생님을 회상할 때는 으레 1970년대 후반의 선생님 후반의 모습이 눈앞에 떠오른다. 그때의 나는 청진동 골목의 작은 사무실에서 소꿉놀이하듯 작은 출판사를 시작한 지 얼마 안 되었을 때였고 그즈음의 그 동네에는 내가 책임을 맡은 문학과 지성사만이 아니라 백낙청의 창작과비평사, 이문구가 편집장으로 일하는 한국문학사 등 여러 문학지 출판사들이 박혀 있어 많은 문인들이 출몰하고 있었다. 나는 선생님을 길에서 뵙기도 하고 좁은 사무실에서 차를 한잔 모시며 선생님의 이런저런 이야기를 듣기도 했다.

나도 몸이 작지만 선생님은 거기에 더해 매우 마르셨고 살이 없는 얼굴에는 주름살들이 겹겹했고 웃음도 말소리도 조용하며 말씀 내용도 겸손하셔서 전체적인 인상이 가난의 모습으로 다가왔다. 그러나 오해 없기를 바란다. 선생님의 면모에서 뵌 '가난'은 내가 성경에서 가장 좋아하는 "가난한 자는 복이 있나니 천국이 저의 것임이라"는 대목의 그 마음의 '가난함'이었다. 그 '가난한 마음'은 내게 이 세상과 사람들에 대한 겸손을 뜻하는 것이었고 오만과 편견이 없는 순수를 보여주는 마음의 가난이었다. 당시 선생님의 세속에서의 삶이 어떤 상태인지는 모르는 채 문단으로나 인생으로나 대선배인 선생님의 인상은 오직 '가난한' 선비의 검소한 내면으로 소박하게 다가와 젊은 나의 고개를 숙이게 만들었다.

근 40년 전의 그 인상을 떠올리며 다시 펴본 선생님 시들 중에 마음을 울리며 아주 가까이 울려오는 작품이 「희망」이었다. 1977년의 시집에 수록되었기에 내가 선생님을 가끔 뵐 수 있을 때의 작품이지 싶은 이 시는 선생님 젊은 시절의 모더니즘 계열도, 이 시 이후의 참여적 시 문학에도 넣을 수 없는, 오직 '시인'으로서, 그것도 고향을 잃고 전쟁의 고통을 치르고 귀향도 불가능해진 고독한 시인으로서 안간힘으로 '희망'을 품어 안으려는 의지를 보여주고 있다. 길지 않은 이 작품에서 선생님은 일제강점기의 고난을, 6·25의 서러움을, 실향민의 스산함을 통해 슬픈 민족사적 서사를 술회하면서 "깨끗한 한 개의 희망"을 꺼내 우리에게 보여준다. 그것이 아프게, 그러나 참된 고백으로 다가오는 것은 그 희망이 "처참한 것을 넘어서야" 온다는 진실을 드러내 보여주기 때문이다. 그래, 판도라의 마지막으로 인간에게 남겨준 '희망'이란 선물도 이 세상에서의 인간들의 처참한 고통을 통해 얻을 수 있는 것이었다. 그 희망의 진실은 50대의 김규동 선생이 70대 말에 이른 지금의 내게 남겨준 역설의 소망이었다. 삼가 선생님의 명복을 다시 빈다.

북에서 온 어머님 편지

꿈에 네가 왔더라
스물세 살 때 훌쩍 떠난 네가
마흔일곱 살 나그네 되어
네가 왔더라
살아생전에 만나라도 보았으면
허구한 날 근심만 하던 네가 왔더라
너는 울기만 하더라
내 무릎에 머리를 묻고
한마디 말도 없이
어린애처럼 그저 울기만 하더라
목놓아 울기만 하더라
네가 어쩌면 그처럼 여위었느냐
멀고먼 날들을 죽지 않고 살아서
네가 날 찾아 정말 왔더라
너는 내게 말하더라
다신 어머니 곁을 떠나지 않겠노라고
눈물어린 두 눈이
그렇게 말하더라 말하더라.

『죽음 속의 영웅』, 1977.

폭풍의 시간을 돌아보며

염무웅(문학평론가)

문단생활 10년을 채울 때까지 내게 김규동 선생은 아주 생소한 분이었다. 일찍이 '후반기' 동인으로 활동한 모더니스트의 한 사람이고 『나비와 광장』『현대의 신화』 같은 실험적인 시집의 시인이라는 '사실'은 물론 알았지만, 그건 피상적인 지식일 뿐이었다. 그런데 김 선생을 아주 가깝게 느끼기 시작한 사건이 1974년에 일어났다. 그해 11월 함석헌, 이병린, 천관우 등 재야인사들이 주축이 된 '민주회복국민선언' 발표에서 김규동이란 이름이 들어 있음을 발견했던 것이다. 뜻밖이었다. 사실 그때까지 김규동 선생은 시인으로서는 상당한 명성이 있었을지 몰라도 재야의 민주화투쟁에 이름을 올린 적은 없었다.

그 무렵 우리 주변은 기자들의 '자유언론선언'과 문인들의 '자유실천문인선언'으로 박정희 정권에 대한 비판적 열정에 들떠 있었다. 1975년 1월 초에는 136명의 문인이 서명한 '자유실천문인협의회(자실)의 편지'가 커다랗게 동아일보 광고지면을 장식했다. 김규동 선생이 자실 문인들과 행동을 같이한 것은 이것이 처음일 텐데, 이때부터 김 선생은 이런 성격의 모임이나 성명서 발표에 누구보다 열성을 다해 참여했다. 내가 김 선생을 가까이 뵈었던 것은 주로 그런 자리에서였다.

언제부터인가 김 선생은 창작과비평사(창비)에도 가끔 발걸음을 하셨다. 창비 사무실이 수송동에 자리하고 있던 1977년 초여름이던가, 평소와 달리 나에게 긴한 말씀이 있다고 하셨다. 선생은 시집 원고를 내놓으며 나에게 '해설'을 청하시는 것이었다. 사실 나는 자타

가 공인하듯 모더니즘에 대해 비판적 입장이었는데, 모더니스트로
알려진 김 선생이 그것을 모를 리 없다고 생각되었다. 나는 기꺼이 쓰
겠다고 말씀드렸다. 솔직히 말해 그 글을 통해 내가 검토하고 싶었던
것은 시인 김규동의 모더니스트로서의 노선이 민주화운동에 참여하
면서 어떤 영향을 받고 어떻게 변모되었을까 하는 점이었다. 김규동
선생의 세 번째 시집『죽음 속의 영웅』에 붙은 해설은 이런 경위로 쓰
여진 것이었다.

몇 년 뒤 나온 김규동 시선집『깨끗한 희망』(1985)에도 나는 짤막
한 해설을 붙였다. 나는 초현실주의나 다다이즘 같은 데에 경도되어
있던 젊은 날에도 김규동이「열차를 기다려서」처럼 소박하고 절실한
언어로 분단의 아픔을 노래한 시를 썼다는 사실에 놀랐고, 다른 한편
그런 모더니즘적 경향에 대해 비판적 의사를 표시한 근년에도「이카
로스 비가(悲歌)」「사막의 노래」처럼 모더니즘적 화법을 구사한 시를
발표한 사실에 또한 그에 못지않게 놀랐다. 그러나 생각해보면 이것
은 한 시인에게 있어서 무엇인가를 간직해나가고 또 무엇인가를 버
린다는 것이 얼마나 그의 내적 실존 깊숙한 곳에서 불가피한 형태로
이루어지는지를 알려주는 예로서, 다른 사람이 가벼이 용훼할 바가
아니다. 대충 이런 요지였다.

이런 생각은 30여 년이 지난 지금도 별로 달라진 것이 없다. 다만,
김규동 선생의 시에 관해서 조금 더 말해본다면, 고향인 함경도 경성
고보의 은사였고 시의 스승으로 평생 사숙했던 시인 김기림이 그러
했듯이, 또 모더니즘의 원산지라 할 서구 문학에서도 그러했듯이, 김

규동의 경우에도 모더니즘의 전위주의는 본질적으로 기성체제에 대한 저항의 정신을 내포하고 있다는 사실이다. 예술적 전위는 계기만 주어지면 언제든 정치적 전위로 변신할 폭발성을 지닌다. 아주 젊은 나이에 어머니와 고향을 떠나온 김규동 선생의 시적 전위가 1970년대의 억압적 현실 속에서 분단 현실을 향한 정치적 저항의 언어로 발전한 것은 따라서 매우 자연스럽다.

송년(送年)

기러기떼는 무사히 도착했는지
아직 가고 있는지
아무도 없는 깊은 밤하늘을
형제들은 아직도 걷고 있는지
가고 있는지
별빛은 흘러 강이 되고 눈물이 되는데
날개는 밤을 견딜 만한지
하룻밤 사이에 무너져버린
아름다운 꿈들은
정다운 추억 속에만 남아
불러보는 노래도 우리 것이 아닌데
시간은 우리 곁을 떠난다
누구들일까 가고 오는 저 그림자는
과연 누구들일까
사랑한다는 약속인 것같이
믿어달라는 하소연과도 같이
짓궂은 바람이
도시의 벽에 매어달리는데
휘적거리는 빈손 저으며
이해가 저무는데
형제들은 무사히 가고 있는지
아무것도 이루지 못한

쓸쓸한 가슴들은 아직도 가고 있는지
허전한 길에
쓸쓸한 뉘우침은 남아
안타까운 목마름의 불빛은 남아
스산하여라 화려하여라.

『깨끗한 희망』, 1985.

안보숙, 「PANE」

한 해가 갑니다

도종환(시인)

한 해가 저무는 세밑입니다. 기러기들이 줄지어 차가운 하늘을 날아가는 게 보입니다. 겨울바람 불어 더욱 스산합니다. 차가운 밤하늘을 날아가는 새들의 날개는 밤을 견딜 만할까요. 얼마나 춥고 얼마나 고단할까요. 그래도 쉼 없이 날아가야 하는 새들의 운명. 새들의 험난한 여정을 생각합니다.

만났다 헤어진 형제들은 무사히 가고 있을까요. 말할 수 없이 허전합니다. 쓸쓸합니다. 아무도 없는 밤길을 어떻게 가고 있을까요. 어떻게 칠흑의 어둠 속에서 살아가고 있을까요. 그들의 운명. 그들의 험난한 여정을 생각하면 가슴이 아립니다. 별빛은 흘러 강이 되고 눈물이 됩니다.

형제들과 헤어지면서 아름다운 꿈은 무너졌고, 노래를 불러도 우리의 노래가 아닙니다. 만날 수 있는 길은 점점 더 아득해지는데 속절없이 한 해가 갑니다. 형제들은 무사히 살고 있을까요. 그들을 잡을 수 없는 내 손은 빈손. 뉘우침과 쓸쓸함과 안타까움만 남은 내 가슴은 빈 가슴. 도시의 불빛이 화려할수록 가슴은 더욱 스산한데 시간은 우리 곁을 떠납니다. 또 한 해가 갑니다.

분단

—막(幕) 1

이슬에 젖은
거울을 숨기고
두 개의 몸짓을 본다
이처럼 다른
두 얼굴이 나타내는 것
어둠의 끝이다
운명의 끝이다
우리 서로 쳐다본 채로 죽는
죽음의 빛이다
상승과 낙하가 하나가 되는
종말의 빛이다
폐허에 막이 내리면
뿔이 달린 현실은
캄캄한 심장을 흔들어놓는데.

『깨끗한 희망』, 1985.

김규동 시인의 「분단」을 읽고서

이승철(시인)

몸뚱이는 하나인데 "두 개의 몸짓" "두 얼굴"을 지니며 살아야 하는 현실은 얼마나 가당찮고, 믿기 어려운가. 시인은 1948년 고향땅 함북 종성에서 남쪽으로 내려올 때 두만강변에서 헤어진 어머님과 아우를 영영 만나지 못하게 만든, 그 분단 현실을 평생의 한으로 간직한 채 살아왔다.

1972년 10월 박정희 유신체제가 들어서고, 1974년 1월 긴급조치가 발동될 때부터 시인은 모더니스트에서 리얼리스트로 시적 변환을 꾀했다. 그리하여 1970년대 중반부터 민주화운동에 떨쳐나서면서 "민족의 분단이 인간의 진정한 삶을 왜곡해왔다"며 통일문제에 깊은 시적 통찰을 거듭했다. 5척 단구의 가냘픈 육신으로 독재의 세월을 치받던 그 용기와 결단은 다름아닌 이산(離散)의 아픔을 끝장내려는 의지 때문이었다.

시인은 "분단"이야말로 가면을 쓴 연극 무대의 1막(幕)일 뿐이라고 외친다. 하지만, "죽음" "종말" "폐허"로 가득 찬 그 막은 "뿌리 달린 현실"로 엄연히 존재하고 있다. 스스로를 정면으로 응시하지 못하게끔 "이슬에 젖은/거울을 숨기고" "캄캄한 심장"으로 직립보행을 못한 채 흔들리는 뼈아픈 현실. 그 분단 현실은 허위이기에 "어둠의 끝" "운명의 끝"이라고 시인은 외치고 있는 것이다.

87세의 일기로 세상을 떠나는 그날까지 시인은 고향집 우물가 느릅나무를 잊지 못했고, 부모님과 가족을 가슴속 깊이 그리워하며 민족 통일의 그날만을 손꼽아 기다리며 살았다. 뉘라서 그 한 맺힌 세월을 그토록 처절하게 노래할 수 있을 것인가.

안보숙, 「막달레나의 기도」

돌이켜보면 1979년 선생의 평론집 『어두운 시대의 마지막 언어』를 읽고서 문학의 길에 들어섰고, 1983년 선생이 관여하던 시 무크 『민의』 제2집으로 문단에 첫발을 내디딘 이래 인연을 맺어왔다. 그가 이 땅을 떠나가신 지 어언 5년. 선생은 고향집 느릅나무 아래서 부모님과 아우, 어린 시절 동무들을 만나 "가슴 울렁이는 이야기"(「느릅나무에게」)를 나누고 있을 것이다.

달아오를 아궁이를 위한 시

시가 안되어
별짓 다 해보다
아궁이를 뜯었다
동서고금 유명하다는
시인들의 시를
이것저것
외워도 보고
그것을 쓸 때의 시인의 모습을 그려보고
이것도 아니다 저것도 아니다
마감날은 지났는데 고민하던 끝에
아궁이를 뜯었다
앞집 아주머님네는
팔만원 들여 온돌까지 뜯었지만
그런 것은 엄두도 못 내고
만만한 아궁이를 뜯었다
시꺼먼 연탄을 두 장씩 삼켜먹고도
얼음장인 이 온돌은 도대체 무엇이냐
검붉게 썩은 방바닥이 발이 시리다
저주스런 방이다
쌍말로 빌어먹을 온돌이다
정을 대고 망치질을 해서 뜯어낸 다음
허리 아래 묻혔던 화로를

가슴팍까지 끌어올려서 묻고
급한 성미에 맨손으로
시멘트를 반죽해서
든든하게 발랐다
완전히 반나절이 걸렸다
이까짓 일을 하는 데 반나절이 걸린다
외출에서 돌아온 아내가
시를 쓴다더니 뭘 하느냐고 놀랐다
나는 먼지를 뒤집어쓴 얼굴로
담배 한대 피워 물고
무슨 커다란 자신이라도 선 것처럼
한마디 하였다
이젠 틀림없을 거요
어디 불 한번 넣어보시오라고
밤낮 무슨 실험 같은 것이나 하고 사는
이런 남편을 믿고 평생을 사는 아내가
가엾은 생각이 들었으나
마음은 새로이 안정을 얻은 듯싶었다
저녁에
대학을 마치고
회사에 다니는 큰아이가 퇴근하고 돌아와
모래 되어 쓰러진 애비 보고

한마디 수고했다는 인사도 없이
족보에 없는 음악을 듣고 앉았는 것이
약간 서운하기는 했으나.

『깨끗한 희망』, 1985.

아궁이를 고치는 것은
뜨거운 시를 쓰기 위함이다

김종해(시인)

김규동 선생님이 별세하시던 그해 2011년, 선생님이 손수 육필로 사인하고 보내주신 시인 김규동의 자전 에세이 『나는 시인이다』를 꼼꼼하게 읽었던 저의 소회는 남달랐습니다. 일제 식민지와 민족 분단의 고통과 갈등의 시대를 넘어서, 그리고 이 땅의 민주화운동에 진심과 열정을 쏟던 한 시인의 인간적 모습을 보았기 때문입니다. 누구보다 견실하고 꼿꼿하게 자기 삶을 살아온 한 시인의 유년 시절과 고향을 거기서 보았기 때문입니다.

선생님은 누구보다 왜소한 몸집을 가졌지만, 후대의 시인들이 바라보는 선생님의 모습은 우리들의 천장을 가릴 만한 거인의 모습 그대로입니다. 한 시대와 사회를 움직여가는 거인의 모습이 담긴 당당한 시인의 삶 속에 사람의 마음을 움직이는 '인간'의 시가 담겨져 있었던 것입니다.

시대와 사회를 변혁하기 전에 한 개인의 부조리한 삶과 현실을 개조하려는 시인의 인간적인 삶이 담긴 김규동 시인의 시 「달아오를 아궁이를 위한 시」는 시가 가진 힘과 메시지를 극명하게 보여줍니다. 한 편의 시를 쓰기 위해 고투하는 시인의 모습이 고스란히 담겨 있습니다. "시꺼먼 연탄을 두 장씩 삼켜먹고도/얼음장인 이 온돌"을 고치기 위해 직접 아궁이를 뜯는 시인의 무서운 집념은 '개인'을 넘어서 행동으로 '이념'에 도달하는 메시지를 보여줍니다. "정을 대고 망치질을 해서" 뜯어낸 온돌, 시멘트를 반죽해서 바르고 "이까짓 일을 하는 데 반나절이 걸린다." 온돌을 고치기 위해서 반나절이나 먼지

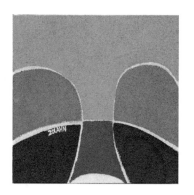

안보숙, 「겨자씨」

를 뒤집어쓴 것은, 결국 한 편의 시를 쓰기 위한 한 시인의 집중력을 보여준 것이고, 시를 찾아가는 시인의 뜨거운 과정을 보여주고 있습니다.

김규동 선생님의 시를 위한 한평생 또한 「달아오를 아궁이를 위한 시」와 같은 전주곡 속에 고스란히 담겨져 있으리라 생각됩니다. 부조리한 현실과 삶을 직접 파내고 뜯어고치려는 부단한 혁신과 행동의 시를 김규동 선생님의 이 시에서 쉽게 찾아내 볼 수 있습니다. 김규동 선생님의 뜨거운 시정신을 찾아볼 수 있는 시라 할 수 있지요.

형벌

늙으신
어머니를 내버리고
이남땅 나온 놈이
잘되면 얼마나 잘되겠냐
40년 동안
38선이 막혀 못 돌아갔다는 건
변명이고 구실에 지나지 않는다
누가 이렇게 꾸짖는
사람이 있어야 했는데
지금껏
이런 높은 어른을 만나보지 못한 것이
한이다.

『오늘밤 기러기떼는』, 1989.

내 표절의 변

이근배(시인)

시는 막무가내여야 한다. 이 땅의 시인들이 건너온 사납고 거친 시대의 응어리를 다듬고 깎는 말로는 다 풀어낼 수가 없다.

"늙으신/어머니를 내버리고/이남땅 나온 놈이/잘되면 얼마나 잘되겠냐" 하는 첫 대목에서 나는 그만 울컥한다. 누가 시인 김규동을 '어머니를 버린 놈'으로 만들었는가. 이 말을 꺼내들기까지 시인의 가슴에 박힌 못은 또 얼마나 깊었던 것일까.

김규동 선생은 생전에 나같이 못난 후배를 참 많이도 아껴주셨다. 틈틈이 귀한 고서도 보내주셨는데 나는 아무 보답도 못한 채 지금 선생의 시 앞에서 꾸뻑 절을 하고 있을 뿐이다.

비록 처지는 다르지만 이번에 처음 읽게 된 시 「형벌」은 내게 내리는 채찍이기도 하다. 내 어머니는 시집온 지 몇 해 안 되어 독립운동가 지아비 옥바라지에 젊음을 바치고 육이오 때 홀로되셨는데 아흔하나에 돌아가실 때까지 나도 '어머니를 버린 놈'이었다. 어머니의 빈소에서 나는 「천벌」을 시랍시고 썼었는데 "용서하세요"를 되뇌다가 "어머니의 용서가 제게는 천벌입니다"로 맺었다.

나도 모르게 선생의 시 「형벌」을 표절한 셈인데 나의 이 글을 보신다면 선생은 괜찮다 웃으시리라.

오늘밤 기러기떼는

－문익환 님께

오늘밤
휴전선 찬 하늘 날아오는
저 기러기떼는
필시 두만강 그리운 소식 갖고 오는
반가운 손일 것인데
감방에 묶인 몸이
나가 맞지 못하고
귀만 쫑그리네

새떼는
시멘트 집이 하도 들어차
삭막한 서울에는 앉지도 못하고
남으로 남으로 내려가는데
들릴 듯 말 듯
밤하늘에 퍼지는 새의 울음소리를
검은 구둣발 소리
무참히 지워버리네.

『오늘밤 기러기떼는』, 1989.

'인테리젠스'의 그림자

강형철(시인)

선생님은 후배 문인들에게 한 번도 하대하시지 않았다. 늘 조근조근 말씀하셨고 후배들의 어떤 질문에도 기꺼이 대답하시곤 했다. 그렇지만 경찰과 대치할 때는 어떤 문인들보다 당차게 앞장서서 경찰을 꾸짖곤 하셨다. 그날 뒤풀이 자리였던가 확실하지는 않지만 해금된 문인들의 얘기로 이어졌다. 누군가 불쑥 선생님께 여쭈었다. "이런 데를 왜 내려오셨데요?"

"글쎄 말이오. 사실 38선에서 막 내려오려고 하는데 내가 좋아하는 오장환이나 김기림이 시들이 삐라로 떨어지는 거라. 나는 그 사람들 보러 남으로 내려오는데, 그 사람들은 북으로 올라왔다고 하고… 망설여지는 거라. 그래도 남쪽의 시가 지닌 '인테리젠스'가 땡기는 거야. 허허. 그래서 안내꾼에게 할아버지 회중시계 주고 내려가겠다고 했지…"

언젠가 티브이에 선생님이 출연하셔서 어머니를 그리는 시를 읽으셨다. 그러시곤 징을 들고 조그만 원을 그리며 고갯짓 리듬을 실어 징을 쳤다. 북에 두고 온 어머니를 그리워하시며… 그 징 소리와 선생님의 몸짓은 내게 그리고 우리에게 선생님의 시가 통일의 당위를 표현하는 시가 아니라 사람살이의 저 안창 아니 탯줄에 다다르는 본원적 징 소리라는 것을 깨우쳐주었다. 거기에 더하여 시는 진정한 '인테리젠스'에 대한 생애를 건 모험이라는 것도.

어머님의 손

깎인 나뭇조각처럼
어머님의 손은 차다
야위고 지친
마디 굵은 어머님 손에
조국의 순수한 것은 쥐어져 있다
흙 묻은 궂은일과 희망이
함께 쥐어져 있다
우리들이 잃어버린
위대한 순수는 쥐어져 있다
고구려의 흙바람 소리 남아 있다
외세에 물들지 않은
온갖 깨끗한 것들이
금은보석 되어 남아 있다

평생을 하여도 다 못한
쉬임 없는 근로 속에
어머님이 남겨준 것은
물질이 아니요 영화도 아닌
소박한 조선의 혼이다
이것을 지키기 위해
이처럼 숨차도록
어머니는 싸우고 또 싸운 것이다

깎인 나무토막처럼
어머님의 손은 차다
야위고 지친 그 손에
그러나
아름다운 조선은 침묵처럼 새겨져 있다.

『생명의 노래』, 1991.

그분의 낮은 그림자를 그리며

김규동 선생은 생전에 아호 따위는 쓰신 적이 없었다. 아마도 옛적 양반 취향이라 달갑게 여기지 않아서였을지도 모른다. 그래도 지하에 계신 그분에게 굳이 쓸모없는 아호를 지어 추납(追納)하는 것이 그분의 주기(週忌)를 맞는 예(禮)가 될지 모른다. '각영당(刻影堂) 김규동 영가(靈駕)'라고 여기에 써둔다. 그분이 만년에 예리한 끌로 목각 작업을 일편단심으로 하는 모습을 담아보았다.

여기 그분의 시 한 편을 눈감은 임의(任意)로 내세운다. 시 자체로서의 작품 관점이기보다 그분의 일률적인 향수 쪽이다.

나는 그동안 통일이란 과거의 통일이 아니라 미래의 통일이라고 말해왔다. 말하자면 역사상 전혀 새로운 통일이다. 그런 나머지 북녘 이산가족의 추억이나 회귀의 정서로서의 통일은 통일의 총체상이 아니었다. 그래서 백두산 압록강 두만강도 누구의 고향이나 성장의 개인적 환경으로 말하는 것을 다 찬성하지 못했다. 그렇더라도 이제 이 세상의 동행이 아닌 각영당의 절절한 통일 지향의 주관에 조심스레 뒤따르기로 한다.

그분은 오로지 시의 원점을 편석촌 김기림에 두고 있다. 그분이 3일 말미로 김일성대학 학부생 신분 그대로인 채 38선을 단신으로 넘어온 것도 편석촌의 시와 삶 안에 들고 싶어서였을 것이다. 그 이래 그분은 영영 고향의 북관으로, 어머니와 누님의 장소로 돌아가지 못했다. 전란의 후퇴와 피란행렬 끝의 임시수도 부산에서의 삶은 처참했다. 그런 중에도 서울이나 어디서 몰려온 피란 문인 중 가장 먼저 생활 의지의 시범을 보였다. 그런 견고한 생존기반 위에서 전후 문학

전후 시의 동인 '후반기'에 참여했다. 이렇듯이 현대 한국시의 모더니즘의 첫 얼굴로 떠오르기도 한 것이다.

　서울 수복 이후 그분은 언론 출판 분야에서 그리고 전후 시단의 복판에서 주도적으로 활약했다. 어느 시 낭독회에서 자작시를 읽은 뒤 그 시를 라이터불로 태워버리는 퍼포먼스도 인상적이었다. 특기할 것은 1970년대 군사독재에 맞선 저항의식이 뜨거웠다는 것이다. 나는 새해 첫날 그분의 잦아든 내공(內功)의 목소리를 들을 때마다 저 소리는 언제까지일까 불안한 적이 있었다.

　생전에는 1년에 한두 번밖에 뵌 적이 없는 내 인연의 소격(疏隔)을 이제 와 뉘우친들 무엇이겠는가. 그립다. 그분의 낮은 그림자가.

찾지 말아요

누님
찾지 말아요
이럭저럭 목숨 부지해가니
찾지 말아요
통일되기 전엔 만나지 맙시다
40년도 못 보고 헤어져 살았는데
만나서 두 손 잡고 울긴 싫어요
누님 찾지 말아요
못 만나도 살았기만 하다면
그저 가슴 두근거려
이게 핏줄의 정이거니 여기며
더 크고 더 깊은 세상 향해 나아갑시다
관모봉엔 벌써 흰 눈이 내렸겠지요
청진에서 조그만 장사하며 살아간다는 누님
통일되기 전에는
바람에 띄워서라도 찾지 말아요
울고 헤어지는 만남은 죽어도 못해요
그날이 올 때까지는
찾지 말아요 찾지 말아요.

『생명의 노래』, 1991.

「찾지 말아요」를 읽으며

김종길(시인)

  김규동 시인의 시는 그와 동향 출신인 선배 김기림 시인의 시처럼 모더니즘과 포퓰리즘(민중주의)이라는 두 개의 단어로 요약될 수 있을 듯하다. 그것은 여기에 뽑힌 50여 편의 작품들의 행간에 보여준 문익환 목사와 박인환과 김수영 두 시인의 행적과 시풍과도 일맥상통하는 바 있다.

  그러나 이들 50여 편의 작품들 가운데서 필자가 뽑은 「찾지 말아요」는 앞에서 지적한 이 시인의 일반적인 시풍과는 달리 통상적인 서정시요, 그것도 소품이다. 그러나 이 작품은 설정된 정황이나 화자의 말씨가 절절하고 진솔하여 독자의 감동을 자아내는 바 크다.

  그리하여 이 작품은 조국통일이라는 주제를 조그마한 극적 구도 속에 압축하여 강렬하고 선명하게 부각시킨 거의 처절한 절규가 되고 있다.

찾지 말아요

누님
찾지 말아요
이럭저럭 목숨 부지해가니
찾지 말아요
통일되기 전엔 만나지 맙시다
40년도 못 보고 헤어져 살았는데
만나서 두 손 잡고 울긴 싫어요
누님 찾지 말아요
못 만나도 살았기만 하다면
그저 가슴 두근거려
이게 핏줄의 정이거니 여기며
더 크고 더 깊은 세상 향해 나아갑시다
관모봉엔 벌써 흰 눈이 내렸겠지요
청진에서 조그만 장사하며 살아간다는 누님
통일되기 전에는
바람에 띄워서라도 찾지 말아요
울고 헤어지는 만남은 죽어도 못해요
그날이 올 때까지는
찾지 말아요 찾지 말아요.

『생명의 노래』, 1991.

김규동 선생님과의 만남

김후란(시인)

1960년대 초 김규동 시인이 20대 여류시인 선집을 발간한다고 작품을 10편 내외로 보내라는 청탁서를 보내왔다. 1962년 4월 선생님이 운영하시는 한일출판사에서 발간된 이 시집 『사색과 영원』은 『현대문학』 『자유문학』으로 등단한 지 3년 안팎의 신인 15명의 시를 엮은 선집이었다.

1963년 청미동인회가 발족할 때 나는 이 『사색과 영원』을 펼쳐놓고 7명의 시인들을 선정했다. 그 후 35년간 동인지를 냈고 창립 50주년 기념집도 발간한 청미동인회의 출발에는 김규동 시인의 뒷받침이 있었던 것이다.

부산 피란 시절 시인들의 시 낭송회가 열렸다. 부산사범학교 졸업반이었던 나는 대학입시를 앞둔 중요한 시기였지만 만사 제쳐놓고 문예반원들과 시 낭송회에 갔다. 삭막한 전시의 갈증 때문인지 초만원을 이룬 행사장에서 시인들을 보는 것만으로도 감명 깊었다. 후반부에 키가 자그마한 남자 시인이 시 낭송을 하고 나서 포켓에서 라이터를 꺼내더니 시가 적힌 종이에 불을 붙여 흔들었다. 불은 곧 꺼졌지만 청중은 깜짝 놀라 소리치기도 했다. 언젠가 시인들 모임에서 그때의 퍼포먼스 이야기를 하자 김규동 시인께서 "그게 나요" 하시는 통에 나의 오랜 궁금증이 풀렸다.

선생님의 월남 비화는 익히 알고 있었지만 시 「찾지 말아요」는 분단의 뼈아픈 외침이 읽는 이의 가슴을 에이게 한다. 북에 두고 온 가족에게 통일되기 전에는 "울고 헤어지는 만남은 죽어도 못해요/그날이 올 때까지는/찾지 말아요 찾지 말아요" 울부짖는 이 시는 보고 싶은 누님, 어머님, 모든 이산가족들에게 보내는 통절한 사랑의 시다.

김광섭

일정 때 감옥은
과연 어떠했느냐는 물음엔
견디기 어렵지요
그놈들은 못되게 구니까
산 같기도 하고 곰 같기도 한 분이
이렇게 대답하고 가냘피 웃었다
난리를 당하여
큰일났다고 아우성일 때도
기다려보자고
오히려 자리에 깊숙이 앉는
넉넉한 데를 지녔었다
나이 어린 녀석들이 버릇없이 굴었지만
화내는 일이 없고
애란의 시인 예이츠를 즐겨 읊었다
철없이 구는
박인환을 귀염둥이 취급해주었으며
수영의 까닭 없는 주정조차
넓은 가슴에 감싸줬다
자랑삼아 마룻바닥을 구르며
김관식이 행패를 부려도
놓아두지 그러냐고
옆사람을 나무랐고

412

박봉우를 누군가 도와줘야 한다고 걱정했다
모두는 죄 없는 술들을 퍼마시고
그러는 것이 시인의 특권인 양
선량한 선생을 괴롭혔으나
곰처럼 산처럼 막아서서
미동도 하지 않는 함경도 든든한 분이셨다
예술보다는 오히려
가난과 운명을 견디는
서러운 인간의 길을 더 신뢰했기에
쓸쓸했던 만년에는
날마다 퍼득이는 날갯짓만
소리없이 남기면서
남녘에서 북녘으로
북녘에서 남녘으로
삼천리 온 강산을 자유롭게 날아다니는
상냥한 비둘기떼를
그리운 생명의 씨앗같이
삼삼히 그렸다.

『생명의 노래』, 1991.

안보숙,「나눔 V」

조용하나 단호한 자존심

백낙청(문학평론가)

"산 같기도 하고 곰 같기도 한" 이산(怡山)과 달리 김규동 선생 자신은 섬세하고 예리한 인상이었고 체구도 작은 편이시라 '산 같은' 분위기는 아니었다. 그러나 이 시의 푸근함에서는 시인이 그려낸 이산의 성품뿐 아니라 시인 자신의 일면도 느껴진다. 두 분의 동향의식과 동지의식 때문이기도 하겠지만, 문학을 사랑하며 문단의 후배를 아끼는 푸근한 마음에는 김규동 선생도 누구 못지않으셨다.

내가 이산 선생을 처음 만난 것은 『창작과비평』 초창기에 김수영 선생과 미아동 자택에 가서 원고를 받아왔을 때다. 그때 시 「산」(山)을 읽고 수영 시인과 함께 기뻐했던 기억이 생생하다. 반면에 김규동 선생은 '재야인사'로서 처음 뵈었던 것 같다. 민주회복국민회의 결성 당시에 문인으로서는 선생과 고 김병걸 선생이 가장 앞서 움직이셨다. 그 후로 이산 선생보다는 한결 오래 문단 선배로 모시면서 문학에 대한 선생의 깊은 애정과 폭넓은 교양 그리고 시인으로서의 조용하지만 단호한 자존심을 거듭 느낄 수 있었다. 언젠가 정보당국에 연행됐다 한참 만에 나오셔서 제게 하신 말씀도, "문학인으로서 부끄러운 일은 안 했습니다"였다. 선생께는 그게 표준이었던 것이다.

잡설

―박인환

나이를 먹으니
제 팔자는 개뿔도 모르면서
남의 사주팔자 관상 따위를
흥미있게 엿보는 괴이한 버릇이 생겼다
박인환이 「목마와 숙녀」를 쓴 것은
아직 철이 덜 들었거나
서양문학에 섣불리 매료된 탓이었을 게다
그가 30살에 죽지 않고
여태 살았다면
진짜 좋은 민중시인 되었을 것이다
이 길밖에 그가 가야 할 길은
없었을 게다
모더니즘도 모더니즘이려니와
사회에 대한 관심이 남달랐던 그가
민족현실을 저버릴 리 만무했을 게다
오장환이니 배인철이
그의 눈에는 다 모더니스트였고
김기림 역시 두려운 근대파 시인이었다
사주관상쟁이 아니지만 가끔
옛 친구들의 모습을 떠올려보며
그들의 생애에 이런저런 상념을 담아보는 것도
한 기쁨이다

인환이 간 지도 30여 년
그가 살아 있다면 틀림없이
분단시대를 떠메는
참다운 모더니스트가 되었을 것이다
민족현실을 간파한
참사실주의 시인 되었을 것이다
다른 사람은 몰라도
그에 대해서만은
어쩐지 이런 장담을 해보고 싶다.

『생명의 노래』, 1991.

안보숙, 「컴포지션」

당연하고 태연한 모습

구중서(문학평론가)

우리 사회의 1970년대와 80년대에 한 장면이 있었다. 김규동, 김병걸, 이기형, 이분들이 한자리에 모여 있는 모습이다. 그곳은 종로5가 기독교회관 민주화 촉구 집회의 자리거나 또는 어느 투옥시인 석방 촉구 농성의 자리였다.

그때에도 이분들은 이미 70대의 나이였다. 이중에서도 문단적으로는 김규동 시인이 가장 선배였다. 시국은 좀처럼 나아질 기미도 없고 낙관도 희망도 가질 수 없는 막연한 시대였다. 그런데 이 세 분의 원로 문인들은 정당에 가입한 정치인도 아니었고, 혹 좋은 시절이 오면 어떤 영달이라 할 만한 자리를 차지할 나이도 아니었다. 그런데 독재 권력의 수사기관원들이 주시하는 민주화운동 집회장에 으레 참석하는 이들의 거동이나 표정은 너무도 당연하고 너무도 태연했다. 언젠가 종로5가 기독교회관 강단 위에 김대중, 문익환, 김규동 3인이 올라서서 만세 삼창을 선도하던 모습이 지금도 선연하다. 이들은 지금 다 세상을 떠났다.

김규동 시인의 시에는 북녘 고향과 어머니에 대한 그리움이 있다. 그러면서도 인내와 희망을 지향했다. 1950년대 모더니즘의 '후반기' 동인인 박인환 시인을 가리켜 "그가 살아 있다면 틀림없이 (…) 참사실주의 시인 되었을 것이다" 했다. 민족 현실을 간파하는 리얼리즘을 그도 선망했다.

민족의 통일과 민주주의의 앞날에 김규동 시인은 영원히 당연하고 태연하게 서 있을 것이다.

아침의 편지

함경북도
우리 고향 아득한 마을

행준네 넓은 콩밭머리에
이 아침 장끼가 내렸는가 보아라

칙칙거리기만 하고
아직 못 가는 이 기차

해는 노루골 너머에서
몇 자쯤 떴는가 보아다오.

『느릅나무에게』, 2005.

아, 그리운 김규동 선생!

이동순(시인)

2006년으로 기억된다. 대구의 팔공산 도학동 북지장사(北地藏寺)로 올라가는 입구에 '한국현대시육필공원'을 조성한 적이 있다. 지역의 명망 높은 상화(尙火), 고월(古月)에서 정호승, 안도현에 이르기까지 두루 그들의 육필을 구해서 한 덩이 돌에 새기고 특별한 아름다움의 공간을 만들었는데, 반응이 좋았다. 그 후 추가로 몇 개를 더 만들때 나는 김규동 시인의 「아침의 편지」를 서둘러 골랐다. 그것은 이 시가 지니는 실향의 아픔과 절절함, 그러한 슬픔의 감정을 밝고 상쾌하며 질박하게 육화시켜 재창조해낸 빛나는 시적 성취를 진작 가슴에 모시고 있었기 때문이다.

나는 김규동 시인에게 묵묵한 사랑의 은총을 참으로 많이 받은 후배 중 하나다. 1980년대 초, 내가 백석(白石) 시인에 심취하여 충북 청주 상당산성(上黨山城)의 산골마을로 들어가 마을의 여러 사연과 내력을 백석의 풀어쓰기식 이야기 시로 써서 발표했을 때 김규동 시인은 월평을 통해 이를 크게 칭찬하고 격려해주셨다. 그 후 시인이 병석에서 『김규동 시전집』을 발간하실 때에도 해설은 반드시 이동순이 맡아야 한다며 담당자에게 요청하셨다던 그 벅찬 사랑을 어이 잊을 수 있으리오.

이제 시인이 아주 먼 곳으로 떠나가 계신 지금 「아침의 편지」를 다시 꺼내 읽으니 뜨거운 눈물이 방울방울 흘러 무릎에 떨어진다.

느릅나무에게

나무
너 느릅나무
50년 전 나와 작별한 나무
지금도 우물가 그 자리에 서서
늘어진 머리채 흔들고 있느냐
아름드리로 자라
희멀건 하늘 떠받들고 있느냐
8·15 때 소련병정 녀석이 따발총 안은 채
네 그늘 밑에 누워
낮잠 달게 자던 나무
우리 집 가족사와 고향 소식을
너만큼 잘 알고 있는 존재는
이제 아무데도 없다
그래 맞아
너의 기억력은 백과사전이지
어린 시절 동무들은 어찌 되었나
산 목숨보다 죽은 목숨 더 많을
세찬 세월 이야기
하나도 빼지 말고 들려다오
죽기 전에 못 가면
죽어서 날아가마
나무야

옛날처럼
조용조용 지나간 날들의
가슴 울렁이는 이야기를
들려다오
나무, 나의 느릅나무.

『느릅나무에게』, 2005.

안보숙, 「오후 3시경」

최후의 절창 「느릅나무에게」

현기영(소설가)

　이 시는 시인의 마지막 시집 『느릅나무에게』에 실린 표제작이다. 15년간의 침묵 끝에 발표된 여든살 노시인의 그 시들을 나는 발표 당시에 읽었는데, 그때 느낀 감동은 아직도 생생하다. 늘 애잔한 표정을 짓고, 지팡이 없으면 허물어질 듯 쇠약한 노인이 어쩌면 그렇게 아름답고 순정한 목소리를 지닐 수 있는지! 생애 끝까지 고갈되지 않는 그 투명하고 치열한 시혼이 부러웠다. 허물어지기 직전, 심기일전하여 혼신의 힘으로 부르는 이 최후의 절창을 들으면서 후배 문인으로서 어찌 숙연해지지 않을 수 있겠는가.

　그의 고향이 머나먼 국경 도시 종성이었다. 남한에서의 그의 삶은 뿌리 뽑힌 채 영영 고향에 돌아가지 못하는 디아스포라의 삶이었다. 생이별, 이산의 고통과 슬픔을 그나마 견딜 수 있었던 것은 시가 있었기 때문이라고 그는 말했다. 시인의 마음속에 늘 살아 있던 어머니와 우물가의 그 느릅나무, 반세기가 훨씬 지나 이 시집을 냈을 때는 어머니는 이미 별세하고 느릅나무만이 살아남아 있을 터였다. 어머니가 없는 고향집은 느릅나무만이 살아남아 가족사를 기억하고 있을 거라고 시인은 생각했다. 이제 어머니와 마찬가지로 시인의 육신도 흙으로 돌아갔다. 육신에 갇혔던 혼은 이제 육신을 떠나 분단을 넘고 멀리 자유롭게 훨훨 날아가 고향집을 찾아가 무성한 느릅나무 그늘 아래 어머니를 만나뵙고 있을 것이다.

두만강에 두고 온 작은 배

가고 있을까
나의 작은 배
두만강에

반백년
비바람에
너 홀로

백두산 줄기
그 강가에
한줌 흙이 된 작은 배.

『느릅나무에게』, 2005.

스승이자 동지였던 김규동 선생님

윤정모(소설가)

선생님과의 첫 만남은 1984년 자유실천문인협의회 사무실에서 밤샘 농성을 할 때였다. 깔고 앉을 거리를 챙겨주시면서 구석자리로 가서 눈 좀 붙이라고 하셨다. 그때부터 1992년 강경대, 김귀정 타살 사건 때까지 선생님은 내 시위 현장의 스승이요, 리더요, 동지였다.

유월항쟁 때는 근 열흘간 거리에서 함께 지냈다. 학생들의 저지에도 불구하고 부산행 열차가 출발을 감행하려 들자 선생님께서 몸소 열차 앞으로 뛰어들어 기어이 정지시켰다. 그때, 선생님의 작은 몸과 가늘게 펼쳐진 두 팔이 어쩜 그리도 거대해 보이던지.

나는 선생님의 글들을 다 좋아했다. 잡지에 연재되는 산문도 밑줄을 그어가면서 읽었다. 시편들 중엔 분단에 관한 시를 선호했는데 「기다림」을 읽고 울었다고 하자 선생님께서는 그 시를 붓글씨로 써서 보내주셨고, 지금도 나는 그 액자를 간직하고 있다.

선생님의 1주기 때는 「두만강에 두고 온 작은 배」를 낭송했다. 정성껏 잘 읽어보려고 민영 선생님에게 운율을 지도받았는데 그 뒤부터는 자주 이 시를 외우곤 한다.

아, 통일

이 손
더러우면
그 아침
못 맞으리

내 넋
흐리우면
그 하늘
쳐다 못 보리

반백년 고행길 걸은
형제의 마디 굵은 손
잡지 못하리
이 손 더러우면

내 넋 흐리우면
아, 그것은
영원한 죽음.

『느릅나무에게』, 2005.

참나무에 글 새기듯이 '통일'을 노래했다

김준태(시인)

남과 북이 막혔다. "남북이 서로/눈감고 불총을 쏘면/하늘에 젖을 물려준/어머니의 말씀 버리면//아마겟돈/쾅쾅, 우주가/폭발하는 소리?//한반도는 풀 한 포기커녕/꽃 한 송이 피지 않고/새 한 마리 날아오지 않을 것이다//두드릴 목탁은커녕/십자가를 만들어 세울/한 그루 나무도 자랄 수 없을 것이다!"(김준태의 시 「아마겟돈, 경고!」)

그런 엉뚱한 생각도 드는 때에 김규동 선생 시를 읽으면 가슴이 서늘해진다. 선생의 시 중 「아, 통일」은 순정한 가르침으로 벅찬 감동을 동반한다. 우리들 두 손에 더 이상 '피'가 묻어서는 안 된다는 것을 고향의 할아버지처럼 견결하게 말씀하신다.

화두가 처음과 나중에도 한결같은 숙명적 통일의 시인 김규동 선생은 하늘에 오르셔서도 통일의 뜻을 한울림(하느님)으로 모신 것 같다. "이 손/더러우면/그 아침/못 맞"을까봐서 고향집 할아버지처럼 말씀하시는 선생님… 오늘따라 몹시 그립다. 선생은 참나무에 글 새기듯이 통일시를 써서 노래한 시인이었다.

누님

이북에
누님 두 분 계십니다
큰누님은 이름이
김용금(金龍金)이고
작은누이는
김선옥(金鮮玉)이라 합니다
누구시든지 혹 소식 아시는 분은
안 계시는지요
이 넓은 천지지간에
손톱만큼이라도
소식 아시는 분
안 계실는지요
안 계실는지요.

『느릅나무에게』, 2005.

그들도 알까요

김사인(시인)

　백 년 뒤의 독자들도 '이북'이란 말의 이 맛과 아득한 깊이를 알까. "이북에/누님 두 분 계십니다"로 시작하는 거두절미 아래 눌러 가누고 있는 통곡을 짐작할 수 있을까. 모르게 되리라 해도 씁쓸한 노릇이지만, 그때까지도 알 거라 생각하자면 더 기가 막힌다.

　마침내 '시'스러운 일체의 꾸밈이 걷힌, 단순하고 투명하다 못해 어눌해진 몇 줄의 조선말과 비시적인 소박한 두 고유명사 김용금, 김선옥을, 이 기구한 참됨을, 낱말 하나 토씨 하나도 실은 터질 것 같은 격정으로 덜덜 떨고 있는 이 혼신의 말하기를, 워싱턴이나 북경의 독자들도 느낄 수 있을까. 비유도 이미지도 여읜 어느 자리에서 시는 이렇게 스스로를 이루어 엉기는 것이라는 걸 그들도 납득할까.

　하얗게 질린, 소식 안다는 사람 있을까 차라리 두려운, 이 썩어문드러진 원통을 느낄 수 있을까. "누구시든지 혹"이란 어설픈 언사며, "이 넓은 천지지간에/손톱만큼이라도"의 진부하여 눈물겨운 간절함을, 간절을 지난 처절을, 깡말라 오소소 소름이 돋은 이 60년을, "안 계실는지요"라고, 엉거주춤 어딘가 켕기는 듯 되레 소리 낮춰 물어야 하는 이 기막힌 60년을, 백 년 뒤의 사람들은 짐작할 수 있을까.

　그럴 수 있을까요, 선생님.

기억 속의 비전

중학교 때
한 반이었던 이용악의 아우 용해는
우둔할 만큼 공부를 잘했는데
그는 벌이를 못하고
누워자빠졌기만 하는 시인 형님을
나직한 말로
우리 집은 형님 때문에 망했다며
히죽 웃었다

점심시간이 되어
왁자지껄 모두 도시락을 먹을 때도
그는 찬 보리밥 덩이를 두어 번 입에 물고는
콘사이스를 보느라고 종내 얼굴을 들지 않았다
이용악의 시를 별로 좋게 여기지 않는
시인 김기림이
영어시간이면
그에게 반짝이는 격려의 미소를 던졌으니
모두는 그애를 다시 볼밖에

소크라테스라 불린
인내심 강한 용해는 해방 뒤에
아깝게도 장질부사로 죽었지만

게으른 시인 형님을 원망하며
지독히도 공부하던 그애의 어수룩한 모습이
가끔 생각난다

거미줄과 좁쌀과 국숫집 이야기가 나오는
우스꽝스런 이용악의 시는
멋은 있어도 어딘가 낡은 초롱불 같은 분위기여서
한창때의 우린 별로 좋은 줄 몰랐으나
월남해서 떠돌이로 고생할 시절
충무로 3간가 4가에서
『오랑캐꽃』을 샀다
우그러진 도시락통에 반찬도 없는
보리밥 두어 덩이 갖고 다니며
지독히 파던 그애 생각을 하며
주머니를 몽땅 털어
시집 한 권 샀던 것이다
그것은 이용악의 친필 서명이 든
고전미 풍기는 양장본 시집이었다.

───────────────
『느릅나무에게』, 2005.

천기누설

최원식(문학평론가)

어르신들 시 읽는 재미의 하나는 생전에 교분을 맺은 유명짜한 문인들의 알려지지 않은 모퉁이를 엿보는 데도 있지 않은가 한다. 김규동(金奎東, 1925~2011)의 시편 또한 종종 천기누설(天機漏泄)한다. 가령 마지막 시집 『느릅나무에게』만 해도 꽤 여러 분이 등장하는데, 그중에도 아우 용해를 통해 이용악(李庸岳, 1914~71)을 슬쩍 비긴 「기억 속의 비전」이 흥미롭다.

시는 이렇게 시작한다. "중학교 때/한 반이었던 (…) 용해는/우둔할 만큼 공부를 잘했는데"—용해에 대한 시인의 태도가 좀 삐딱하다. "왁자지껄 모두 도시락을 먹을 때도/그는 찬 보리밥 덩이를 두어 번 입에 물고는/콘사이스를 보느라고 종내 얼굴을 들지 않았"으니, 그럴 만도 했겠다. 그런데 이런 용해가 "우리 집은 형님 때문에 망했다며/히죽 웃"는다. "벌이를 못하고/누워자빠졌기만 하는 시인 형님" 용악에 대한 반발에서 그처럼 지독하게 공부를 팠을 터인데, 이어 김기림(金起林, 1908~?)이 등장하는 대목에서 형제의 내적 불화는 문학사적 풍경으로 진화한다. "이용악의 시를 별로 좋게 여기지 않는/시인 김기림이/영어시간이면/그에게 반짝이는 격려의 미소를 던졌으니"—영어교사 김기림이 뜻밖에도 용해를 격려한 것이다. 김기림은 이용악의 시를 좋아하지 않았다? 과연 그랬는지, 물론 그랬을 가능성은 농후하지만, 지금 확인할 도리는 없다. 그런데 정작 이 대목의 핵심은 시인이 용해를 빙자해 그리고 스승 김기림을 내세워 이용악과 그의 시를 슬그머니 절하(切下)한 데 있을 터다. 시에 대해서는 호불호가 갈리니까 차치하더라도, 이 시기 용악이 "벌이를 못하고/

누워자빠졌기만" 했다는 용해의 비난은 지나치다. 1942년 낙향 직후 청진(清津)일보사에서 약 3개월 근무한 그는 주을(朱乙)읍사무소 서기로 약 1년간 생애했으나, 1943년 봄 모종의 사건으로 서기직에서 쫓겨나 해방의 날까지 경찰의 집중적인 사찰 아래 놓였던 것이다. 용악은 이 시기 결코 "누워자빠졌기만" 하지 않았다.

이 대목을 산문적으로 추적해보자. 이 학교는 아마도 함북의 명문 경성(鏡城)고등보통학교일 것이다. 함북 종성(鍾城) 출신의 김규동은 1940년 이 학교에 입학했다. 함북 학성(鶴城) 출신으로 이미 서울 시단에서 이름이 높던 모더니스트 김기림은 조선일보가 폐간되자 1942년 이 학교 영어교사(영어가 폐지된 이후는 수학교사)로 부임했고, 혁명시인으로 굴지(屈指)하던 이용악 역시 이쯤 귀향했으니, 경성에 양웅(兩雄)이 웅크린 셈이었다. 일찍이 두만강을 한국근대문학지도에 각인한 파인(巴人) 김동환(金東煥, 1901~?)을 배출한 경성은 만만치 않은 곳이다. 이효석(李孝石, 1907~42)도 잠깐 자취를 끼쳤다. 동반자 작가에서 차츰 전향 문학으로 돌아선 효석은 1932년 처가를 인연으로 낙향, 경성농업학교 영어교사로 부임한바, 당시 용악이 4학년 재학이었다. 그러나 그해 바로 경성농업학교를 중퇴하고 일본 유학길에 오르고, 효석도 1936년 평양으로 옮기니, 양인의 의미 있는 만남은 좀체 이루어지기 어려웠을 터다. 용악은 본디 효석보다는 차라리 파인의 계승자이거니와, 이처럼 변방 경성에 모더니즘과 민중시의 최전선이 교차했다. 알다시피 김규동은 전자를 따랐다.

이러매 용악에게 은근히 야박하던 시는 마지막 4연에 이르러 반전

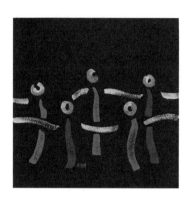

안보숙, 「슬기로운 처녀들 Ⅱ」

한다. "월남해서 떠돌이로 고생할 시절" 시인은 "주머니를 몽땅 털어" 용악의 시집 『오랑캐꽃』을 산다. 그럼에도 토가 붙었다. 용악이 아니라, "해방 뒤에/아깝게도 장질부사로 죽"은 용해를 생각하며 그 시집을 옮겼다는 것이다. 아직 앙금이 남아 있다. 해방 직후 혁명파의 선봉으로 다시 떠오른 용악에 대해 김규동은 여전히 김기림의 모더니즘에 충성했으니까. 그러나 시의 길은 오묘한 것이다. 스승 김기림이 모더니즘을 자기비판하고 해방 직후 문학가 동맹에 연대했듯이, 김규동도 후일 모더니즘을 넘어 스스로 민족 문학/민중 문학의 중심으로 걸어 들어갔으니, 이 시는 자기 자신의 시적 행보를 천기누설한 작품으로서 오롯한 바다. 김규동 시인이시여, 명목(瞑目)하소서.

죽여주옵소서

놀다보니 다 가버렸어
산천도 사람도 다 가버렸어

제 가족 먹여살린답시고
바쁜 체 돌아다니다보니
빈 하늘 쳐다보며 쫓아다니다보니
꽃 지고 해 지고 남은 건 그림자뿐

가버렸어
그 많은 시간 다 가버렸어
50년 세월 어디론가 다 가버렸어
이래서 한잔 저래서 한잔
먹을 것 입을 것
그런 것에나 신경 쓰고 살다보니
아, 다 가버렸어 알맹이는 다 가버렸어
통일은 언제 되느냐
조국통일은 과연 언제쯤 오느냐

북녘
내 어머니시여
놀다 놀다
세월 다 보낸 이 아들을

백두산 물푸레나무 매질로
반쯤 죽여주소서 죽여주옵소서.

『느릅나무에게』, 2005.

김규동 시인의 시 「죽여주옵소서」

백기완(시인·통일운동가)

이 시는 이참 우리 연구소 마루에 김 시인이 손수 판 새김판(서각)으로 걸려 있는 지가 열 해도 더 된 듯싶다.

이따금 젊은 노동자들이 "저분이 어떤 분이신데 그렇게 오래도록 연구소 마루를 차지하고 있는 겁니까" 하고 물어오면 나는 맞대(대답)를 한다.

"바로 저렇게 사신 분이지요." 그렇게 말을 해놓고서는 지난 1970년대 자유실천문인협회 때 김 시인과 나누던 이야기가 떠올라 눈시울이 말쩨곤 한다.

"내 고향은 저 함경도 혜산진이지요. 깊은 밤 '빵빵' 하는 독립군의 총소리를 들을 적마다 온몸이 오싹, 그게 내 정서의 본질일 겁니다. 시에 반영은 잘 못했어도…"

나도 눈시울이 울렁했었다.

또 있다. "통일이란 무엇이겠어요. 부러진 허리도 하나로 이어야 하지만 있는 놈과 없는 놈의 갈라짐이 없게 하고 죽일 놈과 살릴 놈을 분명히 하는 것이 바로 통일 아니겠어요." 그렇게 말을 하면 내 손을 꼭 쥐시며 "그게 바로 해방이라는 거지요." 그러시면서 몇 잔 드시지도 못하시는 분의 손이 거퍼 술잔에 가시던 아, 우리들의 시인 김규동 선생님.

나는 세월이 하염없을 적마다,
"제 가족 먹여살린답시고
바쁜 체 돌아다니다보니

440

(…)
세월 다 보낸 이 아들을
백두산 물푸레나무 매질로
반쯤 죽여주소서 죽여주옵소서"라는 시구를 거퍼 읽곤 한다.

아, 나이테가 쌓일수록 더욱 맑아만 가시던 그 눈빛, 그 어진 마음
으로 오늘은 또 어떤 시를 쓰고 계실까.

하늘 꼭대기에 닿는 것은 깃대뿐이냐

대가리 비뚤어진 놈 나오너라
반복이다 물도 자동차도 반복을 먹고산다
폭력을 저주하는
입 비뚤어진 귀여운 자식 나오너라
눈물 떨어뜨리다니 보도 위에 고얀 놈
미라가 미래를
대나무 꼿꼿한 줄기에 얽어맨다
보증 섰다 집 날린 놈 나오너라
보들레르
키 74센티밖에 안되는 여자
데리고 사는 놈 나오너라
만물조응이다 매일매일 건배하자
글씨 쓰고파도 못 쓰는
김구용의 수전증 고칠 약 내놓아라
천상병이 두고 간 고물딱지 손목시계가
광화문통의 오후 세시를 가리켰다
새는 운다
목월 목월 기림 기림
이승에서도 저승에서도
백 년의 피로를 푸노라고
무덤 속에서 다리 꼬고 신음소리 내는
오든의 A, E, I, O, U

랭보, 망각의 역사 딛고 소네트만 쓰는 그는
가련한 베를렌느를 위해
노오란 한국산 바가지를 샀다
질풍노도
서산대사같이 생긴 이가
넘실대는 바닷물에
지하의 「오적」을 헹궈낸다
철썩철썩 물은 어디에서도
애교 부리는 강아지
자살, 햇살 아직 멀쩡한 한낮에
약 혼자 삼키는 게 억울했던 놈 나오너라
중앙선을 넘어
남의 차 다 부순 녀석 나오너라
가로수 들이받은 『이방인』의 작자는
에나멜같이 반짝이는 죽음을
신기루 속에 새겨넣는다
죽음을 이기는 법은 장난기 속에 있다
감방 쇠창살에 매달려
9천 번 긴 한숨 짓는 놈 나오너라
아무리 남의 눈 없는 저승이라고
수영이 청마의 댓진빛 두루마기
걸치고 나오다니

자넨 누구한테 보이려고 옷 걸치는 건가
깔깔 웃으며 죽은 녀석
그 넋 지금 나오너라
뼈만 남은 이상의 옆구리 아프게 쑤시는
엉덩이 큰 금홍이년 나오너라
밤새껏
사납고 불길한 꿈만 꾸다
이른 아침 세수도 하는 둥 마는 둥
지하철로 달려나가는
착해빠진 월급쟁이 나오너라
뒷거리 쓰레기통에 쓰러져 죽은
네르발의 동냥주머니 나오너라
지금 세인트헬레나 벌거벗은 섬 상공에
갈매기 한 마리 날고 있다
무의미다 아니 리얼리즘이다
남의 눈 의식하는 데 일생을 바친
문학가 예술가 학자는 나오너라
어슬렁어슬렁 나오너라
갚을 길 없는 농협빚 걱정에
풀 찍다 말고 호미 맥없이 쥐고
썩은 물 흐르는 냇가 찾아 내려가는
농군 나오너라

강냉이죽도 없어 못 먹이는
이북 아이들 애비 에미 나오너라
당 중앙
태양은 떴냐
중앙 중앙 대동강 대동강 나오너라
베토벤의 5번 틀어놓고
가짜 종군기자 완장 두르고 다니다
수면제 자살한 시인 전봉래 나오너라
평안도 안주 녀석 나오너라
네까짓 게 뭘 알아
너 나한테 한번 맞아볼 테냐
점프해서 키 큰 서양화가 면상을 갈긴
그래서 코피 흘리게 한 키 작은 시인 지용 나와라
아들이 다리 자르는 날
병원에 안 간 랭보의 인정 없는 어머니 나오너라
밥값 내라며
시인 시아버지 내쫓은 며느리 나오너라
아들 녀석도 함께 나와라
쓸데없이 만나지는 마라 여자를
지위와 안정이 없는 한
그녀가 어찌 앉은뱅이 같은 너에게 머물 것이냐
무겁디무거운 돌이 되는 게 상책이다

천년 동안이나 아내의 푸념을 들어준
소크라테스가 앉아 있다
오늘은 대운동회날이다
그 흔한 텔레비전에도 한번 나오지 못하는
숯가루처럼 콧구멍 시꺼메지는 운동회날
죽음과 열광의 경주날이다
몸은 지글거리는 불 속에 던져둬라
마음이야 여태 청춘임에 틀림없나니
잽싸게 정신이나 한번 해방해보자
비켜라
바퀴가 나간다
개미 나간다
솟구치는 개미 등에 반짝이는
귀 찢는 폭발음 서너 개
우리들의 축제
여기 시작된다.

『느릅나무에게』, 2005.

시인들의 운동회

최두석(시인)

시인들의 운동회를 상상해본다. 씨름, 육상, 축구, 탁구 등의 실력이야 아이들 수준인데 깃발 하나는 가관이어서 하늘을 찌를 기세다. 선수 개개인의 복장과 자세 또한 경기력과 상관없이 얼마나 제각각일 것인가. 기왕에 상상 속의 일이니 선수 구성 또한 멋대로 할 수 있다. 동서고금의 시인들을 한데 불러내 200미터 달리기 시합이라도 하게 한다면 걸어서라도 목적지에 도착하는 선수보다 옆길로 새는 선수가 훨씬 많으리라. 아예 역주행이 마음에 든다고 말하며 거꾸로 뛰어 술집으로 직행하는 선수도 있으리라.

내가 시인들의 운동회를 상상해보는 이유는 그들이 들었던 각양각색의 유난스러운 깃발들 때문이다. 한국의 현대시사만 거슬러 더듬어보아도 참으로 많은 깃발이 나부꼈다. 새로운 깃발을 들지 않으면 자신의 존립 기반을 잃어버리는 것처럼. 시인들은 누구나 새로운 시를 쓰고 싶어 한다. 하지만 복장이나 깃발의 새로움은 약발이 금방 떨어진다는 사실이 문제다. 깃발이나 포즈에 집착하는 것은 진정한 새로움을 추구하는 데 병이 된다. 지나치게 표내지 않고 묵묵히 제 길을 갔거나, 가고 있는 시인이 소중하고 그립다.

유년

저기
저게 북두칠성이다

그리고
누님은 아무 말이 없었다.

미간 시편, 2006~2010.

용금·선옥* 두 누님들
—그리운 그 누님들

김명수(시인)

이 나라 북방. 함경도의 계절은 어떤 것일까? 선생이 태어나서 유
년을 보낸 두만강과 인접한 종성이라는 곳. 평야는 거의 없고 높은 산
에 둘러싸여 9월에 벌써 서리가 내린다는, 그곳 여름을 떠올려본다.
별이 산맥들 사이로 총총하게 떠올랐겠지! 여름밤 누님과 어린 소년
이 밤하늘을 우러른다. 밤하늘 별자리는 찬란하고 소년의 가슴엔 무
한한 상상이 새겨졌으리라. 누님이 국자 모양 별자리를 가리키며 소
년에게 이른다. "저 별이 북두칠성이야." 누님도 이내 입을 다물고,
소년도 입을 다문다. 장난치기를 좋아하던 개구쟁이 소년. 유난히 무
얼 만들기를 좋아해 늘 손에 상처가 아물지 않던, 훗날 시인이 될 한
소년이 드넓은 우주를 깨우치는 그 눈부신 여름밤의 순간이 내게 아
름답게 펼쳐진다. 선생이 돌아가신 지 어언 5년. 내게 남아 있는 선생
의 추억은 어떤 것인가. 늘 자신을 낮추시고 겸손하시고 후배들에게
정을 나눠주시던 선생님. 선생이 베풀어주시던 공사 간의 따스했던
기억을 여기서 일일이 다 소환할 수 없겠으나 우리는 가끔 어떤 시를
통해 한 작품이 쓰여지는 순결한 시공간을 환기하게 되는데 선생의
미간 시편인 시 「유년」이 그러하다. 이념과 폭력과 식민의 수탈이 사
상된 절대순수의 시공은 시인이 끝내 회귀하고 싶어 하는 소망의 터
전일 터, 이 시는 선생의 시들 중 유독 짧은 작품으로 두고 온 북녘 고
향 혈육에 대한 회한과 추억과 대자연의 경외감이 짧은 시행 속에 아
로새겨져 있다.

* 선생께는 용금(龍金)·선옥(鮮玉) 두 누님이 계셨다.

추모문집 2부

평론

1950년대 '모던보이' 김규동, 그리고 그의 '귀환'[*]

임철규 연세대학교 명예교수

김규동과 김기림

시인으로서는 그렇게 '위대하다'고는 할 수 없지만, 인간으로서는 훌륭하기 그지없는, 그리 흔치 않은 문학가 가운데 한 분이 김규동이다.

1925년 함경북도 종성에서 출생한 김규동은 지금의 김일성대학인 평양종합대학 조선어문학과의 학생이었던 1948년 1월에 38선을 넘어 월남했다. 조선어문학과에 편입해 문학 활동을 하기 전 그는 경성고보를 졸업하고 연변의과대학에 입학했다. 의사인 아버지가 돌아가기 전 손재주가 좋은 그에게는 외과의사, 성격이 침착한 그의 동생에게는 내과의사가 되어 아버지의 하는 일을 이어받기를 유언했기 때문이다.

그러나 의과대학 생활에 흥미를 느끼지 못한 김규동은 밤낮 글 쓰는 것으로 시간을 보냈다. 그는 바쁜 의사생활 때문에 단 한 시간도 자신만의 시간을 갖지 못했던 아버지의 고된 삶을 지켜보면서 의사생활을 계속한다면 글을 더 이상 쓸 수 없을 것이라 단정하

---

[*] 임철규, 『귀환』, 한길사, 2009에 수록된 평론을 재수록함.

고, 연변의과 3학년 때 의학도의 길을 포기했다. 김규동은 평양종합대학, 즉 지금의 김일성대학 조선어문학과 2학년에 편입했다.

문학가 나도향과 그의 작품 세계에 대한 질문에 척척 거침없이 대답하고, 이에 관계되는 낭만주의와 상징주의에 대해서도 거침없이 설명하자, 교수들이 그의 실력에 탄복해 마지않았다. 이어지는 고리키에 대한 질문에 『어머니』를 비롯한 그의 작품이 프롤레타리아 문학의 시조라는 답을 내놓으면서도 고리키를 모더니즘 작가로 규정했다. 그 이유를 묻는 교수들에게 김규동은 "도스토옙스키가 없었더라면 고리키는 나올 수 없는 사람이다. 그러니까 도스토옙스키는 모더니즘에서 출발한 사람이므로 고리키는 모더니즘이다. (…) 고리키의 아버지는 바로 도스토옙스키"라고 했다. 그의 주장을 "특별한 해석"이라 보고 높이 평가했던 교수들은 그 편입시험에서 그를 1등으로 합격시켰다. "책을 많이 읽었"던 그는 당시 자신은 "문학에 대해서는 누구에게도 지지 않는다"고 생각했다.[1]

김규동은 1947년 한글 500주년 세종대왕 기념일에 「아침의 그라운드」라는 시를 써서 교지 창간호 제1면에 발표했다. 김일성대학의 교수와 학생 등 지성과 지식을 두루 갖춘 인민공화국의 천재들이 노동 인민을 위해 일할 각오를 다짐하려고 함께 손잡고 아침의 햇살이 눈부시게 비치는 그라운드에 모여드는 장관을 노래한 시였다. 1947년에 발표된 이 시는 그의 처녀 작품이었다.

첫 번째 작품 「아침의 그라운드」를 발표한 뒤 두 번째, 세 번째 작품을 잡지사에 보냈지만, 문학동맹의 심사를 거친 작품만 게재된다는 것을 알게 된다. 그래서 김규동은 문학동맹원이 되고자 했

---

1) 김규동, 「김규동 시인의 문단회고 1: 위대한 스승, 김기림」, 『시와시학』, 시와 시학, 2007년 여름호, 201쪽.

다. 동생이 잘 아는 고급당원의 추천을 받아 자격심사를 받기 위해 문학동맹에 갔다. 당시 문학동맹 시 분과 위원장은 『산 제비』라는 시집을 낸 월북 문인 프롤레타리아 시인 박세영이었나. 그는 김규동에게 누구에게 글을 배웠느냐고 물었다. 그는 자랑스럽게 "김기림 선생님"이라 대답했다. 그 옆의 비서가 김기림은 중노동을 해본 적이 없는 부르주아이며, 그가 남조선에서 발표한 「세계에 외치는 소리」라는 장시는 농민을 위한 시가 아니라 난해하기 짝이 없는 잡소리에 불과하다며 김기림을 비난했다.

이에 격분한 김규동은 "공산주의자가 부르주아 출신은 없습니까? 중국에서 마오쩌둥이나 저우언라이도 부르주아 출신이오. 북조선은 어떻게 된 판이오?" 하고 격하게 항변했다. 옆에서 그의 모습을 지켜보며 빙그레 웃던 박세영이 심사결과를 통지해주겠다며 그를 집으로 돌려보냈다.

문학을 하기 위해 의과대학을 포기하고 김일성대학 조선어문학과에 온 김규동에게는 문학다운 문학을 할 길이 이곳에는 눈에 보이지 않는 것 같았다. 그래서 그는 남으로 가기로 했다. 거기에는 김기림 선생, 시인 정지용 선생, 소설가 박태원 선생 같은 훌륭한 문학가가 있으니, 이것만으로도 상처받은 문학청년 자신에게 커다란 "마음의 위로"가 되리라 확신했기 때문이다.[2] 어머니께 3년 후 통일이 되어 다시 뵐 것이라고 약속하고는 대학생 모자를 쓴 채 38선을 넘었다. 24세이던 1948년 1월에 어머니 곁을 떠났으니, 어머니에게 드린 그 약속을 지키지 못한 채 60년이 넘는 긴 세월이 흘러간 것이다.

---

2) 같은 글, 212쪽.

김규동이 「회고」에서 자신이 1948년 1월에 남조선 서울에 오게 된 것은 "김기림 선생 탓"이라 했듯, 김기림에 대한 그의 존경은 이루 말할 수 없을 정도로 대단했다. 그의 스승을 폄하하고 비난하는 북쪽의 사람들을 그 누구도 그는 용납할 수 없었다. 그에게 김기림은 글자 그대로 '위대한 스승'이었기 때문이다.

김규동이 나이 19세 무렵 함경도 경성고등보통학교를 다닐 때, 그에게 영어를 가르쳤던 "조선의 이름 있는 시인"[3] 김기림의 그때 나이는 37세였다. 37세라는 젊은 나이에도 불구하고, 김기림은 "원숙하고 침착하고 진짜 스승 같은 무게와 품격과 언어"를 두루 갖춘 "흠잡을 데가 없는" 완전한 인격자였다. 그뿐 아니라 "자상하고 참 따뜻한" 마음을 가진 넓은 인간이었다. 김규동은 "오래 살면서 많은 사람 만나봤지만" 그만큼 훌륭한 분을 만나지는 못했으며, 6·25 전쟁 때 북으로 납치되어갔던 그 스승이, 그에게는 "참으로 우리나라의 지성인으로서 아까운 분"으로 각인되어 있었다.[4]

김기림의 가르침과 인격을 잊지 못해 김규동은 자식들에게도 늘 김기림은 "인간으로서 위대한 교사다. 위대한 철학가다"[5]라고 얘기했을 정도로, 김기림은 그에게 '위대한 스승'이었다. 김규동이 시인 노천명이 결혼하지 않았던 것도 김기림에 대한 흠모 때문이며, 그녀가 그의 문학정신뿐 아니라 그의 "인격에… 완전히 도취되어" 일생 동안 그를 향한 "청교도적인 사랑"을 품고 있었다고 들려

---

3) 김규동, 「나의 시론」, 『시문학사』 404호, 시문학사, 2005, 54쪽.
4) 김규동, 「김규동 시인의 문단회고 1」, 『시와시학』, 시와시학, 2007년 여름호, 197-198쪽.
5) 같은 글, 201쪽.

줄 정도로,[6] 김기림은 또 한편 그에게 '위대한 인간'이기도 했다.[7]

그를 만나기 위해 혈혈단신 38선을 넘어 서울로 온 김규동은 김기림의 주선으로 노량진에 있는 5년제 상공숭학교(지금의 중앙대부속고)에서 2년 반가량 국어선생을 하면서 6·25 전쟁이 터져 김기림이 납북되기 전까지 그를 매일 만났다.[8] 김규동에 따르면 김기림은 당시 "참으로 외로웠"다.[9] 왜냐하면 김기림은 남한에 와서 임화, 이태준 등이 참여해서 만든 '조선문학가동맹'에 가담하여 문학 활동을 했으나 이 '동맹'을 불온시하던 경찰의 탄압으로 조직이 해체되자, 그에게는 작품을 발표할 마땅한 지면도 여의치 않았을 뿐 아니라, 반대편 진영에서는 그를 '빨갱이'로 '모략'하고 냉대했기 때문이다.

북에서 내려온 지 얼마 되지 않은 김규동이 영향력 있는 문단의 문인들 주위를 기웃거리고 있을 때, 김기림은 자신을 빨갱이로 모는 남조선이 "이상한 곳이니까 문인들을 아무나 사귀지 말라고" 그에게 거듭 충고했다.[10] 김규동은 그때의 상황을 시 「플라워다방: 보들레르, 나를 건져주다」의 끝부분에서 이렇게 회상했다. "김군,

---

6) 같은 글, 219쪽.
7) 그의 스승에 대한 존경은 그가 가장 '즐겨 읊는 시 한 수'도 스승의 시가 될 수밖에 없다. 김규동은 이렇게 말한다. "김기림(1908-?)의 「바다와 나비」는 내가 쓸쓸할 때, 외로울 때 은근히 조용조용 읊어보는 시다." 『책과인생』 168호, 범우사, 2007.
8) 김규동은 자신으로 하여금 "근대문학의 에스프리에 접하게 해준 이는 다름아닌 김기림이었다"고 한다. 김규동, 「'후반기' 동인시대의 회고와 반성: 부정과 우상파괴의 시학」, 『시와시학』, 시와시학, 1991년 창간호, 367쪽.
9) 김규동, 「김규동 시인의 문단회고 1」, 『시와시학』, 시와시학, 2007년 여름호, 213쪽.
10) 같은 글, 214쪽.

친구를 아무나 사귀면 안돼요/차차 내가 좋은 친구를 소개할 테니/너무 서둘지 마시오/라고 훈계하였다."[11]

김기림이 납북된 뒤, 김규동이 그 후 문단 헤게모니를 장악하기 위해 갖은 추악한 정치권력을 행사하던 문학가들에 대한 반감을 끝내 극복하지 못했던 까닭은, 그에게 깊이 각인되어 있던 '위대한 스승' 김기림의 이미지 때문이었다. 나이 여든이 훨씬 넘은 작금에 이르기까지 그가 역사와 인간을 배반하지 않고 이에 합당한 '예의'를 갖추면서 지금껏 올곧게 살아온 것은 '위대한 스승' 김기림 영향 때문이었다.

김규동과 김기림의 관계는 마치 고대 그리스에서 아들과 아버지의 관계와 흡사하다. "호메로스의 영웅시대는 물론 고전시대의 아테나이에서도 아들들은 언제나 자신을 따라다니는 아버지의 이미지를 의식하면서 아버지에게 뒤지지 않기 위해 노력했다. 아버지의 이미지는 아들로 하여금 언제나 자신의 행동을 검열하게 하는 '내면화된 타자' '내부의 강력한 검열관'이었다." 위대한 전사(戰士)나 훌륭한 인간이 되어 아버지를 '수치스럽게' 만들지 않는 것이야말로 아들이 마땅히 지켜야 할 "삶의 원칙이자 본질이었던 것이다."[12]

김기림은 김규동이 자신의 삶의 지표(指標)로서 언제나 찾고자 하는 '고향'이었고, 그가 자신과 역사를 배반하려 할 때마다 자신을 다시 돌아보게 하는 '내부의 강력한 검열관' 고향의 '아버지'였다.

---

11) 김규동, 『느릅나무에게』, 창비 2005, 163-164쪽.
12) 졸저, 『그리스 비극: 인간과 역사에 바치는 애도의 노래』, 한길사, 2007, 222-224쪽을 참조할 것.

「나비와 광장」

1950년 그의 나이 26세 때 6·25 전쟁이 터지고, 이에 납북당한 김기림과 이별하고 부산으로 피란을 간 김규동은 1951년에 '후반기' 동인을 결성했다. 1951~53년 사이에 '후반기' 동인에서 활동했던 그는 "김기림 선생이 간 뒤에 '할 수 없다. 우리가 깃발을 세우자'고 해서" 조향, 박인환, 김경린, 이봉래, 김차영을 규합해 "'우리는 좌익도 아니고 우익도 아니다. 우린 모더니즘'이다"라고 외치며 6인의 모더니즘 동인을 결성했다.[13] 그가 '후반기' 동인은 우익도 좌익도 아닌 모더니즘이라고 외쳤던 것은 김기림을 불온시하고 그를 따르는 자신을 "삐딱하게 보고" "외면"했던[14] 김동리, 조연현 등 당시 문단에 강력한 영향력을 행사하던 우익 문학가들에 대한 반발의 일환으로 볼 수 있다.

그가 부산 피란 시절 『연합신문』 문화부장으로 있었을 때, 박종화, 김동리, 조연현 등이 주도하던 '문협'에 반기를 들고, 조향으로 하여금 신문에 '문총 해체론'을 제기하는 논문을 쓰게 하고, 저들 중심의 '중앙 정부'에 맞서 그들 '후반기' 동인 중심의 '작은 정부'를 만들고자 했던 것도,[15] "정치에 있어서 여운형 선생 같은" 인격의 소유자, 좌익사상을 지녔지만 문학의 "예술성"을 지켰던 김기림, 정지용 같은 시인이 보여주었던 길, 즉 문학의 "사상성"과 "예

---

13) 김규동, 「김규동 시인의 문단회고 1」, 『시와시학』, 시와시학, 2007년 여름호, 215쪽.
14) 같은 글, 215쪽.
15) 김규동, 「김규동 시인의 문단회고 2: 50년대 문단 뒤안길 이야기」, 『시와시학』, 시와시학, 2007년 가을호, 160쪽.

술성"을 동시에 구현하는 것이 세계 문학과 "같이 가는 유일한 길"임을 인식했기 때문이다.[16)

모더니스트 '후반기' 동인이 당시 문단의 지배세력에 대한 반동에서 출발했다는 점에서 기존질서에 대해 체제 저항적이었고, '문협' 전통파에 속했던 유치환, 서정주 등의 '인생파', 조지훈, 박목월, 박두진 등의 '청록파'의 전통 서정시에 대한 반동에서 출발했다는 점에서, 전위예술로서도 체제 저항적이었다. "반역과 파괴를 더 존중하였"던 '후반기' 동인은 "일체의 기득권이나 권위에 도전하여 새로운 질서를 창조해나가기만 하면 우리의 새 시대는 열린다고 굳게 믿어 마지않았다."[17)

김규동은 그의 시론에서 '인생파'와 '청록파' 시인을 일컬어, 현실의 고통과 비극을 도외시하고 지나간 과거의 전통 속에 도피하여 서정의 날개를 퍼덕이는 유파들이라 치부하고는, 이를 한국 시단의 슬픈 운명이자 비극이라 진단했다. '후반기' 동인이, 감상적인 낭만주의 재래시를 배격하고 근대문명의 산물인 도시와 도시화의 여러 현상을 시의 내용으로 삼고 음악성 대신 회화성을 강조하는 시적 이미지를 중시하는 서양 모더니즘 기법을 수용했던 1930년대 김기림의 '모더니즘'을 답습한다는 점에서 볼 때, 그들을 김기림의 후예로 봐도 무리는 아니다.

"문명의 아들" "도회의 아들"[18)이라 일컬어지는 김기림의 '모더니즘'이 일제강점기의 경성을 물적 토대로 하여 근대화를 가져온

---

16) 같은 글, 167쪽.
17) 김규동, 「'후반기' 동인시대의 회고와 반성」, 『시와시학』, 시와시학, 2007년 여름호, 361쪽.
18) 김기림, 「모더니즘의 역사적 위치」, 『김기림 전집 2』, 심설당, 1998, 56쪽.

현대문명에 대한 기대와 동시에 이에 대한 불안과 비판에 초점을 두었던 것과 마찬가지로, '후반기' 동인 역시 그들의 시의 세계를 현대문명과 근대화의 산물인 도시화에 대한 기대와 동시에 불안과 절망에 초점을 두었다. 그러나 그들, 특히 김규동에게 현대문명에 대한 불안과 절망이란, 6·25 전쟁이라는 비참한 현실, 그의 용어로 표현한다면 '현실의 암흑'이 전제되어 있었다.

따라서 "세계주의자였던"[19] 스승 김기림의 근대문명에 대한 인식과 비판이 세계사적인 전망 아래서 이루어진, 좀더 추상적이고 본질적인 것이었다면, 김규동의 그것은 좀더 구체적이고 역사적이었던 것이다. 김규동은 그의 모더니즘 시기의 대표작이라 할 수 있는 「나비와 광장」(1955)에서 이를 확연히 드러낸다.

현기증 나는 활주로의
최후의 절정에서 흰나비는
돌진의 방향을 잊어버리고
피 묻은 육체의 파편들을 굽어본다

기계처럼 작열한 심장을 축일
한 모금 샘물도 없는 허망한 광장에서
어린 나비의 안막을 차단하는 건
투명한 광선의 바다뿐이었기에—

진공의 해안에서처럼 과묵한 묘지 사이사이

19) 김재용, 『협력과 저항: 일제 말 사회와 문학』, 소명출판, 2004, 206쪽.

숨가쁜 Z기의 백선과 이동하는 계절 속—
불길처럼 일어나는 인광(燐光)의 조수에 밀려
흰나비는 말없이 이즈러진 날개를 파닥거린다

하얀 미래의 어느 지점에
아름다운 영토는 기다리고 있는 것인가
푸르른 활주로의 어느 지표에
화려한 희망은 피고 있는 것일까

신도 기적도 이미
승천하여버린 지 오랜 유역—
그 어느 마지막 종점을 향하여 흰나비는
또 한번 스스로의 신화와 더불어 대결하여본다.
　　　—「나비와 광장」

　김규동은 이 시에 등장하는 '나비'는 "어쩌면 물결치는 환상과
어둡고 슬픈 상념을 지닌 시인 자체의 변신,"[20] 바로 자기 자신이
라고 밝힌 바 있다. '나비'는 "현기증"을 일으킬 정도로 급속도로
앞으로 달리는 현대문명의 한가운데 놓여 있다. 1930년대의 모더
니즘의 시에 흔히 등장했던 전차, 기차 대신 이 시에서는 동시대의
현대문명의 첨단을 표상하는 '비행기'가 등장한다. 그는 '비행기'
라는 이미지를 통해 현대문명이 현기증을 일으킬 정도로 빠른 속
도로 "돌진"하고 있음을 보여준다. 그러나 현대문명의 '돌진'의 방

---

20)　김규동, 「현대시의 난해성」, 『새로운 시론』, 산호장, 1959, 53쪽.

향이 "활주로"의 최후의 지점에 이르고 있음을 보여줌으로써, 김규동은 현대문명의 종국적인 '파국'을 암시할 뿐 아니라, 현대문명을 군용비행장의 "활주로"와 동일시함으로써 현대문명의 파괴적인 속성도 드러내준다.

무섭게, 그리고 빠르게 앞으로 돌진하고 있는 거대한 현대문명 앞에서 김규동은 날개가 툭 떨어져나가기 쉬운 한 마리 작은 "나비"가 되어, 어디로 향할지 모른 채 서 있다. 시(詩)처럼 '순수' 그 자체였던 "흰" 나비에게는 "피 묻은 육체의 파편들", 갈기갈기 찢겨진 전쟁의 상흔(傷痕)만 앞에 보일 뿐이다. 베냐민이 그의 「역사철학 테제」에서 지금까지의 인류 역사를 '잔해' 위에 또 '잔해'가 쉼 없이 쌓이는 '파국'의 역사로 바라보고, '진보'의 허구성, 역사의 비인간성에 처절한 절망을 쏟아내었듯,[21] 김규동의 '나비'도 "피 묻은 육체의 파편들", 즉 '파국'의 상흔만이 현대문명의 끝에 남아 있는 것을 보고 절망을 토한다.

불안과 공포, 아니 분노에 젖어 "기계처럼" 이글이글 불타오르는 "심장"을 식혀줄 어떠한 희망의 "샘물"도 보이지 않은 역사의 현장, 무망의 "광장"에서 나약한 "어린 나비"는 "투명한 광선의 바다", 즉 폭탄이 투하될 때마다 거기서 눈부시게 쏟아져나오는 어지러운 파괴의 빛줄기에 시야가 가려져 두려움에 떨며 머뭇거린다.

폭탄을 싣고 전선으로 "숨가"쁘게 향하는 군용 비행기 "Z기"는 적막한 "해안"처럼 말없이 누워 있는 죽은 자들, 전쟁의 희생자들의 "묘지 사이사이"에 "백선"을 뿜어대며 날아가고 있다. 시간은 흘러 계절은 숱하게 오가지만, 전쟁은 쉽사리 끝나지 않을 듯, 폭

---

21) 이에 대해서는 졸고, 「역사의 천사: 발터 베냐민과 그의 묵시록적 역사관」, 『왜 유토피아인가』, 한길사, 2009, 369~402쪽을 참조할 것.

탄은 계속 떨어지고, 떨어질 때마다 "불길처럼" 솟구쳐 일어나는 "인광"에 압도되어, 전쟁의 끝없는 공포에 압도되어, "흰나비"는 그 한쪽 귀퉁이가 떨어져나간 "날개를 파닥거린다." 갈 길을 찾기 위해 부질없이 몸부림친다.

"흰나비", 아니 김규동에게 전쟁의 상흔이, 아니 역사의 모든 상처가 다 아문 "아름다운" "미래"가 언제 오려나. 군용 비행기가 날고 뜨는 파괴적인 "활주로"가 아니라, "푸르른 활주로", 인간에게 희망이 되는 '문명의 길'을 펼쳐줄 "화려한 희망"은 언제 오려나.

그러나 지금 그가 딛고 있는 이 땅은 신의 어떠한 도움도, 어떠한 기적도 불가능한 버림받은 '유형지'(流刑地)에 지나지 않는다. 하지만 절망을 절망으로만 안을 수는 없다. '흰나비' 김규동은 "그 어느 마지막 종점을 향하여," 그에게 마지막 "화려한 희망"으로 남아 있을지도 모를 목적지를 향하여, 귀퉁이가 떨어져나가지 않은 다른 한쪽 날개를 퍼덕이며 비상의 "신화"를 꿈꾼다.

김규동이 대표작 「나비와 광장」을 비롯해 그가 '후반기' 모더니즘 동인 시절에 발표했던 작품들을 두고 "정신분열증의 광기를 발산하고 있는 것"[22)에 지나지 않았다고 회상하면서, '후반기' 동인은 "역사현실을 도외시하는 사이비 모더니즘의 아류에 불과"했다고 진단한 바 있다.[23)] 그는 "전쟁은 국토를 완전 폐허화하였"고, "남북 인구의 반이 목숨을 잃었거나 불구가 되었"던 "참담한 민족현실 앞에"서, "그 암흑과 절망 속에서 민중이 어느 한마디나마 알

---

22) 김규동, 「나의 시론」, 『시문학사』 404호, 시문학사, 2005, 56쪽.
23) 김규동, 「변혁의 길, 은둔의 길: 나의 시적 편력」, 『시와시학』, 시와시학, 2006년 가을호, 103쪽.

아들을 수" 없었던 시를 발표했던 자신을 "창피스러운" 존재로 매도한 바 있다.[24]

그러나 시집 『나비와 광장』에 '부치는 글'에서 8·15가 가져온 정치 혼란, 6·25 전쟁이 가져온 민족의 고통과 수난을 생각하면서 자신이 겪은 "체험은 너무나 험하고 무거운 것이 아닐 수 없었으니 이는 곧 나의 감성의 성장과정에 있어서 특히 중요한 작용을 하였다고 믿어 의심치 않는다"[25]고 밝히고 있듯, 그리고 조금 전에 살펴본 「나비와 광장」에서도 알 수 있듯, 김규동은 전쟁의 고통, 황폐화된 역사의 현장과 상흔, 민족의 앞날에 대한 절망 등에 등을 돌리고, '순수'라는 탈이데올로기적인 서정의 바다에서 '순수미학'을 노래하던 인생파나 청록파의 시인들과는 달리, '참담한 민족현실'을 외면할 수 없었다. 그가 겪었던 체험이 얼마나 '험하고 무거운 것'이었는지는 같은 시기에 발표했던 또 다른 시, 가령 「검은 날개: 전쟁」에서도 확연히 드러난다.

　　무거운 하늘의
　　회색 뚜껑을 열어제치고
　　모든 신들은
　　세기의 종말 위에
　　검은 화환을 뿌리며
　　지상의 희극 앞에
　　눈을 감는다

24) 김규동 「나의 시론」, 『시문학사』 404호, 시문학사, 2005, 56쪽.
25) 김규동, 「시집 『나비와 광장』에 부치는 시론」, 『나비와 광장』, 산호장, 1955.

쇠잔한 북극의 태양처럼, 또는
침묵한 해협과도 같이

이윽고
먼 하늘에 상장(喪章)처럼
날리는
오! 화려한 그림자여
검은 날개여.
—「검은 날개: 전쟁」 부분

  이 시를 지배하고 있는 이미지는 '검은' 또는 '회색'빛의 죽음
의 이미지다. 신들은 "하늘의/회색 뚜껑을 열어제치고" 그 속에 담
겨 있는 죽음이라는 "검은 화환"을 종말로 향하는 지상의 인간에
게 뿌리면서 인간이, 아니 동족이 서로 죽이는 웃지 못할 비극적인
"희극"에 아랑곳하지 않고 아무 말 없이 지친 듯 눈을 감고 있다.
신들이 인간을 버린 지상의 유형지, 이곳 한반도에서 전쟁은 죽음
이라는 "검은 날개"를 "상장(喪章)처럼" 달고 "화려"하게 뻔쩍이는
폭탄과 총탄을 쏟아내면서 하늘 아래 지상을 내리친다. 그의 이러
한 절망적인 인식은 「항공기는 육지를 떠나고」에서도 그대로 이어
진다.
  그러나 김규동은 그때의 그의 그러한 절망적인 상황 속에서도
자신을 전적으로 절망 속에 내팽개치지 않았다. 이는 「헌사: 우리
들의 깃발을 세우자」에서 그대로 드러난다. "황막한 광야" "황폐
한 도시"의 "세찬 비바람 속/검은 연기 헤치고" "우리들의 깃발을
세우자"고 외치는 데서 확인된다.

어머니

　김규동은 1958년 7의 두 번째 시집 『현대의 신화』를 출간하고 나서 10여 년이라는 긴 공백 기간을 거친 뒤, 『죽음 속의 영웅』이라는 세 번째 시집을 1977년에 내놓았다. 그는 "나는 1950년대를 거쳐 1960년대 4·19 혁명을 거치는 격동의 현실 속에서 시를 어떻게 써야 하는가 하는 숙제를 두고 절망에 가까운 고뇌에 침몰되어 있었다"고 회상하면서, 1960년대의 거의 대부분 문학 창작에서 손을 떼었던 그때를 일컬어 "침묵의 시기, 벙어리 시기"[26]였다고 토로한 바 있다. 『죽음 속의 영웅』은 '분단'과 '독재'라는 절망적인 현실 앞에서 겪어야 했던 그의 내적 변화를 보여주는 작품이었다.

　서시 「죽음 속의 영웅」에서 "다시 태어나기 위해선/소멸되지 않으면 안 된다"고 노래하고 있듯, 그의 변화의 핵심은 '반성'이었다. 말하자면 시인으로서뿐 아니라 지식인으로서 그의 정치의식 핵심은 '반성'이었다.

　『죽음 속의 영웅』을 출간하기 4년 전 1974년에 민주회복국민회의 민주회복국민선언대회에 참가하면서, 1975년에 자유실천문인협의회 고문에 추대되면서, 유신체제 그리고 그 후 이어지는 1980년대의 군사독재 체제에 반대하는 민주화운동에 적극 가담하면서부터, 김규동은 시적 인식의 전환을 맞게 된다. 그는 1977년의 시집 『죽음 속의 영웅』에 나오는 「희망」이라는 시에서 이렇게 노래한다.

---

26) 김규동, 「나의 시론」, 『시문학사』 404호, 시문학사, 2005, 56쪽.

지난날
38선을 넘을 때
안내꾼에게 준 할아버지의 회중시계는
아직도 시간을 가리키고 있는지
해체된 풍경 속에
잃어버린 것은
스승과 눈물과 후회뿐인 줄 알았더니
추락하여가는 내면의 눈에
번개같이 스치는 것은
깨끗한 한 개의 희망이다
스산한 나뭇가지에
빛의 다른 한쪽이 머무는 것을 보고
무서운 경이를 느낀다
그것은 내일을 향한 순간의 전율
푸른 공간의 전락을 뒤로
부서져내리는 차가운 유리조각
오, 희망을 위하여는
처참한 것을 넘어서야 한다.
—「희망」 부분

　유신체제 아래 민주주의가 숨을 쉬지 못하고 모두가 두려움과 불안에 떨던 억압적인 공포의 나날을 경험했던 김규동은, 절망의 빛이 아니라 "무서운 경이"나 "전율"을 느끼게 하는 '희망'의 빛이, "추락"해가는 자기 내면의 한켠에 "번개같이" 스쳐가고 있음을 경험한다. 그 빛은 다름 아닌 오늘의 "처참한" 현실을, '분단'과

'독재'라는 비극적인 현실을 "차가운 유리조각"처럼 냉정하게 바라보고 이를 극복하려는 결의에 찬 희망, "한 개의" "깨끗한" "희망"임이 드러난다. "잃어버린 것은/스승과 눈물과 후회뿐인 줄 알았더니" 잃어버린 것은 다름 아닌 내일을 향한 '희망'이라는 것을 깨닫고, 이 '희망'을 위해 '추락'해가고 있던 지금의 '나'를 극복하겠다고 다짐한다.

대동아공영권의 전쟁동원이든 내선일체의 황국신민화든 이에 동조하는 글을 내놓았던 많은 조선의 문인과 달리 이에 대한 '저항'으로 글을 쓰지 않고 '침묵'으로 일관했던 일제 말의 저항 문학인이 많이 있었다. 그 가운데 한 사람이 김규동의 스승 김기림이다.[27] 김기림은 1941년 중반 이후 일절 글을 쓰지 않았다. 그의 침묵은 "일본의 식민주의에 대한 강한 저항"[28]의 표현이었다.

김규동이 1950년대의 그 절망적인 민족의 현실 앞에서도 '깃발을 세우자'고 외칠 수 있었던 것도, 이 시에서 '희망'을 노래하는 것도 언제나 그의 '내부의 강력한 검열관'으로 자리 잡고 있던 김기림 때문이었다. 그는 "역사와 현실에 대응하는 냉철한 지성, 그것을 나는 일찍이 김기림 선생의 생활에서 배우게 되었다"[29]고 회상한 바 있다. 그에게 김기림은 절망을 뛰어넘게 하는 희망의 정신이었다.

1985년에 출간한 시선집『깨끗한 희망』의「자서」(自序)에서 김규동은 "이 땅의 시인인 이상 분단이라는 다급하고 절실한 문제를 떠

27) 이에 대해서는 김재용, 앞의 책, 204-221쪽을 참조할 것.
28) 같은 책, 221쪽.
29) 김규동,「변혁의 길, 은둔의 길」,『시와시학』, 시와시학, 2006년 가을호, 102쪽.

나서는 존재의의를 찾을 수 없다는 생각과 목을 조이는 분단의 사슬을 문제 삼지 않고는 시의 문제를 해결할 수 없다는 자각을 갖게 된 것이다"[30]라고 토로한 바 있다. 김규동은 1980년대 군사독재에 맞서 민주화를 위한 저항운동을 계속하면서 통일운동을 향한 열의에 자신을 불태우고 있었을 때, 그때부터 그의 시에 자주 등장하는 주제나 모티프는 '고향', 아니 고향의 '어머니'다. 물론 1950년대의 그의 모더니즘 시절에도 김규동은 「고향」이라는 시를 쓴 바 있다. 시집 『나비와 광장』에 수록된 「고향」이라는 시는 당시의 그의 모더니즘 계열의 시와 전혀 성격을 달리하는 전형적인 서정시다.

고향엔
무슨 뜨거운 연정이 있는 것이 아니었다

산을 두르고 돌아앉아서
산과 더불어 나이를 먹어가는 마을

마을에선 먼바다가 그리운 포플러나무들이
목메어 푸른 하늘에 나부끼고

이웃 낮닭들은 홰를 치며
한가히 고전(古典)을 울었다

고향엔 고향엔

---

30) 김규동, 「자서」, 『깨끗한 희망』, 창비, 1985, 33쪽.

무슨 뜨거운 연정이 기다리고 있는 것이 아니었다.
　　　　　　　　　　　　　　　　　　　　　　　　—「고향」

　이 시에서 그는 떠나온 고향을 그리워하고 있다. 그곳에 그가 두
고 온 연인이 있기 때문에 고향을 그리워하는 것이 아니다. "산과
더불어" 친구가 되어 "나이를" 함께 "먹어가고" 있는 마을이 있고,
그 마을에는 "바다"를 "그리"워하며 "푸른 하늘에 나부끼고" 있는
"그리운 포플러나무들"이 있기 때문이며, "홰를 치며" "한가히 고
전"을 읊고 있는 "낮닭들"이 있기 때문이다. 전쟁의 상처를 입지
않았던 지난날의 평화스러운 목가(牧歌)의 농촌마을이 그의 고향
이미지로 떠오르면서 그곳이 그의 그리움의 대상이 되고 있다.
　김규동의 그 어떤 시에서도 "마을에선 먼바다가 그리운 포플러
나무들이/목메어 푸른 하늘에 나부끼고"에서처럼 이렇게 빼어나
게 '서정'이 절정에 이른 표현은 찾아볼 수 없다. 그의 고향은 역사
의 현장에서 초연히 떠나 있는 문자 그대로 '서정'의 나라다.
　그러나 그가 "분단의 사슬을 문제 삼지 않고는 시의 문제를 해
결할 수 없다는 자각을 갖게" 되고, 분단의 사슬을 끊기 위해 통일
운동에 뛰어들면서부터 그의 '고향'은 '서정'의 고향이 아니라 '역
사'의 고향이 된다. 김규동이 나이 24세이던 1948년 1월 어머니 곁
을 떠났을 때, 3년 후 통일이 되는 날 다시 어머니를 찾아뵈올 것이
라 약속했다. "눈이 쌓여 있는 동구 밖 다리 위에서 어머님은 오래
오래 제 모습이 보이지 않을 때까지 작은누이와 함께 바라보고 계
셨습니다."[31] 그러나 그 약속은 끝내 지켜지지 못했다. '분단'이 그

---

31) 김규동, 「북에 계신 어머님께」, 『어머님전 상서』, 한길사, 1987, 100쪽.

렇게 만들었기 때문이다.

그가 "분단의 사슬을 문제 삼지 않고는 시의 문제를 해결할 수 없다는 자각을 갖게 된 것이다" 했을 때, 그에게 분단의 극복이란, 다름 아닌 바로 어머니와 재회하는 것이었다. 그는 「천년 전처럼」에서 "고향이라/(…)/우리에게 고향이란 없소/분단은 있어도/고향은 없다오"라고 했다. 분단이 극복되지 않으면 어머니를 만나볼 수 없다. 따라서 분단이 있는 한, 그리하여 어머니를 만나볼 수 없는 한, 그에게는 고향은 없다. 어머니가 바로 그의 '고향'이었기 때문이다. 그가 1950년대의 시 「고향」에서 "고향엔 고향엔/무슨 뜨거운 연정이 기다리고 있는 것이 아니었다"고 노래했을 때, 그는 "뜨거운 연정"이 결국 그의 어머니를 향한, 또한 어머니의 그를 향한 그리움이었다는 것을 그때는 미처 깨닫지 못했다.

김규동은 청년 시절 객지에 나가 학교에 다녔을 때, "어머니가 보고 싶어 여학생같이 울었다"고 회상한다. 그리고 "공부는 둘째로 하고 밤낮으로 고향생각만 했다 (…) 서로 떨어져 산다는 것이 (…) 인간에게 잔인한 것이라는 강렬한 생각이 가슴을 짓눌"렀다고 덧붙인다.[32] "어머니가 보고 싶어 여학생같이 울었"던 김규동은 어머니와 '별리'(別離)한 것을 운명으로, 민족의 비극적인 운명으로 받아들이면서, 그의 '분단'의식에 고향의 '어머니'라는 모티프가 가슴 깊이 자리 잡아가고 있었다. 그는 시집 『죽음 속의 영웅』에 나오는 「북에서 온 어머님 편지」에서 이렇게 노래한다.

꿈에 네가 왔더라

---

32) 김규동, 「나의 시론」, 『시문학사』 404호, 시문학사, 2005, 53-54쪽.

스물세 살 때 홀쩍 떠난 네가

마흔일곱 살 나그네 되어

네가 왔더라

살아생전에 만나라도 보았으면

허구한 날 근심만 하던 네가 왔더라

너는 울기만 하더라

내 무릎에 머리를 묻고

한마디 말도 없이

어린애처럼 그저 울기만 하더라

목놓아 울기만 하더라

네가 어쩌면 그처럼 여위었느냐

멀고먼 날들을 죽지 않고 살아서

네가 날 찾아 정말 왔더라

너는 내게 말하더라

다신 어머니 곁을 떠나지 않겠노라고

눈물어린 두 눈이

그렇게 말하더라 말하더라.

　　―「북에서 온 어머님 편지」

　어머니의 꿈에 나타난 아들 김규동은 어머님을 보고 울기만 했다. "한마디 말도 없이/어린애처럼 그저 울기만" "목놓아 울기만" 했다. 그의 "눈물어린 두 눈"은 "다신 어머니 곁을 떠나지 않겠노라고" 울기만 했다. 인간에게 있어 가장 '잔인한 것'이 '별리'였기에, 그는 어머니 "무릎에 머리를 묻고" 울기만 했다. 그렇기 때문에 김규동은 1989년에 내놓은 시집 『오늘밤 기러기떼는』에 나오는 시 「아침의 예의」에서 통일의 "그 아침"이 도래되어 '별리'의 상처 속에 앓고 있는 이들의 북으로 귀향할 때, "갖고 갈 것은 아무것도 없"이 "빈손으로 만나야 한다" "자나깨나 그리던/그리움 하나만으로 만나야 한다"고 노래했다. "이 손/더러우면/그 아침/못 맞으리" (「아, 통일」)라고 노래했다. '그리움' 이외 아무것도 없는 "깨끗한 손"(「빈손으로」)에 채워지는 것은 아무 말 없이 '그저 울기만' 하는 눈물 이외에 다른 무엇이 있으랴.

김규동이 이전의 시집에서는 물론 1991년에 시집 『생명의 노래』를 출간한 뒤 14년의 긴 공백을 깨고 2005년에 내놓은 신작 『느릅나무에게』에 이르기까지, 그의 시에 등장하는 한반도의 북쪽은 억압적인 이데올로기에 의해 고통받는 나라로 전혀 비쳐지지 않는다. 억압적인 이념이나 착취, 고통도 없는 순수의 세계로 그려진다. "아름다운 조선"(「어머님의 손」), "때 묻지 않은 고향"(「고향은 변하지도 않고」)으로 묘사된다.[33] 거기에는 "위대한 순수"(「어머님의 손」)의 '손'을 가진 어머니가 있기, 아니 있었기 때문이다. 그에게는 어머니가 바로 '고향'이고, 어머니가 그곳에 있었기에 그쪽이 그의 고향이 될 수밖에 없었고, 아니 그쪽의 고향땅이 바로 '어머니'였기 때문이다.

'어머니'는 우리 인간에게 주어진 가장 위대한 '선물'이다. 자크 데리다는 이른바 '선물'에는 '순수하게' 주어짐이 없이 언제나 '경

---

33) 『녹색평론』, 2008년 3-4월호, 113쪽에 게재된 김규동의 시 「흙」에는 북쪽의 "고향 흙"도 '농약 안 친' 향기 가득한 순수한 것으로 이상화된다. 「흙」은 다음과 같다. "흙이 한 줌/흙 향기를 폐에 넣었소/이 흙은 내 고향 흙/농약 안 친 흙을/할머니가 보내왔소."

제'가 개입된다고 한다. 따라서 그는 선물의 '불가능성'을 주장했다. 데리다는 내가 선물을 준다면, 거기에는 늘 그 선물이 교환 관계에 얽히고 말 위험이나 불가피성이 있게 마련이라고 했다. '내'가 누구에게 선물을 줄 때, 그때 늘 '나'는 상대방으로부터 그 대가로 선물받기를 기대한다. 그러므로 '진정한', 말하자면 '순수한' 선물은 없다는 것이다. 진정한, 말하자면 순수한 선물은 대가를 전제로 하지 않고 자유롭게, 조건 없이, 계산 없이, 즉 '경제'를 초월해서 주는 것이라는 것이다.[34] 그러나 '어머니'라는 선물만은 그렇지 않다. 그녀만이 단 하나뿐인 진정하고도 순수한 선물이다. 그렇기 때문에 어머니는 우리 인간에게 주어진 가장 위대한 선물인 것이다.

히브리어에서 '연민' '자비'를 의미하는 단어 '라하밈'(rakhamim)의 어원은 '자궁'을 의미하는 '라함'(rawkham)과 같으며, 『구약』의 신의 또 다른 이름인 '동정심이 많은 자'를 의미하는 '라훔'(rakhoom)(「출애굽기」 34:6)과도 똑같다.[35] 생명을 창조한다는 점에서, 그것도 자비와 연민을 더하여 생명을 창조한다는 점에서, '자궁'은 가장 본질적인 의미에서 바로 '창조'의 신이다. 자궁의 주체인 '어머니'는 그 가장 고유의 속성이 '자비'이자 '연민'인 신의 또 다른 이름이다. 『신약』「요한복음」의 저자가 궁극적으로 도달한 인식이 바로 "말씀이 신"(1:1)이었듯, 성 아우구스티누스가 궁극적으로 도달한 인식도 바로 "사랑이 신이다"가 아니었던가.[36] 자비의

---

34) '선물'에 대한 데리다의 포괄적인 논의는 Jacques Derrida, *Donner le temps*, I, *La fausse monnaie*, Paris: Éditions Galilée, 1991; Jacques Derrida, *Given Time*, I, *Counterfeit Money*, tr. Peggy Kamuf, Chicago: U of Chicago Press, 1992을 참조할 것.

35) Richard A. Cohen, *Ethics, Exegesis and Philosophy: Interpretation after Levinas*, Cambridge: Cambridge UP, 2001, 223쪽을 참조할 것.

신, 사랑의 신이 바로 어머니였기 때문에, 김규동에게 '어머니'는 위대했다. 따라서 그는 어머니의 손을 '위대한 손'이라 했다. 상처 받은 영혼을 치유해주는 어머니의 '위대한 손'이, 어떠한 이념에도 때 묻지 않은 순수영혼의 '위대한 손'이 그를 기다리고 있기 때문에, 어머니가 있는 북쪽은 그의 고향이 될 수밖에 없는지 모른다.

호메로스는 오디세우스의 입을 빌려 "인간이 겪는 고통 가운데 떠돌아다니는 것보다 더 고통스러운 것은 아무것도 없다"(『오디세이아』, 15.343)고 했다. 김규동에게 남쪽에서의 삶은 언제나 '표류' (漂流)에 불과했다. 어머니가 없이 지내는 남쪽의 삶은 '고통 가운데 가장 무서운 고통'인 떠돌이의 삶에 지나지 않았다.

그러나 그는 가장 최근의 시 「인정을 키워가는 저녁」에서 "산다는 것은 끊임없이 가는 것이다"라고 노래했다.[37] 그는 어머니가 아직 살아 계실지도 모를 북쪽의 '고향'을 향한 발길을 오늘도 놓치지 않고 있다. 그 고향을 향해 '끊임없이 가는 것'이야말로 그에게는 '산다는 것'의 궁극적인 의미이기 때문인지 모른다. 「인정을 키워가는 저녁」은 "다행히 오늘은 비가 내리지 않았다"는 구절로 끝을 맺는다. 그에게는 "언젠가는 돌아가게 될" 어머니가 있는 푸른 "고향하늘"(「산」)이 있으므로, 그의 귀향하고자 하는 '희망'이 아직도 다한 것이 아니기 때문인지 모른다.

---

36) *In johannis epistulam, Augustine: Later Works*, tr. John Burnaby, Philadelphia: Westminster Press, 1955, 〈소논문〉 9.0; Eoin Cassidy, "Le phénomène érotique: Augustinian Resonances in Marion's Phenomenology," *Givenness and God: Questions Jean-Luc Marion, eds.* Ian Leaskar and Eoin Cassidy, New York: Fordham UP, 2005, 219쪽에서 재인용.

37) 김규동, 「인정을 키워가는 저녁」, 『현대시』, 한국문화예술위원회, 2008년 7월호, 137쪽.

추모문집 3부

시인의 모습

▲ 김규동 선생 서각 작업 2000년
▼ 김규동 선생의 서재 1998년

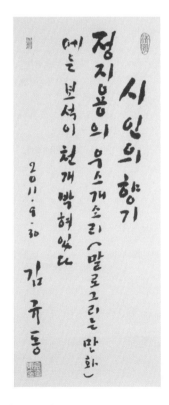

▲ 시화 • 두만강에 두고 온 작은 배 1996년

◀ 김규동 선생의 조소 작품 • 천사의 수레 1998년

▶ 필적 • 시인의 향기(김규동 선생이 별세 전날 저녁에 쓰신 글) 2011년

이희재의 세상수첩

이산

天

규천(奎千)아, 나다 형이다.
- 김규동 -

1948년, 스물세살 때 단신 월남
홀어머니, 두 누이, 남동생을 두고 서울로 내려온 뒤
60년이 넘도록 이별이 될 줄 몰랐다.

다시 헤어질 수 있는 용기가 없어 북의 가족을
찾을 생각도 못했다.
분단, 어머니, 통일, 고향, 형제들----
시인은 육신에 붙은 그리움을 긁어내어 시로 새겼다.

김규동 선생은 두해 전 이맘 때 87세로 생을 마치고
동생이 있는 고향으로 돌아가셨다.

▲ 2013년 9월 29일자『한겨레』추모 삽화

▲ 김규동 시인과 일생 함께한 파이프 담배

죽여주옵소서
김규동

놀다보니 다 가버렸어
산천도 사람도 다 가버렸어

제 가족 먹여 살린답시고
바쁜 척 돌아다니다 보니
빈 하늘 쳐다보며 쫓아다니다 보니
꽃 지고 해 지고 남은 것 그림자 뿐

가버렸어
그 많은 시간 다 가버렸어
50년 세월 어디론가 다 가버렸어
이래서 한잔 저래서 한잔
멀쩡할 것 없을 것
그런 것에나 신경 쓰고 살다보니
아, 다 가버렸어 알맹이는 다 가버렸어
통일은 언제 되느냐
조국통일은 과연 언제쯤 오느냐

북녘
내 어머니시여
놀다 놀다
세월 다 보낸 이 아들을
백두산 물푸레나무 매질로
반쯤 죽여주소서 죽여주옵소서.

「놀다 버기」 2000년 여름   [인]

▲ 서각 • 죽여주옵소서

◀ 서각 • 희망

▶ 서각 • 명

▼ 서각 • 돌아온 아들을

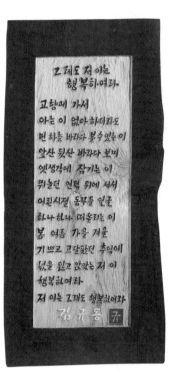

◀ 서각 • 그래도 저이는 행복하여라
▶ 서각 • 김기림

◀ 서각 · 임화
▶ 서각 · 이상

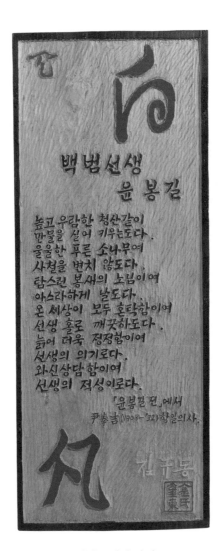

▲ 서각 • 백범 선생

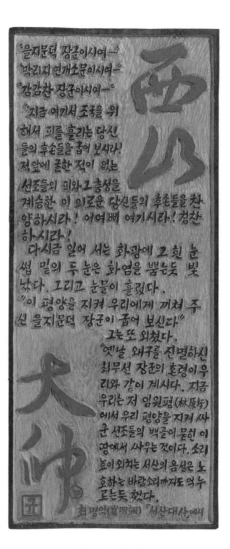

"을지문덕 장군이시여─
박리지 연개소문이시여─
강감찬 장군이시여─
지금 여기서 조국을 위
해서 피를 흘리는 당신
들의 후손들을 굽어 보시라!
저 앞에 죽한 적이 있는
선조들의 피와 그 충성을
계승한 이 의로운 당신들의 후손들을 찬
양하시라! 어여삐 여기시라! 칭찬
하시라!
다시금 일어 서는 화광에 그 회 눈
섬 밑의 두 눈은 화염을 뿜는듯 빛
났다. 그리고 눈물이 흘렀다.
"이 평양을 지켜 우리에게 끼쳐 주
신 을지문덕 장군이 굽어 보신다"
그는 또 외쳤다.
"옛날 왜구를 진멸하신
최무선 장군의 혼령이 우
리와 같이 계시다. 지금
우리는 저 임원평(林原坪)
에서 우리 평양을 지켜 싸
운 선조들의 백골이 묻힌 이
땅에서 싸우는 것이다. 소리
높이 외치는 서산의 음성은 노
호하는 바람소리까지도 억누
르는듯 했다.
최명악(崔明岳) 서산대사에서

▲ 서각 ● 서산대사

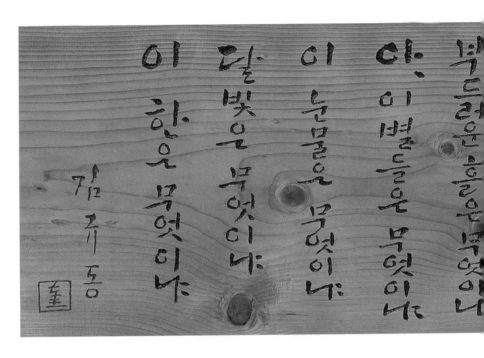

▲ 서각 • 삶. 시인은 시를 한 자씩 새긴다는 생각으로 시각(詩刻)을 해냄.

시내

네 가슴에
내 가슴에
아직도 흐르고 있는
이 강물은 무엇이냐
푸른 하늘과

김규동 시인 연보

1925년　2월 13일(음력 1월 21일) 함북 종성에서 의사인 부 김하윤
(金河潤)과 모 김옥길(金玉吉) 사이의 장남으로 출생. 위로
누나 둘과 아래로 남동생이 있음(지금까지 오랫동안 출생지
를 경성으로 기재해왔던 것은 헤어진 가족의 안위를 위해 신원
이 노출되는 것을 걱정했기 때문. 민족분단은 이 같은 조그만
삶의 진실까지도 무참히 왜곡하게 함).

1932년 8세　3월 향리 보통학교에 들어갔으나 공부를 못해 1학년을 두
번, 6학년을 두 번 다니다보니 8년 만인 1940년 봄에 졸업.
학교가 싫고 선생님이 무서웠음. 톱질, 망치질, 대패질, 장작
패기, 자전거 수리, 나무 가지치기 등을 닥치는 대로 잘하는
것을 보고 부친이 걱정스러운 얼굴로 "너는 이다음에 목수
가 되겠다. 돼도 큰 목수가 될 게다"라고 말함.

1940년 16세　3월 경성고보에 입학. 재학 중 수학 및 영어 교사인 김기림
(金起林)에게 사사. 이때의 동기 중에 영화감독 신상옥(申
相玉), 정치인 김철(金哲), 시인 이활(李活), 이용악의 아우
이용해(李庸海) 등이 있음.

1941년 17세　10월 1일 부친 뇌일혈로 별세(향년 51세).

1943년 19세　2월 간도 용정의 독립지사 김약연(金躍淵) 선생을 방문하
고 문중에서 보내는 성금을 전함. 약연 선생이 명동학교 시
절에 부친이 쓴 서예 작품을 보여주며 "이것이 너의 아버지

솜씨다"라고 칭찬했음(선생은 명동학교 설립자이며 부친은 문익환 목사의 부친 문재린 목사와 명동학교 동창생임).

1944년 20세 경성고보 졸업. 2월 서울 경성제대 예과(을)에 응시했으나 불합격. 진눈깨비 속에 길게 써붙인 합격자 발표를 보고 고향으로 내려가는 기차간에서 울면서 처음으로 담배를 피움. 집으로 돌아와 의사인 매형에게 해부학, 생리학, 내과학, 외과학, 임상학, 산과학, 약물학 등의 의학서를 빌려 의사검정시험(한지의사) 준비를 함. 5월에 친척인 연변의대 학장 김광찬(金光讚)의 배려로 이 학교 2학년에 청강생으로 다니게 됨.

1945년 21세 의학서적과의 싸움이 계속됨. 회령 삼성(三聖)병원에서 임상학과 진찰법을 배움. 8·15 해방 후 '청진문학동맹'에 소속된 소설가 현경준(玄卿俊)의 지도를 받아 농민연극운동을 벌이고 가을에 해방의 감격을 담은 소인극 「춘향전」의 연출을 맡아 종성에서 공연함. '민청동맹' 활동. 두만강 일대에서 독보회 및 시국 강연회, 마르크스 레닌주의 강좌 등을 펼침.

1947년 23세 1월 의학 공부(연변의대 수학)를 청산하고 평양으로 가 김일성종합대학(김대) 조선어문학과 2학년에 편입. 11월 '문학동맹' 가입심사(심사위원장 박세영)를 받았으나 김기림의 제자라는 것이 문제가 되어 실패. 11월 『대학신문』 창간호에 「아침의 그라운드」라는 시를 발표.

1948년 24세 2월 김대 교복을 입은 채 단신으로 38선을 넘어 남으로 나옴. 김대 의학부 3학년의 아우 김규천(金奎天)이 서울 가면 고생한다며 적지 않은 노잣돈을 보태줌. 철원과 포천 사이 38선에 앉아 '자, 이제부터 난 남쪽에 가 산다'라고 생각하니 어머니 얼굴이 떠오르며 앞이 캄캄해졌음. 3월 김기림 선생 주선으로 상공중학(중대부고) 교사로 부임. 이 무렵 김기림, 김광균, 장만영 등 선배 시인과 더불어 모더니즘에 대한 관심을 높여감. 『예술조선』에 시 「강」을 발표. 명동 '모나리자 다방'에서 이봉구, 박인환, 양병식, 이한직, 김광주, 김수영 등의 문인들을 알게 됨. 소공동 '플라워 다방'에서 문예파 순수문인들을 만남. 김동리, 조연현, 조지훈, 곽종원, 이설주, 이정호, 서정태 등과 수인사 나눔.

1949년 25세 4월, 영화사를 하는 신상옥에게 '귀재 나운규'라는 단편영화 스토리(서사시 형식) 100매를 써주고 원고료를 받아 충무로 4가 책방의 외상 책값을 다 갚음. 여름에 김기림 선생이 학교로 찾아와 같이 한강 둑길을 걸으며 시에 관한 이야기를 들음. 선생이 "아무나 친구로 사귀지 마시오"라고 충고.

1950년 26세 6·25 터짐. 세상은 아비규환. 인민군이 서울에 들어오고 김기림 선생이 납북됨. 평양에서 가깝게 지낸 인민위원회 보건국장 유채룡(평양의과전문대학교 출신)이 서울대병원 총책임자로 왔다는 소식을 듣고 찾아감. 군복을 입고 강당에서 연설하던 유가 반갑게 맞아주며 "남조선 나오려면 간다고 말이나 하지 왜 몰래 나와, 남조선 간다고 하면 내가 당신을 잡아넣을 줄 알고 그랬소?"라고 함. 평양의 동생 안부를 묻고는 그가 점심 먹고 가라는 것을 뿌리치고 통이 큰 공산주의자의 우정에 눈시울을 적시며 한강을 건넘. 3개월의 지하 생활에 들어감.

1951년 27세 1·4 후퇴. 중공군이 들어온다 해서 모두들 피란길을 다시 떠남. 교사직 사퇴. 인천으로 내려가 시인 이인석(李仁石)의 도움으로 전차상륙함(LST)을 타고 부산으로 감. 부산에서

492

박인환, 조향, 김경린, 김차영, 이봉래 등과 함께 '후반기' 모더니즘 동인 운동을 시작함. 10월에 『연합신문』 문화부장으로 취임. 정국은(鄭國殷) 편집국장이 첫 대면에서 "이흡(李洽)이란 시인을 아느냐, 나와 휘문학교 동창인데 그 사람 시는 어떠냐"고 물음. 별로 신통치 않다고 하니 "그러면 당신은 이흡보다는 잘 쓰는 모양이군, 우리 같이 일해봅시다. 문화부를 맡아주시오"라고 하명함. 거처할 데가 없어 영도 예춘호(芮春浩, 뒤에 국회의원이 됨)의 문간방 신세를 짐.

1952년 28세   5월 18일 강춘영(姜春英)과 혼인. 『연합신문』 지상에 많은 문인, 화가, 영화인, 음악인의 글을 소개함. 「문총해체론」이란 조향의 평론을 게재했다가 말썽을 빚기도 함.

1953년 29세   늦여름 정부 환도에 따라 서울로 올라옴. 가을에 편집국장 정국은이 간첩죄로 몰려 특무대에 피체. 발행인 양우정 구속. 대통령 후계를 둘러싼 정치싸움에서 민족청년당 계열 이범석과 양우정이 몰락하면서 김성곤이 『연합신문』 발행인이 되고 편집국 사원 태반이 사직함. 신문사를 그만두고 명동에 나가 소일함. 12월 '후반기' 동인회 해체.

1954년 30세   봄에 정국은 국장이 수색에서 총살형에 처해짐. 이 충격에서 벗어나지 못해 고민함. 시를 많이 씀. 6월에 『연합신문』 동료들과 『한국일보』 창간에 합류함. 문화부장으로 취임, 눈코 뜰 새 없이 바쁜 기자 생활을 다시 시작했고 신문은 창간되기 무섭게 보급망을 넓혀 큰 신문들의 뒤를 쫓게 됨. "기사는 발로 써라, 신문기사는 시다, 성공하면 나눌 것이다, 성공은 부채요 실패는 자산이다, 정상이 보인다!" 등 장기영 사장의 명구가 기억남. 10월 12일 큰아들 윤(潤) 출생.

1955년 31세   10월 20일 시집 『나비와 광장』(산호장) 출간. 11월 13일 명동

'동방문화살롱'에서 '시집『나비와 광장』비평의 밤' 개최.

1956년 ³²세 1월 17일 둘째 아들 현(炫) 출생. 여름에 과로로 움직일 수
없게 되어 15일간의 휴가를 맡아 숨을 돌림. 오종식 주필이
여러모로 돌봐줌. 6월 25일『나비와 광장』(위성문화사)을 신
조판으로 2,000부 발행.

1957년 ³³세 11월에『한국일보』사직. 사표를 갖고 사장실에 가니 장기
영 사장이 "『한국일보』가 월급이 많아지면 다시 와주겠
소?"하기에 그러겠다고 대답함. 12월부터 도서출판 삼중당
편집주간으로 근무.

1958년 ³⁴세 옮긴 회사가 날로 발전. 사원도 많아지고 보수가 넉넉하여
생활의 안정을 얻을 수 있어 글을 많이 쓰게 됨. 전봉건(全
鳳健)을 편집장으로 초빙함. 월간 대중지『아리랑』『화제』
『소설계』등이 인기리에 발간됨. 단행본(교양서적)을 매달
2권 이상 만듦. 12월 20일 시집『현대의 신화』(덕연문화사)
출간.

1959년 ³⁵세 7월 30일 시론집『새로운 시론』(산호장) 출간.

1960년 ³⁶세 1월 15일 삼남 준(峻) 출생. 7월 30일 삼중당 사직. 8월 15일
한일출판사 창업. 편집주간 임진수(시인), 편집장 박상집, 영
업 김용준(삼중당 출신). 대중잡지와 단행본(번역서)을 냄.

1961년 ³⁷세 월간 대중지『사랑』의 판매성적이 우수하고 단행본은 부진
함. 편집부를 확장함.

1962년 ³⁸세 4월 20일 수필집『지폐와 피아노』(한일출판사) 출간. 5월 임
진수 후임에 주간 박홍근(아동문학가). 12월 25일 평론집
『지성과 고독의 문학』(한일출판사) 출간.

1963년 ³⁹세 12월 15일 월간대중지『사랑』을 자유문학사에 양도함.

1964년 ⁴⁰세 1월 15일 월간『영화잡지』창간. 편집주간 김종원(시인), 편

집 남승만(시인), 취재 이동희(소설가).

1965년 41세 『영화잡지』 매달 매진. 단행본도 호조.

1966년 42세 사원 중심 체제로 경영을 일임한 후 출판사 일에서 벗어남. 독서와 번역일을 함.

1967년 43세 『동일성과 차이』『세계상의 시대』를 비롯한 하이데거 전집을 읽음.

1968년 44세 하이데거 전집(14권) 독파. 야스퍼스 및 릴케, 카뮈를 다시 읽음. 공부 삼아 야스퍼스의『공자와 노자』를 번역.

1969년 45세 글을 조금씩 쓰게 됨. 출판사 경영은 생각하는 생활에서 멀어지게 만들었고 그것은 고통이었음.

1970년 46세 신문, 잡지에 시를 몇 편 발표함.

1971년 47세 사르트르 재독(再讀),『자유의 길』은 그가 쓴 다른 평론에 비해 구성과 긴장감이 떨어진다고 느낌.

1972년 48세 3월 1일『현대시의 연구』(한일출판사) 출간. 10년 가까이 작품을 제대로 쓰지 못하다가 이해부터 다시 활동을 시작.

1973년 49세 군사정권이 점점 험악해가던 시기, 시국에 대해 관심을 가짐.

1974년 50세 11월 27일 민주회복국민회의 '민주회복국민선언대회'에 이헌구, 김정한, 고은, 김병걸, 백낙청, 김윤수 등의 문인과 함께 참가.

1975년 51세 3월 15일 자유실천문인협의회 '165인 문인선언'에 서명, 참가. 이후 자유실천문인협의회 고문에 추대됨. 5월 15일 한일출판사가 펴낸 김철의『오늘의 민족노선』이 북을 고무 찬양했다 하여 남산 중앙정보부에 연행, 일주일간 심문을 받고 책 2,000부를 압수당함. 8월 5일『현대시의 연구』재판 간행.

1976년 52세 앤솔로지『실험실』간행(3호까지 발행). 3월에 한일출판사를 시인 최정인과 처남 강덕주에게 넘겨줌. 이후 출판사업에서 손을 뗌.

1977년 53세 8월 10일 시집 『죽음 속의 영웅』(근역서재) 출간. 근역서재에 김광균의 『시전집』을 엮어주고 발문을 씀.

1978년 54세 3월부터 야스퍼스 『실천철학』을 번역, 8월에 중단하고 헤겔의 『역사철학』 『대논리학』을 정독함. 몇 편의 시를 씀.

1979년 55세 6월 카터 미국대통령 방한 반대 데모를 벌이고 문동환, 고은, 김병걸, 박태순, 안재웅, 이석표 등과 함께 10일 구류 처분을 받음. 8월 24일 내외 기자회견에서 자유실천문인협의회를 대표하여 박태순이 작성한 '문학인 선언' 낭독. 10월 15일 평론집 『어두운 시대의 마지막 언어』(백미사) 출간.

1980년 56세 5월 15일 '지식인 134인 시국선언' 서명, 참가.

1981년 57세 봄부터 이백에서 두보, 소동파, 가도에 이르기까지의 당시(唐詩) 번역을 시도함.

1982년 58세 당시 번역을 중단하고 시와 산문을 여러 편 씀.

1983년 59세 8월부터 월간 『마당』에 에세이 연재.

1984년 60세 5월 20일부터 27일까지 로스앤젤레스 여행. 10월 16일 '민주통일국민회의' 창립대회에서 중앙위원으로 피선됨. 12월 19일 자유실천문인협의회 확대개편 대회에서 다시 고문으로 추대됨.

1985년 61세 3월 10일 시선집 『깨끗한 희망』(창비) 간행. 3월 30일 흥사단 강당에서 회갑기념 시선집 『깨끗한 희망』 출판기념회.

1986년 62세 도스토옙스키 재독. 『백치』 『악령』 『미성년』을 읽고 『카라마조프의 형제』를 분석하여 인간 심리도표를 그려봄. 이상(李箱)의 산문과 소설을 정독하고, 박태원이 북에서 쓴 『갑오농민전쟁』(전 8권)을 완독.

1987년 63세 1월 28일 산문집『어머님전 상서』(한길사) 출간. 11월 10일 시선집『하나의 세상』(자유문학사) 간행.

1988년 64세 3월부터 시 전각(詩刻) 작업 시작. 기법이 미숙하나 만들어 가는 과정에 흥미를 가짐. 가을까지 8점 제작.

1989년 65세 5월 31일 시집『오늘밤 기러기떼는』(동광출판사) 출간. '민족문학작가회의' 고문. '한국민족예술인총연합' 고문.

1990년 66세 과도한 망치질과 칼 작업으로 오른팔 인대가 늘어나 병원 치료를 받음. 시각 작업 일시 중단.

1991년 67세 9월 15일 수필집『어머니 지금 몇 시인가요』(도서출판 나루) 출간. 10월 5일 시집『생명의 노래』(한길사) 출간. 10월 30일 시선집『길은 멀어도』(미래사) 출간.

1992년 68세 시각 작업 다시 시작. 도연명, 두보, 이백, 가도, 장계, 백거이 작품들을 완성하고 추사 글씨를 새겨봄. 추사체에서는 작업에 어려움을 느낌.

1993년 69세 시각 작업을 계속함.

1994년 70세 5월 28일 산문집『시인의 빈손: 어느 모더니스트의 변신』(소담출판사) 출간.

1995년 71세 시각 작업을 하는 틈틈이 청탁받은 원고를 씀. 원고료를 위해 여러 군데 글을 쓰면서 시간이 아까움을 절감함.

1996년 72세 봄에 초정 김상옥을 방문하여 전각 대가의 체험담을 듣고 글씨 선물을 받음. 시각 작업을 계속하여 1년 동안 10점을 완성함. 10월 19일 정부로부터 은관문화훈장을 받음.

1997년 73세 도색에 대한 견학과 연구. 한 해 동안 19점 완성.

1998년 74세 시를 10편가량 씀. 시각 12점 완성.

1999년 75세 시를 15편 이상 씀. 시각 20점 완성.

2000년 76세 독서와 시 쓰기에 재미를 느끼는 한편 밤을 새우다시피 하여 시각에 박차.

2001년 77세 1월 30일부터 2월 4일까지 조선일보사 미술관에서 '통일염 원시각전' 개최. 출품 작품 총 119점.

2002년 78세 시를 조금씩 쓰며 휴식. 11월 22일 폐기종으로 서울아산병 원에 입원하여 12월 14일 퇴원.

2003년 79세 1월부터 시각을 다시 시작. 청평에서 목재를 더 구해왔으나 건조되기 전에는 작업을 할 수 없는 점에 고심. 자작시를 새 기면서, 전각을 하면 시가 짧아진다는 사실에 신기해함. 8월 18일 폐기종이 악화되어 폐렴이 됨. 서울아산병원에 입원, 8월 26일 퇴원 후 집에서 정양.

2004년 80세 2월 13일 폐기종 및 기관지염으로 다시 서울아산병원에 입 원, 2월 25일 퇴원. 8월 20일 재차 입원 후 9월 3일 퇴원. 기 력이 떨어져 걷기 힘들게 됨.

2005년 81세 4월 20일 시집 『느릅나무에게』(창비) 출간. 11월 20일 갑작 스러운 가슴통증으로 서울삼성병원 응급실행. 심장 수술 뒤 26일까지 중환자실에 있다가 일반병실로 옮김. 11월 29일 퇴원 후 심한 기침과 고열로 12월 18일 서울아산병원에 다 시 입원. 폐기종 및 폐렴 치료받음. 12월 27일 퇴원.

2006년 82세 가벼운 독서. 몇 편의 시를 씀. 11월 29일 만해문학상 수상.

2007년 83세 그간 잡지, 신문에 게재된 글들을 정리해보았으나 너무 많 아 어떻게 분류해야 할지 궁리가 되지 않아 마치지 못함.

2008년 84세 9월 24일 호흡곤란으로 서울삼성병원에 입원, 10월 3일 퇴 원. 폐렴으로 10월 28일 재차 입원, 10월 31일 퇴원.

2009년 85세 기력이 떨어져 시각 작업 중단. 아파트 단지 내 산보도 숨이 차 어려워짐. 휴식을 취하며 시를 10여 편 쓰고 약간의 산문 을 씀.

2010년 ^{86세} 서예 작품을 조금 만들어 친지에게 나눠줌.

2011년 ^{87세} 2월 60여 년간 써온 시를 모은 『김규동 시전집』(창비) 출간.

*

9월 5일 대한민국예술원상 수상. 신병 악화로 수상식에는
참석하지 못함. 호흡곤란이 심해짐.

9월 28일 오후 3시경 서울 자택에서 별세.

10월 1일 문인 동료들의 조시 낭독 속에 경기도 모란공원
안장.

11월 모란공원 내 산소에 「느릅나무에게」 시비 건립.

2012년 9월 27일 '시인 김규동 선생 1주기 추모의 모임' 진행.
김병익·남정현·백기완·민영 선생의 추도사.

2016년 9월 김규동 시인 5주기 기념문집 『죽여주옵소서』(창비)
간행.

9월 29일 한국작가회의 주관 '시인 김규동 선생 5주기 추모
모임' 진행. 백낙청·구중서·이근배·민영 선생의 추도사.

* 영면하시기 전의 연보는 시인이 시전집을 엮으며 정리한 자술연보입니다.

선친 회상

10년 전 선친을 남양주 산소에 모시고, '광장의 먼지 속에서 시를 쓰신 아버지…'의 문구를 묘비 뒤에 적고 생전에 아끼던 당신 자신의 시 「느릅나무에게」를 큰 돌에 새겨 드렸다.

선친이 언젠가 어둑한 신문사 복도의 창구에서 적은 원고료를 받다가 떨어뜨린 동전이 내는 쨍그랑하는 소리가 마음에 서글프게 울렸다는 글을 쓴 적이 있다. '문필의 업'이란 본래 '생활의 여유 없음'과 같은 말일 터인데, 「나비와 광장」의 시인이었던 선친은 가족을 부양하기 위해 '나비'보다는 '생계의 광장에 선 먼지 속의 자신'을 발견한 때가 많았을 것이다.

우리 아들들도 저마다 자기 공부하고 작은 사업하기에 바쁘다가 부친 별세 후에야 비로소 그의 문학을 고고학자처럼 들여다보고, 떠난 분의 심사와 고뇌를 와닿게 느끼며 후회하는 중이다. 이번에 이 책자를 내는 일도 그러한 회한의 무게를 줄이기 위한 것이 아닌가 싶다. 무엇보다 문학 공부한다고 혈혈단신으로 남쪽에 내려와, 반세기가 넘게 북녘의 모친과 형제를 그리워하면서도 세상 떠나기 전날의 저녁까지 책과 붓을 놓지 않았던 선친의 고독과 예술혼을 내내 되새기고 싶다.

모더니즘으로 문학을 시작한 선친은 민중과 통일을 다룬 시를 중년 이후 여럿 남겼지만 일생 동안 변모(變貌)를 추구하는 모더니스트로 살았다. 새로움의 추구는 늘 어려운 것이어서 서정 위주의 남쪽 문단에서 고립감이 충분히 있었나 보다. 일제 말, 평론가 이원조(李源朝)가 상허 이태준(李泰俊)의 문학을 평하면서 "쓰고 싶은 대로 쓰지 못하는 시대를 살았다"는 말을 한 적이 있는데 1950~60년대의 혼돈과 1970~80년대 독재의 험한 시대를 산 선친도 아마 그러했을 것이다. 가끔 김기림, 박태원, 이태준, 정지용, 오장환 선생 같은 분들이 남쪽의 문단에 오래 남아 시대정신의 흐름을 함께 이끌었으면 선친의 문학도 나아가는 길이 좀 더 쉽지 않았을까 하는 생각을 해본다.

이 책자에 아홉 분의 평론이 실렸는데 앞으로도 한국 모더니즘과 전후 문학, 통일 문학에 관한 좋은 연구가 많이 진척되었으면 하는 바람이다. 한길사 편집부의 큰 노고에 인사를 드리며, 또 '책 속의 책'으로 함께 수록된 『죽여주옵소서』를 통해 귀한 산문과 평론으로 선친과 그의 문학을 기억해주셨던 여러 문인과 임철규 교수께 감사의 절을 여기서 다시 올린다.

2022년 6월
김현·김준 적습니다
 金奎東 기념사업회
wpcenter@hanmail.net

The Return
Kim Kyudong's Work and Life
By Kim Kyudong Commemorative Society

귀향
김규동의 문학과 삶

지은이  金奎東기념사업회
펴낸이 김언호

펴낸곳 (주)도서출판 한길사
등록 1976년 12월 24일 제74호
주소 10881 경기도 파주시 광인사길 37
홈페이지 www.hangilsa.co.kr
전자우편 hangilsa@hangilsa.co.kr
전화 031-955-2000 팩스 031-955-2005

부사장 박관순 총괄이사 김서영 관리이사 곽명호
영업이사 이경호 경영이사 김관영 편집주간 백은숙
편집 이한민 박희진 노유연 최현경 강성욱 김영길
관리 이주환 문주상 이희문 원선아 이진아 마케팅 정아린
디자인 창포 031-955-2097
인쇄 예림 제책 예림바인딩

제1판 제1쇄 2022년 7월 20일

값 35,000원
ISBN 978-89-356-7755-9 03810

• 잘못 만들어진 책은 구입하신 서점에서 바꿔드립니다.

• 김규동기념사업회 wpcenter@hanmail.net